SHARON M. PETERSON

The Fake Out

atb aufbau taschenbuch

SHARON M. PETERSON

The Fake Out

Sie will ihr Leben in den Griff bekommen ...
... aber ist er die Lösung?

ROMAN

Aus dem Amerikanischen von
Anne-Sophie Ritscher

aufbau taschenbuch

Die Originalausgabe unter dem Titel
The Fake Out
erschien 2023 bei Storyfire Ltd./Bookouture, London.

MIX
Papier | Fördert gute Waldnutzung
FSC
www.fsc.org
FSC® C083411

ISBN 978-3-7466-4147-8

Aufbau Taschenbuch ist eine Marke
der Aufbau Verlage GmbH & Co. KG

1. Auflage 2025

www.aufbau-verlage.de
10969 Berlin, Prinzenstraße 85

Bei Fragen zur Sicherheit unserer Produkte wenden Sie sich bitte an
produktsicherheit@aufbau-verlage.de.
Satz Greiner & Reichel, Köln
Druck und Binden CPI books GmbH, Leck, Germany

Printed in Germany

KAPITEL EINS

Deine Eltern müssen Architekten sein,
so gut, wie du gebaut bist!

JULIA B.

Da schlief ein Mann in meiner Bibliothek.

Na gut, nicht wirklich in *meiner* Bibliothek. Die Stadtbibliothek von Two Harts gehörte mir selbstverständlich nicht selbst. Allerdings war ich hier die einzige Angestellte. Das war natürlich so nicht meine Entscheidung gewesen. Vor einem Jahr hatte der Stadtrat, angeführt vom furchtlosen (das heißt idiotischen) Bürgermeister, die (gänzlich glanzlose) Glanzleistung vollbracht, der Bibliothek sämtliche Gelder bis auf den letzten Cent zu streichen. Und deswegen war ich jetzt eine One-Woman-Show. Bücher sortieren? Meine Aufgabe. Hausaufgabenbetreuung nach der Schule? Ich. Kurse zur Ahnenforschung? Man kann es sich denken. Aufsicht, Putzkraft, Haushaltsplanung. Ich, ich und ich. Und das alles für ein Gehalt, bei dem die meisten Menschen in Tränen ausbrechen würden.

Aber wie den meisten Bibliothekarinnen ging es mir bei der Sache nicht ums Geld.

Die Stadtbücherei von Two Harts war schon immer ein besonderer Ort für mich gewesen. Mit zehn Jahren war ich mit meiner Mom und meiner kleinen Schwester hierhergezogen. Nach den Jahren, die wir mit meinem Vater von Ort zu Ort gezogen waren (darunter kein einziges gutes Jahr), waren wir nur noch drei erschöpfte Nervenbündel.

Hier in der Bibliothek fand ich Freundinnen: Anne, die auf Green Gables lebte und Laura Ingalls in den Piney Woods. Ich musste mir keine Sorgen machen, *das Mädchen* zu sein, dessen Vater immer wieder im Gefängnis saß. Oder der, wenn er auf freiem Fuße war, genau die Dinge tat, die ihn wieder hinter Gitter brachten. Niemand tuschelte über meine Mama, die drei Jobs hatte, um uns über die Runden zu bringen. Niemand sah mich in meinen abgetragenen Klamotten mitleidig an. Hier war ich einfach ... Mae Sampson, das Mädchen, das gerne las.

Für mich war die Bibliothek heilig – so wie für manche Menschen Kirchen, oder für die meisten Texaner Footballfelder.

Und deswegen war ich wirklich wütend, als ich einen schlafenden Mann in der Sachbuchabteilung entdeckte.

Ich hatte gerade den kleinen Jordan Hunt – sechs Jahre alt, riesiger Dino-Fan – in die warme Märzsonne hinausgeschickt und die Eingangstür mit einem befriedigenden Klicken hinter ihm abgeschlossen. Dann kickte ich die Sandalen von meinen Füßen und seufzte zufrieden auf.

Obwohl ich meinen Beruf liebte, summierten sich die Stunden, die ich hier verbrachte. Als einzige Beschäftigte konnte ich nicht gerade Löcher in die Luft starren. Wenn ich mich nicht um die Dinge kümmerte, tat es niemand. So hatte ich mir meine Karriere allerdings nicht vorgestellt. Eigentlich hatte ich gehofft, irgendwo weit weg von Two Harts in einer großen

Bibliothek in der Kinderbuchabteilung arbeiten zu können. Die Vorstellung, an einem Ort zu leben, an dem keiner je von der Familie Sampson gehört hatte, schien mir traumhaft. Extrapunkte dafür, wenn es in einem komplett anderen Bundesstaat gewesen wäre.

Aber so sehr ich auch daran glauben wollte, dass Träume nicht nur in Büchern, sondern auch im echten Leben in Erfüllung gehen konnten, bewahrheitete sich das doch nur für die allerwenigsten.

Auf dem Rückgabewagen stapelten sich die Bücher, also öffnete ich ein Hörbuch auf meinem Handy, stellte die Lautstärke auf die höchste Stufe und warf es auf den Wagen. Die historische Romance hatte ihren ersten Kuss erreicht, und die verführerischen Fähigkeiten des Herzogs von Fellows erforderten meine gesamte Aufmerksamkeit. Die arme, bücherversessene jüngste Tochter des in Ungnade gefallenen Viscounts hatte jedenfalls keinen Grund zur Klage.

Auf dem Weg zu den 600ern (angewandte Wissenschaften) bog ich mit einer Ausgabe von *Alte Traktoren und Männer, die sie lieben* in der Hand um die Ecke. Nachdem Mr. Conway nach diesem Buch gefragt hatte, hatte ich es für ihn besorgt. Seitdem lieh er es sich alle paar Monate aus, »um die Bilder anzuschauen«, wie er behauptete.

Und da sah ich ihn.

Dieser überproportionierte Depp von einem Mann hing in einem Sessel, den ich von einer Haushaltsauflösung mitgenommen hatte, nachdem sich die alte Mrs. Friedman auf ihre letzte große Reise begeben hatte. Tatsächlich war sie in ebendiesem Sessel sitzend von uns gegangen, was ihm nur zusätzlichen Charme verlieh, wie ich fand.

Ich stieß einen Schrei aus. Das Buch fiel mir aus der Hand und landete mit einem dumpfen Aufprall auf dem Boden.

Schockierenderweise rührte sich der Mann kein bisschen.

Oder zumindest sah es nicht so aus. Unter der tief ins Gesicht gezogenen Baseballkappe konnte ich sein Gesicht nicht richtig sehen. Um die Ohren herum lugte dunkles Haar hervor. Seine ausgestreckten Beine steckten in Jeans und versperrten den Weg zu den 750ern (Kunst und Freizeit).

Alles an ihm wirkte auf lange, schlanke Art überdimensioniert. Sein herabhängender Arm reichte beinahe bis zum Boden. Riesige Füße in Tennisschuhen. Eine tellergroße Hand, die über dem offenen Buch auf seiner Brust lag. Ich erkannte ihn nicht, obwohl er allein durch seine Größe Wiedererkennungswert hatte.

Two Harts war ein kleines Fleckchen auf der Landkarte von Texas, etwa eine Dreiviertelstunde von Houston entfernt, und diese Bibliothek war die einzige im Umkreis von vier Ortschaften. Ich kannte alle, die hierher kamen, ich wusste, was sie gern lasen, kannte ihre Stammbäume und (leider) auch ihre Internetsuchverläufe.

Am meisten ärgerte mich, dass er hier hereingekommen war, ohne dass ich es bemerkt hatte. Aus genau diesem Grund hatte ich beim Stadtrat eine einzige mickrige Kamera beantragt, gerade jetzt, da ich allein war. Dieser Mann konnte schließlich kriminell sein, oder gewaltbereit, oder *Fifty Shades of Grey* ausleihen wollen.

Der Mann bewegte sich ein wenig, und die Kappe verrutschte gerade genug, um den Blick auf eine dunkle Augenbraue und seine Kinnpartie freizugeben, die mit den Stoppeln eines Dreitagebarts übersät war. Er sah aus, als könnte er eine Rasur und einen Haarschnitt vertragen. Aber trotz des zotteligen Aussehens wirkte er nicht ungepflegt.

Genervt trat ich näher und stupste gegen einen seiner riesigen Füße. Er zuckte nicht einmal zusammen. Ich beobachtete seine Brust, um sicherzugehen, dass er noch atmete. Das Letzte, was ich gebrauchen konnte, war ein toter Typ in meiner Bibliothek.

Immerhin. Er lebte.

Ich räusperte mich. »Entschuldigung.«

Keine Reaktion. Das erinnerte mich an die unzähligen Male, die ich mit meiner Schwester Verstecken gespielt hatte, als sie noch ganz klein gewesen war und geglaubt hatte, dass, wenn sie die Augen schloss und mich nicht länger sah, ich sie auch nicht sehen konnte. Dieser erwachsene Mann spielte doch wohl nicht das gleiche Spielchen mit mir?

Ich musterte ihn einige Sekunden lang, dann marschierte ich zu einem kleinen Schrank und holte einen Besen hervor. Den größtmöglichen Abstand haltend, stupste ich ihn an. »Hey, wach auf! Die Bibliothek hat geschlossen.«

Immer noch keine Reaktion.

Eine Hand in die Hüfte gestemmt, umklammerte ich mit der anderen den Besenstiel wie eine Art Bücherhexe. Oooh. *Bücherhexe.* Das brauchte ich auf einem T-Shirt.

»*Die Lippen des Herzogs wanderten ihre Wange entlang, und seine Zunge umspielte zart ihre Ohrmuschel*«, verkündete mein Handy.

»Ach du Scheiße!« Ich zuckte zusammen, als mir das Hörbuch wieder einfiel, das die ganze Zeit im Hintergrund vor sich hin gelaufen war.

»*›Fellows, Sie müssen damit aufhören‹, protestierte sie und schmiegte sich dann eng an ihn, ihre eigenen Worte Lügen strafend.*

›Wenn uns jemand entdeckt, bin ich ruiniert.‹ Aber sie wich nicht zurück, als seine Finger langsam …«

Mit laut pochendem Herz warf ich den Besen beiseite und stürzte mich auf mein Handy, das noch immer auf dem Bücherwagen lag. Hektisch drückte ich darauf herum, bis das elende Ding endlich verstummte.

»Musste das sein? Es wird doch gerade erst so richtig spannend …«, sagte eine tiefe Stimme mit einem Hauch Ironie.

Ich schnappte nach Luft, und mein Blick schnellte zu dem Typen zurück. An seiner Haltung hatte sich nichts verändert, außer dass er nun ein Auge geöffnet und einen Mundwinkel leicht angehoben hatte.

Aus irgendeinem Grund störte mich sein schiefes Grinsen. Ich richtete mich auf und flüster-schrie in bester Bibliothekarinnen-Manier: »*Was fällt dir ein, in meiner Bibliothek zu schlafen?*«

Natürlich lernen alle Bibliothekarinnen zu flüster-schreien. Wie sonst sollen wir die Leute leise, aber nachdrücklich zum Schweigen bringen?

Er räkelte sich träge und nahm die Baseballkappe ab, was einen dichten Schopf dunkles, ein wenig zu langes Haar zum Vorschein kommen ließ. Es lockte sich um seine Ohren und fiel ihm in die Stirn. Die Bartstoppeln auf seinem Gesicht waren genauso dunkel. Eigentlich hätte er ungepflegt und chaotisch wirken müssen. Aber das tat er nicht. Ganz und gar nicht.

Er deutete auf das Buch, dass er jetzt in der Hand hielt. »Tut mir leid. Ich wollte nur ein bisschen lesen.«

Mein Blick fiel auf den Titel, und ich runzelte die Stirn. »Den *Leitfaden der Amerikanischen Ärztekammer zur Verhinderung und Behandlung von Herzkrankheiten?*«

»Wissen ist Macht«, sagte er mit seiner tiefen Stimme. Der leichte Südstaatenakzent ließ ihn jedes Wort ein wenig in die Länge ziehen. Das lenkte meinen Blick direkt wieder auf seine Lippen, die zu einem breiten, wenn auch müden Lächeln verzogen waren.

Dieses Lächeln. Freundlich. Offen. *Charmant.*

Aber ich war nicht von gestern und hatte bereits sechsundzwanzig Jahre auf dieser Erde verbracht. Natürlich konnte ich noch so einiges lernen, doch eine Sache wusste ich bereits mit völliger Klarheit: Dieses Lächeln bedeutete Ärger, und mit Ärger wollte ich nichts zu tun haben. Meine Mutter hatte ihr ganzes Leben damit verbracht, mit dem Feuer zu spielen, und was hatte sie jetzt davon? Nichts als Herzschmerz, Schwielen an den Füßen und keinen Cent mehr auf dem Konto.

Deswegen konnte mich dieses Lächeln auch keineswegs beeindrucken. Ich empfand keinerlei Kribbeln irgendwo in meinem Körper. Das war nur die Wut, die mir heiß den Rücken hinunterschoss.

»Die Bibliothek hat geschlossen«, fauchte ich. »Hast du meine vier Durchsagen etwa nicht gehört?«

Sein Lächeln verrutschte ein wenig, und er richtete sich im Sessel auf. »Ich fürchte, die habe ich wohl verpasst. Das war wirklich keine Absicht.«

Ich fuchtelte mit einer Hand in der Luft herum. »Die Zeit fürs Mittagsschläfchen ist jedenfalls vorbei.«

Er nickte und stand auf. Bei seiner Körpergröße von knapp drei Metern dauerte das ein wenig. Er war nicht auf diese bohnenstangenhafte Weise groß, sondern auf eine starke, schlanke, breitschultrige Art. Als joggte er täglich zum Aufwärmen zehn Kilometer und trainierte *danach* noch im Fitnessstudio. Er streckte einen Arm aus, setzte sich die Kappe wieder auf den Kopf und musterte mich neugierig – von Kopf bis Fuß. »Schönes Shirt.«

Ich trug ein T-Shirt mit der Aufschrift *Ich werde dich Dewey-dezimieren*. Das hatte ich mir zu meinem letzten Geburtstag selbst geschenkt.

»Danke und auf Wiedersehen.« Ich machte einen Schritt zur Seite, um ihn vorbeizulassen.

Er zuckte mit den Schultern und wirkte ein bisschen verwirrt, verstand dann aber meinen Wink mit dem Zaunpfahl und hielt mir das Buch entgegen. Ich musste den Kopf in den Nacken legen, um ihm in die Augen sehen zu können, und das hieß etwas – ohne Schuhe war ich selbst fast einen Meter achtzig groß.

»Tut mir leid, wenn ich dir Umstände bereitet habe«, sagte er. Es klang, als meinte er es ernst.

Ich blinzelte. Seine plötzliche Höflichkeit hatte ich nicht erwartet. Aus der Nähe konnte ich den warmen, hellen Braunton seiner Augen erkennen, wie frischer Honig auf …

Stopp! Auf gar keinen Fall stellte ich gerade schmachtende Vergleiche über seine Augen an! Sie waren braun. Normale braune Augen. Die gewöhnlichste aller Augenfarben. Kühe hatten braune Augen. Er hatte Kuhaugen. Darin lag überhaupt nichts Außergewöhnliches. Es sei denn, man war eine weibliche Kuh auf Beutezug. Was ich nicht war. Offensichtlich nicht.

Ich riss ihm das Buch aus der Hand. »Schon in Ordnung«, sagte ich, wobei mein Ton das Gegenteil nahelegte.

Er nickte ernst, aber ich könnte schwören, dass sich um seine Augen kleine Fältchen bildeten, als unterdrückte er ein Lächeln. Ich folgte ihm langsam bis zur Tür. Auf dem Weg schnappte ich meine Schlüssel vom Tresen und hastete um ihn herum, um sie ins Schloss der Eingangstür zu rammen. Ich hielt die Tür auf und winkte ihn hindurch. Mit gerunzelter Stirn blieb er vor mir stehen, als versuchte er, mich wie ein Buch zu lesen.

Nein, danke.

Schulterzuckend machte er ein paar Schritte die Stufen herunter und drehte sich dann abrupt zu mir um. »Ich habe noch eine Frage, wenn es dir nichts ausmacht.«

Es machte mir etwas aus. Es machte mir sogar sehr viel aus. »Was?«

»Was, glaubst du, hat der Herzog mit seinen Fingern vor? Ich dachte, er würde sie gleich …«

Mit einem verärgerten Brummen zog ich die Tür ins Schloss. Als ich abschloss, lachte er immer noch.

KAPITEL ZWEI

Küss mich, wenn ich falschliege,
aber Dinosaurier gibt es noch, oder?

CHRISTIE L.

»Oh, Kekse aus der Dose?«, bemerkte Miss Mary. Seit ich denken konnte, saß Miss Mary bei *Pappy's Market* an der Kasse. Außerdem war sie meine Sonntagsschullehrerin in der baptistischen Gemeinde gewesen und davor schon die meiner Mutter. Die Leute verließen Two Harts nur selten, und normalerweise spielten sie hier auch mehr als eine Rolle für ihr Geld. Einer der beiden Anwälte der Stadt war zum Beispiel auch Tierpräparator.

Wie den meisten Läden in der Gegend sah man *Pappy's* das Alter am verblichenen Schild über dem Eingang und der schummrigen Beleuchtung an. Die Einkaufswägen waren klein und alt, und jedes einzelne Rädchen im Laden hat einen leichten Linksdrall.

»Ja, Ma'am«, antwortete ich und unterdrückte ein Stöhnen. Genau deswegen erledigte ich die meisten Einkäufe bei Walmart und nahm dafür die zwanzigminütige Fahrt in Kauf.

Sie schob sich die Brille, die ihr an einer Kette um den Hals baumelte, auf die Nase und nahm die Packung unter die Lupe. »Na, das ist ja mal was. Ich benutze dafür natürlich immer das Rezept meiner Großmama. Aber diese hier sollen auch gut sein.« Sie sagte *gut*, als meinte sie eigentlich *giftig*. Oder *Hundekacke*.

Die Kasse piepte, als sie die Dose über den Scanner zog und zur Seite legte. Bei *Pappy's* gab es keine Eile. Miss Mary hatte ihr eigenes Tempo, vielen Dank auch. Inklusive gebanntem Publikum und allem.

»Wie geht's deiner Mama?«, fragte sie mich, während sie eine Packung italienische Wurst beäugte.

Ich verlagerte mein Gewicht von einem Fuß auf den anderen und stützte mich mit dem Ellbogen auf der winzigen Theke ab. Das konnte dauern. »Es geht ihr besser, danke der Nachfrage.«

»Wir haben uns alle solche Sorgen um sie gemacht.«

»Sie ist eine echte Kämpferin«, erklärte ich und hoffte, damit das Thema schnell hinter mir zu lassen und vielleicht sogar noch vor dem nächsten Millennium nach Hause zu kommen.

»Natürlich ist sie das, Schätzchen. Du weißt, die Kirchenladys können euch jederzeit Essen vorbeibringen, oder im Haus helfen, oder sie zum Arzt fahren.« Sie musterte mich über den Rand ihrer Brille hinweg. »Wir kümmern uns umeinander.«

Alles in mir sträubte sich. Meine Mama war zwar in Two Harts aufgewachsen. Da ich jedoch erst mit zehn hierhergekommen war, hatte ich schon immer das Gefühl gehabt, nicht ganz dazuzugehören.

Natürlich machte es die Sache nicht besser, dass mein Vater in dieser Stadt immer wieder verhaftet worden war. Ein großer Teil von mir wollte ständig beweisen, dass ich ihm kein bisschen ähnlich war. Ich war weder unzuverlässig noch verantwortungslos. Ich war eine vollkommen selbstständige Frau, die jede Herausforderung meisterte, vor die das Leben sie stellte.

»Ich habe es im Griff«, sagte ich und zwang mich zu einem schwachen Lächeln. Eigentlich hatte ich gar nichts im Griff, aber wenn ich in der Cornflakesabteilung bei *Pappy's* keine ausgewachsene Panikattacke haben wollte, war lügen einfacher.

Miss Mary tätschelte meine Hand. »Natürlich hast du das, Schätzchen. So warst du schon immer.«

Das unerwartete Kompliment ließ mir die Hitze in die Wangen kriechen. »Danke.«

Mit einem Nicken nahm sie den nächsten Artikel und inspizierte ihn. »Na, sieh einer an. Tiefgefrorene Erbsen in einem mikrowellentauglichen Beutel.« *Piep*, machte der Scanner. »Das ist ja mal was.«

Zu Hause angekommen, hatte ich die Begegnung mit dem schlafenden Riesen in der Bibliothek bereits wieder vergessen. Im Hausflur schleuderte ich die Schuhe von den Füßen und rief eine Begrüßung.

Zur Antwort schrie jemand vor Schmerz.

Als ich um die Ecke bog, wusste ich genau, was ich vorfinden würde: Mama und ihre beste Freundin Sue auf der Couch, die Augen fest auf den Fernseher gerichtet. Letzte Woche hatten die beiden *Game of Thrones* für sich entdeckt, und seitdem gehörten ein bis zwei Folgen zu ihrem täglichen Ritual.

Leise umrundete ich das Sofa und küsste Mama auf die Wange. Ich ließ mir keine Chance entgehen, ihr einen Kuss zu geben, ihre Hand zu halten oder Zeit mit ihr zu verbringen. In den letzten Monaten hatten wir gelernt, dass das Leben kostbar war und viel zu schnell zu Ende sein konnte.

»Ist gleich vorbei, mein Schatz«, flüsterte sie, ohne mich dabei anzusehen.

»Dann mache ich mich schon mal ans Abendessen«, sagte ich. »Hi, Sue.«

Sue wedelte mit der Hand, um mich zum Schweigen zu bringen. Ich unterdrückte ein Lachen. Nachdem ich die Einkäufe in die Küche gebracht hatte, ging ich in mein Zimmer, um meine Arbeitsklamotten gegen ein Paar löchriger Shorts und ein altes, ausgeblichenes T-Shirt zu tauschen.

Kevin, unser uralter Kater mit den sozialen Umgangsformen eines Kaktus, blinzelte mich von seinem Schlafplatz mitten auf meinem Bett an. Oder eher seinem Bett, in dem er mich gnädigerweise schlafen ließ. Nachdem Oma in meinem letzten Collegejahr gestorben war, hatten wir entschieden, dass ich ihr Schlafzimmer übernahm. Kevin gehörte dabei zum Mobiliar. Menschen, Staubsauger und Schuhe konnte er nicht ausstehen. Wenn ich so darüber nachdachte, hatten wir viel gemeinsam.

»Dir auch einen schönen guten Tag«, sagte ich.

Zur Antwort bedeckte er sein Gesicht mit der Pfote und schlief wieder ein. Typisch.

»Verdammte Scheiße!«, rief Sue im Nebenzimmer, und ich grinste.

Sue und meine Mutter waren schon vor meiner Geburt die besten Freundinnen gewesen. Sie waren beide in Two Harts aufgewachsen. Sue hatte einen Zwischenstopp bei der Navy eingelegt, um dann zurückzukehren und für das Unternehmen ihrer Familie den Abschleppwagen zu fahren. Zu dieser Zeit hatte Mama bereits meinen Vater kennengelernt, der sie auf eine regelrechte Achterbahnfahrt mitgenommen hatte, ehe sie mit mir und meiner Schwester nach Two Harts zurückgekehrt war. Wenn man Mama dieser Tage sah, war auch Sue nicht weit.

Kurz nach Mamas Schlaganfall, als wir noch nicht sicher sein konnten, ob sie überleben würde, hatte Sue sich um alle praktischen Angelegenheiten gekümmert. Sie hatte die Katze gefüttert, nach der Post gesehen, sichergestellt, dass Iris und ich regelmäßig aßen. Die letzten sieben Monate waren die härtesten meines Lebens gewesen, und ohne Sue hätten wir es nicht geschafft.

Aber Mama kämpfte, obwohl sich ihre linke Körperhälfte nur langsam erholte. Ihre Krankenversicherung hatte nur zwei Monate in einer Reha-Klinik bezahlt. Dann war sie mit einer ausgedruckten Übungsanleitung, einem Rollstuhl und einem hastigen »alles Gute« entlassen worden.

Und ich hatte in diesem Moment herausgefunden, wie teuer Krankenhausaufenthalte und Physiotherapien waren.

Auf dem Weg in die Küche klopfte ich an Iris' Tür. Keine Antwort. Stirnrunzelnd betrat ich ihr Zimmer. Hier drin herrschte die Atmosphäre eines Bestattungsinstituts, in dem eine Death Metal-Band auf einen Vampirclan traf. Aber hier und da konnte ich noch das junge Mädchen erkennen, von dem Iris so tat, als existiere es nicht mehr. Zum Beispiel an der Pinnwand, an der jede Postkarte hing, die sie jemals bekommen hatte. Oder am Bücherregal, das mit Babysitter-Club-Büchern vollgestopft war. Oder am Kuscheltier, das auf ihrem ungemachten Bett lag. Kitty war früher mal gelb gewesen und hatte zwei Augen gehabt. Jahrelanges Weinen und Kuscheln hatte sie ausgeblichen und zerfleddert, aber auch heißgeliebt zurückgelassen.

Was ich in ihrem Zimmer nicht entdeckte, war Iris selbst.

Im Laufe des letzten Jahres hatte meine Schwester die Kunst des Verschwindens perfektioniert. Obwohl sie im letzten Highschool-Jahr war, schien sie es sich zur Lebensaufgabe gemacht zu haben, die Schule, ihr Zuhause und ihre Familie im größtmöglichen Umfang zu meiden. Ich hatte schon einen Anruf ihres Mathelehrers abgefangen, der verkündet hatte, dass es ein Wunder (und vermutlich Bestechungsgeld) brauchen würde, damit er Iris nicht durchfallen ließ.

Ich warf einen Blick auf das Foto auf Iris' Nachttisch – ein seltenes Familienbild, auf dem auch Dad zu sehen war. Iris war darauf etwa zehn Jahre alt, mit rosigen Wangen, die blonden Haare zum Zopf gebunden. Mit einem breiten Grinsen sah sie zu Dad auf. Als kleines Mädchen war sie ein wahrer Sonnenschein gewesen, der immer an unserem Vater gehangen hatte.

Aber in den letzten Jahren hatte sie sich der dunklen Seite zugewandt. Wortwörtlich. Erst hatte sie ihre Haare schwarz gefärbt und sich dann einen unordentlichen Stufenschnitt verpasst, hinter dem sie ein Auge dauerhaft versteckt hielt. Ihre Garderobe bestand vor allem aus alten (natürlich schwarzen) Band-Shirts. Schwarzer Lippenstift. Schwarzer Nagellack. Ein unechtes Lippenpiercing – wobei ich nicht sicher wusste, ob es nicht doch echt war.

Aber sie half mir mit Mama, also bemühte ich mich, ihr ihre Freiheiten zu lassen. Außerdem war sie erst siebzehn, fast noch ein Kind. Andererseits war ich schon mit neun erwachsen geworden – als Dad zum ersten, aber bei Weitem nicht letzten Mal, ins Gefängnis musste.

Wir hatten ausgemacht, dass Iris direkt von der Schule nach Hause kommen würde. Aber in letzter Zeit hatte sie Sue immer öfter dazu überredet, bei Mama zu bleiben, während sie stundenlang verschwand. Dann kam sie lange nach der verabredeten Zeit nach Hause und verlor kaum ein Wort darüber, wo oder mit wem sie unterwegs gewesen war. Aber ich hatte alles unter Kontrolle. Mama würde nichts von ihren Noten oder den langen Nächten erfahren.

Mamas einzige Aufgabe bestand darin, wieder gesund zu werden. Meine Aufgabe war es, mich um alles andere zu kümmern.

»Wo ist Iris?«, fragte ich, als Sue und Mama zu mir in die Küche kamen.

Mama wedelte mit der Hand. »Mit Freunden unterwegs.«

»Dieses Mädchen ist glitschiger als ein Aal in Wackelpudding«, bemerkte Sue.

»Wofür braucht man Aal im Pudding?«, wollte ich wissen.

»Fürs Aal-Wackelpeter-Wrestling, ist doch klar! Sehr beliebt, habe ich gehört.«

Ich lachte. »Wie lange bist du schon hier?«

»Seit zwei Folgen. Das musst du dir anschauen, Mae, ist echt super.«

»Nein, danke.« Natürlich wollte ich nichts lieber, als so lange auf dem Sofa eine Serie zu verschlingen, bis meine Augen vergessen hatten, wie man blinzelte. Aber dafür blieb mir keine Zeit. Ich hatte immer irgendwas zu tun.

»Wie war die Physiotherapie heute?«, fragte ich, während ich die Zutaten fürs Abendessen zusammensuchte.

Mama lächelte, und ihre linke Gesichtshälfte bemühte sich, mit der rechten Schritt zu halten. Der Anblick ihres Lächelns war bittersüß. Ich war froh, dass sie lächeln konnte, aber gleichzeitig erinnerte es mich an das, was sie überlebt hatte, und wie nah wir daran gewesen waren, sie zu verlieren.

»Es war die Hölle«, verkündete sie fröhlich. »Aber ich fühle mich stärker. Wartet es nur ab! Ehe ihr es euch verseht, brauche ich den Rollstuhl gar nicht mehr.«

Es stimmte, dass sie inzwischen immer öfter ihren Rollator verwendete. Am Abend musste sie dann oft wieder in den Rollstuhl wechseln, weil sie so erschöpft war. Aber die Therapie zeigte Wirkung.

Außerdem war sie ganz schön teuer.

Und deswegen hatte ich den zweiten Job angenommen. Den, von dem niemand etwas wusste. Und ich würde dafür sorgen, dass es auch dabei blieb.

Iris schlich sich kurz nach Mitternacht zurück ins Haus, mit dem für sie typischen mürrischen Blick. Ich sah von dem Buch auf, das ich zu lesen vorgab, während ich so tat, als würde ich nicht auf sie warten. Natürlich hatte ich auf sie gewartet.

»Was?«, grummelte sie. An ihren Tonfall hatte ich mich inzwischen gewöhnt. Sie ließ sich auf das andere Ende der Couch fallen.

»Du bist zu spät«, sagte ich. »Viel zu spät. Wo warst du?«

Iris verdrehte die mit schwarzem Kajal dick umrandeten Augen. Einmal hatte ich sie gefragt, ob sie einen Waschbären um Make-up-Tipps gebeten hatte. Das war gar nicht gut angekommen. »Unterwegs.«

»Iris.« Ich funkelte sie an.

Sie funkelte zurück. »Maebell.«

»Es ist viel zu spät für dich. Du bist nicht mal ans Handy gegangen, als ich dich angerufen habe.« Und ich hatte sie mehr als einmal angerufen.

Sie zuckte mit den Schultern und kratzte am abgesplitterten schwarzen Lack auf ihren Fingernägeln herum. »Ich hatte zu tun.«

»Ich habe mit Mr. Sullivan gesprochen. Er meinte, dass du

in Mathe durchfällst. Dass du deinen Abschluss also vielleicht nicht machen kannst. Wenn du im Herbst am Community College anfangen willst, musst du aufholen.«

Sie ließ den Kopf gegen die Rücklehne des Sofas fallen und seufzte. »Na guuut. Ich kümmere mich drum.«

»Außerdem solltest du bei Mama bleiben, bis ich nach Hause komme. Das war unser Deal.«

Sie verdrehte schon wieder die Augen. Das war alles, was Iris an Gefühlsregungen zu bieten hatte: Augen verdrehen, Schulterzucken und grimmige Blicke. Höchst umfangreich. »Sue war doch hier.«

»Sue war aber nicht diejenige, die bei ihr hätte bleiben sollen.«

Sie zerrte das Haargummi aus ihrem schlaffen Pferdeschwanz. »Ich weiß schon, Mom.«

»Ich bin nicht deine Mom«, fauchte ich gereizt, aber uns war beiden klar, dass ich für sie mehr so etwas wie ein zweites Elternteil als eine Schwester war – und das schon seit ihrer Geburt.

»Dann hör auf, dich so zu verhalten. Du bist die älteste Sechsundzwanzigjährige der Welt.«

»Bin ich nicht!« Das war kein neuer Streit. Klar, ich besaß viele zu viele Bücher und einen uralten, sturen Kater, aber ich war keine Seniorin.

»Ich glaube, sogar Mrs. Houser hat mehr Dates als du.«

Ich schnappte nach Luft. »Mrs. Houser ist siebenundachtzig, fast blind und lässt regelmäßig ihr Gebiss auf dem Kirchenklo liegen!«

»Ich weiß.« Iris tätschelte mir gespielt mitleidig das Knie. »Und trotzdem erlebt sie mehr als du.«

Die Vorstellung, dass Mrs. Houser etwas anderes tun könnte,

als am Sonntagmorgen auf ihrem Platz in der Kirche zu sitzen und fröhlich schief zu singen, jagte mir einen Schauer über den Rücken.

»Was auch immer«, murmelte ich und hielt mir das Buch vors Gesicht.

Keine dreißig Sekunden später legte sich eine Fingerspitze mit schwarz lackiertem Nagel auf den Rand des Buchs und drückte es herunter, bis Iris' blaubeerfarbene Augen dahinter auftauchten.

»Schmollst du jetzt?«, fragte sie.

»Nein, ich lese.«

»Es tut mir leid, okay?«, sagte sie. »Ich werde dich in Zukunft anrufen. Oder was auch immer.«

»Vor allem, wenn du dich verspätest.«

»Na gut.«

»Danke.« Ich drückte mir das Buch an die Brust. »Ich muss nur wissen, dass es dir gut geht, okay?«

Sie ignorierte meine Worte und deutete auf das Buch. »Schon wieder *Das Schloss in den Wolken*? Du bist so vorhersehbar.«

»Bin ich gar nicht. Und außerdem ist es ein gutes Buch.« Es war sogar fantastisch und gehörte standartmäßig zu meinen zwanzig Lieblingsbüchern. Ich hielt nichts davon, nur ein einziges Lieblingsbuch zu haben und vertraute niemandem, der das von sich sagte.

Iris verdrehte schon wieder die Augen. »Es wird Zeit, dass du mal ein bisschen was erlebst.«

»Es wird Zeit, dass ich schlafe, aber das kann ich nicht, wenn ich mir Sorgen um dich mache«, entgegnete ich.

»Es wird Zeit, dass ich schlafe«, äffte sie mich nach und gähnte dann.

»Halt die Klappe.« Ich boxte sie spielerisch.

»Du bist nur neidisch, weil ich die Coole in dieser Familie bin.« Sie beugte sich zu mir und zog mir an den Haaren.

Aber es war schon spät, und wir gaben uns beide keine Mühe. Stattdessen lehnte sie ihren Kopf an meine Schulter, und ich küsste sie auf den Scheitel. Natürlich würden wir morgen so tun, als wäre das nie geschehen. Wir waren Erzfeindinnen. Erzfeindinnen kuschelten nicht.

»Du bist eine Nervensäge, weißt du das?«, fragte ich. »Ich weiß nicht, warum ich mich mit dir abgebe. Ich hätte dich bei der ersten Gelegenheit auf dem Flohmarkt verkaufen sollen. Aber nein, ich musste ja unbedingt ein Gewissen haben.«

Ich zuckte mit der Schulter, um Iris eine Reaktion zu entlocken, aber sie rührte sich nicht mehr. Ihre Augen waren geschlossen, und sie atmete durch den Mund. Sie war eingeschlafen. Noch eines ihrer Talente: überall und zu jeder Zeit schlafen zu können.

»Na gut«, flüsterte ich. Ich stand auf und bettete ihren Kopf so sanft wie möglich auf die Couch. Dann zog ich ihr die Schuhe aus und hob ihre Beine ebenfalls aufs Sofa.

Sie rollte sich sofort zusammen. Das erinnerte mich an früher, als wir jünger gewesen waren, ich mitten in der Nacht aufgewacht war und sie genau so zusammengerollt neben mir im Bett gefunden hatte. Mein Herz zog sich zusammen bei dieser Erinnerung.

Ich wusste nicht genau, was Iris mit ihrem Leben vorhatte. Wenn ich in diesem Moment eine Vermutung hätte anstellen müssen, hätte ich behauptet, dass sie die nächste Präsidentin des hiesigen Hexenzirkels werden wollte. Gab es in Hexenzirkeln überhaupt Präsidentinnen? Oberhexen vielleicht? Aber ich wusste, dass sie Träume hatte, und ich würde alles dafür tun, dass sie diese verwirklichen konnte.

Ich deckte sie zu, dann knipste ich das Licht aus. Als ich hinausging, hörte ich gerade noch, wie sie »Hab dich lieb, Maebell«, murmelte.

KAPITEL DREI

Hast du einen Stift für mich?
Ich möchte mir deine Nummer aufschreiben.

CHRISTINE K.H.

Das *Sit-n-Eat Café* war eine Institution in Two Harts. Es existierte seit Anbeginn der Zeit und war, wie die meisten Institutionen in diesem Ort, über Generationen hinweg in derselben Familie geblieben. Ollie Holder, der derzeitige Inhaber, hatte nie geheiratet oder selbst Kinder bekommen. Er war knapp dreihundert Jahre alt und niemand wusste genau, was mit dem *Sit-n-Eat* passieren würde, wenn er den Löffel abgab.

»Wie ist der Hackbraten?«, fragte ich, als ich mich auf einen Barhocker am Tresen schwang. Es war Freitag. Freitags gab es Hackbraten. Montags Brathähnchen. Mittwochs Steak, und so weiter. Wer versuchte, etwas anderes zu bestellen, bekam trotzdem das Tagesgericht, und Ollies bösen Blick obendrein.

»Gut.« Ollie war kein Mann der großen Worte und das mochte ich an ihm.

»Überlegst du manchmal, hier etwas zu verändern, Ollie? Wie wär's mit dem Sushi-Samstag?«, fragte ich, um ihn zu ärgern.

Hinter mir lachte jemand. Vermutlich einer der drei älteren Männer, die ihre Nachmittage gern im Café verbrachten.

Das *Sit-n-Eat* hatte jeden Tag von Punkt zehn bis vierzehn Uhr geöffnet. Es gab kein Frühstück, keinen Brunch und kein Abendessen. Man kam fürs Mittagessen. Und die freundliche Bedienung, natürlich. Trotz allem erfreute sich das Café eines steten Andrangs an Gästen – der so groß war, dass ein Schild mit der Aufschrift HILFE GESUCHT dauerhaft im Fenster hing.

Ollie ging nicht auf mich ein. »Ein- oder zweimal?«

»Zweimal, bitte.«

»Dann kommt die andere wohl auch noch?«

Hatte ich schon erwähnt, dass er reizend war? Ollie war kein besonders großer Mann, und mit seiner glänzenden Glatze, den dunklen, buschigen Augenbrauen und seiner stets so guten Laune strahlte er eine starke »Leg dich nicht mit mir an«-Aura aus.

Ich grinste. »Sie heißt Ali, das weißt du genau – schließlich hat sie während des Colleges zwei Sommer lang für dich gearbeitet, und sie isst auch mindestens dreimal die Woche hier.«

Er zuckte mit den Schultern und verschwand hinter dem Vorhang, der den vorderen Barbereich von der Küche trennte.

Meine beste Freundin Ali Ramos kam für gewöhnlich zu spät. Obwohl sie als Digitale Assistentin ihre eigenen Zeitpläne machte, konnte man ihr oft nur noch hinterherwinken, wenn sie in irgendein Internet Rabbit Hole verschwand. Oder wenn sie Rachepläne schmiedete. Vor drei Monaten, nach vier gemeinsamen Jahren, hatte ihr Freund Alec mit ihr Schluss gemacht – angeblich, weil ihn die Fernbeziehung belastete.

Man sollte meinen, er hätte damit rechnen können, dass seine technikaffine Ex-Freundin ihn online stalken und so herausfinden würde, dass er nur zweiundsiebzig Stunden nach ihrer Trennung schon eine Neue am Start hatte.

Das hatte Ali natürlich nicht einfach so hingenommen. Alec versuchte wahrscheinlich immer noch, den Geruch nach vergammeltem Fisch aus einem Auto zu bekommen und herauszufinden, wie sein Profil und seine E-Mail-Adresse auf einer Website namens »Furries suchen Liebe« aufgetaucht waren.

»Hackbratentag ist mein Lieblingstag«, verkündete Ali, als sie schließlich in ihrer Arbeitsuniform erschien: Leggins und ein übergroßes Star-Trek-Shirt, das dunkle Haar in einem wild überquellenden Knoten auf dem Kopf zusammengeschlungen. Außerdem war sie von ihrem Spaziergang ein wenig verschwitzt.

Ali fuhr nicht mit dem Auto – tatsächlich weigerte sie sich zu fahren – und ging deswegen meistens zu Fuß. Sie wohnte nah am Stadtzentrum, nur ein paar Minuten von den meisten Restaurants und Läden entfernt. Sie war oft schweißgebadet, wenn sie irgendwo ankam. In Texas ging man einfach nicht zu Fuß.

Mit einem breiten Grinsen nahm sie auf dem Hocker neben mir Platz. »Gib's mir, Ollie.«

Wir waren seit der fünften Klasse beste Freundinnen. Ali kannte all meine Geheimnisse.

Na ja, zumindest die meisten.

Jedenfalls die, von denen ich ihr erzählte.

Ollie grunzte und stellte zwei übervolle Teller vor uns ab. Ali verschwendete keine Zeit und schob sich ein großes Stück Hackbraten in den Mund.

»So gut«, seufzte sie. »Dafür liebe ich dich, Ollie.«

Ollie grunzte erneut, aber ich war mir sicher, dass er beim Davonschlurfen rot anlief.

Ali unterbrach ihr Festmahl gerade lange genug, um mit der Gabel auf mich zu deuten. »Hast du es schon gehört?«

»Was gehört?«, fragte ich.

Sie verdrehte die Augen. »Manchmal lebst du echt auf einem anderen Planeten.«

»Stimmt doch gar nicht.«

»Doch, das tust du. Und ich kann es beweisen. Weißt du, wer Chris Sterns ist?«

Ich schüttelte den Kopf. »Sollte ich das? Ist er mit uns zur Schule gegangen?«

»In unserer Stufe waren sechzig Leute, und du hast das Jahrbuch betreut. Du weißt, dass er nicht mit uns in der Schule war. Wie sind wir überhaupt Freundinnen?«

»Ich glaube, weil du mir eines Tages nach der Schule nach Hause gefolgt bist.«

»Haha, du bist lustig.«

Ich grinste. »Und das ist vermutlich der Grund, warum wir befreundet sind.«

Ali schnaubte und fuchtelte mit ihrer Gabel vor meinem Gesicht herum. »Ich bin die Verrückte, Unberechenbare in dieser Beziehung. Du bist die Seriöse, Verantwortungsvolle. Bleib bei deinen Leisten.«

Und damit hatte sie völlig recht. Ali zog Ärger magisch an. Dazu kam, dass sie einen tiefen Sinn für Gerechtigkeit hatte, der sich oft auf kreative Weise Bahn brach. Zum Einsatz kamen dabei etwa Rasierschaum, Wasserbomben, Werkzeuge zum Schlösserknacken, Telefonstreiche, ausgefeilte Täuschungsmanöver, Klebstoff statt Shampoo, ein Clown, ein angemieteter Streichelzoo und alles, was man sich sonst noch vorstellen konnte. Sie war sozusagen der MacGyver der Rachefeldzüge.

Was ich aus diesen Erlebnissen gelernt hatte? Leg dich niemals, also wirklich *niemals* mit Ali an.

»Das sollte ich mir auf ein T-Shirt drucken.« Ich wedelte mit der Hand vor meiner Brust herum. »*Die Seriöse, Verantwortungsvolle.*«

»Bald eine eingetragene Marke«, sagte Ali.

Ich lachte. Das war noch etwas, was ich an ihr liebte: Sie brachte mich zum Lachen. »Also, wer ist dieser Chris Sterns?«

»Ach, nur einer der berühmtesten Footballspieler auf der ganzen Welt.«

»Na und?«

»*Na und*?! Ich sag's dir: Er ist hier. Also in Two Harts.«

»Warum sollte ein weltberühmter Footballspieler ausgerechnet hierherkommen?«, fragte ich spöttisch.

»Angeblich hat er das Wilson-Haus für ein paar Monate gemietet, um dort seine Ruhe zu haben.«

Das Wilson-Haus gehörte den Wilsons inzwischen gar nicht mehr. Es war vor einigen Jahren aufgekauft und renoviert worden und wurde nun als Ferienhaus vermietet. Obwohl ich mir nicht vorstellen konnte, warum irgendjemand Ferien in Two Harts machen wollte. Natürlich mochte ich Two Harts. Aber ich hasste Two Harts auch. Es war kompliziert.

»Na dann, möge er in Frieden ruhen.«

Ali sah mich empört an. »Ich glaube, du verstehst die Bedeutung von Chris Sterns nicht ganz. Mae, er ist unglaublich heiß.«

Ich schnaubte und spießte ein Stück Hackbraten auf. »Ich dachte, du hättest den Männern abgeschworen.«

»Also bitte. Er ist nicht einfach irgendein Mann! Er ist ein sexy Sport-Gott. Nicht bloß gewöhnlich heiß, sondern so heiß, dass er zum *Sexiest Man Alive* gewählt wurde. Außerdem ist er ein guter Typ. Spendet an Wohltätigkeitsvereine, besucht Kinder im Krankenhaus, hilft im Tierheim aus.« Sie beugte sich zu mir und senkte die Stimme. »Auf diesem einen Foto trägt er kein Shirt und hält einen Hundewe–«

»Welpen. Ich halte einen Hundewelpen«, beendete eine Stimme hinter uns Alis Satz.

Ali zuckte zusammen und fuhr herum. Stumm öffnete und schloss sie den Mund ein paar Mal, bevor sie ihre Worte schließlich wiederfand. »Ach du heilige Scheiße. Das ist er. Du bist es! Du bist Chris Sterns.«

»Der Leibhaftige«, sagte er, und ich konnte einen Hauch Ironie in seiner Stimme hören.

Irgendetwas an seinem Ton kam mir komisch vor, als hätte ich diese Stimme schon einmal gehört. Was natürlich lächerlich war, denn an eine Begegnung mit einem professionellen Footballspieler hätte ich mich sicherlich erinnert. Ich drehte mich langsam um und blickte auf, weit, weit auf, an langen, jeansbekleideten Beinen und einem grauen T-Shirt mit einem verblichenen Logo darauf entlang nach oben. Schließlich erspähte ich ein mit struppigen Stoppeln bedecktes Kinn und eine Baseballkappe, die seine Augen verdeckte, von denen ich wusste, dass sie die Farbe von warmem Honig hatten …

»Du.«

Er lehnte sich zurück und schob die Kappe nach hinten. Ein leichtes Lächeln umspielte seine Lippen. »Schönes Shirt.«

Auf meinem heutigen T-Shirt stand *Bibliothekarinnen machen's besser.* Ich mochte Shirts mit aufgedruckten buchbezogenen Sprüchen. Wir hatten alle unsere Schwächen, und das hier war meine.

»Hör auf, mein Shirt anzustarren!«, fauchte ich.

Eigentlich hatte er gar nichts falsch gemacht. Aber seine Augen … funkelten.

Ich runzelte die Stirn. Seine Augen funkelten definitiv nicht. Sie hatten auch nicht die Farbe von warmem Honig. Er hatte ganz normale braune Augen, Augen wie eine …

»Du hast Kuhaugen«, platzte es aus mir heraus. Und genauso schnell schlug ich mir die Hand vor den Mund – so heftig, dass mir die Zähne klapperten. Was war nur los mit mir? Normalerweise brachen nie unkontrollierte Aussagen aus mir hervor. Ich war stets ruhig, gelassen und gefasst. Ali hatte recht. Generell war sie diejenige von uns beiden, die uns in Schwierigkeiten brachte, und ich war diejenige, die uns aus der Patsche half.

»Wow«, murmelte Ali. »Wo kam das denn her?«

Chris der Footballgott schob seine Kappe ganz in den Nacken, und enthüllte die besagten Augen damit vollständig. Aus ihnen blitzte der Schalk. »Tja, Kühe sind aber auch ganz besondere Tiere.«

Ich richtete mich gerade auf und gab mir Mühe, trotz meiner knallroten Wangen (die so nur bei *echten* Rotschöpfen vorkamen) den letzten Rest meiner Würde zu wahren. »Ach, wirklich?«

»Na klar. Weißt du, Kühe schlafen über die Hälfte des Tages, meistens im Stehen, und sie haben einen unglaublichen Geruchssinn.« Er tippte sich an die Nase. »Außerdem sind sie nicht gern allein. Sie haben gerne Freunde um sich.«

»Du weißt ganz schön viel über Kühe«, sagte ich.

»Ich war bei den Pfadfindern. Hab dort das Rinderwissen-Abzeichen gemacht.«

»Es gibt kein Kuh-Abzeichen bei den Pfadfindern.«

»Aber klar doch.« Er lächelte breit und herzlich, und seine weißen Zähne blitzen auf. Mir lief ein Kribbeln den Rücken hinunter.

Ich sah ihn finster an. Langsam wurde mir klar, warum Ali ihn so über den grünen Klee gelobt hatte.

»Ich habe auch ein Ziegen-Ruf-Abzeichen, ein Berühmte-Amerikanische-Scheunen-Abzeichen, und ein Vorbereitet-auf-die-Zombieapokalypse-Abzeichen.«

Ali boxte mich in die Schulter. »Ich dachte, du wüsstest nicht, wer er ist!«

»Er hat gestern in meiner Bibliothek geschlafen!«

Sie lachte – den ersten Schock hatte sie eindeutig überwunden. »Mann, dafür hast du bestimmt richtig Ärger bekommen.«

Er hob grinsend die Hände. Ein Grübchen erschien. Das war mir noch nicht aufgefallen. Es war furchtbar ablenkend.

»Hey, ich habe nur meine Augen ausgeruht.«

Grummelnd verschränkte ich die Arme und wollte gerade antworten, als uns eine weitere Stimme unterbrach.

»Ladies, wie ich sehe, habt ihr Chris kennengelernt.«

Ich knurrte. Ja, ein echtes Knurren. Hätten sich sämtliche Bösewichte der Welt zusammengetan und einen Weg gefunden, ihre gesamte DNA zu kombinieren, um damit im Labor ein Mutantenbaby zu erschaffen, dem sie dann dunkelblondes Haar und das kalte, tote Herz eines Politikers verpasst hätten, käme dabei dieser Mann heraus: Peter Stone.

Es war einmal vor langer, langer Zeit, da hatte ich ihn für gut aussehend und charmant gehalten, mit seiner Haartolle, den breiten Schultern und dem gebieterischen Auftreten. Das Bäuchlein, das er nach dem College bekommen hatte, und seine Vorliebe für Cowboystiefel und zu enge Jeans waren mir niedlich erschienen. Ich hatte sogar davon geträumt, ihn zu heiraten und seine kleinen, jeanstragenden Babys auszutragen. Ich hatte mich darum bemüht, der Beziehung mit Peter eine echte Chance zu geben. Am Anfang war es schön gewesen, hatte sogar Spaß gemacht. Aber wie die meisten guten Dinge in meinem Leben, hatte es nicht gehalten. *Er* hatte nicht gehalten.

Jetzt hoffte ich, dass er sich eines Tages im Wald verlaufen und von einem Rudel hungriger Kojoten verschlungen würde. Anscheinend war Ali nicht die Einzige mit Rachefantasien.

Tatsächlich konnte ich in seinem plötzlichen Erscheinen aber etwas Gutes abgewinnen. Peters Anblick erinnerte mich daran, dass hübsche Verpackungen oft ein hässliches Innenleben verbargen.

»Und ich dachte, es ist Hackbratentag, nicht Hackfressentag«, bemerkte Ali. Als gute, treue Freundin hasste sie Peter ebenfalls.

»Glückwunsch, Alicia, wie ich sehe, hast du an deinem Erwachsenenwortschatz gearbeitet«, erwiderte Peter, der offenbar die Lebensgefahr unterschätzte, in die er sich mit diesen Worten begab.

Ali hob eine dunkle Augenbraue und überlegte sichtlich, wie sie Peter dazu bringen konnte, diese Worte zu bereuen.

»Wir haben uns gestern kennengelernt«, erklärte Chris. Seine nächsten Worte richteten sich an mich. »Danke für den Buchtipp. Ich konnte doch noch herausfinden, was der Herzog mit seinen Fingern angestellt hat.«

»Gern geschehen«, erwiderte ich mit zuckersüßer Stimme. »Ich bin einfach froh zu wissen, dass du lesen kannst.«

Er lehnte mit der Hüfte neben mir am Tresen, das verfluchte Funkeln wieder in den Augen. Er hatte Spaß an der ganzen Sache, und das reizte mich.

»Wie wär's, wenn wir einen Buchclub gründen? Aber ich entscheide, was wir als Nächstes lesen.« Er zwinkerte. Wie gesagt: reizend.

»Lass mich raten: für dein Buchclub-Abzeichen?«

»Natürlich.«

»Maebell, ich bin froh, dich zu sehen«, mischte sich Peter wieder ins Gespräch ein. »Ich habe eine Frage zum Budget der Bücherei und hatte gehofft, wir könnten uns zusammensetzen, um darüber zu sprechen.«

»Oh-oh«, flüsterte Ali.

Hatte ich bereits erwähnt, dass Peter das vielversprechende Amt des Bürgermeisters von Two Harts innehatte? Er hatte das Zepter von seinem Vater übernommen, der es wiederum von seinem Vater hatte. Natürlich ist der Bürgermeister eigentlich ein gewählter Vertreter des Volks, aber solange niemand gegen ihn antrat, handelte es sich hierbei im Grunde um eine Diktatur.

»Maebell?«, fragte Chris und zog meinen Namen absichtlich in die Länge. »Das ist süß.«

»Ich bin nicht süß«, knurrte ich. Und das stimmte. Hundebabys waren süß. Winzige Puppenhausmöbel waren süß. Ali war auf eine chaotische, nerdige Art süß, die überraschend viele Männer anzog. Zumindest, bis sie es sich mit ihr verdarben.

Peter räusperte sich, und mein wütender Blick schwenkte zu ihm zurück. »Worüber willst du reden?«

Peter hatte den Stadtrat überzeugt, mein Budget letztes Jahr derart drastischen Kürzungen zu unterziehen. Einfach, weil er so ein Idiot war.

»Ich habe ein paar Ideen, wie wir weitere Kosten einsparen können«, erklärte er mit seiner fröhlichen, aalglatten Politikerstimme. »Wie sich herausgestellt hat, wird das neue Footballstadion doch ein bisschen teurer als erwartet, und wir bitten alle, einen kleinen Beitrag zu leisten.«

»Du machst Witze«, sagte ich.

»Lass uns das lieber später besprechen. Denk einfach darüber nach. Ich sage Maria, dass sie einen Termin mit dir ausmachen soll.« Über meinen Kopf hinweg winkte er jemandem zu. »Ed, wie geht's? Ich wollte dich etwas fragen.«

Mit geballten Fäusten sah ich ihm hinterher. Vielleicht könnte er sich demnächst mit Honig beschmiert im Wald verlaufen und auf eine so richtig ambitionierte Bärenfamilie stoßen.

»Isst du das noch?« Chris saß inzwischen auf dem Hocker neben mir und beäugte meinen Hackbraten.

Ich schob ihm den Teller zu. Mir war der Appetit vergangen. »Nein, bedien dich.«

Ali stupste mich mit der Schulter an. »Alles in Ordnung?«

»Ich hasse ihn.«

»Ich weiß. Ich hasse ihn auch.« Ali war wirklich eine gute und treue Freundin. »Sag Bescheid, wenn du bereit bist, Anti-Peter-Maßnahmen zu ergreifen. Ich habe schon ein paar Ideen.«

»Ali«, seufzte ich.

»Weißt du, was eine Glitzerbombe ist?« Ihre Augen leuchteten übermütig.

»Er hat sich kaum verändert«, sagte Chris. Ollie brachte ihm ein Glas Eistee, und er nickte dankend.

»Du kennst ihn?«, fragte ich.

»Haben während des Colleges zusammen Football gespielt. Er war schon damals ein Angeber.« Selbstvergessen schaufelte Chris den Hackbraten in sich hinein. »Das ist lecker.«

Ali beugte sich vor, um ihn an mir vorbei anzusehen. »Stimmt es, dass du eine Weile in der Stadt bleibst?«

Chris nickte. »Fürs Erste.«

»Warum?«

Er legte die Gabel zur Seite und nahm einen großen Schluck Eistee. »Ich habe beruflich in Houston zu tun. Dachte einfach, ich schau es mir mal an.«

Ein Blick auf mein Handy verriet mir, dass ich wieder an die Arbeit musste. Obwohl die Bibliothek am Freitag früher schloss, hatte ich es eilig, weil ich mich zu Hause noch umziehen musste, bevor ich mich auf die Fahrt nach Houston machte. Für meinen anderen Job. Den, auf den ich mich mental sehr gut vorbereiten musste.

Ich stand auf und sammelte meine Sachen ein. Ollie schob einen Pappkarton zum Mitnehmen über den Tresen.

»Das habe ich nicht bestellt«, sagte ich.

»Du musst etwas essen.« Er verschwand, bevor ich mich bedanken konnte. Ollie gehörte zu den Guten.

»Ich rufe dich später an«, meinte ich zu Ali.

Sie nickte und wechselte auf meinen Barhocker neben Chris. Vermutlich wollte sie der Sonne ein wenig näher kommen.

»Viel Spaß in Two Harts«, sagte ich zu Chris.

»Oh, hey, Maebell! Cowboys oder Piraten?«, rief er mir hinterher, als ich schon halb zur Tür hinaus war.

»Was?«

»Für unseren Buchclub: Cowboys oder Piraten?« Er grinste. »Weißt du was? Ist auch egal. Werd dich überraschen.«

KAPITEL VIER

War deine Mutter ein Biber?
Weil: Ver-DAMM-t.

ALLISON A.

»Du siehst aber gut aus«, bemerkte Mama. »Gehst du schon wieder aus?«

Ich warf ihr ein kurzes Lächeln zu. »Jep.«

Nein. Zumindest nicht so, wie sie sich das vorstellte.

Als die ersten Arztrechnungen eintrafen, wurde mir klar, dass wir in Schwierigkeiten steckten. Als Lösung fiel mir nur ein, mehr Geld zu verdienen. Aber ich hatte nicht vor, Mama von den Rechnungen, geschweige denn von meinem zweiten Job zu erzählen. Ich wollte nicht, dass sie sich Sorgen machte, und den Job hätte sie mir ganz bestimmt auszureden versucht.

Ich zupfte an meinem engen Glitzertop. Unter normalen Umständen hätte ich mich niemals in so was blicken lassen. Es kratzte, was viel schlimmer war, als dass es gut aussah. Aber um die Fassade aufrechtzuhalten, musste ich mich entsprechend kleiden. So sehr es auch schmerzte. Wie diese lächerlichen hochhackigen Stiefel, die unter der Jeans hervorlugten. Ich hätte sie am liebsten verbrannt. Stattdessen musste ich sie den ganzen Abend lang tragen.

»Ich bin so froh, dass du ausgehst und Spaß hast!« Sie schlurfte zum kleinen Esstisch hinüber und setzte sich langsam und vorsichtig hin.

Sie hatte darauf bestanden, zum Abendessen Reis und Hühnchen zu kochen. Manchmal übernahm sie sich, weil sie uns beweisen wollte, dass sie es noch konnte. Aber heute Abend hielt sie sich gut auf den Beinen, und der müde Ausdruck, den sie sonst nach langen Tagen in den Augen hatte, war verschwunden.

»Du bist zu jung, um deine Freitagabende mit deiner Mutter zu verbringen.«

»Ich verbringe aber gern Zeit mit meiner Mom.« Ich drückte ihr einen Kuss auf die Stirn, bevor ich nach der Uhrzeit sah. Wo zur Hölle steckte Iris? »Kann ich dir noch etwas bringen, bevor ich gehe?«

»Nein, mir geht's gut.« Sie tätschelte mir die Wange. »Ich hab dich lieb, Maebe-Baby, und ich bin sehr stolz auf dich.«

Die Haustür knallte ins Schloss, und Iris stapfte in Springerstiefeln und Kniestrümpfen mit Totenkopfmuster in die Küche. »Da bin ich.«

»Hallo, Sonnenschein«, sagte Mama und streichelte Iris über die Wange. Mama weigerte sich, sich einzugestehen, dass ihr kleiner ›Sonnenschein‹ zu einer trüben, freudlosen Gothic-Queen-Gewitterwolke geworden war.

»Tut mir leid, dass ich zu spät bin«, erklärte Iris auf dem Weg zum Kühlschrank. »Irgendetwas stimmt nicht mit dem Auto.«

Na super. Probleme mit dem Auto konnten wir jetzt wirklich nicht gebrauchen … Mein eigenes Auto war bereits zwanzig

Jahre alt und hielt nur noch dank Klebeband und Gebeten zusammen. Mamas Auto war neuer und verlässlicher, weswegen Iris es gerade fuhr.

»Was meinst du damit?«, fragte ich, während ich im Kopf schon Geld für die Reparaturkosten einzurechnen versuchte.

»Die Anzeige für die Batterie hat ein paar Mal geblinkt.« Sie nahm einen Krug Kool Aid mit Traubengeschmack aus dem Kühlschrank und stellte ihn auf der Arbeitsplatte ab.

Mama sah mich besorgt an.

Ich beeilte mich, sie zu beruhigen. »Ach, das ist bestimmt nichts Schlimmes. Wenn Joe am Montag offen hat, bringe ich es zu ihm. Iris kann solange mein Auto nehmen.«

Meine Schwester grunzte hinter einem riesigen Plastikbecher mit Scooby-Doo-Aufdruck hervor. »Dein Auto ist eine verdammte Schrottkiste.«

Mama fuhr zu ihr herum. »Iris, wie oft muss ich es dir noch sagen? Du sollst nicht fluchen!«

»Ich bin fast achtzehn«, erwiderte sie und nahm sich eine Handvoll Tierkekse.

Mamas Augen verengten sich zu schmalen Schlitzen. »Solange du in meinem Haus wohnst, wird nicht geflucht. Es ist mir ziemlich egal, wann du offiziell erwachsen bist.«

»Was auch immer. Irgendwann werde ich ohnehin fluchen. Du willst doch nicht, dass ich es auf der Straße aufschnappe, oder?« Sie schob sich einen Keks in den Mund und wendete sich wieder mir zu. »Ich hasse dein dummes Auto. Die Klimaanlage funktioniert nicht.«

»Dann mach das Fenster auf.«

»Es ist zu heiß«, jammerte sie.

»Du wirst schon nicht schmelzen.«

Sie wischte sich violettes Kool-Aid von der Oberlippe und ließ sich neben Mama auf einen Stuhl fallen. »Bla bla bla.«

»Du bist meine Lieblingsschwester«, sagte ich.

»Ich bin deine einzige Schwester.«

Ich wuschelte ihr durchs Haar, dann wandte ich mich zum Gehen. »Und das ist gut für dich, denn ansonsten stündest du nicht so weit oben auf der Liste.«

»Pass auf dich auf«, rief Mama mir hinterher.

»Ja, Ma'am.« Ich warf einen letzten Blick zurück und sah Iris streng an. »Du bist den ganzen Abend hier, nicht?«

Sie verdrehte die Augen. »Mama und ich wollen fernsehen.«

Im Weggehen hörte ich Mama fragen: »Wonach ist dir?«

»Es gibt eine neue schwedische Polizeiserie über einen Serienmörder, der sein Unwesen in einer Kleinstadt treibt. Alles ist mit nur einer Kamera gefilmt und in Schwarz-Weiß«, erklärte Iris. »Aber keine Sorge: es gibt Untertitel.«

»Das klingt ... interessant«, hörte ich Mama sagen, und als ich die Tür hinter mir zuzog, war ich fast dankbar, diesen Abend mit ihnen zu verpassen.

Eine Dreiviertelstunde später saß ich im Auto und redete mir selbst gut zu. Vor mir erstrahlte das *Chicky's Bar & Grill* in seiner ganzen Pracht.

»Du schaffst das, Mae. Du bist stark und schlau, und du schaffst alles, was du dir vornimmst.« Ich sah mich im Rückspiegel an und mir lief ein Schauer über den Rücken.

Es war schlimm, dass ich eine dicke Schicht Make-up tragen – »die Mädels bei *Chicky's* präsentieren sich der Welt immer von ihrer besten Seite« – oder dass ich meine Brille durch Kontaktlinsen ersetzen musste – »die Mädels bei *Chicky's* haben einen Ruf zu wahren« –, aber am schlimmsten waren die beiden rotblonden Zöpfe, die mir jetzt über den Schultern hingen. An ihren Enden baumelten rotkarierte Schleifchen.

Und die Zöpfe waren meiner Meinung nach noch der harmloseste Teil der Uniform, die ich bei *Chicky's* laut Vertrag tragen musste.

Als vor vier Monaten die ersten Arztrechnungen eingetroffen waren, war mir schmerzhaft klar geworden, dass wir in großen Schwierigkeiten steckten. Selbst mit der überdurchschnittlich guten Versicherung, die Mama durch ihren Job als Krankenpflegerin hatte, war der Eigenanteil der Kosten, die wir selbst zu tragen hatten, erschreckend hoch. Außerdem musste sie ihren Job aufgeben, da sie körperlich nicht mehr dazu in der Lage war. Und plötzlich hatte unser Haushalt nur noch ein Einkommen.

Aber genau das war meine Stärke: Ich war die Person in unserer Familie, die Probleme löste. Alis Cousine hatte mich auf die Idee gebracht. Sie hatte selbst bei *Chicky's* gearbeitet und oft damit angegeben, wie viel Trinkgeld sie verdiente, selbst wenn sie nur ein paar Abende in der Woche dort war.

Trotzdem passte ich nicht ins *Chicky's*.

Dann erfuhr ich, wie viel Mamas Medikamente jeden Monat kosteten.

Ich trank mir ein wenig Mut an und bewarb mich dann per Online-Formular. Für die Bewerbung war ein Foto erforderlich, und nach einigem Hin und Her (und noch mehr Wein) fand ich ein Foto von mir im Badeanzug aus meiner Collegezeit. Es entsprach nicht mehr ganz der Wahrheit. Ich hatte seitdem ein bisschen zugenommen, aber dünn war ich ohnehin nie gewesen.

Als meine Oma noch lebte, hatte sie gern über mich gesagt, ich sei »angenehm rund: die Mädels vorn und nicht zu schlank auf der Rückbank.« Das brachte mich immer zum Lachen. Ich war nicht zierlich, so viel war klar. Meine Hosen kaufte ich in Größe vierundvierzig, und so fühlte ich mich wohl. Das war alles, worauf es ankam.

Ich hatte nicht damit gerechnet, zu einem Vorstellungsgespräch eingeladen zu werden. Aber als es passierte, suchte ich ein Outfit zusammen und zwang mich hinzufahren. Als ich schließlich auf den Parkplatz einbog, hatte ich mich davon überzeugt, dass ich das Richtige tat. Bis ich Shane Sullivan gegenübersaß.

Er war ein Alptraum.

Das war mir von dem Moment an klar, in dem er jede einzelne Frage an meine Brüste richtete. Nach der Hälfte des Gesprächs ließ er mich die Uniform anprobieren – Jeans-Hotpants und ein winziges, kaum zuknöpfbares Karohemd, das ich knapp unter der Brust verknoten musste. Ich fühlte mich nackt.

»Du hast natürlich ein bisschen mehr auf den Rippen als die anderen Mädels hier, aber ich denke, du passt rein.« Er grinste schleimig, während er mich angaffte. Innerlich schüttelte es mich.

Ich war kurz davor, eine Schimpftirade über die Körpergröße der amerikanischen Durchschnittsfrau vom Stapel zu lassen, und darüber, wie die Medien unsere Erwartungen so verzerrten, dass alles, was größer als Größe zweiunddreißig war, als »Übergröße« galt, und wohin genau er sich seine dummen Kommentare, ekligen Blicke und seinen lächerlichen Job stecken konnte.

Aber ich brauchte das Geld, und es wäre kein kluger Zug gewesen, ihm an dieser Stelle gehörig die Meinung zu sagen. Er würde sie früh genug herausfinden.

Seit drei Monaten arbeitete ich hier also jeden Freitag-, Samstag- und Sonntagabend und musste mir immer noch jedes Mal gut zureden, bevor ich das Gebäude betrat. Aber ich erinnerte mich daran, dass das Trinkgeld, das ich an den Wochenenden verdiente, Mamas Physiotherapiesitzungen in der nächsten Woche bezahlte und die Schulden ein wenig verringerte. Mama war es mir wert.

»Kleine Warnung«, sagte Amanda zu mir. Sie arbeitete von uns allen am längsten im *Chicky's*. »Heute Abend haben wir einen Junggesellenabschied.«

Ich stöhnte. Nur zu gern hätte ich behauptet, dass die Gäste dieses Nobelrestaurants besonders anspruchsvoll waren, aber das stimmte selbstverständlich nicht. Obwohl manchmal Familien kamen, waren die meisten Gäste leichte Abwandlungen von Shane. Aber die Junggesellenabschiede waren am schlimmsten. Sie waren nicht nur laut, sondern hatten auch die unangenehme Angewohnheit, aufdringlich zu werden. Außerdem ließen sie nie anständiges Trinkgeld da. Sie brachten nur Arbeit und keine Entlohnung.

»Lass mich raten: an einem meiner Tische?« Stumm begann ich mit einer weiteren inneren Motivationsrede darüber, dass ich eines Tages gern an diese Zeit zurückdenken würde. Was natürlich gelogen war.

Amanda tätschelte mir mitleidig den Rücken. »Vielleicht sind es diesmal keine Idioten.«

Natürlich waren es Idioten.

Die meisten von ihnen hatten eindeutig schon vor ihrer Ankunft im Restaurant zu viel getrunken. Der Bräutigam trug einen dieser albernen Hüte mit eingebautem Getränkehalter und Strohhalm, fand sich wahnsinnig witzig und weigerte sich, seine Getränke auf andere Art zu sich zu nehmen. Ein anderer Typ bestand darauf, vor jeder neuen Runde eine Rede zu halten. Er faselte vor sich hin und forderte sämtliche Gäste in ihrer Umgebung auf, auf den »Typen, der heiratet« anzustoßen.

»Hey, Saaamantha«, rief mir der betrunkene Kerl am Ende des Tisches zu und fuchtelte mit den Armen.

Während meiner Schichten im *Chicky's* spielte ich ein Spiel mit mir. Ich stellte mir vor, eine Figur aus einem Roman zu sein. Ihr Name war Samantha (so stand es auch auf meinem Namensschild) und sie flirtete für ihr Leben gern. Samantha hatte als schüchternes, unschuldiges Mädchen vom Lande hier angefangen, bis ich bemerkte, dass schamloses Flirten besseres Trinkgeld einbrachte.

»Hiya«, begrüßte ich ihn mit übertriebenem Südstaatenakzent. »Was kann ich für dich tun, mein Hübscher?«

Er krümmte einen Finger. »Komm her.«

Mit einem leeren Tablett unter dem Arm lehnte ich mich zu ihm. »Ja?«

»Näher, Baby.«

Baby. Ugh. Ich beugte mich weiter vor, bis sein Gesicht nur noch wenige Zentimeter von meinem entfernt war. Sein Atem war heiß und stank nach Alkohol. Ich unterdrückte ein Würgen.

Samantha setzte ein Lächeln auf, während Maebell innerlich die Zähne fletschte.

»Ich will nur kurz das hier« – er hielt einen gefalteten Zettel in die Höhe – »genau hierhin stecken.« Zwinkernd schob er ihn in meine hintere Hosentasche und kniff mir dabei in den Po.

Ich erstarrte. Samantha schüttelte den Kopf und machte Maebell Platz.

»Das hast du gerade nicht wirklich getan«, sagte ich mit ruhiger Stimme.

Er grinste schief. »Meld dich mal.«

»Bei wem soll ich mich melden?« Ich richtete mich auf und umklammerte das Tablett mit all dem Zorn, der meinen Körper durchströmte. Und der erreichte gerade seinen Höhepunkt. Ich hasste diesen Job.

In letzter Zeit hasste ich ganz schön viele Dinge.

Er versuchte zu zwinkern, sah dabei aber aus, als litt er unter Gesichtskrämpfen. »Bei mir, Baby.«

»Und warum sollte ich das tun, du Arschloch?«, fragte ich süßlich. Das, was als Nächstes geschah, war nun wirklich nicht meine Schuld. Ich wollte einfach nur hier weg. Konnte ich etwas dafür, dass sein Kopf meinem Tablett dabei in die Quere kam?

Shane sah die Sache eindeutig anders.

»Mae, das ist der dritte Gast, der sich in diesem Monat über dich beschwert hat«, erklärte er meinen Brüsten, als er mich nach dem Ende meiner Schicht in die Enge getrieben hatte. Meine Körpergröße und diese dummen hochhackigen Stiefel ließen mich ihn um gute fünfzehn Zentimeter überragen. Aber das spielte keine Rolle. Er war einfach ein Schwein. Ein mieses kleines Schwein. Ein schleimiges Schwein mit viel zu viel Macht.

»Ich werde also besser?« Im Monat vorher hatte es doppelt so viele Beschwerden gegeben.

»Hör zu, wenn das noch mal passiert, muss ich dich rausschmeißen.«

Mein Herz schlug heftig gegen meine Rippen. Ich durfte diesen Job nicht verlieren. »Ich werde mir Mühe geben.«

Wenigstens sah er mir jetzt in die Augen. »Ich meine es ernst. Das geht so nicht. Hier bei *Chicky's* haben wir einen Ruf zu wahren.«

»Ich hab's verstanden. Ich tue mein Bestes.«

Während er davonging, stellte ich mir vor, ein Schwein in seinem Büro auszusetzen. Nur so zum Spaß.

KAPITEL FÜNF

Glaubst du an Liebe auf den ersten Blick
oder soll ich noch mal vorbeigehen?

ADLIR A.

»Wo warst du gestern Abend?«, fragte ich Iris am Mittwochmorgen, während ich mir die Zähne am Waschbecken im Badezimmer putzte. Was sie vollkommen ignoriert hatte, als sie hereingeplatzt war und verkündet hatte, jetzt duschen zu wollen.

Eines Tages würde ich in einem Haus wohnen, in dem es zwei Bäder und keine Iris gab.

Sie zuckte mit den Schultern. »Unterwegs.«

Sie hatte sich wieder erst nach Mitternacht ins Haus gestohlen. Das wusste ich, weil ich nicht eingeschlafen war, bis sie zurück zu Hause war.

»Und wer?«

»Und mit wem.«

»Was?«

»Es heißt ›Mit wem.‹« Sie drehte das Wasser auf und begann, sich auszuziehen. Der Spiegel beschlug sofort.

»Verbesserst du mich etwa?«

Grinsend stieg sie unter die Dusche. Ohne die dicke Schicht Make-up wirkte sie jung und verletzlich. »Weißt du, in Grammatik habe ich eine Eins.«

»Super. Dann kannst du dich ja darauf konzentrieren, in Mathe besser zu werden. Gehst du zur Nachhilfe? Du kannst da jetzt nicht durchfallen.«

»Klar!«, rief sie über das Rauschen des Wassers hinweg.

Aber sicher. Als würde ich ihr das glauben.

»Vergiss nicht, dass Mom heute Nachmittag einen Termin hat«, erinnerte ich sie laut, während ich Sonnencreme auftrug. Der Fluch aller Rothaarigen – unsere blasse, mit Sommersprossen übersäte Haut hatte die Angewohnheit, beim kleinsten Sonnenstrahl sofort zu verbrennen.

Sie streckte den Kopf aus der Dusche und salutierte. »Jawoll, Ma'am. Ich kümmere mich darum. Du musst dir keinerlei Gedanken machen.

»Das ist nicht lustig!«, fauchte ich und band mir das Haar zu einem einfachen Zopf zusammen.

»Na ja, kein Grund, deswegen so rumzumeckern.«

Ich funkelte sie wütend an. Sie war klug genug, sich schnell wieder hinter den Duschvorhang zu ducken.

In der Bibliothek wartete bereits die Post auf mich. Damit Mama sich keine Sorgen machte, ließ ich sämtliche Rechnungen hierhin schicken, so dass sie sie nicht zu Gesicht bekam. Die letzte Rechnung ihrer neurologischen Untersuchung ließ mich zusammenzucken: die Summe wog so schwer, dass mein Herz sank.

Mit einem Knoten im Magen notierte ich mir im Geiste, dass ich anrufen und Quotenzahlungen vereinbaren würde. Ähnliche Absprachen hatte ich bereits mit vier anderen medizinischen

Einrichtungen getroffen. Wenn es so weiterging, würde ich auch als Achtzigjährige noch bei *Chicky's* arbeiten. »Halt doch bitte kurz mal mein Gebiss«, schien mir, was Trinkgeld anging, jedoch nicht besonders vielversprechend.

Noch lange, nachdem Iris nach Hause gekommen war, hatte ich wach gelegen und mir den Kopf darüber zerbrochen, wie ich das alles schaffen sollte. Um diese Uhrzeit kamen mir die besten Ideen. Nachts, wenn ich eigentlich schlafen sollte. Ich mochte Pläne und Prognosen. Ich wusste gerne im Voraus, was passierte, oder was ich tun musste, um ans Ziel zu kommen. Und an meine Pläne hielt ich mich. Sie waren meine Rettungsanker. Ohne sie drohte alles im Chaos zu versinken.

Ich fuhr die Bibliothekscomputer hoch und öffnete pünktlich um neun Uhr dreißig die Tür. Es war nicht viel los, aber um elf Uhr kamen die Kleinen mit ihren Eltern im Schlepptau zur Vorlesestunde.

»Mae-Mae.« Eine Vierjährige mit dunklem Haar umklammerte meine Beine.

»Lily, meine Liebe, wie geht's dir?«

Sie schien über ihre Antwort nachzudenken zu müssen. »Bisher war es ein guter Tag. Es gab Pfannkuchen zum Frühstück.«

»Pfannkuchen sind der perfekte Start in den Tag.« Ich deutete auf den Tisch, auf dem ich Stifte und Malbücher ausgelegt hatte. »Warum malst du nicht ein bisschen? Wir fangen gleich mit dem Vorlesen an.«

Ihre Mutter Tonya lächelte mich müde an, während sie einen schlafenden Säugling im Tragetuch auf ihrer Brust schaukelte.

»Wie geht's dem Zwerg?«, fragte ich und betrachtete das winzige, sechs Wochen alte Baby. Beim Anblick des blonden Flaumhaars und des rosigen Munds zog sich meine Brust schmerzhaft zusammen. Eines Tages wollte ich auch so eins haben. Ich war mir nur nicht sicher, ob ich auch den Mann wollte, den es dafür wahrscheinlich bräuchte.

»Ich bin total erschöpft. So, so müde«, erwiderte sie, wobei sie so aussah, als würde sie gleich in Tränen ausbrechen. Sie zwang sich zu einem Lächeln. »Ich meine, es ist toll.«

Oder ich könnte Babys einfach aus der Ferne beobachten. Die coole Tante sein. Vermehrten sich Vampire eigentlich? Das musste ich Iris fragen.

Ich begleitete Tonya zum Schaukelstuhl, den ich für solche Anlässe angeschafft hatte. Sie setzte sich seufzend. Pünktlich um halb zwölf klatschte ich in die Hände, und die Kinder versammelten sich auf dem magischen Leseteppich.

Wir begannen mit einer mitreißenden Runde »Alle meine Entchen«, bevor wir zu »Auf der Mauer, auf der Lauer« übergingen. Mitten im »Namenslied« bemerkte ich, wie eine weitere Person den Raum betrat: Chris Sterns.

Ich stolperte über den Namen der kleinen MacKenzie, als ich sah, wie er sich einen Kinderstuhl nahm, ihn in der letzten Reihe aufstellte und sich darauf niederließ. Seine Knie berührten beinahe sein Kinn – es sah lächerlich aus. Ich runzelte die Stirn, was er mit einem Grinsen quittierte.

Einige Mütter sahen zu ihm hinüber, was vermutlich an den göttergleichen Pheromonen lag, die er von Natur aus absonderte. Auf mich hatten sie natürlich keinerlei Wirkung. Eine der Frauen schnappte nach Luft und stieß ihre Nachbarin an. Eine andere zog das Haargummi aus ihrem zerzausten Dutt, fuhr sich mit den Fingern durch ihre Mähne und durchwühlte ihre Handtasche nach einem Lippenstift, während sie ein Baby auf ihrem Schoß balancierte.

Ich räusperte mich und stimmte das letzte Lied in unserem Repertoire an: »Old MacDonald hat 'ne Farm«. Die Kinder zappelten aufgeregt, als ich einen kleinen Karton unter meinem Stuhl hervorzog.

»Old MacDonald hat 'ne Farm. I-A, I-A, Ooh«, sangen sie fröhlich und schief. »Auf der Farm hat er 'ne ...«

Die Kinder wanden sich ungeduldig auf ihren Stühlen, während ich in den Karton griff und eine Handpuppe hervorzog.

»KATZE!«, schrien die Kids. »Mit 'nem Mau Mau hier, und 'nem Mau Mau da ...«

Am Ende der Strophe warf ich die Puppe einem kleinen rothaarigen Jungen in der ersten Reihe zu. Er drückte sie an die Brust, als wäre sie das beste Geschenk, das er jemals bekommen hatte. Der Anblick seines Gesichtchens ließ meine schlechte Laune dahinschmelzen.

Ohne Unterbrechung ging es mit der zweiten Strophe weiter, nur dass jetzt auch ein warmer Bariton aus den hinteren Reihen ertönte. Chris lächelte, als ich ihm einen Blick zuwarf, und freute sich genauso sehr wie die Kinder, als ich eine Pferdepuppe aus dem Karton zog. Nach der letzten Strophe warf ich das letzte Stofftier einem kleinen Mädchen in der ersten Reihe zu und setzte mich dann, um mit dem Vorlesen zu beginnen.

»Wo ist mein Kuscheltier?«, jammerte Lily mit Tränen in den Augen. »Ich hab keins bekommen.«

»Oje, mein Schatz«, tröstete ich sie. »Das tut mir leid. Ich glaube, es gibt keine Kuscheltiere mehr.«

Sie rappelte sich auf. »Aber ich hab keins bekommen!«

Ich wusste, dass wir etwa zwei Komma vier Sekunden von einem ausgewachsenen Wutanfall entfernt waren.

»Willst du mir helfen, die Seiten umzublättern?«, fragte ich.

Sie schüttelte den Kopf. »Ich will zu meiner Mama.«

Aber ein Blick auf ihre Mutter verriet mir, dass das schwierig würde. Sie war mit leicht geöffnetem Mund eingeschlafen. Sah ich da etwa Sabber? Houston, wir haben ein Problem.

»Du kannst neben mir sitzen«, sagte Chris. Er rutschte von seinem lachhaft kleinen Stuhl auf den Boden und klopfte auf den Platz neben sich. »Ich hab auch kein Kuscheltier bekommen und bin auch ein bisschen traurig.«

Lily, die Chris Sterns' Zauber sofort erlag, lächelte selig und setzte sich neben ihn. Als die Vorlesestunde zu Ende war, lehnte sie auf seinem Knie und kicherte, als wären sie die allerbesten Freundinnen.

Der Tag hatte eine seltsame Wendung genommen.

Hinterher überredeten einige der Mütter Chris zu Fotos, und Tonya wachte endlich auf. Ich half gerade den letzten Kindern dabei, ihre Bücher auszuleihen, als die Bibliothekstür schwungvoll aufgerissen wurde.

Peter Stone stürmte auf den Tresen zu. »Ich muss mit dir reden.«

Ich ignorierte ihn und beugte mich zu der kleinen Mariah hinunter, die gerade einen Stapel Bücher vor mir abgelegt hatte. »Tut mir leid. Hat sich der böse Mann etwa einfach vorgedrängelt?«

Mariah runzelte die Stirn. »Meine Mama sagt, dass Leute, die sich vordrängeln, gemein sind und in die stille Ecke müssen.«

Peter sah auf das Mädchen herab. »Ja, na ja, ich habe viel zu tun. Macht es dir etwas aus, wenn ich zuerst mit Mae spreche?«

»Ich habe auch viel zu tun. Ich muss diese Bücher ausleihen, und dann muss ich nach Hause zum Mittagessen.« Sie tätschelte ihren Bücherstapel.

Ich unterdrückte ein Lächeln, und mein Blick fiel auf den Mann, der bei den Zeitschriften saß. Chris Sterns war seit über einer Stunde auf demselben Platz geblieben und tief in ein Taschenbuch versunken. Aber das Drama, das sich hier abspielte, schien ihn in die Realität zurückzuholen.

Peter räusperte sich. »Manchmal müssen wir eben Ausnahmen machen, besonders, wenn wichtige Themen aufkommen.«

Selbstgefälliges Arschloch. Selbst, als wir noch zusammen waren, hatte er immer so getan, als müssten wir alle dankbar sein, uns in seiner Gegenwart aufhalten zu dürfen. Was hatte ich mir nur dabei gedacht? Zwei Jahre hatte ich an ihn verschwendet.

Die kleine Mariah stemmte eine Hand in die Hüfte. »Aber ich habe Bücher zum Ausleihen. Das ist am allerwichtigsten.«

Peter kniete sich vor sie. »Hör mal. Hier geht es um die ganze Stadt. Dauert nur eine Minute. Du wirst dich doch wohl eine Minute gedulden können?«

Sie machte eine finstere Miene.

Ich hustete, um mein Lachen zu verbergen. »Welche wichtige Stadtangelegenheit musst du denn mit mir besprechen?«

»Was ist das hier?« Er zog ein gefaltetes Blatt Papier aus der Tasche und knallte es auf die Theke.

Ich musste es gar nicht erst in die Hand nehmen, um es zu wiederzuerkennen: *»Aufgrund der letzten Budgetkürzungen sehe ich mich leider gezwungen, sämtliche noch ausstehenden Gebühren einzufordern.«*

Normalerweise sah ich über 99,9 Prozent aller Späte-Rückgabe-Gebühren hinweg. Aber bei Peter? Peter gehörte zu den 0,01 Prozent, deren Gebühren ich eintrieb. Passiv-aggressiv? Ja, aber schließlich handelte es sich bei ihm um den kleinlichsten Mann der Welt.

Außerdem färbte Ali wohl ein wenig auf mich ab.

Er kniff die Augen zusammen. »Wirklich? 237 Dollar und fünfundzwanzig Cent Bibliotheksgebühren?«

Ich drehte mich zum Computer um und öffnete sein Konto. »Sieht aus, als hättest du vor dreizehn Jahren ein Buch ausgeliehen und nicht zurückgebracht. Bei fünf Cent pro Tag summiert sich das.«

»Welches Buch?«

»Hier steht, dass es sich um *Schamhaarepilation für Männer leichtgemacht* handelt. Sagt dir das was?«

»Was ist Schamhaarepilation?«, fragte Mariah und sah mich verwirrt an.

Ich strich ihr übers Haar. »Das kannst du später deine Mama fragen. Sag ihr, dass du gehört hast, wie Bürgermeister Stone darüber gesprochen hat.«

Rote Flecken breiteten sich über Peters Gesicht aus. »Das ist doch lächerlich.«

»Die Gebühren oder der Buchtitel?«

Er schnappte sich das Papier. »Diese ganze Situation. Denk ja nicht, ich wüsste nicht ganz genau, was du hier machst.«

»Meinen Job.« Ich verschränkte die Arme und bemühte mich, ruhig zu bleiben. »Das ist es, was ich hier mache.«

»Mach es dir in deinem Job nicht zu gemütlich.« Er deutete mit dem Finger auf mich, und ich bewies äußerste Willenskraft, indem ich mich davon abhielt, ihn zu packen und zu verdrehen. »In dieser Stadt werden sich die Dinge ändern. Warte es nur ab.«

»Was soll das heißen?«

»Das wirst du schon sehen.« Mit diesen Worten drehte er sich auf dem Absatz um und verließ strammen Schrittes die Bibliothek.

»Meine Mama muss dringend mal mit seiner Mama reden«, erklärte Mariah.

»Unbedingt«, murmelte ich.

Nachdem die meisten Kinder verschwunden waren, schlenderte Chris zur Theke herüber.

»*Schamhaarepilation für Männer leichtgemacht*?«, fragte er zur Begrüßung. »Ich bin beeindruckt.«

»Ich habe keine Ahnung, wovon du sprichst.«

»Na klar.« Mit einem Grinsen ließ er eine kleine Tasche aus der örtlichen Buchhandlung vor mir auf den Tresen fallen. »Das ist für dich.«

Ich stupste sie mit einem Stift an. »Beißt mich etwas in die Hand, wenn ich hineinschaue?«

»Bist du immer so misstrauisch?«

»Ja.« Ich nahm die Tüte und warf einen Blick hinein. »Ich dachte, du machst Witze.«

»Ich mache niemals Witze«, sagte er in einem Ton, der das genaue Gegenteil versprach.

Vorsichtig holte ich ein Taschenbuch aus der Papiertüte. Auf dem Umschlag war eine leicht bekleidete Frau in den Armen eines ebenso leicht bekleideten Mannes zu sehen. Eines Piraten, um genau zu sein. Der Titel lautete *Der Schatz des Piraten*.

Schnell drehte ich das Buch um, um das Bild zu verbergen. »Äh … Ich weiß nicht, was ich sagen soll.«

»Die Rezensionen sind gut. Ich habe die ersten beiden Kapitel schon gelesen, also musst du dich beeilen.«

Ich holte tief Luft, schob das Buch zurück und sagte: »Nein.«

Verwirrt runzelte er die Stirn. Vielleicht war er es nicht gewohnt, nicht zu bekommen, was er wollte.

»Ich weiß das Angebot zu schätzen, lehne es aber ab.«

Mit diesen Worten drehte ich mich um und begann, ziellos Fragen in die Suchleiste meines Browsers zu tippen. Riechen Marderbären wirklich nach Popcorn? (Ja.) Ist *Stirb Langsam* ein Weihnachtsfilm? (Nein.) Wie groß ist Chris Sterns? (Ein Meter achtundneunzig, oh my God!), während ich darauf wartete, dass bei ihm der Groschen fiel.

Er fiel nicht. »Komm schon, denk wenigstens darüber nach. Wird bestimmt lustig.«

»Warum?«

»Was, warum?«

»Warum um alles in der Welt sollte ich einen Buchclub mit dir gründen wollen …« Ich beugte mich vor und flüsterte jetzt: »Einen Romance-Buchclub noch dazu, mit einer Person, die ich kaum kenne?«

Ein Lächeln umspielte seine Mundwinkel. »Na ja, Lesen gefällt mir, und du gefällst mir auch.«

»Du kennst mich doch gar nicht.« Ich verdrehte die Augen. »Es kann gut sein, dass ich die Leichen der letzten drei Menschen, die gefragt haben, ob ich einen Buchclub gründen will, in meinem Garten begraben habe.«

Belustigt hob er einen Mundwinkel. »Und, hast du?«

»Würde ich dir davon erzählen, wenn ich das gemacht hätte? Nein, weil wir keine Freunde sind. Vor allem keine Freunde, die einander erzählen, wo ihre Leichen begraben liegen.«

»Bist du etwa nicht die Bibliothekarin dieser feinen Einrichtung?«

Wütend verschränkte ich die Arme vor der Brust.

»Und gehört es nicht zu den Hauptaufgaben einer Bibliothekarin, das Lesen zu fördern?«

Ich schnaubte.

»Und«, fuhr er voll Überzeugung fort, »würde ein Buchclub nicht genau das erreichen? Du würdest mich zum Lesen ermutigen. Du würdest meinen Horizont erweitern.«

»Das ist doch völliger Unsinn«, sagte ich.

Ein Grinsen breitete sich über sein Gesicht aus. »Na gut. Der wahre Grund? Es ist dir völlig egal, wer ich bin. Das ist irgendwie erfrischend. Du erinnerst mich an meine Schwestern.«

Ich hob eine Augenbraue. »Du liest Romance mit deinen Schwestern?«

»*Sie* lesen Romance. Ich hab noch nie so ein Buch in der Hand gehabt. Aber es scheint mir eine gute Art, eine neue Freundin kennenzulernen.«

»Eine neue Freundin?« Ich hatte keine Zeit für *neue* Freunde. Außer Iris, Mama und Ali ertrug ich niemanden.

»Ich bin ein super Freund. Willst du Referenzen sehen?« Er holte sein Handy hervor und scrollte durch sein Adressbuch. »Hier hätten wir Sherrod. Toller Typ. Er ist mit mir im Team. Soll ich ihn anrufen? Oder Phillip Monaghan. Einer meiner besten Freunde seit der vierten Klasse, als er mich herausgefordert hat, eine Nacktschnecke abzulecken, was ich auch getan habe. Ich hab ihm bei seinen letzten beiden Umzügen geholfen. Ich gehöre zu der Art Freunden, die dir beim Umzug helfen. Von uns gibt es nicht viele.«

»Okay, ich versteh schon.« Ich knabberte an meiner Unterlippe und betrachtete dann das Buch. Die sexy Piraten-Romance. Dann musterte ich sein Gesicht. Das zottelige Haar und sein hoffnungsvolles, entschlossenes Lächeln ließen ihn beinahe jungenhaft wirken. Auf eine sehr sture, nervige Art.

»Du lässt mich nicht in Ruhe, bis ich Ja sage, oder?«

Er wippte auf den Absätzen vor und zurück. »Nope.«

Ich seufzte. »Also gut.«

»Ausgezeichnet.« Er streckte seine Hand aus, und ich schlug ein. Als meine Handfläche seine berührte, passierte etwas Furchtbares. Ein Kribbeln begann in meinen Fingerspitzen und lief mir den Arm hinauf. Wie ein Stromschlag. Ich zuckte zurück und starrte auf meine Hand.

Falls er das auch gespürt hatte, ließ er es sich nicht anmerken. »Ich bin froh, dass wir nun also einer Meinung sind.«

»Ich habe eine Bedingung«, stieß ich schnell hervor.

»Und die wäre?«

Ich räusperte mich. »Niemand darf von diesem Buchclub erfahren, okay?«

Die meisten Menschen kannten mich als die pragmatische, nüchterne Mae Sampson. Ich ging davon aus, dass sie alle dachten, ich läse »ernsthafte« Literatur und würde meine Zeit nicht damit verschwenden, von sexy Piraten auf dem offenen Meer zu träumen. Aber das tat ich.

Und trotzdem hielt ich meine fast schon peinliche Vorliebe für Romance vor allen geheim. Es waren nicht die Küsse (und das, ähm, andere Zeug), die mir an guter Romance-Literatur gefielen. Es war die Hoffnung, um die es letztendlich in jeder Romance ging. Auch wenn es aussichtslos erschien. Obwohl ich gesehen hatte, wie die Liebe meine Mutter nach und nach zerstörte, hatte ich die Hoffnung irgendwie doch noch nicht ganz aufgegeben.

»Verstanden«, sagte er feierlich, aber seine Augen blitzten vor Belustigung. Er drehte sich zum Gehen um, aber als er an der Tür angekommen war, schnippte er mit den Fingern und joggte zu mir zurück. »Ach so, kann ich deine Nummer haben?«

»Ist das ein Anmachspruch?« Ich zog eine Augenbraue hoch. »Von Gottes Geschenk an die Frauen hatte ich mehr erwartet.«

Er richtete sich auf. »Ich glaube, *Traumtyp* träfe die Sache besser, findest du nicht?«

»Ich finde, du hast kein Abzeichen für Bescheidenheit verdient.«

Er lachte. »Und das war kein Anmachspruch. Wenn es einer wäre, würdest du es merken. Gib mir dein Handy.«

Wider besseres Wissen zog ich mein Handy aus der hinteren Hosentasche, entsperrte es und reichte es ihm. Mit einem schelmischen Grinsen begann er zu tippen.

»Das ist meine Nummer. Ich hab mir selbst schon geschrieben. Wenn wir Buchclubfreunde sind, müssen wir über die Bücher reden können, oder nicht?« Er gab mir das Handy zurück. »Jetzt fang an zu lesen. Du bist schon im Rückstand.«

KAPITEL SECHS

Ich habe meine Telefonnummer verloren,
kann ich deine haben?

HOLLY JO E.

Eine Woche später waren Mama und ich gerade dabei, *Glücksrad* zu schauen. Oder zumindest schaute sie. Ich war in eine sexy Piraten-Romance vertieft, über die ich morgen mit meinem neuen Buchclub-Freund, dem ultimativen Footballgott, beim Mittagessen diskutieren würde.

Mein Leben wurde von Minute zu Minute merkwürdiger.

»Was liest du da?«, fragte Mama in einer Werbepause.

Seufzend riss ich mich von der Seite los. Ich war mitten in einer besonders heißen Szene. Verdammt. Ich hielt das in einen neuen Umschlag gehüllte Taschenbuch hoch. »Eine Biographie«, erklärte ich.

»Deine Wangen sind ganz rot. Das muss ja ein tolles Buch sein.«

Ich konnte ihr nicht in die Augen sehen, als ich das Buch zwischen die Sofalehne und meinen Körper schob. »Wie war es heute bei der Physiotherapie?«

»Richtig gut. Weißt du was?«

»Was?«

»Ich habe meine Bluse heute ganz allein zugeknöpft. Dafür habe ich länger gebraucht als ein einbeiniger Mann bei einem Drei-Bein-Rennen, aber ich habe es geschafft.« Sie lächelte ihr süßes, schiefes Lächeln.

»Das ist toll«, sagte ich und schluckte den Knoten in meinem Hals hinunter.

Mama sah mich aus ihren blauen Augen an. »Ich wollte mit dir über etwas reden.«

»Okay.« Ich drehte mich ihr zu. »Das klingt ernst.«

»Du warst für deine Schwester immer so eine große Unterstützung, und jetzt mit …«, sie deutete auf ihren Körper.

»Ich will helfen.«

»Oh, das weiß ich. So bist du einfach. Ich musste mir nie Sorgen darüber machen, dass du schlechte Entscheidungen treffen oder unbedacht handeln würdest.«

Um ehrlich zu sein, hatte ich nie Gelegenheit gehabt zu rebellieren.

Sie tätschelte mein Bein. »So warst du schon, als du noch ganz klein warst. Ich glaube, mit fünf hattest du schon mehr Verstand als ich. Hast nie auch nur eine Sekunde Ärger gemacht.«

Ich versuchte zu verstehen, wohin dieses Gespräch führte.

»Ich musste mir nie Sorgen machen, dass du verschwinden würdest, um dich selbst zu finden, oder um dich in Schwierigkeiten zu bringen wie dein Vater.« Das letzte Wort spuckte sie aus wie saure Milch, dann presste sie die Lippen aufeinander, bis sie weiß wurden.

Ah, mein Vater. Über niemanden sprach ich weniger gern. Für ein Kind, das es nicht besser weiß, bilden die eigenen Eltern das Zentrum der Welt, sind Sonne, Mond und Sterne. Die schlauesten, mutigsten Menschen, die es kennt. Aber mein Vater hatte mir sein wahres Selbst früh gezeigt, und mit zehn hatte ich bereits sämtlichen Respekt vor ihm verloren. In den darauffolgenden Jahren hatte er alles daran gesetzt, es noch schlimmer zu machen.

Es war schrecklich genug gewesen, einen kriminellen Vater zu haben, besonders einen, der sich so oft Ärger einhandelte. Aber tatsächlich war er auch einfach ein schlechter Krimineller.

Einmal war er verhaftet worden, nachdem er versucht hatte, einen Mini-Markt in der Nachbarschaft auszurauben. Mit einer Zucchini bewaffnet. Auf die Frage, warum er ausgerechnet ein Gemüse als Tatwaffe benutzt hatte, antwortete er, dass er keine Erlaubnis zum verdeckten Tragen von Waffen hatte. Ein anderes Mal war er in ein Haus eingebrochen, hatte sich etwas zu essen gemacht, sämtliche Habseligkeiten der Bewohner durchwühlt und war dann in einem der Betten eingeschlafen. Wie Goldlöckchen aus dem Märchen, nur dass die drei Bären am Ende die Polizei gerufen hatten.

Aber was ihn wirklich berühmt gemacht hatte, waren seine Betrügereien. Mit seinem unschuldigen Der-Junge-von-nebenan-Aussehen, dem herzlichen Lächeln und seinem natürlichen Charme zog er Menschen magisch an. Schlimmer noch, sie vertrauten ihm. Und das nutzte er voll aus. Er brachte alte Damen um ihre Ersparnisse, indem er ihnen weismachte, er würde ihnen dabei helfen, in eine »spannende Geschäftsmöglichkeit« zu investieren. Er überzeugte Investoren von verborgenen Schätzen, die er mithilfe der richtigen Ausrüstung bergen konnte. Er verkaufte die neuesten Trends von Unternehmen mit sehr schneeballförmigen Businessplänen. Poker in Hinterzimmern, illegale

Wettringe, was auch immer man sich vorstellen kann: Er hatte es ausprobiert. Trotz seiner negativen Erfolgsbilanz konnte er sich von einem, wie er es nannte, »leichten Opfer« nie fernhalten.

In seiner Nähe waren Tankstellen, ältere Ehepaare und sämtliches Gemüse dieser Welt nicht sicher.

»Aber Iris«, unterbrach Mama meine Gedanken, »Iris ist anders als du. Sie hing immer sehr an eurem Vater.«

Was paradox war, denn die Wochen, die sie in seiner Gegenwart verbracht hatte, ließen sich an einer Hand abzählen. Nachdem wir nach Two Harts gezogen waren, tauchte er noch ab und zu auf, überredete Mama dazu, ihn wieder ins Haus zu lassen, blieb gerade lange genug, um Iris Hoffnung zu machen, es könnte vielleicht für immer sein, und verschwand dann genauso schnell, wie er gekommen war.

Wenn ich so darüber nachdachte, war vielleicht genau das der Grund, warum sie so an unserem Vater hing. Sie hatte all die Jahre verpasst, die wir mit Umherziehen verbracht hatten, zwischen Hotelzimmern und heruntergekommenen Wohnungen. Sie war nur wenige Monate alt gewesen, als wir mit Mama schließlich nach Two Harts kamen und bei Granny eingezogen waren. Hier hatte ich zum ersten Mal erlebt, was es hieß, ein Zuhause zu haben, das länger als ein halbes Jahr überdauerte. Es war das einzige Zuhause, das Iris je gekannt hatte.

»Ich mache mir Sorgen um sie«, sagte Mama jetzt. »Ich weiß nicht, ob sie bereit ist, allein in der Welt zu bestehen.«

»Iris schafft das schon«, sagte ich zuversichtlicher, als ich mich fühlte. Aber ich musste einfach dafür sorgen, dass es stimmte. Vielleicht könnte ich einen Peilsender an ihrem Lippenpiercing befestigen?

»Das wird sie auch, irgendwann. Aber Iris musste schon immer alles selbst ausprobieren, statt auf das zu hören, was andere ihr sagen.« Mama legte mir eine Hand aufs Knie. »Sie hat mir gesagt, dass sie Dad zu ihrer Abschlussfeier einladen will.«

Ich sog die Luft scharf ein.

»Du und ich, wir haben ihm immer den Arsch gerettet, wenn er Iris hätte enttäuschen können … Aber diesmal wird sie sehen, wer er wirklich ist.« Sie hielt inne und kniff die Augen zusammen. »Ich kann nicht sagen, dass er ein Fehler war, weil er mir dich und Iris geschenkt hat. Aber ich könnte gut leben, ihn je wiederzusehen.«

»Ich auch«, knurrte ich.

»Iris ist es wichtig.«

»Wissen wir überhaupt, wo er steckt?«

»Er ruft manchmal an, um sich nach euch Mädchen zu erkundigen.« Sie wurde rot. »Und nach mir auch.«

»Mama.«

Sie hob eine Hand und verkündete mit fester Stimme: »Ich habe kein Interesse mehr an ihm. Ehrlich. Ich hab das viel zu lange mitgemacht und nicht mal ein T-Shirt mit 'nem Spruch drauf dafür bekommen. Es geht mir hier nur um Iris.«

Ich zögerte. Das alles war mir neu. Ich überlegte gerne gründlich, ehe ich Entscheidungen traf. »Bist du dir sicher, dass das eine gute Idee ist?«

»Ich will nicht, dass sie mir Vorwürfe macht, weil sie glaubt, ich hätte sie von ihm ferngehalten.« Mama seufzte schwer. »Aber ich will auch nicht, dass du mir Vorwürfe machst.«

»Das werde ich nicht«, sagte ich schnell. Aber das war vielleicht gelogen.

Sie hielt ein Stück Papier hoch. »Ich glaube, du solltest ihn anrufen.«

»Ich? Warum?«

»Ich hab ihn schon angerufen und eine Nachricht hinterlassen. Iris auch. Uns antwortet er nicht. Ich glaube, es könnte helfen, wenn du es versuchst.«

»Mama«, seufzte ich.

Sie nahm meine Handfläche, legte den Zettel hinein und schloss meine Finger darum. »Bitte. Für Iris.«

Kopfschüttelnd stand ich auf und ging mit einem sauren Geschmack auf der Zunge in mein Zimmer. Ich warf mich aufs Bett, presste das Gesicht in ein Kissen und schrie, so, wie ich es schon als Teenager getan hatte. So hatte ich mir mein Leben als Erwachsene nicht vorgestellt. Und trotzdem war ich hier. In meinem Zimmer, voller Wut auf meinen Vater und Sorge um die nächste Rechnung.

Ich drehte den Kopf und sah, wie mich Kevin vom nächsten Kissen anfunkelte.

»Entschuldige die Störung«, murmelte ich.

Sein Ohr – das mit der Kerbe, die er sich bei der Katzenversion einer Kneipenschlägerei zugezogen hatte – zuckte. Er erhob sich und drehte sich so, dass er mir nun sein Hinterteil präsentierte.

»Ein echter Gentleman. Vielen Dank.«

Auf meinem Handy blinkte eine neue Nachricht auf.

Traumtyp: Bist du vom Himmel gefallen? Denn du musst ein Engel sein.

Vor einer Woche hatte mir Chris zum ersten Mal geschrieben. Es hatte einen Moment gedauert, bis ich begriffen hatte, wer *Traumtyp* war und warum er mir schlechte Anmachsprüche schickte. Wenn ich ehrlich war, freute ich mich inzwischen auf seine Nachrichten. Nicht, dass ich ihm oder irgendjemand anderem das je gestehen würde.

Ich: Bist du auf einem Highway zur Welt gekommen? Dort passieren die meisten Unfälle.

Traumtyp: Du bist grausam.

Ich: Danke.

Traumtyp: Wir treffen uns doch noch morgen Mittag für den Buchclub, oder?

Traumtyp: Ich bin beim zehnten Kapitel und habe Fragen.

Traumtyp: Was die da im neunten Kapitel auf der Planke getrieben haben … Ist das physikalisch überhaupt möglich?

Ich: Vielleicht fehlt dir dafür einfach die nötige Vorstellungskraft.

Als das Handy in meiner Hand plötzlich klingelte, hätte ich es beinahe gegen die Wand geworfen.

»Entschuldige mal, ich habe eine ausgezeichnete Vorstellungskraft«, begrüßte mich Chris. »In der Highschool wurde ich sogar zu Mr. Vorstellungskraftgewählt.«

»Da waren deine Eltern sicherlich sehr stolz auf dich.«

»Ich kann es dir beweisen. Ich stelle mir vor, was du gerade tust.«

Ich verdrehte die Augen. »Ich rede mit dir, Dummy.«

»Ruhe. Ich stelle mir grad' was vor.« Er hatte eine schöne Stimme, tief, aber sanft. »Ja, ich kann es sehen. Du liegst auf deinem Bett mit einer Katze.«

Ich setzte mich auf. Das war ein bisschen unheimlich. »Warum eine Katze?«

»Weil du auf jeden Fall ein Katzentyp bist«, sagte er bestimmt.

»Warum klingt das wie eine Beleidigung?«

Er lachte leise. »Ist es nicht. Menschen, die Katzen mögen, sind anspruchsvoll. Sie sind sehr wählerisch, was die Menschen angeht, mit denen sie sich umgeben. Mit einer Katzenperson darf man sich nicht anlegen. Sie wirken still, aber du weißt nie, an was sie gerade denken. Du könntest zum Beispiel jetzt darüber nachdenken, wie du mich am besten ermordest.«

»Behalt das lieber im Hinterkopf, Sterns. Lass mich raten, du bist eher der Hundetyp?«

»Das ist ja wohl offensichtlich. Ich bin zum Beispiel niedlich. Für Essen tue ich so gut wie alles, und ich bin sehr treu.«

»Vergiss nicht, dass ihr auch beide gern mit Bällen spielt.«

Sein Lachen klang warm und nah. Noch lange, nachdem ich aufgelegt hatte und ins Bett gekrochen war, hallte es in mir nach.

KAPITEL SIEBEN

Einen wirklich guten Spruch habe ich
beim Mittelalter-Festival überhört:
»Seid Ihr etwa das Feuer in meiner Seele, oder
hat der Teufel seine Laterne verloren?«

@INFIELDFLYGRL

»Ist nicht dein Ernst.« Ich blickte entgeistert auf den neuen Budgetplan, den mir Peter über seinen Schreibtisch hinweg zugeschoben hatte.

Er beugte sich in seinem lächerlich großen Ledersessel vor und faltete die Hände unter dem Kinn, als wäre er der gottverdammte Pate höchstpersönlich. »Wie ich meine, wirst du feststellen, dass wir fair waren.«

»Fair? Du willst, dass die Bibliothek nur noch fünfundzwanzig Stunden in der Woche geöffnet ist.« Was sich auch auf mein neues Gehalt auswirken würde.

»Braucht sie denn längere Öffnungszeiten?« Er nahm einen Schluck Kaffee aus seiner Tasse, auf der WELTBESTER BOSS stand. Die hatte er sich vermutlich selbst gekauft.

Für einen Augenblick verschlug es mir die Sprache. Aber das

hielt natürlich nicht lange an. »Außerdem soll mein Bücherbudget um die Hälfte gekürzt werden?«

Er runzelte die Stirn und strich mit dem Finger über seinen Unterlippenbart. Niemand sollte einen derart unsäglichen Bart tragen, schon gar kein ausgesprochen kindischer Mann mit einem schwachen Kinn. Hätte ich die Zeit zurückdrehen können bis zu dem Tag, an dem ich beschlossen hatte, dass Peter der einzig wahre Mann für mich war, würde ich mir selbst in den Arsch treten dafür, dass ich mich von diesem Typ hatte blenden lassen.

»Maebell, wir alle müssen ein wenig kürzertreten.« Er deutete auf die überdimensionale, farbige Skizze, die hinter seinem Schreibtisch hing: das Footballstadion, das er für die Highschool plante. »Dieses Stadion wird unsere kleine Stadt berühmt machen.«

Ich hasste ihn und sein dummes Stadion.

»Du kannst das Bibliotheksbudget nicht kürzen.« Ich verschränkte die Arme. »Da verlangst du zu viel. Vor allem nach dem letzten Jahr.«

»Sieh mal, alle machen mit. Die Polizei hat sich bereit erklärt, Überstunden einzusparen.«

»Da fühle ich mich doch gleich viel sicherer.«

Er sah finster drein. »Die Stadtreinigung hat sich einige tolle Sparmaßnahmen einfallen lassen.«

»Super. Ich wette, jetzt dauert es doppelt so lange wie sonst, bis der Müll abgeholt wird. Macht die Stadt auch Einsparungen beim Trinkwasser? Ich meine, wer muss schon Wasser trinken im texanischen Hochsommer? Das sind alles Fake News.«

»Bist du fertig?«, fauchte er.

Ich lächelte. Immerhin hatte ich einen Nerv getroffen.

»Noch lange nicht.« Ich erhob mich und schnappte mir den dummen Budgetplan vom Tisch.

»Es ist so gut wie beschlossen. Der Stadtrat wird in acht Wochen darüber abstimmen.«

Ich beugte mich über den Schreibtisch. Er wich vor mir zurück, was mich angenehm überraschte. »Dann bleiben mir wohl acht Wochen, um zu verhindern, dass das passiert.«

Dann kippte ich ihm den Inhalt seiner Kaffeetasse in den Schoss.

»Das hat er nicht«, sagte Ali mit einer gehörigen Portion Empörung. »Ich hasse ihn.«

»Danke«, sagte ich in mein Handy. »Ich weiß nicht, was ich mache, wenn ich die Öffnungszeiten kürzen muss.«

Nach dem Treffen mit Peter war ich auf direktem Weg und schnaubend vor Wut in die Bibliothek zurückgekehrt. Aber nachdem der Zorn abgeklungen war, hatte ihn eine überwältigende Angst ersetzt. Die Art Angst, die mich zum Hinsetzen und Durchatmen gezwungen hatte. Aber das hatte nicht funktioniert – ich wollte immer noch entweder erbrechen oder etwas zerbrechen.

»Ich kenne einen Typen, der mir dabei helfen könnte, an einen Vogel Strauß zu kommen«, bot Ali an. »Wir könnten ihn in seinem Büro aussetzen und, du weißt schon … abwarten.«

»Das ist lieb von dir, aber ich verzichte.« Ich zögerte, während ich mir den verängstigten Peter auf dem Boden unter einem übellaunigen Strauß kauernd vorstellte. Die Szene hatte etwas für sich. »Wie heißt dieser Typ? Nein, egal, vergiss es.«

»Du wirst schon eine Lösung finden«, sagte Ali bestimmt.

Ich wusste ihr Vertrauen zu schätzen, aber manchmal wünschte ich mir, für weniger kompetent gehalten zu werden. Es wäre schön, wenn nur ein einziges Mal irgendjemand meine Probleme für mich lösen würde.

»Ja, das werde ich. Irgendwie.«

Die Tür sprang auf, und plötzlich stand Chris »Traumtyp« Sterns vor mir.

Er war sehr … verschwitzt. Das sollte mich eigentlich abstoßen. Tat es aber nicht. Genauso wenig wie die Tatsache, dass er eines dieser ärmellosen Shirts trug, die an normalsterblichen Männern albern aussahen. An ihm brachte es die Muskeln zur Geltung. Davon hatte er ausgesprochen viele, und das fiel mir auf. Später würde ich ein eingehendes Gespräch mit mir selbst führen müssen.

»Ali, ich muss los«, sagte ich und klang dabei fast außer Atem. Mit finsterer Miene legte ich auf und verschränkte die Arme. »Bist du den ganzen Weg hierher gerannt? Du weißt schon, dass Autos für so was erfunden wurden?«

Er zuckte mit den Schultern und stützte sich mit den Ellbogen auf dem Tresen ab, wobei sein Bizeps hervortrat. »Sind nur sechs Kilometer.«

»Nur sechs? Eine leichte Übung für dich, nehme ich an.«

»Jap. Aber in der Saisonpause darf ich es ein wenig ruhiger angehen lassen.« Er tippte auf seine Gürteltasche. »Ich habe auch das Buch dabei. Wo setzen wir uns hin?«

»Also gut, komm mit.« Ich hängte das MITTAGSPAUSE-Schild an die Eingangstür und führte ihn in mein kleines Büro, das gleichzeitig Pausenraum und Kopierzimmer war. Er setzte sich an den Tisch, während ich das Mittagessen hervorholte, das ich auf meinem Weg vom Treffen mit ihm-dessen-Name-nichtgenannt-werden-darf beim *Sit-n-Eat* abgeholt hatte. Peters eingebildetes Grinsen schob sich vor mein inneres Auge. Ich knallte die Pappkartons auf den Tisch und ließ mich Chris gegenüber auf einen Stuhl fallen.

»Alles okay bei dir?«

»Alles klar.« Aber das stimmte nicht. Ich war wütend.

»Du wirkst nicht, als würde es dir gut gehen.« Er öffnete die Schachtel vor sich. An Donnerstagen ließ Ollie sich von Juana Fernandez beliefern, die die besten Tamales diesseits der Grenze machte. »Wow.«

»Ich habe dir die doppelte Portion mitgebracht«, sagte ich, und mein Blick fiel auf seine Arme. »Weil du so groß bist.«

Er grinste fast, schien es sich aber anders zu überlegen, als er den Ausdruck auf meinem Gesicht sah. »Bist du sicher, dass alles in Ordnung ist? Du wirkst schlecht gelaunt.«

Ich hob eine Augenbraue.

»Schlechter gelaunt als sonst«, verbesserte er sich und biss beherzt in seine Tamale.

»Es ist alles gut.« Ich stocherte in meinem Essen herum. »Vielleicht hast du einfach zu überschwängliche gute Laune. Wie ein Welpe.«

Er berührte meinen Handrücken. So eine kleine Geste, und trotzdem wurde meine Haut an genau dieser Stelle heiß. »Falls du jemanden zum Reden brauchst … Ich habe vier Schwestern. Ich kann ziemlich gut zuhören. Ich werde dir niemals sagen, dass du dich abregen sollst – das habe ich auf die harte Tour gelernt. Und wenn es sein muss, kann ich jemandem für dich in den Arsch treten.«

Seine sanfte Stimme ließ mich innehalten. Manchmal war es einfacher, sich in der Wut zu suhlen. Wut hatte mir immer geholfen – so blieb ich kampfbereit, und das half mir zu überleben. Aber es war auch anstrengend. Das war der letzte Gedanke, den ich hatte, bevor ich den Mund aufmachte und alles aus mir herausplatzte.

»Na gut«, grummelte ich. »Dein guter Freund Peter …«

Chris schüttelte den Kopf. »Wirf mich nicht mit ihm in einen Topf. Ich war mit dem Typen auf dem College. Wir sind kaum Bekannte.«

»Okay. Dein *nicht-Freund* Peter hat mich über seine Pläne informiert, das Bibliotheks-Budget noch weiter zu kürzen,. Wenn das passiert, betrifft es mein Gehalt, unser Budget für Bücher und vieles mehr.« Ich nahm meinen Strohhalm, riss das Papier ab, als wäre es eines von Peters Beinen, und rammte ihn aggressiv in meinen Becher. »Der Mann ist das Allerletzte.«

»Kann ich irgendwie helfen?«

»Nein, das ist mein Problem. Ich werde schon eine Lösung finden«, sagte ich entschieden, während ich den Reis auf meinem Teller hin und her schob. »Aber danke. Für … du weißt schon.«

Ich verstummte, nicht sicher, was ich sagen wollte, aber seltsam dankbar dafür, dass er hier war.

»Kein Problem. Also, dieses Buch. Ich habe Fragen.« Aus seiner Gürteltasche zog er unsere sexy Piraten-Romance. Bunte Klebezettel zierten die Ränder, und der Umschlag war zerlesen und abgegrabbelt.

Ich nahm es ihm aus der Hand und blätterte durch die Seiten. »Du hast farbige Anmerkungen und Notizen am Rand gemacht?«

»Außerdem kann ich auch fast das gesamte zehnte Kapitel auswendig.«

Ich blätterte zu besagtem Kapitel und fand eine Szene, die nur wenig der Fantasie überließ. Mit einem Schnauben warf ich das Buch auf den Tisch zurück. Chris nahm es in die Hand und blätterte darin herum. Mein Blick fiel schon wieder auf seine Arme. Seine Muskeln spannten bei jeder Bewegung. Ich hatte das merkwürdige Verlangen, sie zu berühren, um herauszufinden, wie sie sich anfühlten. Waren sie warm? Würden sie unter meinen Händen nachgeben?

Ich musste ein Stöhnen unterdrücken. Vollkommen unangemessen. Ich brauchte dringend mehr Schlaf. Daran musste das alles liegen.

»Geht es dir gut? Du siehst aus, als wäre dir ein bisschen warm«, fragte Chris besorgt.

Beschämt riss ich meinen Blick von seinen Armen los. »Tut mir leid, ich habe nachgedacht.«

»Worüber?«

»Äh, Oktopusse.« Lässig, Mae, lässig.

»Oktopusse?«

»Jap, viele Tentakel. Meinst du, die sind manchmal im Weg?« Ich ließ ihm keine Zeit zu antworten, weil ich mir dumm vorkam und innerlich ein wenig in Panik geriet, wobei ich nicht genau wusste, warum. Ich schnappte mir mein Exemplar des Buches vom Schreibtisch. »Ich habe noch eine halbe Stunde Mittagspause, wir sollten vielleicht …«

»Natürlich.« Er schlug sein Buch auf. »Also, nachdem ich die ersten zehn Kapitel gelesen habe, stellt sich mir die Frage: Meinst du, der Autor drückt in der Figur des Ersten Offiziers den Kampf des einfachen Mannes um Anerkennung im frühen neunzehnten Jahrhundert aus?«

Ich blinzelte. Zweimal.

»Und können wir über Kapitel vierzehn sprechen? Es im Krähennest treiben? Klingt irgendwie unbequem. Zumindest bedeutet es eine Menge Splitter an Stellen, an denen ich keine Splitter haben will. Was meinst du?«

KAPITEL ACHT

Wenn du ein Lagerfeuer wärst, über dem ich kochen wollte, müsste ich die Hitze testen, und könnte meine Hand höchstens für eine Sekunde in deine Nähe halten.

BRET AND KRYSTALYNN B.

Traumtyp: Hey Baby, woran denkst du gerade?

Ich: An ganz, ganz unartige Dinge.

Traumtyp: Ach, wirklich? An was zum Beispiel?

Ich: Zum Beispiel daran, wie ich eine Leiche verstecken kann, so dass sie NIEMALS jemand findet.

Traumtyp: Warte mal. Bin ich die Leiche?

Mit einem Prusten legte ich das Handy in meinen Spind und musterte mein Gesicht in dem winzigen Spiegel, den ich dort angebracht hatte.

Es war Samstag und ich für eine weitere Schicht im *Chicky's*. Zeit, mir ein letztes Mal gut zuzureden.

»Du bist charmant und hilfsbereit. Du machst dir keine Sorgen um Geld oder Mama, oder ob Iris plant, einem Kult beizutreten. Du konzentrierst dich auf deine Aufgaben. Du schlägst niemanden, auch nicht aus Versehen.«

»Redest du schon wieder mit dir selbst?«, fragte Amanda, die plötzlich neben mir aufgetaucht war.

Ich errötete. »Vergiss bitte, was du gehört hast.«

»Kein Problem.«

Ich mochte Amanda. Wie viele der Frauen, die hier arbeiteten, versuchte auch sie einfach nur, über die Runden zu kommen. Auf ihren nutzlosen Ex-Mann war kein Verlass. Und so musste sie einen Weg finden, allein für ihre Kinder aufzukommen. Sie arbeitete seit über zwei Jahren bei *Chicky's*, und wie sie es geschafft hatte, keinem der Gäste jemals eins mit dem nächstbesten schweren Gegenstand überzuziehen, konnte ich mir nicht erklären. Vermutlich verdiente sie mehr Trinkgeld als ich.

Sie öffnete ihren Spind und griff nach einer Tube Lipgloss. »Falls du es noch nicht gehört hast: Heute Abend kommt irgendein ganz hohes Tier.«

Ich stöhnte. Promis kamen nur selten, aber wenn, dann trieb das meine Panik ins Unermessliche, genau wie die aller anderen im Restaurant. »Wer denn?«

»Keine Ahnung. Aber Shane hatte schon fast einen Herzinfarkt.« Sie presste die frisch geglossten Lippen aufeinander.

»Armer Shane«, murmelte ich und schloss meinen Spind.

»Mach dir keine Gedanken, er wird dafür sorgen, dass Heather sich um diesen Tisch kümmert.«

»Natürlich.« Heather war perfekt für *Chicky's*. Sie war keck, sah auch fast völlig unbekleidet großartig aus, beschwerte sich nie über die handgreiflichen Gäste und kroch Shane in den Hintern, als klebte sie dort fest. Das bedeutete auch, dass sie die »besonderen« Tische bekam, wenn es darauf ankam. Klar, an diesen Tischen gab es fast immer besseres Trinkgeld, aber dafür musste man auch schuften. Ich wollte einfach nur unter dem Radar bleiben, meinen Job machen und von hier verschwinden.

Der Andrang an diesem Abend war hoch. Es schien, als ob jeder Mann mit zu viel Freizeit ins *Chicky's* gepilgert war, um sich Chicken Wings und ein oder zwei Innings des Doppelspiels der Astros zu gönnen. Das war gut, der Abend verging wie im Flug. Ich konnte auf Autopilot stellen und nicht zu viel nachdenken.

Meine Tische sorgten dafür, dass ich keinen Gedanken an unseren erlauchten Besuch verschwenden konnte. Manchmal erreichten mich aufgeregte Gesprächsfetzen, aber mir blieb keine Zeit, sie zusammenzufügen. Ich wartete gerade neben dem Fenster zur Küche auf eine Bestellung, als Heather neben mir auftauchte. Ihre sanften braunen Augen und das leicht hohle Servicekraft-Lächeln waren unverkennbar.

»Würdest du mir dabei helfen, das hier rauszubringen?«, fragte sie und zeigte auf die Teller, die unter den Wärmelampen warteten. »Es ist ein *besonderer* Tisch, und ich möchte sicherstellen, dass alle ihr Essen gleichzeitig bekommen.«

Besonderer Tisch, aber sicher. Wenigstens würde ich so herausfinden, was das Getuschel zu bedeuten hatte.

»Klar, geh vor.« Ich klemmte mir einen Klapptisch unter den Arm und balancierte drei Teller vor mir her.

Hätte ich nicht versucht, so vorsichtig wie möglich zu sein, hätte ich es vielleicht früher geschnallt. Vielleicht hätte ich den Typen am Tischende bemerkt.

Aber das tat ich nicht.

Nicht, bis er mich bemerkte: Chris Sterns war hier.

KAPITEL NEUN

In meinem ersten Job fragte ich die Gäste:
»Wollen Sie Milch oder Zucker in Ihren Kaffee?«
Ein Typ antwortete: »Rühr einfach mit deinem
kleinen Finger um. Das ist süß genug für mich.«
Mit achtzehn haute mich dieser Spruch vollkommen um.
Er macht mir jetzt seit zweiundvierzig Jahren Kaffee.

LIZA C.

Ich erstarrte. Wie ein Reh im Scheinwerferlicht, wenn Rehe Zöpfchen trugen und die Scheinwerfer funkelnde braune Augen waren.

Chris musterte mich. In dem vergeblichen Versuch, mich zu verstecken und unsichtbar zu werden, zog ich den Bauch ein. Er wendete den Blick ab. Vielleicht hatte es funktioniert? Immerhin trug ich die Kleider einer Landei-Barbie, und an diesem Ort erwartete er mich sicher nicht.

Ich stellte den Klapptisch so schnell und leise ich konnte auf, wobei ich sowohl das Essen als auch Chris im Blick behielt. Vier weitere Männer und eine Frau saßen um den Tisch herum. Niemand schien uns Kellnerinnen zu bemerken. Auf Heathers

Anweisung hin stellte ich mit Essen beladene Teller vor zwei von ihnen auf den Tisch. Dann ging ich um den Tisch herum zum letzten Gast. Ich kam Chris immer näher und hielt den Atem an.

Bemerk mich nicht. Sieh mich nicht an.

Aber als ich doch einen Blick riskierte, sah ich, dass er mich anstarrte.

Er kniff die Augen zusammen.

Ich trat von einem Bein aufs andere.

Er hob eine Augenbraue.

Ich schüttelte den Kopf.

Er begann, langsam zu grinsen.

Es gab so viele furchtbare Restaurants mit halb nackten Kellnerinnen, und er musste ausgerechnet in meines kommen.

Meine Hände zitterten. Unglücklicherweise trug ich eine Portion Chicken Wings. Ich sah entsetzt dabei zu, wie der Teller sich neigte und alles, was darauf war, auf den Schoß eines Mannes mittleren Alters fiel, der einen grauen Anzug trug. Dann sah ich in Zeitlupe, wie die Schale mit *Chicky's* Dip-Sauce die gleiche Reise antrat und eine fleckige rote Spur auf dem Haar des Mannes, seinem Gesicht und seinem weißen Hemd hinterließ.

Er fluchte laut.

»Oh, das tut mir schrecklich leid.« Eilig stellte ich den Teller ab und schnappte eine Serviette vom Tisch. Mit einem Schaudern rieb ich den Kopf des Chicken Wing-Typen, als wäre es die Flasche eines Flaschengeists, mit der ich die ganze Situation hätte wegwünschen können. Na gut, das funktionierte nicht.

Er schlug nach meinen Händen und riss sich die Serviette vom Kopf. »Was zum Teufel? Du Dummkopf!«, rief er, und sein schmales Gesicht färbte sich beinahe violett.

Ich erstarrte und stellte erschrocken fest, dass es hinter meinen Augen zu brennen begann. Ich weinte nie, und ich würde ganz bestimmt auch jetzt nicht damit anfangen.

»Dieser Anzug kostet zweitausend Dollar!« Er fluchte erneut und ließ dann ein paar ausgewählte Worte über meine Mutter, meine Intelligenz, mein Gewicht, meine offensichtliche sexuelle Promiskuität und meine Katze vom Stapel. Mir war nicht klar, woher er wusste, dass ich eine Katze hatte, aber niemand, wirklich niemand sprach so über Kevin.

Meine Hände ballten sich zu Fäusten. Ich öffnete den Mund, ohne genau zu wissen, was aus mir hervorbrechen würde. Ich wusste nur, dass ich dafür vermutlich gefeuert würde.

Ehe ich etwas sagen konnte, tauchte Shane an meinem Ellbogen auf. Mein Blick fiel auf Chris. Er runzelte leicht die Stirn, und sein Kopf war geneigt, als wollte er etwas sagen. Ich schüttelte den Kopf und flehte ihn stumm an, den Mund zu halten.

»Das tut mir furchtbar leid«, sagte Shane. »Wir werden Ihnen Handtücher bringen. Bitte, das Essen geht heute Abend natürlich aufs Haus.« Er kniff mir in den Ellbogen und knurrte durch zusammengebissene Zähne: »Das kürze ich aus deinem Trinkgeld. Hol Handtücher. Sofort.«

Ich griff nach dem inzwischen leeren Klapptisch, bereit, mich schnellstmöglich in die Küche zu verziehen, oder vielleicht direkt zur Hintertür hinaus, um von dort in das Shuttle in die nächste Galaxie zu steigen. Ginge das? Vielleicht könnte ich mich freiwillig melden, den Mars neu zu besiedeln? Das musste ich mal googeln.

Wie war das nur mein Leben?

Chris' Stimme ließ mich innehalten. »Es war ein Versehen. Kein Grund, gleich wütend zu werden. Sind ja keine bleibenden Schäden.«

Mit einem freundlichen Lächeln auf dem Gesicht sah er zwischen dem Chicken Wings-Typen und meinem Boss hin und her. Aber er sprach in einem festen, entschiedenen Tonfall, als meinte er es wirklich ernst.

»Außerdem ist das ohnehin ein schrecklicher Anzug.« Er grinste. »Du hast ihm eigentlich einen Gefallen getan.«

Fand er das etwa lustig? Nichts daran war lustig. Es ging hier um mein Leben. Ich beobachtete, wie dem Chicken Wings-Typen ein Klecks Sauce aus dem Haar über Nase und Kinn rann. Vielleicht war es doch ein bisschen lustig.

Ich holte tief Luft. »Es tut mir leid. Das war ganz und gar meine Schuld. Ich werde selbstverständlich sämtliche Reinigungskosten übernehmen.«

Der Chicken Wings-Typ öffnete den Mund, aber Chris unterbrach ihn. »Nee, Douglas versteht bestimmt, dass so etwas passieren kann. Er wird sich darum kümmern, aber, Doug, du brauchst etwas Neues zum Anziehen.« Er sah sich um, bis sein Blick an dem Regal hängen blieb, auf dem sich *Chicky's*-Merchandise stapelte: Schlüsselanhänger, Autokennzeichen, Schnapsgläser, alles Zeugs mit glitzernden Buchstaben und Silhouetten von Frauen mit geflochtenen Zöpfchen, die vorne und hinten viel zu bieten hatten.

Chris grinste breit. »Ich weiß genau, was wir machen können.«

Im Laufe der nächsten zehn Minuten zerrte Chris Doug ins Bad, Shane hielt mir einen weiteren hastigen Vortrag darüber, dass ich mich zusammenreißen sollte, und ich beseitigte das Chaos, während Heather eine weitere Chicken Wings-Bestellung aufgab.

Meine Gedanken rasten, während ich die Barbecue-Sauce

aufwischte. Ich hatte keine Ahnung, wie ich Chris das alles erklären sollte. Er mochte ein Footballspieler sein, aber so langsam wurde mir klar, dass er ein *schlauer* Footballspieler war.

Plötzlich wurde mir speiübel, und ich drückte eine Hand auf meinen Bauch. Wie hatte er es geschafft, in so kurzer Zeit zwei meiner Geheimnisse zu erfahren? Geheimnisse, die ich so gründlich vor allen anderen Menschen in meinem Leben verborgen hatte.

Nachdem ich den Boden gewischt hatte, richtete ich mich genau in dem Moment auf, als Chris Doug zurück zum Tisch führte. Doug war die Chicken Wings-Sauce und seinen grauen Anzug losgeworden. Dieser war durch eine schwarze Jogginghose ersetzt worden, auf deren einem Bein in glitzernden pinken Buchstaben »*Chicky's*« stand. Sie passte gut zu dem pinken T-Shirt, auf dem die berühmte *Chicky's*-Silhouette prangte.

Wildes Gelächter stieg in mir auf, und ich musste die Lippen aufeinanderpressen, um nicht vor Lachen loszuheulen.

Chris lächelte mich an. »Siehst du? Alles wieder gut.«

Doug sah nicht gerade glücklich aus. Doug sah aus, als wollte er mir großen körperlichen Schaden zufügen.

»Ich … ich mache kurz Pause«, sagte ich zu niemand Bestimmtem und eilte in die Küche. Dort sank ich gegen die nächste Wand. Mein Atem kam stoßweise, als wäre ich gerade einen Marathon gerannt.

»Alles okay bei dir?«, fragte einer der Köche. »Du siehst aus, als müsstest du dich gleich übergeben.«

Ich stieß mich von der Wand ab und murmelte etwas von wegen Toilette. Auf dem Klo spritze ich mir Wasser ins Gesicht. Eine meiner dummen falschen Wimpern hing ein ganzes Stück tiefer als die andere. Ich sah aus, als würde ich permanent zwinkern.

»Es wird alles wieder gut«, versicherte ich meinem Spiegelbild. »Du hast einen Fehler gemacht, und ja, Chris Sterns ist aufgetaucht, u-und …« Ich holte tief Luft und fuhr mit fester Stimme fort: »Shane hat dich noch nicht gefeuert. Geh einfach wieder raus und tu, was du tun musst. Du hast es im Griff.«

Guter Plan.

Solider Plan.

Mit wiederhergestelltem Selbstbewusstsein öffnete ich die Tür, und da war er. Und wartete. Auf mich.

Na gut. Neuer Plan. Ohne anzuhalten, packte ich Chris an der Hand und zog ihn den Gang entlang bis zum einzigen Ort, an dem wir beinahe ungestört sein konnten: den Besenschrank. Er bestand vor allem aus Regalen an den Wänden und einem kleinen Freiraum in der Mitte, in dem Wischmopp, Eimer und Staubsauger standen. Irgendwie schafften wir es trotzdem, uns dort hineinzuzwängen – und das, obwohl Chris bedeutend größer war als ein Staubsauger.

Wenn er sich gegen die Tür lehnte, gab es gerade genug Platz zum Atmen. Ich zog an der herabhängenden Schnur, und ein schwaches Licht erhellte den Schrank.

Ich verschränkte die Arme. Dabei stieß ich gegen seine Brust. Ich ließ sie wieder hängen. Was zum Teufel sollte ich mit meinen Armen tun?

»Was machst du hier?«, wollte ich wissen.

Er hob eine dunkle Augenbraue. »Das fragst du *mich*?«

Ich ignorierte ihn und fuhr fort: »Ich war kurz davor, dich zu respektieren. Warum kommst du an einen Ort wie diesen?«

Das sprach mein Mund aus, aber meine Gedanken wanderten woandershin. Ich dachte vor allem daran, wie gut er roch.

Anders als die meisten Typen, die hierherkamen, war er nicht in einen Aftershave-Burrito gewickelt. Er roch frisch, als wäre er gerade aus der Dusche gestiegen – und meine Gedanken blieben kurz an Chris Sterns in der Dusche hängen, obwohl ich ihnen dazu keinerlei Erlaubnis erteilt hatte. Ich unterbrach sie sofort. Diese streunenden Gedanken hatten in meinem Leben nichts zu suchen. Mit meinen zwei Jobs, den Rechnungen und einem dummen Bürgermeister/Ex-Freund, dessen Ziel es war, meine Bibliothek zu ruinieren, hatte ich genug um die Ohren. Außerdem war ich für Chris eine *Schwester-Freundin.* Meine Güte. Ich musste mich zusammenreißen.

Er zuckte mit den Schultern. »Doug ist mein Agent. Er hat das Restaurant ausgesucht.«

»Dein Agent ist ein Widerling.«

»Ich weiß. Und deswegen ist er ein guter Agent«, erwiderte er. »Ich bin dran.«

»Womit?«

»Mit einer Frage.« Er runzelte die Stirn. »Wo ist deine Brille?«

»Wirklich? Das ist deine Frage?«

»Ich mag deine Brille. Sie passt zu dir.« Er ließ den Blick über mein Gesicht wandern und sah dann an mir herab. Ich wollte mein ausgesprochen üppiges Dekolleté verdecken, zwang mich aber, es nicht zu tun. »Ich weiß allerdings nicht, ob das hier zu dir passt.«

Ich richtete mich auf. Fast war ich beleidigt. »Wie bitte? Dieses Outfit steht mir sehr wohl!«

Er grinste. »Daran habe ich nie gezweifelt.«

»Du hast es angedeutet.«

Jetzt verschränkte er die Arme, wobei er meinen Brüsten gefährlich nahe kam. Er murmelte etwas, was verdächtig nach *vier Schwestern* und *Geduld* klang. »Lass es mich noch mal so sagen: Warum arbeitest du hier? Ist das eine Art lang gehegter Traum?«

»Ja, ich habe schon immer davon geträumt, betrunkenen Typen schlechtes Essen zu servieren, während ich Hotpants trage. Jetzt kann ich glücklich sterben. Ich bin froh, dass wir darüber gesprochen haben.«

Er fuhr sich mit der Hand übers Kinn, während sich um seine Augen herum Lachfältchen bildeten. »Hmmm.«

»Hmmmm, was?«

»Du solltest dir überlegen, das hier in der Bibliothek zu tragen. Damit würdest du großen Erfolg bei dem Teil der Bevölkerung haben, der normalerweise nicht so viel liest, sondern eher Videos schaut, wenn du weißt, was ich meine.«

»Halt den Mund.«

Er ignorierte mich. »Wie wär's mit einer Vorlesestunde für Erwachsene? Chicken Wings, Bier, und du liest aus einem, ähm, Buch für Erwachsene vor?«

»Es freut mich sehr, dass du das lustig findest.«

Er schnippte gegen einen der Zöpfe, der mir über der Schulter lag. »Die sind süß. Sie gefallen mir.«

»Bist du fertig?«

Er fuhr sich mit dem Daumen über die Unterlippe, als würde er nachdenken. »Ich glaube schon.«

»Du bist die nervtötendste Person, die ich je kennengelernt habe. Ist dir das klar?«

Seinem Gesichtsausdruck nach zu schließen, störte ihn das überhaupt nicht. »Es ist eine Gabe.«

Ich holte mehrmals tief Luft, um mein unruhig schlagendes Herz zu beruhigen. Nervig oder nicht, wusste er nun etwas über mich, von dem ich nicht wollte, dass es an die Öffentlichkeit drang.

Er seufzte und legte mir dann sanft die Hände auf die Schultern. Als er sprach, war seine Stimme sanft. »Ist alles in Ordnung?«

Ich sah zu ihm auf, sah die Sorge in seinem Blick. Es war, als könnte er direkt in mein Innerstes blicken, und fast überkam mich das seltsame Verlangen, meinen Kopf an seine Brust zu legen und ihm alles zu erzählen – von meiner Mutter, dem Schlaganfall, den Arztrechnungen, der Bibliothek, von Iris und der möglichen Rückkehr meines Vaters. Vielleicht würde er mich an sich ziehen, mir über den Rücken streicheln und sagen, dass alles gut werden und er mir helfen würde, alles hinzukriegen. Und ich würde ihm glauben.

Aber im echten Leben passierten solche Dinge nicht einfach so. Helden tauchten nicht einfach aus dem Nichts auf, um die Probleme anderer zu lösen. Das Leben war keine Romance Novel. Das Leben war viel eher ein nicht enden wollender hochliterarischer Roman. In hochliterarischen Romanen gab es keine Happy Ends – dort gab es nur deprimierend realistische Enden.

Mein Blick fiel auf seine Hemdknöpfe. »Es ist alles okay. Ich will nur an den Wochenenden noch ein wenig Geld dazuverdienen, das ist alles.«

Er antwortete nicht. Stattdessen drückte er meine Schultern und ließ dann los. Aber ich spürte eine ganz leichte Berührung an meiner Wange. Es war nicht seltsam, nur seltsam tröstlich, und ich war schockiert, als ich feststellte, dass mir zum zweiten Mal an diesem Abend die Tränen kamen.

Ich räusperte mich und hielt seinem Blick stand. »Kannst du das für dich behalten? Bitte?«

Seine Augen funkelten wieder, und das war gut so. Anscheinend stand der sanfte, verständnisvolle Chris auf meiner Liste möglicher Schwächen. »Es bleibt unter uns, *Samantha.*«

»Danke. Ich muss dann auch weiterarbeiten. Also …« Ich wedelte mit der Hand, um ihn zum Gehen aufzufordern. »Mach die Tür auf. Auf geht's, hopp-hopp.«

Grinsend legte er eine Hand auf den Türknauf. »Obwohl, wenn du diese Bluse zu unserem nächsten Buchclub-Treffen tragen würdest, wäre ich nicht unglücklich darüber.«

Ich ignorierte sein Lachen und marschierte erhobenen Hauptes zurück zur Arbeit.

KAPITEL ZEHN

Schnell, ruf den Krankenwagen!
Du hast mir gerade den Atem geraubt!

NONIE S. M.

In den nächsten Tagen bekam ich noch weniger Schlaf als sonst. Am Mittwoch wachte ich erschöpft und mit schmerzendem Kopf auf.

Iris runzelte die Stirn, als sie mich sah. »Du siehst schrecklich aus. Sogar schlimmer als sonst.«

»Ich habe schlecht geschlafen«, murmelte ich, als ich in die Küche und damit in Richtung Kaffee schlurfte.

»Ich meine es ernst.« Sie sah besorgt aus. »Vielleicht solltest du zu Hause bleiben.«

»Mir geht's gut.« Und genau das sagte ich mir wieder und wieder, während ich mich anzog und in die Bibliothek schleppte. Aber um elf waren die Kopfschmerzen so schlimm, dass ich Angst hatte, mich übergeben zu müssen. Ich war todmüde. Ich sagte die Vorlesestunde ab und dachte ernsthaft darüber nach, mich vor die 200er (Religion) zu legen, und einfach zu sterben.

Mein Handy vibrierte.

Traumtyp: Hey Süße, willst du mit mir zu Mittag essen? Denn wenn ich dich sehe, bekomme ich immer Appetit auf Nachtisch. Süße – Nachtisch – verstehst du?

Ich: Ugh.

Traumtyp: Das ist alles, was du heute zu bieten hast? Ich bin enttäuscht.

Anstatt zu antworten, vergrub ich den Kopf in den Armen. Eine Minute später klingelte mein Handy.

»Warum rufst du an?«

»Ich habe mir Sorgen gemacht«, sagte Chris. »Du hast mich gar nicht beleidigt. Ich dachte, du wärst vielleicht in Gefahr und würdest so um Hilfe fragen.«

»Da muss ich dich leider enttäuschen. Mir geht es nur nicht so gut.«

Einen Moment lang schwieg er. »Du klingst furchtbar.«

»Deine Anmachsprüche werden besser und besser.«

»Nein, ernsthaft jetzt. Was ist los?«, fragte er, und die Besorgnis in seiner Stimme fühlte sich irgendwie gut an.

»Ich glaube, ich gehe nach Hause, lege mich ins Bett und weine mich in den Schlaf.« Das klang nach einem tollen Plan.

»In meiner Vorstellung bist du nicht gerade nah am Wasser gebaut«, sagte er. Seltsam, dass er darüber nachdachte. Hatte er sich auch über andere Dinge Gedanken gemacht, die mich betrafen? Beanspruchte ich einen kleinen, signifikanten Platz in seinem Gehirn? Wenn ich ehrlich war (und nur zu mir selbst), trieb er sich ein bisschen zu viel in meinen Gedanken herum.

Ich räusperte mich. »Also in der sechsten Klasse habe ich mir mal den Arm gebrochen. Da habe ich geweint.«

»Gott sei Dank, dann bist du doch ein Mensch. Ich hatte meine Zweifel.«

»Ich werde jetzt auflegen.«

»Eins noch: Stirb nicht. Beerdigungen sind so traurig.«

Ausnahmsweise war niemand da, als ich nach Hause kam. Mama hatte einige Termine im Ärztezentrum in Houston. Danach machten sie und Sue sich einen schönen Tag mit Mittagessen und Shopping in der Mall.

Ich nahm eine Schmerztablette und stellte mich unter die heiße Dusche. Kevin machte mir freundlicherweise Platz auf dem Bett, und ich war schon fast eingeschlafen, als es an der Tür klopfte. Ich ignorierte es und kuschelte mich unter die Decke, unwillig und möglicherweise unfähig, mich zu bewegen. Aber es klopfte weiter.

»Verschwinde«, murmelte ich, obwohl mich der Eindringling, wer auch immer es war, natürlich nicht hören konnte.

Er verschwand nicht.

Mit einem dramatischen Seufzen wickelte ich mich in eine Decke und stolperte zur Haustür. Ich erwartete den Postboten, die Zeugen Jehovas, einen Typen, der mir Steaks aus seinem Kofferraum andrehen wollte. Aber nein, es war sogar noch schlimmer.

»Wow. Du siehst tatsächlich aus, als ginge es dir schlecht«, sagte Chris.

»Noch mal: Funktionieren diese Anmachsprüche wirklich?«

Er hielt eine Plastiktüte hoch. »Ich habe dir Suppe mitgebracht.«

»Suppe?«

»Ja, Ollie schickt mich.«

»Ollie schickt mir Suppe? Es ist Mittwoch. Mittwoch ist kein Suppentag.«

Es gab keinen Suppentag.

Chris zuckte mit den Schultern. »Ich nehme an, er mag dich.«

»Woher weißt du überhaupt, wo ich wohne?« Ich zog die Decke enger um mich und beäugte ihn misstrauisch. »Stalkst du mich etwa?«

»Ja, natürlich. Die Suppe ist Teil meines Plans, dich in einem falschen Gefühl von Sicherheit zu wiegen.«

»Und da ist eine Suppe alles, was dir eingefallen ist?«

»Außerdem habe ich Ali im Café getroffen, und sie hat mich gebeten, nach dir zu sehen. Sie hätte es selbst getan, aber sie, und ich zitiere, kann dich nicht ausstehen, wenn du krank bist.«

Ich sah ihn aus zusammengekniffenen Augen an. Das musste ich später mit Ali besprechen.

»Ich hatte nichts anderes zu tun.« Er wedelte mit der Tüte. »Kann ich reinkommen?«

»Warum?«

»Weil es dir nicht gut geht, und ich Suppe mitgebracht habe.«

Ich verschränkte die Arme und lehnte mich gegen den Türrahmen. »Ich weiß das Angebot zu schätzen, aber … nein.«

Sein Lächeln erstarb, und er reichte mir die Tüte. »Ich verstehe schon. Ich dachte, du würdest dich über Gesellschaft freuen, aber das ist okay. Gute Besserung. Bis bald.«

Er schob die Hände in die Hosentaschen, drehte sich um und ging die Stufen der Veranda hinunter. Er ging langsam, mit hängenden Schultern und blieb dann stehen, um gegen einen Stein zu treten. Er sah aus, als hätte jemand seinen neuen Welpen geklaut, als wäre sein bester Freund weggezogen, als hätte sich niemand an seinen Geburtstag erinnert – alles auf einmal.

»Du bist echt erbärmlich.« Ohne sich umzudrehen, zuckte er als Antwort mit den Schultern. Ich seufzte laut. »Also gut. Komm rein.«

Grinsend kam er mit großen Schritten zurück. »Das funktioniert jedes Mal wie ein Zaubertrick.«

Natürlich. »Bevor ich dich ins Haus lasse, möchte ich dich daran erinnern, dass hier keine superreichen Footballspieler leben. Du musst deine Erwartungen also dementsprechend anpassen.«

»Wie ich sehe, lässt dich deine Krankheit nicht weniger sarkastisch werden.«

Ich trat zur Seite und sah, wie er flüchtig den Blick schweifen ließ. Unser Haus war sauber, aber klein und stiltechnisch fest in den 90ern steckengeblieben, inklusive babyblauem Teppichboden und Holzimitat an den Wänden.

Chris kam zwei Schritte herein, dann blieb er stehen. »Das sind ganz schön viele Kaninchen.«

Er hatte recht, es waren ganz schön viele Kaninchen. Granny machte keine halben Sachen. Es gab Hunderte von ihnen, sie säumten die Regale, saßen in Nischen und bedeckten Tische. Kaninchen waren auf den Zeitschriftenständer gemalt und umgaben als Wandbordüre den Raum. Es gab gerahmte Kaninchenbilder und einen Hocker, den Granny mit dem gleichen kaninchenbedeckten Stoff bezogen hatte, aus dem sie auch die Vorhänge genäht hatte.

»Meine Großmutter mochte Kaninchen«, sagte ich mit einem Hauch von Trotz in der Stimme.

»Ich urteile nicht. Ich stelle nur fest.« Er streckte die Hand aus. »Gib mir die Suppe.«

»Schon gut. Du weißt doch gar nicht, wo die Küche ist …«

»Du siehst aus wie ein abgesoffenes Kätzchen und hast vermutlich auch genauso viel Kraft. Setz dich.« Er zeigte auf das Sofa. »Ich kümmere mich um die Suppe.«

Ich blickte ihn finster an, er blickte ebenso finster zurück. An ihm wirkte der Blick bedrohlicher. Wenn seine Gegner ihn so auf dem Spielfeld antrafen, warfen sie ihm bestimmt einfach nur den Ball zu und rannten vom Platz. Ich reichte ihm die Suppe.

»Ich werde die Küche schon finden. Setz dich.«

Ich setzte mich.

Als er zurückkam, trug er zwei Schüsseln und ein Glas Wasser. Er hatte die Tabletts entdeckt, die Granny so gerne benutzte und stellte eines vor mir auf.

»Iss.« Er beobachtete mich, während ich einen Löffel Suppe aß, dann setzte er sich und vertiefte sich in seine Mahlzeit.

Nach einem langen Moment der Stille legte ich meinen Löffel zur Seite. »Das ist weird.«

Er runzelte die Stirn. »Was? Die Suppe? Ist sie heiß genug?«

»Nein, ich meine, es ist weird, dass du hier bist.«

Er zuckte mit den Schultern. »Ich hab sonst nichts zu tun.«

»Deine Anteilnahme rührt mich.«

»Ist mir eine Freude.« Er aß eine Löffel Suppe, nahm aber dabei neugierig das Wohnzimmer in Augenschein. Die beiden geblümten Sofas, der Fernseher, der Couchtisch. Noch mehr Kaninchen. Er nahm eines der Sofakissen in die Hand. Auf dem Bezug waren baseballspielende Kaninchen zu sehen. »Kaninchen sind irgendwie gruselig. Wenn man sie sich genau anschaut, sehen sie aus wie riesige Ratten. Wusstest du, dass sie mit offenen Augen schlafen?«

»Das wusste ich nicht.« Obwohl Granny so versessen auf sie gewesen war, hatten wir nie ein lebendiges Kaninchen besessen. »Lass mich raten: noch ein Pfadfinderabzeichen?«

»Nein.« Er griff nach einem gerahmten Foto von Granny, Mama und uns Mädchen, das auf dem kleinen Tisch neben der Couch stand. Darauf war ich etwa fünfzehn Jahre alt, mürrisch, kein Lächeln weit und breit. »Ich war bei den Jungen Landwirten. Ein Jahr lang habe ich Kaninchen gezüchtet.«

Ich brummte und aß noch einen Löffel Suppe. Sie war lecker. Ich versuchte mich zu erinnern, ob ich heute schon etwas gegessen hatte. Vielleicht schmeckte sie deswegen so gut.

»Sind das deine Mutter und Schwester und Großmutter?« Chris tippte auf das Foto.

»Ja. Granny ist in meinem letzten Collegejahr gestorben. Krebs. Ich vermisse sie.« Ich verzog das Gesicht, als ich hörte, wie traurig ich dabei klang. Warum um alles in der Welt erzählte ich ihm das?

Vielleicht spürte Chris meine Stimmung, jedenfalls war er höflich genug, keine Plattitüden von sich zu geben. »Und wer ist dieser wütende Teenager?«

Ich versuchte erfolglos, ihm das Foto aus den Händen zu reißen. »Es war eine Phase.«

»Du siehst ganz schön heftig aus. Ich hätte mich nicht mit dir anlegen wollen.«

»Danke. Genau das war mein Ziel.«

Damals war ich auf meinen Vater sauer gewesen, auf Mama, das Leben, die Welt. Ich wette, Chris war beliebt und gut gelaunt gewesen und kam aus einer netten Familie ohne Straftäter. Nicht in einer Million Jahren wären wir miteinander befreundet gewesen.

Er sah das Bild noch einen Augenblick an, dann stellte er es zurück. Als ich meine Suppe aufgegessen hatte, trug er unsere Schüsseln in die Küche, und ich hörte das Wasser laufen. Dann: »Warum ist da Klebeband an eurem Geschirrspüler?«

»Damit er geschlossen bleibt, ist doch klar.«

Er blieb an der Tür zum Wohnzimmer stehen, die Hände in die Hüften gestemmt. »So funktionieren Geschirrspüler nicht.«

»So funktionieren sie hier.« In einem Haushalt mit drei Frauen und einem sehr begrenzten Budget. Ich war nicht völlig unfähig, und ich hatte versucht, ihn zu reparieren, nachdem ich mir dreiundvierzig YouTube-Videos darüber angesehen und mehrere Anleitungsartikel gelesen hatte. Aber ohne das richtige Werkzeug hatte ich Angst, noch mehr kaputt zu machen.

Aber egal. Das Klebeband funktionierte gut, vielen Dank auch.

Chris schüttelte den Kopf und setzte sich wieder aufs Sofa. »Möchtest du fernsehen?«

»Von mir aus.«

Er fand die Fernbedienung und zappte durch die Kanäle, bis er innehielt. »*Gilmore Girls.* Und das ist auch noch eine gute Folge.«

Ich schnaubte. »Natürlich. Und ich soll dir abnehmen, dass du *Gilmore Girls* schaust.«

»Ich sagte doch, vier Schwestern. Sie haben an den Wochenenden ständig Serienmarathons veranstaltet, und ich wurde wohl irgendwie in die Geschichte reingezogen.«

Ich kniff die Augen zusammen. »Okay. Nenn mir eine Figur.«

»Ich nenne dir gleich zwei: Luke und Lorelai.«

»Im Ernst?«

»Klar. Ich mag, dass er immer ein bisschen wütend und sie optimistisch ist. Irgendwie haben sie funktioniert.«

»Aha, grumpy/sunshine also.«

»Was ist das?«

»Das ist ein beliebtes Thema in Geschichten, vor allem in der Romance. Grumpy/sunshine ist da ganz groß.«

Er fuhr sich mit dem Daumen über die Unterlippe, während er über meine Worte nachdachte. Vielleicht sah ich ihm ein wenig zu eingehend dabei zu. Er hatte einen sehr schönen ... Daumen. Daumen sollten öfter gelobt werden. Immerhin waren sie sehr beweglich.

Grinsend schwang er einen Arm über die Rückenlehne des Sofas. Seine Fingerspitzen berührten meine Schulter. »In unserer Freundschaft wäre ich dann wohl der Sonnenschein und du der Grump.«

»Wie bitte?«

Er gestikulierte mit einer Hand zwischen uns hin und her. »Du bist der Miesepeter, und ich bin der Sonnenschein. Du weißt schon, die ganze Katze/Hund-Sache.«

In diesem Moment, als hätten sie sich vorher heimlich getroffen und dieses ganze ausgeklügelte Szenario abgesprochen, spazierte Kevin ins Zimmer, blieb vor der Couch stehen und begutachtete die Menschen, die ihm zur Auswahl standen. Er hüpfte in die Lücke zwischen uns und musterte mich dann aus zusammengekniffenen gelben Augen, bevor er sich zu Chris hinüberrollte und sich auf seinem Schoß niederließ.

Kevin. Der Kater, der mich heute Morgen angefaucht hatte, weil ich das Kissen berührt hatte, auf dem er lag. Der Kater, der einmal dem Klimaanlagentechniker auf den Rücken gesprungen war und ihn so sehr erschreckt hatte, dass der Mann nie wiederkam. Der Kater, der mindestens siebzehn Jahre alt und so stur war, dass er sich mitten auf mein Gesicht setzte, wenn ich ihm sein Frühstück zu spät servierte.

»Ich kann nicht glauben, dass du dich für ihn entschieden hast, du untreues Fellknäuel.«

»Hör auf. Er kann dich hören.« Chris hielt Kevin die Ohren zu. »So miesepetrig.«

»Ich bin gar nicht übellaunig. Ich bin müde.«

Chris hob eine dunkle Augenbraue, und auf seiner Wange tauchte ein Grübchen auf. »Na klar.«

»Ach, halt die Klappe.« Missmutig wickelte ich die Decke um mich und ignorierte das warme Geräusch seines Lachens.

KAPITEL ELF

An dir will ich nur eins verändern:
deinen Nachnamen.

MELANIE K.

Ich wachte von Iris' leisem, hinterhältigem Lachen auf.

»Geh weg, ich schlafe«, murmelte ich und kuschelte mich tiefer in die Wärme, die mich umgab.

»Lass sie in Ruhe«, flüsterte meine Mom. »Du weißt, dass sie nicht genug schläft.«

»Ich mache eine Millionen Fotos«, erklärte Iris. »Und teile sie dann alle auf Instagram.«

»Bitte nicht«, widersprach eine weitere Stimme, tief und rau. So tief und rau, dass ich sie in meinem ganzen Körper spüren konnte.

»Das wird sie nicht, versprochen«, versicherte Mom. »Danke, dass du nach ihr gesehen hast. Ich wusste, dass es ihr nicht gut geht. Sie arbeitet sich zu Tode.«

»Sie ist unausstehlich, wenn sie krank ist«, sagte Iris.

Diese Worte drangen durch den schläfrigen Nebel bis in mein Gehirn vor.

»Iris Marie, pass auf, was du sagst«, mahnte Mama. »Hol mir meinen Stuhl, bitte.«

Mein Herz schlug gegen meine Rippen, während ich zu verstehen versuchte, was hier vor sich ging. Ich lag auf meiner Couch. Allerdings lag ich anscheinend gar nicht wirklich auf der Couch. Es sei denn, die Couch atmete plötzlich, und ihr war ein Arm gewachsen, den sie um mich geschlungen hatte, und sie roch frisch und …

Ich öffnete die Augen.

Ich lag auf einem Sofa namens Chris. Wie hatte das passieren können? Zitternd holte ich Luft.

»Tut mir leid. Brauchen Sie Hilfe?«, fragte Chris direkt neben meinem Ohr.

»Oh nein, Honey, bleib einfach, wo du bist«, erwiderte Mama. »Ich habe mich heute einfach übernommen.«

»Hier, Mama«, sagte Iris, die vermutlich mit dem Rollstuhl zurückgekommen war. Einige Sekunden lang hörte ich nichts außer Geraschel, bis Mama tief seufzte.

»Ich wusste nicht, dass du mit Mae befreundet bist.«

»Wir sind gute Freunde«, sagte Chris. Ich spürte, wie seine Hand, die auf meinem Rücken gelegen hatte, unter die Decke glitt. Ich bekam eine Gänsehaut, als er mir den Arm entlangfuhr und schließlich meine Taille erreichte. Dann kniff er zu.

Mit einem Aufschrei rollte ich von der Couch und kämpfte mich aus der Decke. »Was soll das?«

»Was meinst du?«, fragte Chris. Seine dunklen Augen wirkten unschuldig, aber ich konnte sehen, wie der Schalk in ihnen blitzte.

»Mae, Süße, wie fühlt du dich?«, fragte Mama.

»Ja, Mae, wie fühlst du dich?«, wiederholte Iris hämisch.

Ich erhob mich und drapierte die Decke wie ein Cape um mich. »Mir geht es gut, vielen Dank auch. Ich hatte ein wenig Kopfschmerzen, das ist alles. Und«, ich deutete auf die Couch, »es ist nicht so, wie es aussieht. Ich bin wohl … ich muss …«

»Sie ist eingeschlafen. Ist einfach umgekippt und auf mir eingeschlafen«, erklärte Chris. »Ich dachte, es wäre besser, sie schlafen zu lassen.«

»Das ist sehr lieb von dir«, sagte Mama.

»Du bist ein wahrer Prinz«, fauchte ich und zog die Decke noch enger um mich.

»Sie ist nicht besonders freundlich, wenn es ihr nicht gut geht, oder?«, fragte Chris an Mama gewandt. Dabei grinste er.

»Oh, sie ist furchtbar«, entgegnete Mama. »So war sie schon als kleines Mädchen. Hatte immer zu viel zu tun, um krank zu sein.«

»Also hört mal …«, wollte ich sie unterbrechen, wurde aber von beiden Seiten ignoriert.

Chris nickte weise. »Das kann ich mir vorstellen.«

»So ist sie einfach, mein kleines Maebe-Baby.«

»Maebe-Baby«, wiederholte Chris und warf mir ein halbes Lächeln zu.

»In der Highschool bestand sie einmal darauf, krank zur Schule zu gehen«, erzählte Mama. »Und ist dann mitten im Sportunterricht einfach ohnmächtig geworden, weil sie so fiebrig und dehydriert war.«

»Erinnerst du dich daran, wie sie sich den Arm gebrochen und uns nichts davon erzählt hat?«, fragte Iris.

»Zwei Tage hat es gedauert, bis ich verstand, was los war.« Mamas Lächeln wirkte ein wenig traurig.

»Sie muss wirklich langsamer machen«, sagte Chris.

»Das stimmt. Es ist wichtig, sich auszuruhen.«

»Ihr drei klingt wie Waschweiber beim Nähkränzchen«, mischte ich mich ein.

Mama musste ein Lächeln unterdrücken und nickte.

»Ich gehe ins Bett.« Ich richtete mich so gerade auf wie möglich und wandte mich zu Chris um. »Danke für deine Hilfe, so unnötig sie auch gewesen sein mag. Du findest sicher selbst zur Tür.«

Auf seinem Gesicht breitete sich ein Lächeln aus. »Schon gut. Ich habe es nicht eilig. Ich könnte dich ins Bett bringen.«

»Du bist unglaublich anstrengend«, verkündete ich und schleppte mich dann in mein Schlafzimmer.

Ich hörte noch, wie er mir »Bis bald, Maebe-Baby«, hinterherrief.

Später, viel später sogar, warf ich mich im Bett hin und her, weil ich einfach keine Position fand, die bequem genug war. Ich boxte das Kissen zurecht, trat die Decke beiseite und verärgerte Kevin so sehr, dass er sich vom Bett in den Wäschekorb verzog.

Ich hatte mit Chris gekuschelt. Gekuschelt. Es war nicht meine Schuld. Es zählte nicht, weil ich geschlafen hatte. In Wirklichkeit war es die Schwerkraft gewesen. Ganz genau. Das war kein absichtliches Kuscheln gewesen. Versehentliches Kuscheln hatte nichts zu bedeuten. Na bitte.

Ich stöhnte und zog mir das Kissen aufs Gesicht. Auch abgesehen vom Kuscheln, war Chris ein Rätsel, für das ich einfach keine Lösung fand.

Zuerst hatte ich ihn einfach für einen weiteren hübschen Typen gehalten: flirty, ein bisschen arrogant und daran gewöhnt, mit einem Lächeln alles zu bekommen, was er wollte. Aber sein

Verhalten sprach eine andere Sprache. Er wirkte gefestigt – nicht körperlich, obwohl er es körperlich natürlich auch war –, sondern charakterlich gefestigt. Er hatte sich als aufmerksam, verständnisvoll und zuverlässig erwiesen. Mehr noch als die großen, starken Muskeln und funkelnden Augen zogen mich diese Eigenschaften an.

Alles in allem war es schwer, diesen Typ nicht zu mögen. Als guten Freund. *Nur* als guten Freund. In meinem Leben gab es keinen Platz für irgendwelche anderen chaotischen Gefühle.

Nach zwanzig weiteren schlaflosen Minuten warf ich die Bettdecke runter und stapfte wütend (aber leise, um niemanden zu wecken) in die Küche. Ich nahm mir vor, nicht mehr an Wie-hieß-er-noch-gleich zu denken. Toller Plan, Mae.

Ich lehnte am Tresen und trank ein Glas Wasser, als es mir im sanften Schein des Lichts über dem Herd auffiel: der Geschirrspüler ging wieder zu.

Jemand hatte ihn repariert.

KAPITEL ZWÖLF

Ich wünschte, ich wäre deine Ableitung,
dann könnte ich tangential zu deinen
Kurven verlaufen.

MARIA S.

Von: Peter Stone <Peter.Stone@stadttwoharts.gov>
An: Maebell Sampson <Maebell.Sampson@stadttwoharts.gov>
Betreff: Unterlassungsanordnung

Maebell,

wie es scheint, hat jemand ein Abonnement für die Zeitschrift *Modrige Mädels* auf meinen Namen abgeschlossen und sie in mein Büro bestellt. Maria wäre beinahe in Ohnmacht gefallen, als sie es aus dem Umschlag geholt hat.

Sag Alicia Ramos, sie soll es seinlassen.

Peter

Alis Kreativität kannte keine Grenzen in Sachen Rachefantasien. Ich holte mein Handy hervor und schickte ihr eine Nachricht.

Ich: Modrige Mädels?

Ali: Hey, immerhin war es keine Glitzerbombe. Ich habe mich wirklich zurückgehalten.

Ich: Ich soll dir sagen, dass du damit aufhören sollst.

Ali: Zur Kenntnis genommen und für nichtig befunden.

Ich: Du bist eine gute Freundin.

Ali: Ich weiß.

Ich verstaute mein Handy in der Schublade und schloss die Tür der Bibliothek auf, um die Meute des Morgens hereinzulassen. Nachdem ich mich um einige Rückgaben gekümmert hatte, kehrte ich an meinen Schreibtisch zurück, wo eine weitere Nachricht auf mich wartete.

Ali: Hast du das gesehen?

Der Link, den sie mir geschickt hatte, führte auf eine Klatschseite namens *Let Me Spill the Tea*. Der neueste Beitrag ließ mich stutzen.

Chris Sterns von den Oklahoma Stars feiert Geburtstag in Vegas – mit ganz besonderem Gast

Auf dem Footballfeld ist Chris Sterns dafür bekannt, ein wahrer Teamplayer zu sein. In seiner Freizeit gilt er als Musterknabe und Pfadfinder (ungelogen) und nutzt seine Berühmtheit dafür, Gutes zu tun, Spenden zu sammeln und Kinder in Krankenhäusern zu besuchen.

Aber der Verteidiger der Oklahoma Stars machte schon immer ein Geheimnis aus seinem Beziehungsstatus und Privatleben. Abgesehen von den gelegentlichen Auftritten auf dem roten Teppich an der Seite eines Models oder einer Schauspielerin, ist er noch nie mit irgendjemandem abgelichtet worden. Noch nie!

Lasst euch sagen: Bis jetzt!

Anfang Februar feierte Chris seinen achtundzwanzigsten Geburtstag mit einigen seiner Teamkollegen in Las Vegas. Dabei wurde gespielt, getrunken und, wie es scheint, mit einigen neuen, ganz besonderen Freundinnen getanzt. Kleidung optional.

Wenn die Gerüchte stimmen *(und es gibt Beweise, Mädels!)*, wurde Chris dabei gesehen, wie er mit einer nur leicht bekleideten Dame sein Zimmer in einem bekannten Fünfsternehotel betrat.

Die Frau konnte bisher nicht identifiziert werden, aber ein Teilnehmer der Party hat bestätigt, dass Sterns und die mysteriöse Frau mehrmals zusammen gesichtet wurden. Hatte ich schon erwähnt, dass es ein Video gibt? Obwohl es schon sechs Wochen her ist, wurde uns das

Video erst vor Kurzem von einer anonymen Quelle zugespielt.

Man könnte meinen, das wäre alles ganz normal für einen Spieler der NFL, aber für Chris Sterns ist es alles andere als normal. Der *Children's Heart Fund*, eine Organisation, für die Sterns als Sprecher fungiert, meldete bereits, dass sie sich von jeglichen Skandalen distanziert. Stripperinnen und kranke Kinder passen vermutlich nicht besonders gut zusammen.

Und Chris Sterns? Niemand weiß genau, wo er gerade steckt, und er hält sich extrem bedeckt, was die ganze Angelegenheit angeht. Aber keine Sorge, er kann sich nicht für immer verstecken.

Und Beweise gab es tatsächlich. Auf dem Video war eine langbeinige Blondine zu sehen, die an Chris' Schulter hing. Eine kleine Decke hing um ihren Körper. Die wichtigsten Stellen waren verpixelt worden, aber trotzdem wurde deutlich, dass sie außer einem Paar sehr hoher Schuhe und Hasenohren nicht viel anhatte.

Obwohl der Paparazzi den beiden nicht besonders nahe gekommen war, konnte ich ihr gekichertes »O mein Gott, Chris, ich kann nicht glauben, dass du wirklich hier bist« ausmachen.

Chris' gemurmelte Antwort verstand ich nicht. Er stützte sie, als sie die Tür zu einem Hotelzimmer erreichten, und suchte nach dem Schlüssel. Dann ließ er sie eintreten, und als er die Tür hinter sich schloss, war zu hören, wie er »Und jetzt kümmere ich mich um dich«, sagte.

»Natürlich«, brummte ich und ließ das Handy auf den Tisch fallen, während ein Stein in meine Brust sank. Wenn ich im

Leben eins gelernt hatte, dann, dass die meisten Männer nicht das waren, was sie zu sein vorgaben. So wie mein Vater, Peter, sogar Alis Exfreund.

Aber im Laufe der letzten drei Wochen hatte ich angefangen, Chris zu tolerieren, ihn vielleicht sogar zu mögen. Als Freund. Natürlich nervte er auch irgendwie, war ein bisschen arrogant und flirtete viel zu viel, aber gleichzeitig war er süß und aufmerksam und klug.

Außerdem waren diese sehr beweglichen Daumen nicht zu verachten.

Das Schlimmste daran war, dass ich begonnen hatte, ihn zu *respektieren.* Ich war fast so weit zu glauben, dass nicht alle Männer so waren wie mein Vater oder Peter. Dass es Hoffnung für die Menschheit gab. Hoffnung, dass auch ich eines Tages einen anständigen Mann treffen würde, weil es sie gab.

Aber das stimmte eindeutig doch nicht. Ich rieb mir die Brust in dem Versuch, das Gefühl loszuwerden, das sich in mir ausgebreitet hatte.

Ich war *enttäuscht.* Ungefähr so wie damals, als ich herausgefunden hatte, dass es den Weihnachtsmann gar nicht gab.

Anscheinend gab es auch den Chris Sterns, den ich kennengelernt hatte, gar nicht wirklich.

KAPITEL DREIZEHN

Ich bin vom Pannendienst, und ich
würde dich jetzt gern abschleppen.

STEPHANIE R.

Ich war kurz davor, die Bibliothek für heute zu schließen, als Sabrina Olsen hereingestürmt kam. Sabrina war ein paar Jahre älter als ich und hatte in der Highschool zu den beliebtesten Mädchen gehört, inklusive blonder Strähnchen und Maniküre.

»Ich bin hier, um meine bestellten Bücher abzuholen, wenn es dir nichts ausmacht«, sagte sie und lächelte, wobei sie viel zu viele Zähne zeigte. Wie ein Barracuda. Insgeheim hoffte ich, dass sie und Peter eines Tages zusammenkommen und sie ihn auffressen würde, wenn er ihr überdrüssig wurde. Damit würde sie es mir die Mühe ersparen, eines Tages seine Leiche entsorgen zu müssen.

»Macht es nicht.« Ich suchte im Abholregal nach ihrem Bücherstapel. Ihre Anfrage hatte mich überrascht. Sie hatte nie zuvor Bücher ausgeliehen.

Während sie wartete, trommelte sie mit den langen, rot lackierten Nägeln auf der Theke herum. Dabei ließ sie den Blick desinteressiert durch den Raum schweifen. »Ganz schön ruhig hier.«

»So gefällt uns die Bibliothek.« Ich platzierte den Stapel Krimis vor ihr auf dem Tresen. Vielleicht suchte sie ja tatsächlich nach Wegen, eine Leiche zu entsorgen.

Sie summte und warf ihr langes Haar zurück. »Ich wünschte, mehr Menschen würden diese Möglichkeiten nutzen.«

»Das tun sie«, sagte ich, wobei ich den abwehrenden Ton in meiner Stimme nicht verhindern konnte. Ich zog einen Kalender hervor, in dem ich sämtliche Veranstaltungen notiert hatte, und schob ihn ihr zu. »Wir haben eine Vorlesestunde für Kindergartenkinder und Hausaufgabenbetreuung nach der Schule. Ich organisiere Kurse zur Ahnenforschung und gebe Internet-Unterricht. Hier ist ganz schön viel los.«

Sie überflog den Kalender. »Ich weiß, dass *du* weißt, dass wir in ein paar Wochen über die Kürzung des Bibliotheksbudgets abstimmen. Es ist wirklich sehr schade.«

Sabrina saß natürlich auch im Stadtrat.

Ich biss die Zähne zusammen. »Noch wissen wir nicht, wie die Abstimmung ausgeht. Ich vertraue darauf, dass die guten Leute im Stadtrat die richtige Entscheidung treffen werden.«

»O Schätzchen, dein Wort in Gottes Ohr. Wir wissen doch alle, wie es ausgehen wird.«

Mit einem übertriebenen Lächeln reichte ich ihr den Bücherstapel. »Hier sind deine Bücher. Fällig in zwei Wochen.«

Hoffentlich verstand sie, was ich ungesagt ließ: Du bist die Schlimmste von allen.

»Danke. Ich freue mich sehr auf jedes einzelne«, erwiderte sie zuckersüß und drehte sich zum Gehen um.

In diesem Augenblick öffnete sich die Tür und Chris kam

herein. Er trug eine khakifarbene Hose und ein blaues Hemd mit hochgekrempelten Ärmeln, die seine muskulösen, sonnengebräunten Unterarme in Szene setzten.

Es gilt als eine universelle Wahrheit (und Jane Austen würde mir zustimmen), dass männliche Unterarme Frauenherzen höherschlagen lassen. Wie dieser Teil der männlichen Anatomie so verdammt sexy sein konnte, war mir ein Rätsel. Aber hier war der Beweis.

Sabrina seufzte und legte sich eine Hand auf die Brust. »Chris Sterns. Ich habe Gerüchte gehört, aber … Ich freue mich sehr, dich kennenzulernen.«

Chris zog den Kopf ein und warf ihr ein Lächeln vom Typ schüchterner-sexy-Farmer-von-nebenan zu. »Freut mich, dich kennenzulernen.«

»Könnten wir ein Foto machen?«

»Na klar«, antwortete er.

Sabrina zog ihr Handy aus der Tasche und reichte es mir. »Übernimm du das, Mae.«

»Natürlich.«

Sie verschwendete keinen Augenblick und stand sofort sehr eng neben Chris, so eng, dass sie praktisch unter seinen Arm kroch, bis er ihn ihr um die Schultern legte. Fast hätte mich sein gequälter Gesichtsausdruck zum Lachen gebracht, vor allem, weil ich mir zu neunundneunzig Prozent sicher war, dass sie sein Hinterteil einer eingehenden Untersuchung unterzogen hatte.

Kurz dachte ich darüber nach, ihnen auf allen Bildern die Köpfe abzuschneiden, aber dann war ich brav. Bevor Sabrina die Bibliothek verließ, gab sie ihm ihre Visitenkarte und bot ihre Dienste an, für *was auch immer* er brauchte.

»Sie ist unheimlich«, verkündete Chris, nachdem die Tür ins Schloss gefallen war.

»Das sind die Zähne. Sehr spitz.« Ich schenkte ihm meine beste Imitation ihres Lächelns. »Du siehst heute ganz schön schick aus.«

Er zog an seinem Hemdkragen. »Ja, ich hatte heute Morgen ein Meeting.«

Was für ein Meeting?, wollte ich fragen, aber es ging mich nichts an. Überhaupt nichts. Vergiss das nicht, Mae Sampson. »Bist du für den Buchclub hier?«

Mit einem Nicken folgte er mir ins Büro/das Kopierzimmer/den Pausenraum und legte eine volle Tüte auf den Tisch. »Ich bin mit Mittagessen dran. Ich weiß, wir hatten ausgemacht, etwas vom Café zu holen, aber ich war in Houston, also habe ich bei einem Barbecue angehalten.«

Ich hielt inne, dann zog ich einen Karton zu mir heran. »Oh, okay. Das ist in Ordnung.«

»Es klingt nicht in Ordnung.«

»Ich hatte mich auf etwas anderes eingestellt, das ist alles. Ich weiß gern im Voraus, was mich erwartet.« Ich sah auf und bemerkte, dass er mich mit zusammengepressten Lippen anstarrte. »Lachst du mich etwa aus?«

»Ein bisschen. Ich habe dir nur Mittagessen mitgebracht, kein Haus gekauft.«

»Es ist nicht schlimm, vorher wissen zu wollen, was ansteht«, sagte ich in einem Tonfall, den ich normalerweise für die Kinder verwendete, die manchmal nach der Schule hierherkamen, um sich irgendwo zu verstecken und über die anzüglichen Stellen in einem Buch zu kichern.

»Es ist auch nicht schlimm, manchmal ein bisschen spontan

zu sein. Meine besten Entscheidungen habe ich Hals über Kopf getroffen.«

»Da werden wir uns wohl nicht einig.«

»Okay. Lass uns lieber über den *Schatz des Piraten* reden. Wohl eher das *Schätzchen des Piraten*, oder?« Mit einem gefährlich verruchten Lachen zog er das Buch aus der Tasche. Irgendwie sah es sogar noch zerfledderter und zerlesener aus als beim letzten Mal. »Hast du es fertiggelesen?«

»Jep.« Ich steckte mir eine Serviette in den Kragen meines Shirts.

»Also«, begann er und schlug eine Seite auf, die er markiert hatte. »Wie fandest du diese ganze Sache mit dem Antrag?«

»Wer steht nicht auf das Zweckehe-Trope?«

Er ließ das Buch sinken. »Was meinst du damit?«

»Der Typ braucht etwas von der Frau. Die Frau braucht etwas von dem Typen. Eine Hochzeit scheint der einfachste Weg, beides zu bekommen. Sie wissen beide genau, auf was sie sich einlassen, und es sind keinerlei lästige Gefühle involviert.« Ich biss in mein Sandwich.

»Also ist es eine Art Ehevertrag?« Chris sah mich nachdenklich an.

»Genau. Ziemlich eindeutig. Klingt langweilig, aber ...« Ich hob einen Finger. »Bei diesem Buch handelt es sich um eine Romance, also ... zwei Menschen werden durch die Umstände zusammengeworfen. Sie können nicht weg. Sie können einander nicht ignorieren. Sie sind verheiratet. Entweder bringen sie sich um, oder sie verlieben sich ineinander.«

»Natürlich«, murmelte Chris.

»Eine Romance geht immer gut aus.« Ich trank einen Schluck Tee. »Deswegen können wir als Lesende daran glauben, dass es so etwas »marriage of convenience« tatsächlich funktionieren kann. Ich meine, in Wirklichkeit wäre das eine Katastrophe.«

Chris legte den Kopf schief. »Du glaubst also nicht, dass das im echten Leben funktionieren würde.«

Seufzend stellte ich die Tasse ab. »Nein. Im echten Leben gehen Liebesgeschichten niemals gut aus.«

»Das scheint mir ganz schön zynisch.«

»Ich bin nicht zynisch, ich bin realistisch.«

»Du glaubst wirklich nicht daran, dass Liebesgeschichten gut ausgehen können?«

»Nein. Das Leben ist zu chaotisch und unvorhersehbar. Niemand kann wirklich glücklich sein, wenn er die ganze Zeit darauf wartet, dass wieder etwas Schlimmes passiert.«

»Wow.« Er fuhr sich über die Unterlippe, aber dieses Mal ließ ich mich nicht von seinem blöden so beweglichen Daumen ablenken. Heute nicht, Versuchung. »Das ist irgendwie traurig.«

Ich zuckte mit den Schultern. »Es ist einfach so. Genau wie der Himmel blau ist, und Katzen die besten Haustiere sind … und … Haare weiterwachsen, nachdem man gestorben ist.«

»Na ja, eigentlich …«, unterbrach er mich.

»Ernsthaft? Gibt es ein Totenkunde-Abzeichen?«

Er grinste. »Natürlich.«

»Lügner.«

Wir bissen beide in unsere Sandwiches und schwiegen. Ein paar Minuten später kam ich auf den Grund unseres gemeinsamen Mittagessens zurück.

»Und weil das hier eine Romance ist, funktioniert die Zweckehe zwischen Elizabeth und Lord Hastings. Er kann wieder in den Adelsstand aufsteigen, und sie erhält Schutz vor ihrem Vater. Sie entdecken zusammen ein paar neue Orte auf dem Schiff, wo sie ihre Beziehung, du weißt schon, vertiefen können. Ich hätte nicht erwartet, dass es noch seltsamer als auf der Planke werden könnte, aber …« Ich unterbrach mich und sah Chris über den Tisch hinweg an. Sein Blick war konzentriert auf das Poster hinter mir gerichtet, auf dem eine bebrillte Katze *Schnurr-z und Vorurteil* las. »Hallo? Bist du noch da? Du wirkst, als wärst du ganz woanders.«

Er blinzelte langsam. »Oh, ja. Tut mir leid, ich habe über etwas nachgedacht.«

»Also haben sie sich verliebt, Elizabeth and Hastings. Kurz war ich unsicher, ob das klappen würde. Aber dann hat er eine große, romantische Geste aus dem Hut gezaubert. Sie sind wieder zusammengekommen. Lebten glücklich und zufrieden bis ans Ende ihrer Tage. The end.«

Ich aß mein Sandwich auf und wartete darauf, dass er meinen Vortrag kommentierte. Er schwieg. Es war klar, er war irgendwo, aber eindeutig nicht mit mir in diesem Raum.

»Weißt du, wir müssen das heute nicht machen, wenn deine Gedanken ganz woanders sind.«

Ich hatte den Satz kaum beendet, als er anfing, die Reste seines Mittagessens einzusammeln und Servietten in den leeren Karton zu stopfen. »Es macht dir nichts aus?«

»Nein.«

»Super.« Er stand auf und warf den Karton in den Mülleimer. »Danke fürs Mittagessen. Ich habe da etwas zu erledigen. Bis dann.«

Dann klopfte er mir auf besonders brüderliche Art auf die Schulter und war verschwunden.

KAPITEL VIERZEHN

Ich würde gern mit dir ins Kino gehen, aber es ist nicht erlaubt, seinen eigenen Snack mitzubringen.

SARAH M.

»Ernsthaft, Kyle«, sagte Amanda. »Das sind auch deine Kinder. Carson wächst wie Unkraut. Er braucht neue Schuhe, und ich kann das nicht ohne …«

Es war Freitagabend und ich gerade in die Umkleide bei *Chicky's* gekommen, um eine Viertelstunde Pause zu machen. Ich wollte nicht lauschen, aber außer Amanda war ich die einzige andere Person in diesem nicht besonders großen Raum.

»Ich hasse ihn«, fauchte Amanda und ließ ihr Handy neben mir auf den Tresen fallen. Ihr standen Tränen in den Augen.

»Dein Ex-Mann?«

»Was habe ich nur jemals in ihm gesehen?« Sie nahm sich ein Taschentuch und tupfte vorsichtig unter ihren Augen entlang. »Er hat seinen Job gekündigt. Meint, er hat nur gearbeitet, um für die Kinder aufzukommen, warum sollte er sich also anstrengen. Während ich zwei Jobs habe, um Miete und Stromrechnungen bezahlen zu können.«

»Ich wünschte, ich könnte dir irgendwie helfen.« Das meinte ich ernst: Amanda gehörte zu den Guten.

»Vielleicht gibt mir irgendeine arme betrunkene Seele heute aus Versehen fünfhundert Dollar Trinkgeld.« Mit einem müden Lachen stieß sie sich vom Tresen ab und zwang sich zu einem kundenverträglichen Lächeln, ehe sie den Raum verließ.

Noch ein Name, der auf die Liste der Gründe kam, Warum Wir Männer Wie Die Pest Meiden Sollten. Darauf standen: mein Vater, Peter, Alis Ex-Freund, und jetzt auch noch Amandas nutzloser Ex-Mann.

Ich hatte gerade mein Check-up-Telefonat mit Mama beendet, als Amanda zurückkam. »Da bist du ja. Der Typ von letzter Woche ist wieder da.«

Ich sah sie panisch an. »Der Typ, den ich mit Essen übergossen habe?«

»Nein.« Sie stellte sich in ihren hohen Stiefeln auf die Zehenspitzen. »Der heiße Typ. Der Footballspieler. Wie heißt er noch mal?«

»Oh.« Die Erleichterung hielt nur kurz. »Moment. Er ist hier?«

»Ja.« Sie lächelte jetzt breit, wobei ihre geraden weißen Zähne und ein Grübchen zum Vorschein kamen. »Er hat nach dir gefragt. Sitzt an der Bar.«

Was konnte er nur von mir wollen? Wenn er hier war, um sich über mich lustig zu machen, konnte er sich auf etwas gefasst machen. Für solche Spielchen fehlten mir Zeit und Geduld. Besser er lernte schnell, dass wir nicht alle berühmte Sportler mit fetten Gehältern und ohne jegliche Probleme waren.

Als ich ihn an der Bar erblickte, hatte ich mich innerlich bereits ganz schön in Rage geredet. Er lachte über etwas, das Kara, die Bartenderin, gesagt hatte. Kichernd beugte sie sich über den Tresen, wobei sie ihm einen tiefen Blick in ihren Ausschnitt gewährte, und boxte ihm spielerisch gegen die Schulter.

In mir flammte der Wunsch auf, Kara den Arm abzureißen und ihn durch den nächsten Fleischwolf zu drehen. Was lächerlich war. Ich mochte Kara. Sie war witzig und schlau und gerade im zweiten Jahr ihres Jura-Studiums. Wenn sie mit Chris flirten wollte, konnte sie ihn haben. Das war mir völlig egal. Schnurzpiep egal.

Bei mir piepte es wohl, schien eher der Fall.

Wann war mein Leben derart aus den Fugen geraten? Ich marschierte gerade durch ein überfülltes Restaurant auf einen echten Footballgott zu, während ich aussah wie eine Komparsin aus irgendeiner schlechten 80er-Jahre-Hinterwäldler-Vorabendserie.

Kurz bevor ich Chris erreichte, drehte er sich um und entdeckte mich. Sein Lächeln strahlte breit, und für einen Sekundenbruchteil drohte ich, unter seiner Strahle-Wattzahl zusammenzubrechen. Dieses Lächeln war eine gefährliche Waffe. Ganz zu schweigen vom Rest seines Körpers, der in ausgeblichene Jeans, T-Shirt und Baseballkappe gekleidet war. Irgendwie schaffte er es jedes Mal, in abgetragener, lässiger Kleidung unverschämt gut auszusehen.

Was Klara unverschämterweise bestätigen konnte.

»Was machst du hier?«, fragte ich.

Sein Lächeln wurde schwächer, und zwei kleine Falten tauchten zwischen seinen Augenbrauen auf. »Passt es dir gerade nicht?«

»Ich bin bei der Arbeit.«

»Entschuldige bitte. Aber ich muss dich etwas fragen.«

»Und das muss ausgerechnet jetzt sein?«

»Ja«, sagte er ernst. »Na ja, nicht unbedingt, aber mir schien, ich sollte es so schnell wie möglich ansprechen.«

»Was kann denn so dringend sein?«

»Ich mach's kurz. Nach unserem Mittagessen letztens …«

Aus dem Augenwinkel sah ich, wie Karas neugieriger Blick zwischen uns hin und her wanderte.

»Warte. Du musst wenigstens etwas bestellen.« Ich zog meinen Notizblock aus der winzigen Schürze, die wir alle tragen mussten.

»Na gut.« Er warf einen Blick auf die Karte. »Was würdet ihr empfehlen?«

»Nichts«, verkündeten Kara und ich gleichzeitig.

»Ist ein Burger eine sichere Wahl?«, fragte er.

»Kommt drauf an, was sicher für dich heißt. Wird er dich umbringen? Wahrscheinlich nicht. Geht es dir darum, ob er wirklich aus Rindfleisch besteht? Laut meines Arbeitsvertrags ist es mir rechtlich nicht gestattet, dir darüber Auskunft zu erteilen.« Langsam wurde ich ungeduldig. »Mit oder ohne Käse?«

»Lass mich das doch für dich übernehmen«, bot Kara an, die immer noch zwischen uns hin und her sah, als würde sie Zeugin eines besonders spannenden Pickleball-Matches. »Dann könnt ihr euch unterhalten.«

Nachdem sie verschwunden war, umrundete ich die Bar, bis ich Chris gegenüberstand. Vor allem, um beschäftigt zu wirken, falls Shane aus seinem Büro kommen und sich bemüßigt fühlen sollte herumzuschreien. Fünf Barhocker weiter war ein älterer Typ mit schlecht über die Glatze gekämmten Haaren in das Baseballspiel vertieft.

»Also, wie lautet deine wichtige Frage?« Ich fand einen Lappen und begann, die Fläche zwischen uns zu polieren.

Chris richtete sich auf seine ernsthafte Pfadfinderart auf. »Was ist mit deiner Mutter passiert?«

Ich warf das Handtuch auf den Tresen. »Nimm es mir nicht übel, aber erstens geht dich das nichts an, und zweitens, warum fragst du?«

»Wir sind Freunde, und na ja, ich habe einen guten Grund. Vertrau mir einfach. Bitte?« Sein Blick war ganz warm und weich und aufrichtig.

Ich verschränkte die Arme. »Sie hatte vor acht Monaten einen Schlaganfall.«

»Das tut mir leid. Das muss extrem beängstigend gewesen sein.«

»Ja, das war es. Aber es geht ihr schon besser. Sie geht zur Physiotherapie und wird jeden Tag stärker.«

»Ich wette, die Therapie ist teuer.«

Ich begann erneut, die sehr saubere Bar zu putzen. »Wir schaffen das schon.«

»Deswegen hast du den zweiten Job. Arztrechnungen.« Das war keine Frage.

Er sah mich ernst an, als erwartete er irgendeine Reaktion. Dachte er, ich würde in Tränen ausbrechen und ihm gestehen, wie schrecklich mein Leben war? Das würde nicht passieren.

Ich starrte zurück. »Wie gesagt, wir schaffen das schon.«

Er öffnete den Mund, aber der Typ mit den schlecht über die Glatze gekämmten Haaren winkte mich zu sich heran. Ich ging zu ihm, dankbar für die Unterbrechung.

Ich warf Chris einen verstohlenen Blick zu, während ich dem Typen einen neuen Drink machte. Er saß ein wenig über die Bar gebeugt und drehte geistesabwesend sein leeres Glas in den Händen. Ich konnte seine starke Kieferpartie erkennen, von der ich wusste, wie weich sie wurde, wenn er lächelte. Was er gerade nicht tat.

Tatsächlich fiel mir jetzt, da ich ihn genauer betrachtete, auf, wie unglücklich er aussah. Hängende Schultern, müde Augen, düstere Miene.

Ich ging wieder zu ihm hinüber. »Was ist los mit dir?«

Er sah mich mit hochgezogenen Augenbrauen überrascht an, dann seufzte er. »Ich brauche deine Hilfe.«

»Meine Hilfe?«

»Hast du von der Sache in Vegas gehört?«, fragte er, und ich konnte schwören, dass er ein wenig rot wurde.

Ich nickte.

»Ich weiß, dass es übel aussieht, aber es ist nicht so, wie alle sagen.«

Es war nicht meine Aufgabe, den Lügendetektor zu spielen. »Das geht mich nichts an. Wir kennen uns kaum.«

Er runzelte die Stirn. »Gut, dann wird das jetzt wohl etwas unangenehm.«

»Was, das?«

»Ich habe eine Idee«, sagte er langsam. »Ein Angebot.«

»Ein Angebot? Ist das wieder einer deiner schlechten Anmachsprüche?« Ich sah ihn von oben herab an. »Ich bin zu teuer für dich.«

Seine Lippen formten sich zu einem schwachen Lächeln. »Angebot ist vielleicht nicht das richtige Wort. Eher Antrag. Maebell Sampson, würdest du mir die große Ehre erweisen, meine Frau zu werden?«

KAPITEL FÜNFZEHN

Hast du eine Landkarte?
Ich habe mich in deinen Augen verloren.

KIMBERLEY

Ich tat, was jede erwachsene Frau angesichts dieser Frage tun würde. Ich schnappte nach Luft. Ich starrte ihn an. Und dann rannte ich weg.

Na ja, »rannte« war vielleicht ein wenig zu viel gesagt, aber zumindest hastete ich davon. Ich versuchte, den Barbereich für den Rest meiner Arbeitszeit zu meiden, weil ich wusste, dass Chris noch dort war. Obwohl ich es zu ignorieren versuchte. Er kam nicht auf mich zu, aber er schickte Amanda, um mir zu sagen, dass er bis zum Ende meiner Schicht auf mich warten würde, um zu »reden«.

Ich sagte Amanda, sie sollte rübergehen und ihn wissen lassen, dass ich noch stundenlang arbeiten würde und er besser nicht auf mich warten solle.

Dann schickte Chris Amanda mit der Botschaft zu mir zurück, dass er sowieso nichts anderes zu tun habe.

Und dann versuchte ich, Amanda ein weiteres Mal zum Botengang zu bewegen, aber sie erklärte mir verärgert, dass wir keine Zehnjährigen auf dem Spielplatz seien und ich ihm das »verdammt nochmal selbst« sagen sollte.

Nach dem Ende der Schicht tauschte ich also meine Uniform gegen Shorts und ein T-Shirt. Ich trödelte so lange wie möglich, aber schließlich schlich ich mit meinem Rucksack über der Schulter in Richtung Bar. Amanda hatte Karas Platz eingenommen. Chris saß immer noch auf dem gleichen Barhocker.

»Ich gehe«, verkündete ich.

»Ich kümmere mich um deine Rechnung«, erklärte Amanda und nahm seine Kreditkarte. »Bin gleich wieder da.«

Chris drehte sich zu mir um und betrachtete mich. »Du siehst müde aus.«

»Es ist nach Mitternacht. Ich bin erschöpft, und so ein komischer Typ hat mir vorhin aus dem Nichts heraus einen Antrag gemacht.« Und meine Füße schmerzten, und ich hatte den dreiviertelstündigen Heimweg noch vor mir, und dann musste ich aufstehen, und das Ganze ging morgen wieder von vorne los. »Machst du das oft?«

»Was?«

»Heiratsanträge.«

»Nein, das ist mein erstes Mal.«

»Hm.« Ich stützte mich mit den Ellbogen auf der Theke ab.

»Was meinst du? Sollen wir uns verloben?«, fragte er, als wollte er wissen, ob ich Papier oder Plastik bevorzugte.

»Das meinst du nicht ernst.« Ich rückte meinen Rucksack zurecht und wandte mich zum Gehen.

»Warte.« Er stand auf und machte einen Schritt auf mich zu. »Würdest du mir zuhören? Es dauert nicht lange.«

Über seine Schulter hinweg sah ich, wie Amanda wieder auf

uns zukam. Ich dachte an den Anruf, den ich vorhin mitbekommen hatte. »Okay, na gut. Wenn du Amanda fünfhundert Dollar Trinkgeld gibst, höre ich dir zu.«

Seine Augenbrauen schnellten in die Höhe. »Fünfhundert Dollar?«

»Ja, genau das habe ich gesagt.«

Grinsend hielt er mir die Hand hin. »Abgemacht.«

Die Zikaden sangen uns ein Ständchen, während wir über den Parkplatz liefen. Die Luft war klebrig und warm, aber erträglich. Es stand nur noch eine Handvoll Autos herum, die den Angestellten gehörten, die putzten und alles für morgen vorbereiteten. Ich blieb neben meinem Auto stehen, öffnete die Tür und warf meinen Rucksack hinein.

Eine Hand in die Hüfte gestemmt, machte ich meiner Ungeduld Luft. »Also, dann schieß los.«

»Willst du dich hinsetzen oder so?« Er deutete auf mein Auto und runzelte die Stirn. »Vielleicht nicht dort. Ich weiß nicht, ob ich hineinpasse. Komm mit.« Ich folgte ihm zu seinem Truck, der am Rande des Parkplatzes stand. Er öffnete die Klappe zur Ladefläche und klopfte darauf. »Hier können wir uns entspannen und die Aussicht genießen.«

Die besagte Aussicht war ein vernachlässigtes Stück Wiese, das an den Parkplatz grenzte. Selbst im schwachen Licht des Monds und der Laternen waren leere Bierdosen, Plastiktüten und Chipspackungen zu erkennen, die im hohen Gras lagen. »Nicht gerade ein Topgrundstück.«

»Wir können in die Sterne schauen.« Er klopfte den Truck wie den Hals eines Pferdes. »Komm rauf.«

Der Truck war von der besonders massiven Sorte, mit extragroßen Reifen. Ich beäugte den Abstand zwischen Boden und Ladefläche. »Ich bleibe lieber hier unten.«

»Ich habe das Gefühl, du willst mich austricksen und gleich wegrennen.«

»Ich werde nicht wegrennen. Ich bin erwachsen.« Verdammt, warum war ich nicht selbst auf diese Idee gekommen?

Chris kniff die Augen zusammen, dann verzog sich eine Mundseite zu einem halben Lächeln. »Es liegt aber nicht daran, dass du hier nicht hochkommst, oder?«

»Nein, natürlich nicht.« Ich nahm die Klappe der Ladefläche in Augenschein. Das sollte ich eigentlich schaffen. Wahrscheinlich.

Er grinste. »Du könntest, du weißt schon – um Hilfe bitten.«

»Ich brauche keine Hilfe.«

»Okay, gut. Dann biete ich dir auch keine an.«

Um es ihm zu beweisen, versuchte ich, mich auf die Ladefläche zu hieven. Es klappte eher weniger gut als erhofft. Ich warf Chris aus den Augenwinkeln einen Blick zu. Er musste ein Lachen unterdrücken. Gut. Was auch immer. Ich versuchte erneut, mich hochzuziehen, schaffte es aber immer noch nicht.

»Wie sieht's aus?«

»Ich schaffe es.« Die andere Möglichkeit war, einen Fuß auf die Ladefläche zu schwingen und mich dann hochzuziehen. Dabei sah ich nicht nur vollkommen unelegant aus, sondern fiel auch fast vom Truck. Mit hoch erhobenem Kopf drehte ich mich zu Chris um. »Weißt du was? Ich stehe lieber.«

»Du bist echt stur.« Chris kam mit entschlossener Miene auf mich zu. Er hielt direkt vor mir an, seine Augen funkelten.

»Äh, entschuldige mal«, sagte ich. »Du befindest dich in meinem Sicherheitsabstand.«

»Dauert nur eine Sekunde.«

Ehe ich mir eine Antwort überlegen oder auch nur begreifen konnte, was passierte, legten sich zwei große Hände um meine Taille und hoben mich auf die Ladefläche, als wöge ich nicht mehr als eine Feder statt meiner rund neunzig Kilo. Ich landete mit einem überraschten Quieken.

Seine Hände verweilten noch kurz an meiner Taille. »Siehst du, das war doch gar nicht so schlimm, oder?«

»Du hast mich ohne Einverständnis hier hochgewuchtet«, empörte ich mich. Aber um ehrlich zu sein, turnte es mich auch ein bisschen an, wie dieser Mann, der so viel größer und kräftiger war als ich, seine Neandertalerstärke zur Schau stellte.

»Gern geschehen.« Er tippte mir auf die Nasenspitze, und schwang sich dann mühelos auf den Truck.

Ich strich mir über die erhitzte Wange. Das lag alles nur an der warmen Sommernacht. Nur daran. »Also gut, lass hören.«

»Okay. Also. Ein paar Jungs aus meinem Team haben mich dazu überredet, für meinen Geburtstag nach Vegas zu fahren. Wir hatten einen super Abend, aber dann ist es ein bisschen aus dem Ruder gelaufen.« Er räusperte sich. »Ich trinke nicht viel, vertrage einfach keinen Alkohol. Ich hab ein paar Bier getrunken, und das war's. Aber die anderen? Haben getrunken, als gäbe es kein Morgen.«

»Sexy.«

»Dann tauchten die Stripperinnen auf, und alles wurde noch ein bisschen wilder.«

»Und dann hast du beschlossen, einer fast nackten Stripperin nach Hause zu helfen?«

»Ja.« Pause. »Also, nein.« Noch eine Pause. »Das ist es nicht.«

Meine Güte. Was denn noch? War sie etwa von ihm schwanger?

»Du musst das hier für dich behalten. Egal, was passiert.« Er hielt inne und legte mir die Hand auf den Arm, bis ich ihn ansah. Sein Blick war ernst.

Ich nickte. »Ich versprech's dir.«

Er atmete aus. »Die Frau in dem Video? Das ist meine Schwester.«

»Oh«, flüsterte ich.

»Sie lebt in L. A. Wir stehen uns nahe. Sie hat einen kleinen Sohn, der gerade drei geworden ist. Er heißt Oliver.« Er zog sein Handy hervor und zeigte mir ein Foto von einem kleinen Jungen mit dunklem Haar und hellblauen Augen.

»Er ist süß.«

»Ich weiß. Sieht aus wie sein Onkel, oder?«

Ich verdrehte die Augen.

»Na ja, wir sehen uns jedenfalls nicht oft, und als sie fragte, ob sie mich in Vegas treffen könnte, habe ich mich gefreut. Gleich nach ihrer Ankunft war mir klar, dass etwas nicht stimmte. Und als Nächstes sehe ich, wie sie Unmengen Rum-Cola in sich hineinschüttet, sich die Klamotten vom Leib reißt und auf den Tischen tanzt, während sie gleichzeitig Wetten darauf abschließt, dass sie auf dem Kopf stehend die Verfassung rezitieren kann. Ich hab sie da so schnell wie möglich rausgeholt.«

»Wie geht es ihr?«, fragte ich.

»Wir haben lange geredet, und sie hat zugegeben, dass sie eine harte Zeit durchmacht und mehr trinkt, als sie sollte. Ich habe eine Entzugsklinik gefunden, in die sie Oliver mitnehmen konnte. Dort war sie für ein paar Wochen. Es geht ihr jetzt besser. Ein Tag nach dem anderen, weißt du? Sie ist gerade sehr empfindlich, und ich will nicht, dass sie irgendetwas aus dem Gleichgewicht bringt.« Er nahm seine Kappe ab und fuhr sich mit den Händen frustriert durchs Haar. »Ich versuche, mein Privatleben vom Rampenlicht fernzuhalten. Die Medienmaschinerie ist ein wahres Monster, das alles, was es in die Klauen bekommt, nie wieder loslässt.«

»Und genau das würde passieren, wenn ihr Name an die Öffentlichkeit käme.«

»Allerdings.« Er schlug sich mit der Kappe aufs Knie und setzte sie dann wieder auf. »Als das Video auftauchte und alle dachten, dass sie zu den Tänzerinnen gehörte, schien das der einfachste Weg zu sein, ihren Namen aus der ganzen Sache herauszuhalten.« Er sackte in sich zusammen. »Aber jetzt droht der *Children's Heart Fund*, mir deswegen die Zusammenarbeit zu kündigen. Sie finden, dass das Video einer Wohltätigkeitsorganisation für Kinder nicht angemessen ist.«

»Also …«

»Diese Aufgabe bringt viel Verantwortung mit sich, und ich nehme sie sehr ernst. Ich war immer besonders vorsichtig, wohin ich gehe, mit wem ich mich umgebe, und was ich in Interviews preisgebe. Ich will nicht, dass mich ein kleines Kind nach nackten Tänzerinnen fragt, wenn ich das nächste Mal ein Krankenhaus besuche.«

Mit einem frustrierten Knurren ließ er sich rücklings auf die Ladefläche fallen und verschränkte die Hände hinter dem Kopf. Das kleine bisschen Haut, das unter dem Rand seines T-Shirts hervorblitzte, fiel mir gar nicht auf.

Ich richtete mich ein wenig auf, damit ich sein Gesicht sehen konnte.

»Wäre es wirklich das Ende der Welt, wenn du nach dieser

ganzen Sache eine neue Wohltätigkeitsorganisation finden müsstest, für die du arbeiten kannst?«

»Ja.« Er runzelte die Stirn. »Mein jüngste Schwester Millie kam mit HLHS zur Welt, hypoplastisches Linksherz-Syndrom. Das heißt, dass ein Teil ihres Herzens nicht richtig ausgebildet ist. Ihr Herz hat nur drei Kammern statt vier, wie deins und meins. Ich war vierzehn, als sie geboren wurde, und es hat unsere ganze Familie verändert.«

»Geht es ihr gut?«

»Sie muss regelmäßig zum Arzt, und wenn sie älter ist, muss sie noch mal operiert werden. Aber es geht ihr gut.« Er sah in den tintenblauen Himmel hinauf, in dem die Sterne trotz der Lichtverschmutzung der nahen Stadt gerade noch zu erkennen waren. »Deswegen habe ich beschlossen, dass ich anderen betroffenen Kindern und Familien helfen will.«

Ich rieb mir die Brust, in der sich ein leichtes Stechen bemerkbar machte. »Das ist wirklich bewundernswert.«

Er setzte sich plötzlich auf und kam mir ganz nah. So nah, dass ich seinen zimtigen Atem riechen konnte. »Glaubst du mir?«

Seine Aufrichtigkeit war so offensichtlich, dass ich gar nicht anders konnte. Ich nickte langsam. »Aber ich habe keinen blassen Schimmer, was das mit mir und dem Heiratsantrag zu tun hat.«

»Vermutlich hätte ich es anders angehen sollen. Mein Team hat einen Plan, um diese ganze üble Presse loszuwerden.«

»Dein Team?«

»Mein Agent, meine Pressesprecherin.«

Natürlich hatte er ein Presseteam. »Okay.«

»Sie sagen, wir müssen die Medien ablenken. Mein Image aufpolieren. Was könnte da besser sein als eine Verlobte? Und nicht nur irgendeine gewöhnliche Verlobte, sondern eine bodenständige Kleinstadtbibliothekarin. Du bist schlau, im richtigen Alter, und bist noch nicht anderweitig versprochen, oder?« Er runzelte die Stirn, als wäre ihm diese Möglichkeit gerade erst in den Sinn gekommen.

»Nun ja, nein, das bin ich nicht.«

Er klatschte in die Hände. »Du bist perfekt. Es ist genau wie in dem Buch. Außer, dass wir nicht heiraten müssen. Es ist eine Zweckverlobung.«

Ich lachte schnaubend. »Das ist eine schreckliche Idee.«

»Nein, es ist eine großartige Idee. Ich brauche deine Hilfe, und du könntest meine gebrauchen.«

»Wobei genau könnte ich deine Hilfe brauchen?«

Er hob eine dunkle Braue. »Du brauchst Geld.«

»Entschuldige mal?«

»Du arbeitest sieben Tage die Woche. Deine Mutter hat zahllose Arztrechnungen zu bezahlen. Ali hat mir von der Situation in der Bibliothek erzählt und dass du dir Sorgen um deine Schwester machst, und darüber, wie sie das College finanzieren soll.« Mit einem zufriedenen Grinsen lehnte er sich zurück.

Ich wollte ihm das Lächeln aus dem Gesicht wischen, obwohl er mit seiner Aufzählung vollkommen recht hatte.

»Ali hat eine große Klappe«, fauchte ich.

»Denk darüber nach. Bitte.«

»Das kann nicht dein Ernst sein.«

»Doch, ist es. Wirklich.« Er sah mich mit seinen honigfarbenen Augen an, in denen so viel verdammte Aufrichtigkeit lag.

»Ich kann nicht glauben, dass ich dir überhaupt zugehört habe. Für so was habe ich echt keine Zeit. Und wer würde schon glauben, dass du ausgerechnet mir einen Antrag machen würdest?« Ich deutete mit dem Finger auf ihn. »So vieles könnte schiefgehen. Du versuchst, eine Lüge mit einer weiteren Lüge zu übertünchen. Was würde deine Mutter davon halten?«

Das war ein Schuss ins Blaue. Ich hatte keine Ahnung, was seine Mutter davon halten würde, aber wenn es irgendwo eine Mama Sterns gab, war es ihm mit Sicherheit wichtig, was sie davon hielt.

Er zuckte zusammen. Ha. Volltreffer. »Das bereitet mir selbst ein wenig Kopfzerbrechen, aber wenn wir es richtig anstellen, muss meine Mutter nie erfahren, dass alles nur gespielt war.«

»Warum beruhigt mich das wirklich überhaupt nicht?«

»Ich weiß, das ist alles ganz schön viel. Denk darüber nach. Bitte. Aber ich brauche bald eine Antwort. Spätestens Montag.«

Ich schüttelte den Kopf. »Ich kann dir meine Antwort jetzt schon geben: Nein. Ein dickes, fettes Nein. Hervorgehoben, in Kapitälchen und mit vielen Ausrufezeichen.«

Er seufzte. »Ich verstehe.«

»Gut.« Ich sprang vom Truck. »Ich muss dann los.«

Ich war schon fast wieder bei meinem Auto, als mich seine Stimme innehalten ließ. »Mae, eins noch. Das Ganze wird mit einhunderttausend Dollar bezahlt.«

KAPITEL SECHZEHN

Gibt es hier irgendwo einen Feuerlöscher?
Du bist brennend heiß.

JOCELYN S.

Ich konnte nicht schlafen.

Das lag nicht an meiner gewöhnlichen, panikinduzierten Schlaflosigkeit. Obwohl mich diese natürlich auch umtrieb. Das ganze Drehen und Wenden führte mich allerdings unweigerlich zurück zu meiner Unterhaltung mit Chris.

Eine falsche Verlobung? So etwas passierte aus gutem Grund nur in Romance-Büchern. Nicht im echten Leben, und schon gar nicht Menschen wie mir.

Nein. Ich konnte das nicht machen. Ich konnte meine Zeit und Energie nicht darauf verschwenden, die Leute um mich herum davon zu überzeugen, dass ich glücklich mit irgendjemandem verlobt war. Und ausgerechnet mit Chris Sterns, dem Footballgott.

Aber … einhunderttausend Dollar.

Natürlich sollte ich eigentlich beleidigt sein, dass er mich für käuflich hielt. Andererseits konnte ich es mir buchstäblich nicht leisten, beleidigt zu sein. Diese Summe konnte mein Leben verändern.

Ich setzte mich auf, knipste die Nachttischlampe an und kramte in der Schublade nach Notizblock und Stift. Manchmal, wenn die Panik drohte, mich zu überrollen, machte ich eine Liste mit allem, was in meinem Leben gut lief. Manchmal half das.

Ich fand ein leeres Blatt und teilte es in der Mitte. Auf eine Seite schrieb ich PRO, auf die andere CONTRA.

CONTRA
- Die Lügen
- Das Heucheln
- Die Fakeness

PRO
- Einhunderttausend Dollar
- Geld, um Mamas Arztrechnungen zu bezahlen
- Um es noch mal zu wiederholen: einhunderttausend Dollar

Stöhnend schleuderte ich den Notizblock von mir, wobei ich den schlafenden Kevin aufschreckte. Er sah mich vernichtend an. Sein Schwanz zuckte in gerechtem Katzenzorn.

»Ich bitte vielmals um Entschuldigung«, murmelte ich.

»Mach das nicht noch mal«, sagte sein Blick.

»Das ist lächerlich. Ich kann nicht glauben, dass ich tatsächlich über diesen Unsinn nachdenke.« Ich warf die Bettdecke zur Seite und schlich in die Küche. Vielleicht half ein Snack.

Normalerweise fiel es mir leicht, Entscheidungen zu treffen, und wenn ich einmal eine gefällt hatte, blieb ich auch dabei. Selbst dann noch, wenn es für meine Psyche und Gesundheit besser gewesen wäre aufzugeben. Zum Beispiel in dem Sommer, als ich auf die Colson-Drillinge aufgepasst hatte. Sie waren *Monster.* Manchmal wachte ich immer noch aus Alpträumen auf, in denen ich unseren letzten Ausflug in den Zoo durchlebte. Niemand, nicht einmal die Tierpfleger, konnten sich erklären, wie Connor in das Präriehund-Gehege gelangt war. Aber ich hatte den Babysitter-Job bis zum bitteren Ende ausgesessen.

Ich war schon fast in der Küche, als ich ein leises Geräusch hörte. Ich bog um die Ecke und entdeckte Mama, die am Küchentisch saß und Eiscreme löffelte.

»Mama?«

Sie erschrak. Der Löffel fiel klappernd auf den Tisch. »Himmel, du hast mich vielleicht erschreckt.«

»Kannst du nicht schlafen?«

»Wie kommst du darauf?«, fragte sie, nahm den Löffel und grub ihn wieder ins Eis.

»Vielleicht, weil es zwei Uhr nachts ist. Vielleicht, weil du in rasendem Tempo dieses Eis in dich hineinstopfst.« Ich suchte in der Besteckschublade nach einem Löffel und setzte mich neben sie. »Mmmmh. Schoko-Pekannuss. Ich wusste gar nicht, dass noch etwas davon übrig ist.«

Sie schob mir die Packung zu. »Ja, weil ich es vor dir und deiner Schwester versteckt habe.«

Ich lachte schnaubend und aß einen Löffel Eis. Im schwachen Licht betrachtete ich meine Mutter. Ihre Augen und Mundwinkel wirkten müde.

»Geht es dir gut?«, fragte ich.

Seufzend nickte sie. »Ja. Und dir?«

»Alles wie immer.«

Mama legte ihren Löffel auf den Tisch, richtete sich auf und strich den Kragen ihres geblümten Nachthemds glatt. »Ich bin froh, dass du wach bist.«

»Ach ja?«

Sie griff in ihre Tasche und zog einen Umschlag hervor, den sie mir über den Tisch zuschob. »Ich habe heute das hier bekommen. Eine Rechnung vom Neurologen.«

Oh nein. Oh. Nein. Rechnungen sollten niemals an unsere Adresse geschickt werden. Ich schnappte mir den Brief und sah, dass der Umschlag bereits geöffnet worden war. Mit einem sinkenden Gefühl im Magen zog ich das Schreiben hervor.

»Ich kann es dir sagen«, verkündete Mama in angespanntem Ton. »7393 Dollar und 74 Cent.«

»Mama …«

»Warum sehe ich das erst jetzt?« Sie stieß mit dem Zeigefinger in Richtung der Rechnung in meiner Hand. »Und warum habe nicht noch viele mehr davon zu Gesicht bekommen? Es muss doch noch mehr davon geben.«

»Mama …«

Sie ließ mich nicht ausreden. »Das ist meine Schuld. Ich weiß nicht, warum ich nicht danach gefragt habe.«

»Mama …«, versuchte ich es erneut.

»Maebell Sampson, lüg mich nicht an«, sagte sie laut. »Gibt es noch mehr Rechnungen?«

»Ich hab's im Griff, versprochen.«

Sie kniff die Lippen zusammen, wobei ihr linker Mundwinkel ein wenig herabhing. Wieder wurde ich daran erinnert, dass sie beinahe *gestorben* wäre.

Vorsichtig faltete ich die Rechnung zusammen und schob

sie in den Umschlag zurück. »Ich will nicht, dass du dir Sorgen machst.«

»Wie sollte ich mir keine Sorgen machen? Wie viele weitere Rechnungen gibt es?«

Ich schüttelte den Kopf und log weiter. So langsam wurde ich richtig gut darin. »Das ist alles, und ich bin mit dem Krankenhaus in Verhandlung, damit sie die Summe verringern.« Ich sah ihr in die Augen. »Ich habe alles unter Kontrolle. Ich verspreche dir, wenn ich etwas brauche, sage ich es dir.«

»Maebell«, seufzte sie.

Ich stand auf und küsste sie auf die Wange. »Mach dir keine Sorgen, Mama. Ich habe einen Plan.«

Als ich in mein Zimmer zurückkehrte, schickte ich die Nachricht ab, obwohl es fast drei Uhr war. Sie war kurz und bündig.

Ich: Ja.

Ich legte das Handy neben mich und krabbelte unter die Decke. Trotz der Wärme der Nacht fröstelte ich ein wenig. Beim Summen meines Handys verkrampfte ich am ganzen Körper. Mit zitternder Hand griff ich danach.

Traumtyp: Danke.

KAPITEL SIEBZEHN

Heißt du Google?
Denn du hast alles, wonach ich suche.

ASHLEY

Chris hatte das Anwesen gemietet, das alle nur »das Wilson-Haus« nannten. Die weitläufige Ranch lag einige Kilometer außerhalb der Stadt an einer Schotterstraße, hatte eine kleine rote Scheune im Garten und eine Veranda, die sich an der gesamten Vorderseite des Hauses entlangzog.

Ich fuhr die Auffahrt hinauf und parkte zwischen Chris' Truck und einem BMW. Ich blieb noch einen Augenblick im Auto sitzen und umklammerte das Lenkrad. »Du schaffst das«, redete ich mir gut zu. »Natürlich ist es eine Lüge, aber immerhin eine Lüge, die viel Geld einbringt.«

Jemand klopfte an mein Fenster, und ich fuhr mit einem kleinen Aufschrei zusammen. Chris grinste und öffnete die Tür. »Redest du mit dir selbst?«

»Natürlich nicht.«

Sein Grinsen wurde nur noch breiter. Er glaubte mir kein Wort. Egal.

Ich griff nach meiner Handtasche und stieg aus dem Auto, wobei ich mir Mühe gab, meine Nervosität zu verbergen.

Chris begleitete mich zur Haustür. Er zögerte kurz, bevor er sie öffnete. »Bist du bereit?«

»Nein.«

Sein Blick war sanft. »Danke, dass du das machst.«

Ich räusperte mich. Die Aufrichtigkeit in seiner Stimme rührte mich. »Ich will dich nur für dein Geld, weißt du?«

»So sollte es sein.« Er legte mir eine Hand auf den Rücken und führte mich ins Haus.

Obwohl ich das Haus weder vor noch nach den Renovierungsarbeiten jemals betreten hatte, hatte ich eine einfache Ausstattung erwartet, die verschiedene potenzielle Mieter ansprechen konnte.

Damit lag ich daneben. Völlig daneben.

Die Haustür führte in eine große Eingangshalle, und ich schnappte nach Luft. Die Wände waren holzvertäfelt, was gut zum Boden passte, der mit alten Dielen aus der Scheune belegt war. Ein großer runder Spiegel, dessen Rahmen aus dünnen Zweigen zu bestehen schien, hing über einem Beistelltisch mit Beinen aus schmalen Baumstämmen. Das alles passte zusammen und sah nach rustikaler Holzhütte aus, aber das war es nicht, was mir den Atem raubte.

Daran waren die vielen Augen schuld, die mich glasig anstarrten. Keine menschlichen, sondern die von den zahlreichen Hirschen – nicht einem oder zwei: Nein, sechs präparierte Hirschköpfe hingen stolz präsentiert an den Wänden. Auf dem Beistelltisch stand neben einem fröhlichen Blumenstrauß ein ausgestopfter Fuchs, eine Pfote dauerhaft erhoben, als würde er den Eintretenden zuwinken.

»Äh«, sagte ich, während mein Blick auf einem der Hirsche lag, der mich mit seinem gruselig starren Blick zu verfolgen schien. »Das ist ganz schön viel.«

»Ich hätte dich warnen sollen. Wer auch immer dieses Haus dekoriert hat, war begeisterter Jäger. Du solltest den Elchkopf im großen Schlafzimmer sehen.«

»Wie kannst du so schlafen?«

Er beugte sich zu mir, und für einen Moment nahm ich seinen sauberen, warmen Chris-Geruch wahr. »Ich hänge ihm ein Handtuch über die Augen. Ich ertrage es nicht, die ganze Nacht beobachtet zu werden.«

Die Vorstellung, dass sich dieser große, starke Footballspieler wegen eines Elchkopfs unter seiner Bettdecke versteckte, gefiel mir.

Ich folgte Chris durchs Haus, wobei ich Unmengen dunkler Holzpaneele, gigantische Ledermöbel und viele, sehr viele Gemälde sah, die an jeder Wand hingen und vermutlich Titel wie »Aufmerksamer Wachhund auf einer Wiese, der gerade den Postboten gesehen hat«, oder »Enten. Ganz viele Enten« trugen.

Und. Unzählige. Ausgestopfte. Tiere.

»Ist das ein Biber?«, fragte ich, als wir an einer Reihe in die Wand eingelassener Regale vorbeikamen. »Und ein Eichhörnchen, und, oh, ein Gürteltier.«

»Es wird noch schlimmer.«

Wir betraten das Esszimmer, und mir wurde klar, was er meinte. Eine ganze Wand war der Gewehrsammlung aus antiken und neueren Waffen gewidmet. Ein Luchs fletschte auf einer Anrichte die Zähne. Drei ausgestopfte Mäuse saßen auf einem Regal. Jemand hatte sich die Zeit genommen, sie um einen winzigen Tisch zu arrangieren, der dem großen Eichentisch in der

Mitte des Raums ähnelte. Eine Maus trug einen winzigen Filzhut.

Ich zögerte. Chris schob mich vorwärts und deutete auf eine der beiden Personen im Raum. Der Mann war klapperdürr, hatte flinke, helle Augen und schrie gern Kellnerinnen an, wenn sie aus Versehen Barbecuesauce über ihm auskippten. »Das ist Doug McGill, mein Agent. Du erinnerst dich vermutlich an ihn.«

»Die?«, fragte Doug. So viel Skepsis in nur einem Wort.

»Hi«, sagte ich. »Freut mich, Sie wiederzusehen.«

Mit gerunzelter Stirn musterte er mich von Kopf bis Fuß.

Die Frau neben ihm wartete gar nicht erst darauf vorgestellt zu werden. Mit einer dunklen, eleganten Kurzhaarfrisur, scharfsinnigen Augen und ihrer kurzen, kompakten Figur wirkte sie wie eine Frau, mit der man sich besser nicht anlegte. Sie streckte mir eine Hand entgegen. »Ich bin Piper Connor. Chris' Pressesprecherin.«

»Freut mich, Sie kennenzulernen.«

Piper klatschte in die Hände. »Warum setzen wir uns nicht und fangen an?«

Doug verzog das Gesicht. »Chris, kann ich kurz mit dir reden? Allein.«

Die beiden gingen durch eine Schwingtür, die, wie ich vermutete, in die Küche führte. Piper deutete auf den Stuhl am Kopfende des Tischs und nahm selbst am anderen Ende Platz.

»Du bist also Bibliothekarin?«

»Ja, ich ...«

Ich wurde von einem lauten Knall und gedämpften Stimmen auf der anderen Seite der Schwingtür unterbrochen. Ich zuckte zusammen.

»Mach dir keine Sorgen. Sie lieben und sie hassen sich, wobei der Hass auf beiden Seiten überwiegt. Um ehrlich zu sein, habe ich nie verstanden, warum Chris weiter mit ihm zusammenarbeitet«, erklärte Piper freundlich, aber bestimmt. »Kann ich dir etwas anbieten? Wasser? Tee?«

Jemand, vermutlich Doug, brüllte: »Ich bin hier fertig!«

»Äh, nein danke«, sagte ich.

Die Tür schwang auf, und Doug stürzte zurück ins Zimmer. Sein Gesichtsausdruck glich einer Gewitterwolke. Mit einem Ächzen ließ er sich auf den Stuhl neben Piper fallen. Chris folgte und sah aus, als hätte er gerade einen gemütlichen Abendspaziergang gemacht. Er setzte sich neben mich.

Ooo-kay.

»Bringen wir es hinter uns«, knurrte Doug und schob mir einen Papierstapel zu.

Ich nahm ihn in die Hand. Ganz oben stand *Geheimhaltungsvertrag*. Ein Kugelschreiber landete daneben.

»Doug, reiß dich zusammen«, sagte Piper, und ich mochte sie gleich noch ein bisschen mehr.

»Unterschreib ihn.« Doug fuchtelte mit dem Zeigefinger in meine Richtung. »Denk dran, das ist gesetzlich bindend. Wenn du dich nicht daran hältst, wirst du dafür bezahlen.«

»Wirklich äußerst charmant«, murmelte ich. Ich nahm den Stift und überflog den Vertrag. Ich hatte in meinem ganzen Leben noch keinen Geheimhaltungsvertrag gesehen. Insgesamt waren es vier Seiten. »Das ist ganz schön viel. Verkaufe ich damit mein Erstgeborenes?«

»Es ist sehr wichtig, dass alle Details dieser Vereinbarung unter Verschluss bleiben«, sagte Piper. »Du darfst niemandem davon berichten, nicht einmal deiner Familie. Die Leute müssen uns die Sache als real abkaufen.«

Ich warf Chris einen Blick zu und bemerkte, dass er mich beobachtete. Er wirkte entspannt, aber seine Hand lag auf dem Tisch, und er fuhr sich mit dem Daumen über die anderen Finger, als sei er nervös. Machte er sich Sorgen, ich könnte einen Rückzieher machen? Sollte ich das vielleicht?

»Bin ich wirklich die Richtige dafür? Es gibt doch bestimmt jede Menge Unterwäschemodels, die für diese Rolle töten würden.« Ich schluckte und legte den Stift zur Seite. »Oder Schauspielerinnen, die professionell darin sind, na ja … professionell zu bleiben.«

Doug hob die Hände. »Das habe ich ihm auch gesagt. Aber er wollte nicht auf mich hören.«

Chis schüttelte den Kopf. »Ich habe mich für Mae entschieden. Sie kann das.«

»Aber warum? Wer würde das glauben? Du mit jemandem, der …« Doug gestikulierte wild in meine Richtung, »aussieht wie sie.«

Chris beugte sich vor. »Was soll das heißen?«

Ich wusste genau, was das hieß. Ich hob eine Hand. »Lass mich das machen.«

»Mach ruhig«, sagte Chris amüsiert. »Gib mir ein Zeichen, wenn ich einschreiten soll.«

Dann wandte ich mich an das Frettchen am anderen Ende des Tischs. »Jemand, der aussieht wie ich?«

Doug funkelte mich an. »Wie du schon sagtest, bist du nicht gerade ein Unterwäschemodel.«

Piper seufzte. »Doug.«

Ich schob meinen Stuhl zurück. »Wissen Sie was? Sie haben recht. Ich bin auf gar keinen Fall die richtige Wahl für das alles. Denn wenn ich noch eine Sekunde in Ihrer Anwesenheit verbringen muss, komme ich vermutlich ins Gefängnis dafür, Ihnen den Kopf abgerissen und dahin gesteckt zu haben, wo die Sonne nie scheint.«

Aus den Augenwinkeln sah ich, wie Piper die Lippen aufeinanderpresste. Ihre dunklen Augen funkelten.

Vor Wut schwer atmend, schritt ich auf Doug zu, bis ich über ihm aufragte und er sich auf seinem Stuhl zurücklehnen musste, um mich ansehen zu können. »Wenn ich ein Unterwäschemodel sein wollte, dann wäre ich es. Sie wollten doch sicherlich nicht behaupten, mit meinem Körper wäre etwas nicht in Ordnung, oder? Denn Ihre Anerkennung brauche ich ganz bestimmt nicht.«

Alle Augen waren auf mich gerichtet, auch die des Luchses, der drei Mäuse und das Augenpaar eines Vogels in der Ecke, der mir gerade erst aufgefallen war. Nach nur zwanzig Minuten hatte mich meine große Klappe bereits in Schwierigkeiten gebracht.

So gern ich auch türenknallend aus dem Zimmer gestürmt wäre und so getan hätte, als würde ich keinen weiteren Gedanken an diese Angelegenheit verschwenden: Ich brauchte das Geld. Nicht für mich, aber für Mama und Iris. Ich schloss die Augen und holte tief Luft, ehe ich mich zu Chris umdrehte. Jetzt musste ich mich zusammenreißen. Aber seine Miene überraschte mich. Er wirkte beinahe … stolz.

Langsam breitete sich ein Lächeln auf seinen Zügen aus. »Wie schon gesagt, ich habe mich für Mae entschieden.«

KAPITEL ACHTZEHN

Ich hoffe, unsere Liebe wird der Zahl Pi gleichen:
irrational und unendlich.

DERNA

»Wer spielt denn nicht gern Monopoly?«, fragte Chris entrüstet.

»Ich. Ich hasse es«, erwiderte ich.

Grummelnd blätterte er durch die Seiten vor sich. Nach dem gestrigen Treffen hatte Piper uns Hausaufgaben aufgegeben: massenweise Fragen, die dafür sorgen sollten, dass wir uns schnell kennenlernten. Es hatte Stunden gedauert, die Bögen auszufüllen.

»Warte mal. Du hast Angst vor Fröschen?« Er ließ die Seite fallen und hob eine Augenbraue. »Das soll ein Witz sein, oder?«

»Über Frösche kann ich nicht lachen.«

Die Fragen reichten vom Banalen bis zum Persönlichen. Es gab keine Tabus. Das perfekte erste Date, die traurigste Erinnerung, beste Kindheitsfreunde und bevorzugte Unterwäsche (darauf weigerte ich mich, eine Antwort zu geben, aber Chris schrieb natürlich was: enge Boxershorts).

Er legte mir einen Arm um die Schultern. »Ich verspreche dir hiermit feierlich, dich vor allen Fröschen zu beschützen, sowohl den fremden als auch den einheimischen.«

»Haha, sehr witzig.«

»Wenn du nachschaust, wirst du feststellen, dass ›Sinn für Humor‹ als eine meiner besten Eigenschaften gelistet ist.«

»Neben ausgezeichneter Statur, tollem Haar und deiner Bescheidenheit. Und wovor hast du Angst?« Ich suchte nach seiner Antwort. »Nichts. Du hast das Wort ›nichts‹ hingeschrieben. Ich bin froh, dass du die Sache ernst nimmst.«

Piper betrat das Esszimmer in einem umwerfenden roten Hosenanzug und absurd hohen Stilettos. Langsam begann ich, diesen Ort als Kommandozentrale der Operation *Faking It* und Piper als Oberbefehlshaberin zu betrachten. Doug war heute Mittag in sein Büro in New York zurückgekehrt, worüber ich mehr als froh war.

»Okay, ihr Turteltäubchen. Damit könnt ihr euch später wieder beschäftigen. Wir müssen uns den Vertrag anschauen.« Piper schob mir eine Aktenmappe zu.

»Vertrag?« Ich zögerte.

Piper lächelte aufmunternd. »Das gehört dazu.«

»Organisierst du viele falsche Verlobungen?«

»Mehr, als man meinen würde.«

Alles klar.

»Ehe wir uns das ansehen«, begann Piper mit ernster Miene. »Gibt es von deiner Seite noch etwas, das wir wissen sollten?«

Mein Magen machte einen Salto. »Was zum Beispiel?«

»Bist du heimlich verheiratet?«

»Nein, natürlich nicht.«

»Warst du schon mal verlobt? Mit irgendwelchen Männern zusammen, die Probleme machen könnten?«

»Keine Verlobungen.« Ich wand mich auf meinem Platz. »Ich glaube kaum, dass mein Ex ein Problem sein wird.«

»Welcher Ex?«, fragte Chris.

Seufzend schloss ich die Augen. »Peter Stone. Wir waren zwei Jahre zusammen.«

Die darauffolgende Stille wurde von Chris' schnaubendem Lachen durchbrochen. »Ohne Witz?«

»Darüber würde ich keine Witze machen.« Allerdings würde ich mich darüber freuen, die Erinnerung daran für immer aus meinem Gedächtnis zu löschen.

»Oh. Was ist …«

Ich hob eine Hand. »Nein. Darüber reden wir nicht.«

Piper räusperte sich. »Warst du im Gefängnis?«

Das Bild meines Vaters blitzte vor meinem inneren Auge auf. Ich zögerte für den Bruchteil einer Sekunde, aber das reichte, damit Piper mich scharf ansah.

»Wir haben dich einem Backgroundcheck unterzogen. Die Ergebnisse kommen im Laufe der Woche. Wenn es etwas gibt, was wir wissen sollten, wäre jetzt ein guter Zeitpunkt, damit herauszurücken.«

»Ich war nie im Gefängnis, aber mein Vater schon. Mehrmals.«

Piper nahm einen Kugelschreiber. »Name?«

»Dale Sampson.« Ich wandte mich an Chris. »Ich hab ehrlich nicht daran gedacht, früher etwas zu sagen. Ich verstehe, wenn du es dir deswegen anders überlegst.«

Ich würde auf keinen Fall betteln. Ich war gut allein klargekommen, vor dieser ganzen Sache, und ich würde auch hinterher zurechtkommen. Aber für einen kurzen Moment hatte es gewirkt, als könnte ich mal durchatmen.

»Piper?«, fragte Chris, ohne den Blick von mir abzuwenden.

Sie spielte mit dem Kugelschreiber. »Das sollte kein Problem darstellen.«

»Gut.« Er nahm den Vertrag wieder in die Hand. »Machen wir weiter.«

Langsam blätterte ich durch den neuen Papierstapel. Unsere Verlobung würde etwa drei Monate dauern, oder bis meine Dienste nicht länger benötigt wurden. Bei Bedarf musste ich Interviews geben, zum Beispiel im Fernsehen. Ich konnte mich (natürlich) mit keinem anderen Mann sehen lassen. Reisekosten und andere Ausgaben wurden übernommen. Am Ende der drei Monate würde ich das Geld bekommen.

Eine der Klauseln ließ mich stocken. »Ich soll meinen Job bei *Chicky's* kündigen?«

»Wir brauchen dich an den Wochenenden«, erklärte Piper. »Außerdem wollen wir die Kleinstadtbibliothekarin, nicht die Kellnerin in Hotpants und Push-up-BH.«

»Aber ich brauche das Geld.« Mit der Faust rieb ich mir über die Stirn. »Wie soll ich meine Rechnungen bezahlen, wenn ich drei Monate lang nichts verdiene?«

»Wir können dich im Voraus bezahlen«, sagte Chris. »Ginge das?«

»Ich denke schon.«

»Und du musst nicht kündigen. Du kannst unbezahlten Urlaub nehmen. Ich spreche mit deinem Manager. Wir kriegen das hin.«

Ich runzelte die Stirn. »Nein, ich werde mit meinem Manager sprechen. Mein Job, meine Verantwortung. Du bist nicht hier, um mich zu retten. Wir haben beide etwas davon. Diese Beziehung bringt uns beiden etwas.«

Chris richtete sich auf. »Ich verstehe nicht, was so schlimm daran wäre, wenn ich ein gutes Wort für dich einlegen würde.«

»Nein«, sagte ich bestimmt.

Wir wandten uns wieder dem Vertrag zu, aber ich wurde das Gefühl nicht los, dass Chris es nicht verstand. Ich hatte mich immer um mich selbst gekümmert. Die Männer in meinem Leben hatten es auf jeden Fall nicht übernommen. Zuerst mein Vater. Dann Peter. Ich war nicht dickköpfig, ich brauchte einfach keine fremde Hilfe.

»Die Kuss-Klausel?« Ich warf Piper einen Blick zu.

Piper faltete die Hände auf dem Tisch zusammen. »Ihr seid verlobt. Ich müsst euch auch wie ein verliebt-verlobtes Paar verhalten.«

Mich beschlich ein ungutes Gefühl. »Und was genau heißt das?«

Ihr Blick wanderte zwischen uns hin und her. »Also gut, Kinder. Wenn zwei Menschen sich lieben, dann halten sie zum Beispiel Händchen, berühren sich manchmal hier und da und küssen sich.«

Küssen? Ich stolperte über dieses Wort, Panik breitete sich in mir aus. Natürlich, du Idiotin. Du tust so, als wärst du verlobt. Menschen, die tatsächlich verlobt sind, küssen sich. Außer, sie gehören diesen seltsamen Sekten an, die ihren ersten Kuss für den Tag ihrer Hochzeit aufsparen. Ich überlegte, ob ich sie davon überzeugen konnte, dass ich einer solchen angehörte.

»Von wie vielen Küssen sprechen wir hier?«, fragte ich.

Piper lehnte sich auf ihrem Stuhl zurück. »Ich bin mir ehrlich gesagt nicht sicher, ob das quantifizierbar ist.«

»Ich würde es gern versuchen«, beharrte ich. »Also, die Küsse zu quantifizieren.«

»Dann würde ich sagen, ihr solltet euch jedes Mal küssen, wenn ihr in der Öffentlichkeit zusammen gesehen werdet.«

»Das ist machbar.« Chris stupste mich mit der Schulter an. »Bin ich wirklich so eklig? Ich verspreche dir, dass ich mir mindestens einmal pro Woche die Zähne putze, und dass ich aufhören werde, rohen Knoblauch zu essen. Aber wenn wir dann unvorbereitet auf einen Vampir treffen, geht das auf deine Kappe.«

Das Problem war, dass mich die Aussicht auf so viel Körperkontakt in Panik versetzte, und zwar *nicht*, weil es so schrecklich klang.

Um ehrlich zu sein, ließ Chris in der Abteilung Sexappeal nichts zu wünschen übrig (hallo, *Sexiest Man Alive*). Das Problem war, dass ich an der ganzen Sache irgendwie Gefallen finden könnte. Und das wäre furchtbar. Das hier war rein geschäftlich. Ich war bloß seine Fake-Freundin. Mehr würde auf gar keinen Fall zwischen uns passieren. Nein, danke. Nicht mit mir.

Ich sah ihn von oben herab an. »Du bist ein bisschen eklig, aber ich werde schon damit klarkommen.«

Er grinste. »Außerdem ist das alles nur gespielt. Nichts davon bedeutet etwas.«

»Genau. Keine Gefühle. Es ist ungefähr so, als würde ich meinen Bruder küssen.«

»Exakt«, stimmte er zu. »Rein geschäftlich.«

»Was immer euch dabei hilft«, sagte Piper. »Wir wollen, dass ihr Aufmerksamkeit erregt. Genug, damit Fotos von euch auf Blogs auftauchen und von der schlechten Publicity ablenken. Deswegen müsst ihr hinreißend und absolut ekelerregend verknallt wirken. Und damit wären wir bei der Aufgabe für diese Woche: Unser erstes Ziel ist es, dass die ganze Stadt mitbekommt, wie ihr euch ineinander verliebt.«

»War's das?«, murmelte ich.

Chris rieb sich die Hände und sah fast aus, als würde er sich freuen. »Los geht's!«

Diese Woche würde seeeeehr lang werden.

KAPITEL NEUNZEHN

Ich bin in einer Gegend voller Bauernhöfe aufgewachsen. Eines Abends, als die einzige Bar im Ort gerade schloss, fragten zwei Cowboys meine Schwester und mich: »Lust, Schweine jagen zu gehen?«

KERRY C.

»Ich habe mir Gedanken zur Lage deiner Bücherei gemacht«, begrüßte mich Ali am Montagmittag im Café. Heute gab es Brathähnchen.

»Schieß los.« Im Zuge meiner falschen Verlobung hatte ich das Problem des Bibliotheksbudget ein wenig vernachlässigt. Denn seit ich diesem Komplott zugestimmt hatte, war mir ununterbrochen übel.

Heute Vormittag hatte ich es jedoch geschafft, einen Punkt von der Liste zu streichen, der mich im Voraus besonders gestresst hatte. Ich hatte Shane im *Chicky's* angerufen und ihm erklärt, dass ich aus persönlichen Gründen einige Monate freinehmen musste. Überraschenderweise hatte er mich nicht allzu lange betteln lassen, bis er sich dazu bereit erklärt hatte, mich aus dem Schichtplan zu streichen. Wahrscheinlich war er froh, niemandem mehr aufgrund meiner »Einstellung« das Essen ausgeben zu müssen. Zumindest für eine Weile.

»Wir brauchen eine Spendenaktion. Etwas, was Aufmerksamkeit erregt und dafür sorgt, dass die Leute Geld geben. Oder vielleicht ein Kuchenverkauf? Oder einen Spendenlauf? Ich konnte da bisher noch nicht weiter in die Detailplanung gehen.«

»Natürlich nicht.« Ich grinste.

»Willst du heute Abend vorbeikommen, damit wir uns etwas überlegen können? Ich hole Pizza, du bringst Bier mit.«

Ich senkte den Blick und fuhr mit dem Finger an einem Wasserfleck auf der Theke entlang, den ein Glas dort vor langer Zeit hinterlassen hatte. »Ich kann heute Abend nicht.«

»Warum? Hast du ein Date?« Sie stopfte sich eine Ladung Kartoffelbrei in den Mund.

»Ähm, genau.«

Das war es. Ich hatte gelogen. Damit war es offiziell. Dies war die erste Lüge von vielen. Damit hatte die ganze Sache begonnen.

»Nein – ernsthaft? Du hattest gefühlt seit einer Ewigkeit kein Date mehr.«

»Das sagt die Richtige«, bemerkte ich und warf ihr einen vielsagenden Blick zu.

»Um mich geht es hier aber nicht. Sag schon. Wer ist der Glückliche? Kenne ich ihn?« Sie fuchtelte wild mit ihrer Gabel herum. »O mein Gott, ist es der Neue aus dem Tierfuttergeschäft? Der ist süß, wenn man über die fehlenden Zähne hinwegsieht.«

»Es ist, ähm … Chris Sterns.«

Ali machte so große Augen, dass ich fürchtete, sie würden ihr aus dem Kopf kullern. Sie gab ein kleines, verstörtes Geräusch von sich. Dann herrschte Stille. Da kam kein einziges Wort. Nur meine beste Freundin, die mich anstarrte, als wäre mir plötzlich ein zweiter Kopf gewachsen, der Flöte spielte.

»Sag was.«

»H-hast du«, sie räusperte sich, »hast du gerade gesagt, du hast ein Date mit Chris Sterns?«

Ich nickte, und mein Gesicht wurde ganz heiß. »Ja.«

»*Der* Chris Sterns?«

»Ja, genau der.«

Sie drückte einen Handrücken gegen ihre Stirn und sank auf dem Stuhl zusammen. »Aber ... aber wie? Wann?«

Ich zuckte mit den Schultern. Um nicht antworten zu müssen, schob ich mir ein Stück Hühnchen in den Mund.

Sie blinzelte langsam, ehe sich ein breites Lächeln auf ihrem Gesicht ausbreitete. Ali lächelte immer breit, aber das war ihr besonderes Lächeln, das *gefährliche Lächeln*, wie ich es nannte. Wenn sie so lächelte, heckte sie etwas aus. Normalerweise einen Plan, der in zweifelhafte und oft auch, na ja, gefährliche Situationen mündete.

»Ich *wusste*, dass er auf dich steht. Er hat mir alle möglichen Fragen über dich gestellt und ...« Plötzlich keuchte sie. »DU WIRST MIT CHRIS STERNS RUMMACHEN.«

Und bei diesen Worten verstummte das gesamte Café.

»Ali!«, zischte ich und schlug mir mit der Hand vor die Stirn.

Sie zuckte zusammen und besaß zumindest den Anstand, beschämt auszusehen. Sie erhob sich leicht und winkte in Richtung der anderen Gäste (hauptsächlich alte Männer mit Schachbrettern). »Nichts zu sehen hier, Leute. Ignoriert uns.«

Ich stöhnte. »Du bist unmöglich.«

Ali ignorierte meine Verlegenheit und machte weiter. »Wie habt ihr ... Ich meine ... ach, ist auch egal. Aber du rufst mich besser an, schreibst mir, schickst Rauchzeichen, was auch immer, sobald du heute Abend zu Hause bist. In der Sekunde, in der du zur Tür reinkommst, ist das klar?«

»Okay, okay.«

»Was wirst du anziehen? Du solltest deine Beine zeigen. Bloß nicht eines deiner Bibliothekarinnen-T-Shirts. Oder diese hässliche Jacke mit den komischen Streifen auf den Ärmeln.«

Ich mochte diese Jacke. »Was, wenn mir kalt ist?«

»Ähm.« Der Blick, den sie mir zuwarf, konnte nur als ungläubig bezeichnet werden. »Dann hast du einen großen, starken Mann dabei, der dich wärmt.«

»Ahh, richtig.« Ich war mir sicher, dass mein Gesicht in Flammen stand.

Ali zwinkerte. »Das hört sich doch schon viel besser an.«

KAPITEL ZWANZIG

Willst du mein Date für meine Hochzeit sein?

KERI

Als ich nach Hause kam, warteten Mama, Iris und Sue bereits auf mich. Die drei saßen nebeneinander auf dem Sofa, wobei sie die Haustür im Blick hatten. Nicht mal der Fernseher war an. In einer kleinen Stadt verbreiteten sich Neuigkeiten schnell, aber Klatsch und Tratsch noch viel schneller. Wenn also meine beste Freundin beim Mittagessen laut meine Ausgehpläne kommentierte, hätte ich mir denken können, dass meine Familie zum Abendessen schon längst darüber Bescheid wusste und mir auflauerte.

Das war echt mal wieder typisch.

»Hi.« Langsam zog ich meine Schuhe aus und legte die Handtasche beiseite.

Iris rutschte zur Seite, so dass ich zwischen ihr und Mama Platz nehmen konnte. Mama klopfte auf die freie Stelle. »Setz dich zu uns, Mae.«

So mussten sich die Opfer der Inquisition gefühlt haben. Abgesehen von den, na ja … Scheiterhaufen.

Ich setzte mich.

»Liebling«, begann Mama und drückte mir dabei das Knie. »Wie geht es dir?«

»Ja, wie geht es dir?«, wiederholte Iris mit einem Grinsen.

»Irgendwelche Pläne für heute Abend?«, fragte Sue.

Subtil waren sie jedenfalls nicht. »Ihr habt also davon gehört.«

»Was meinst du?«, wollte Mama wissen, konnte ihr Lächeln aber nur mit Mühe unterdrücken.

Ich seufzte. »Ich habe ein Date.«

Iris versuchte, gelangweilt zu wirken. »Mit Chris Sterns, habe ich gehört.«

»Ja.«

»Hm.« Aber ich sah, dass es sie interessierte, sogar ein wenig beeindruckte. »Er ist irgendwie heiß.«

Mama legte mir den Arm um die Schultern. »Er ist so ein netter junger Mann. Weißt du, dass er unseren Geschirrspüler repariert hat? Hat nur ein paar Minuten gedauert.«

»Ich weiß nur, dass er ein feines Exemplar der Gattung Mann ist«, verkündete Sue. »Obwohl ich ihn noch nicht aus der Nähe gesehen habe. Wann holt er dich ab?«

»Um halb sieben.«

»Sehr gut.« Sue rieb sich die Hände.

»Vielleicht sollte ich Kekse backen? Oder Bananenbrot?«, schlug Mama vor. »Irgendetwas müssen wir ihm ja anbieten. Was meinst du?«

»Ein Junge wie er isst bestimmt wahnsinnig viel.« Sue half Mama beim Aufstehen und schob ihr die Gehhilfe zu. Die beiden machten sich auf den Weg in die Küche. »Vielleicht sollten wir Hackbraten machen. Er braucht Proteine.«

»Macht bloß keinen Hackbraten!«, rief ich ihnen hinterher. »Oder überhaupt irgendwas. Er wird nur kurz hier sein, um mich abzuholen.«

Sue drehte sich um. »Na gut. Aber wir sollten sicherstellen, dass er genug Kraft für einen Gutenachtkuss hat.«

Ernsthaft. Wie war das nur mein Leben?

Ich zog mich dreimal um, bevor ich mich für ein weiches grünes Sommerkleid entschied, das mir bis zum Knie ging. Dazu Cowboystiefel und goldene Ohrringe. Ich schminkte mich dezent, flocht einen lockeren Zopf und war dann eine Viertelstunde zu früh fertig. Diese Zeit nutzte ich, um mich viel zu lange und ausgiebig im Spiegel zu begutachten. Ich wechselte die Ohrringe und öffnete mein Haar wieder. Dann ärgerte ich mich über mich selbst, weil ich so viel Energie auf ein Fake-Date verschwendete.

Mama und Sue hatten es geschafft, Brownies zu backen und Gemüsesticks zu schnippeln. Die zwei plus Iris saßen schon wieder auf dem Sofa bereit, als Chris an der Tür klopfte.

»Soll ich aufmachen?«, fragte Sue.

Aber es sah so behaglich aus, wie sie auf dem Sofa saß und mit aufgeregt entzücktem Gesichtsausdruck Popcorn aß, dass ich ablehnte.

Als ich ihm die Tür öffnete, zog Chris schwungvoll einen Strauß Rosen hinter seinem Rücken hervor. »Für Sie, Madam.«

»Oh, vielen Dank.« Ich nahm ihm die Blumen ab und machte einen Schritt zur Seite, um ihn vorbeizulassen. »Betreten auf eigene Gefahr.«

Als er an mir vorbeiging, nahm ich wieder seinen frischen, warmen Duft wahr. Ich stellte ihm das Empfangskomitee vor, obwohl er zwei davon bereits kennengelernt hatte.

»Ach du meine Güte. Hast du Blumen mitgebracht?«, wollte Sue wissen. »Die sind aber schön.«

Ein Dutzend herrlicher, frischer, hellrosafarbener Rosen, die gerade erst dabei waren, ihre Blüten zu öffnen. Ich fragte mich, wo er sie aufgetrieben hatte. Wohl eher nicht im Supermarkt.

Iris grinste. »Mae hasst Rosen.«

»Iris!« Ich drehte mich zu Chris um und zögerte kurz, legte ihm dann aber die Hand auf den Arm. PDA, Mae, PDA. »Sie sind wunderschön. Wirklich. Ich hole eine Vase.«

Auf dem Weg in die Küche hörte ich, wie Mama Chris Brownies anbot.

»Ich will mir nicht den Appetit fürs Abendessen verderben«, sagte er.

»Na, komm«, sagte Sue gerade, als ich zurückkam. »Ein, zwei Brownies, damit du bei Kräften bleibst.«

Ich seufzte. »Iss einfach, sonst lassen sie uns hier nie weg.«

Er nahm einen Brownie und aß ihn in drei Bissen. »Der war super lecker.«

Sue stupste Mama mit dem Ellbogen an. »Hast du das gehört, Lucy? Er hat gesagt, das war super lecker.« Sie wendete sich mir zu. »Mae, er sieht zum Anbeißen aus. Ich würde ihn auf jeden Fall zur zweiten Base vorlassen.«

»Bei mir würde er sich vielleicht sogar für einen Home Run qualifizieren, wenn ihr versteht, was ich meine«, fügte Iris unnötigerweise hinzu.

»Iris!«, fuhr Mama sie an. »Reiß dich zusammen.«

Iris verdrehte die Augen. »Stimmt doch.«

»Baseball hat immer die besten Anspielungen«, bemerkte Chris. Und dann zwinkerte er ihnen zu.

Meine Mutter brach in unkontrolliertes Gekicher aus, und Sue murmelte etwas, was nach »Schläger hoch« klang.

»Wir müssen los. Sind schon weg.« Ich schob Chris zur Tür. »Ich bin in ein paar Stunden wieder da.«

»Chris, du kannst sie so lange ausführen, wie du willst«, rief Mama uns hinterher. »Meinetwegen müsst ihr euch nicht beeilen. Habt Spaß, ihr zwei!«

Nachdem ich die Tür hinter uns zugezogen hatte, blieb Chris am Tor stehen und grinste mich an. »Du magst also keine Rosen?«

Ich zuckte mit den Schultern. »Nope. Aber das konntest du nicht wissen.«

»Was ist denn deine Lieblingsblume?«

»Tulpen. Nelken. Lilien. Gerbera. Pfingstrosen. Wildblu–«

»Also eigentlich alle Blumen außer Rosen?« Lächelnd strich er mir eine Haarsträhne aus dem Gesicht.

Die Bewegung wirkte so natürlich, dass ich nicht wusste, wie ich reagieren sollte. Aber an der Stelle, die seine Finger berührt hatten, kribbelte meine Wange.

»Was soll das?«, fragte ich. Meine Worte waren eher eine Anklage als eine Feststellung.

»Was?«

»Du hast meine Wange berührt.«

»Die Kuss-Klausel. Public Display of Affection, PDA, du weißt schon.«

»Wir sind nicht in der Öffentlichkeit.« Ich fuchtelte wild mit der Hand. »Es besteht kein Grund zur Zärtlichkeit.«

Er beugte sich zu mir. Sein Atem roch nach Zahnpasta und Zimt-Kaugummis, und mir kam der Gedanke, dass ich diese Mischung leider ziemlich gern mochte. Irritiert erinnerte ich mich daran, dass ich kein Interesse hatte. Überhaupt keins. »Ich glaube, wir werden beobachtet«, flüsterte er.

Ich wirbelte herum und sah gerade noch, wie sich der Vorhang im Fenster hinter uns schloss. »Können wir los?«

Als wir seinen Truck erreichten, öffnete er mir galant die Beifahrertür. »Nur, damit ich es verstehe: Du magst keine Rosen, Frösche oder Monopoly?«

»Das trifft es ganz gut.« Ich kletterte auf den Sitz.

»Du steckst voller Überraschungen.« Er lehnte sich zu mir, und ein Lächeln umspielte seine Mundwinkel. »Und übrigens gefällt mir dein Kleid. Es passt gut zu dir.«

»Danke.« Ich schnallte mich an und ignorierte das Kitzeln in meinem Bauch, das sein Kompliment ausgelöst hatte. »Bringen wir es hinter uns.«

KAPITEL EINUNDZWANZIG

Ich muss Farmer Joe heißen.
Denn ich finde dich a-Traktor-tiv.

LAURA B.

»Warum magst du keine Rosen?«, fragte Chris auf unserem Weg in die Stadt in die peinlich lange Stille hinein. Wobei ich für den Großteil dieser Peinlichkeit verantwortlich war.

Während unseres Schweigens hatte ich Zeit gehabt, mich an die Umgebung zu gewöhnen. Ein fast neuer Truck mit teurem Satellitenradio und einem Kreuz, das an einer Kette vom Rückspiegel baumelte. Ansonsten war er blitzsauber. Vermutlich hatte Chris Angestellte, die sich für ihn darum kümmerten.

»Ist einfach so.«

Chris warf mir einen Blick zu. »Weißt du, wenn wir das schon machen müssen, könnten wir dabei auch einfach wirklich Spaß haben und uns kennenlernen.«

Ich verschränkte die Arme. »Ich hasse es, meine Mom anzulügen.«

»Betrachte es einfach nicht als Lüge. Wir haben ein Date. Du wirst einen Verlobungsring am Finger tragen.«

»Aber nichts davon ist echt.«

Er legte eine Hand auf mein Bein. »Ich weiß. Das ist alles ganz schön viel.« Er drückte sanft mein Knie, ehe er das Lenkrad wieder mit beiden Händen umfasste. »Aber wenn wir es schon tun, dann sollten wir einander wenigstens kennenlernen, lachen, miteinander Spaß haben.«

»Lachen, Spaß haben.« Anscheinend war ich zu einem Papagei mutiert.

Ich betrachtete ihn. Er trug ein rotes Poloshirt von der engeren Sorte, das sich an den richtigen Stellen an seinen Körper schmiegte. Außerdem elegant zerrissene Jeans. Mit anderen Worten sah er umwerfend aus, ohne dass es bemüht wirkte. Allerdings sah er wahrscheinlich auch im Strampler und mit Nachthäubchen auf dem Kopf umwerfend aus.

Er warf mir ein Lächeln zu. »Ganz genau.«

Mir war klar, dass für ihn viel auf dem Spiel stand. Warum würde er das sonst alles auf sich nehmen? Aber er wirkte dabei so gelassen. Vielleicht war er ein guter Schauspieler – besser, als ich gedacht hatte.

»Lass uns erst mal was essen, in Ordnung?«, sagte ich.

Der Taco-Truck hieß so, weil er, nun ja, genau das war: Ein Taco-Truck. An diesem Montagabend war es ruhig, nur wenige andere Tische waren besetzt. Aber wenn es darum ging, dass wir zusammen gesehen wurden, würde ich dafür sorgen, dass das auch passierte. Wir bestellten am Tresen, und ich nutzte die Gelegenheit, Chris Ana Casarez vorzustellen, die den Taco-Truck zusammen mit ihrem Partner betrieb. Ana war für ihre Taco-Teller bekannt, und dafür, dass sie Informationen (also Klatsch) dezent, aber großflächig verbreitete.

Mir entging nicht, wie sie mit ihrem Handy unauffällig ein Foto von uns machte.

Wir setzten uns an einen der Picknicktische, die vor dem Truck standen. Obwohl es erst Anfang April war, war die Luft schwer von Feuchtigkeit und der beginnenden Sommerhitze. Ein Sonnenschirm schützte uns vor den Strahlen der untergehenden Sonne. Lichterketten waren um uns herum aufgespannt, aber noch war es nicht dunkel genug, um sie erstrahlen zu sehen.

Chris war drauf und dran, sich über seinen Taco-Teller herzumachen, aber ich stoppte ihn.

»Du musst hier die Chili-Sauce probieren. Falls du kannst.«

Chris legte seinen Taco zurück auf den Teller. »Wie bitte? Hast du mich gerade ein Weichei genannt?«

»Wenn, dann habe ich maximal *angedeutet*, dass du ein Weichei sein könntest.« Ich zog den Korb mit den Saucen zu uns heran. Darin befanden sich drei Flaschen. »Dir stehen drei Saucen zur Auswahl.«

»Warum steht da nichts drauf?«, fragte er, während er die Flaschen misstrauisch musterte.

»Weil sie hausgemacht sind. Diese grüne ist zum Beispiel einfach ganz normale Chili-Sauce.« Ich tippte auf die gelbe Flasche. »Diese hier ist mittelscharf, wir nennen sie ›Nicht-für-jeden-Sauce‹. Und dann gibt es noch diese rote Flasche, die wir liebevoll ›Du-wärst-lieber-tot-Sauce‹ nennen.«

Er lehnte sich zurück und fuhr sich mit dem Daumen über die Unterlippe. Ich ertappte mich dabei, wie ich ihn anstarrte und wandte den Blick ab. »Das fühlt sich an, als wolltest du mich testen.«

»Ist doch nur ein bisschen Spaß.«

»Okay.« Er nickte langsam, und in seinen Augen glänzte der Schalk. »Wie wär's damit: Wir probieren sie gemeinsam. Und für jede Sauce, die wir probieren, dürfen wir der anderen Person eine Frage stellen.«

Ich dachte über die Konsequenzen seines Vorschlags nach. »Sonst noch was?«

»Keine Tabus. Wir wollen einander ja kennenlernen.«

»Ich vermute also, ich muss ehrlich antworten?«

Er hob eine Augenbraue. »Selbstverständlich.«

»Ich wollte nur sichergehen.« Mein Verstand sagte mir, dass das vermutlich eine dumme Idee war. Meine Neugier allerdings hatte Fragen. »In Ordnung. Dann mal her damit.«

Wir griffen beide nach den Tortillachips, die wir uns teilten, und fingen mit der grünen Flasche an. Nachdem wir ein wenig Sauce auf unsere Chips geträufelt hatten, zählten wir bis drei und schoben sie uns dann gleichzeitig in den Mund. Diese Sauce war nicht viel schärfer als eine gewöhnliche Chili-Sauce. Klar, ein wenig kitzelte es schon am Gaumen, aber sie war gut verträglich.

»Lecker«, verkündete Chris. »Ladies first.«

Ich überlegte einen Augenblick. »Was willst du nach deiner Football-Karriere machen?«

»Ich will in die Medizinforschung gehen.«

»Wirklich?«

»Mir ist klar, dass du mich nur wegen meines Körpers willst, aber ich habe auch Köpfchen.« Er klimperte spielerisch mit den Wimpern, und ich musste lachen. »Ich habe Biologie studiert und wollte immer mit Medizin weitermachen, um dann später in die Forschung zu gehen. Ich würde gern irgendwo arbeiten, wo ich Herzfehlbildungen erforschen kann.«

Seine Antwort beeindruckte mich, und ich verstand, warum ihm die Arbeit mit dem *Children's Heart Fund* so wichtig war. »Weißt du schon, an welche Uni du willst?«

Er hielt einen Finger in die Höhe. »Nur eine Frage.«

»Na gut«, grummelte ich. »Du bist dran.«

»Also, Peter? Wie konnte das passieren?«

»Wow. Du kämpfst mit harten Bandagen.« Ich nahm einen Tortillachip und zerbröselte ihn langsam. »Wir sind in meinem dritten Collegejahr zusammengekommen. Er hatte seinen Abschluss schon. Granny machte ihre Krebsbehandlung durch, und ich pendelte zwischen College, so viel Arbeit wie möglich, und dem Aushelfen mit Iris hin und her.«

Ich hielt inne, biss mir auf die Unterlippe und überlegte, wie viel von dieser Geschichte ich erzählen wollte. Zu Beginn war ich zwanzig und noch nie in einer ernsthaften Beziehung gewesen. Außerdem war ich damals extrem einsam und sehnte mich nach jemandem, an den ich mich ein wenig anlehnen konnte. Aber ich hatte mich für den Falschen entschieden. Für den völlig Falschen.

»Na ja«, ich wischte die Krümel vom Tisch. »Ich dachte, er wäre ein guter Kerl, aber ihn schien die Definition von ›monogam‹ zu verwirren. Am Tag der Beerdigung meiner Großmutter habe ich ihn dabei erwischt, wie er mich betrogen hat. Jetzt hasse ich ihn also und hoffe, dass er eines Tages von einem Schwarm Killerbienen angegriffen und das alles auf Video aufgenommen wird, damit ich es mir anschauen kann, wann immer ich ein wenig Aufmunterung brauche.«

»Autsch.« Sein Blick war mitfühlend, was mir irgendwie gar nicht gefiel. Ich wollte sein Mitleid nicht. »Er hat dich wirklich verletzt.«

»Es ist schon lange vorbei. Und es könnte viel schlimmer sein – indem ich immer noch mit ihm zusammenwäre.« Allein der Gedanke jagte mir einen Schauer über den Rücken. »Bist du bereit für die nächste Runde?«

Er nahm die gelbe Flasche. »Los geht's.«

Wir schoben uns die Chips gleichzeitig in den Mund. Zuerst schmeckte es süß, beinahe fruchtig. Und dann …

»Was. Ist. Das?«, prustete Chris. Seine Augen wurden groß. Er trank seine Wasserflasche zur Hälfte aus, dann wischte er sich mit der Hand über den Mund. »Warum passiert bei dir nichts? Ich spüre, wie es mir die Magenschleimhaut wegätzt.«

Es war scharf, das stimmte. Aber erstens mochte ich es gern scharf. Und zweitens hatte ich genau diese Taco-Truck-Challenge schon ein paar Mal durchgespielt. Vermutlich waren die meisten meiner Geschmacksknospen bereits abgestorben.

Ich lächelte ihn lieblich an. »So schlimm war es doch gar nicht.«

»Gar nicht so schlimm? Bist du eine Hexe?« Er hob die Hand. »Darauf will ich keine Antwort. Ich will es gar nicht wissen. Los, stell deine Frage.«

»Hast du Haustiere?«

Seine Augen leuchteten, und das jungenhafte Lächeln ließ das Grübchen aufblitzen. Dieses Grübchen. Dieses Lächeln. Das machte etwas mit meinem kalten, toten Herzen. Etwas, das ich ignorierte.

»Ja. Drei Hunde und eine Schildkröte.« Er holte sein Handy hervor. »Willst du sie sehen?«

»Klar.« Die nächsten zehn Minuten verbrachten wir damit, dass er mir Fotos von seinen drei zotteligen Hunden (alle drei aus dem Tierheim) und seiner russischen Schildkröte zeigte, die mit einer winzigen Kochmütze auf dem Kopf vor einer puppenhausgroßen Küche posierte. Ich musste lachen.

»Also, jetzt meine Frage: Warum magst du keine Rosen?«

Ich starrte ihn an. Seine Fragen waren viel persönlicher als die, die ich ihm stellte. Ich war drauf und dran, ihm eine ausweichende Halbwahrheit zur Antwort zu geben, aber er unterbrach mich.

»Vergiss nicht, dass wir ehrlich sein wollten.«

Ich schloss den Mund wieder. Wie konnte er das wissen?

»Na gut. Rosen sollen ein Symbol der Liebe sein, aber sie werden vor allem für fadenscheinige Entschuldigungen verwendet. Schenk jemandem Rosen, und alles ist verziehen. Rosen heilen alle Wunden, bla, bla, bla.« Ich stach mit dem Finger auf den Tisch ein. »Jeder kann Rosen kaufen. Genau wie jeder ›Es tut mir leid‹ sagen kann, ohne es wirklich ernst zu meinen. Rosen und Entschuldigungen sind für mich etwa gleich viel wert. Menschen mögen vielleicht deine Worte glauben, aber an deine Taten werden sie sich immer erinnern.«

Mein Vater war jedes Mal mit einem Strauß Rosen und endlosen Entschuldigungen nach Hause gekommen, nur um dann die gleichen Fehler wieder und wieder zu machen, wie in einer Art albtraumhaftem Déjà-vu.

»'tschuldigung«, murmelte ich, während ich rot anlief.

»Keine Rosen. Hab's verstanden.«

Ich räusperte mich und wechselte das Thema. »Bist du bereit für die dritte Runde?«

Schnaubend nahm er die rote Flasche in Augenschein. »Die hier bringt mich vermutlich um. In dem Fall: Bitte lösch den Suchverlauf meines Laptops, ehe meine Eltern ihn zu Gesicht bekommen, okay? Nicht, dass es dafür einen Grund gäbe.«

»Hast du schon wieder nach Bildern von Tierbabys gesucht?«

Er nickte traurig. »Ich wusste, du würdest mich verstehen.«

Wir träufelten beide drei vorsichtige Kleckse Sauce auf unsere Chips. Chris zählte, und dann gab es kein Zurück mehr. Ich schluckte schnell und gab mir dann alle Mühe, keine Miene zu verziehen. War das gemein? Hm, vielleicht. Aber trotzdem würde ich jede Minute auskosten.

Chris kaute bedächtig, was ein großer Fehler war. Sein Gesichtsausdruck wechselte in weniger als fünfzehn Sekunden von zögerlich und nachdenklich zu alarmiert und schmerzerfüllt. Er riss die Augen auf und machte den Fehler, tief Luft zu holen. Einzuatmen machte die Schärfe immer nur noch schlimmer. Er schlug mit der flachen Hand auf den Picknicktisch.

»Warum siehst du so aus?«, fragte er verzweifelt, bevor er sich das restliche Wasser mit zitternden Händen in den Mund schüttete. Fast fühlte ich mich schlecht. Aber er würde schon überleben. Irgendwann war selbst der schlimmste Schmerz vorüber. Irgendwann.

»Warum sehe ich wie aus?«, fragte ich, während ich den Hustenreiz unterdrückte und ruhig einen Schluck Wasser nahm. Die Schärfe hatte meinen Mund umgangen und sich direkt in meiner Kehle festgesetzt. Mir stiegen Tränen in die Augen, und ich blinzelte, um sie zurückzudrängen.

»D-du bist nicht …« Seine anklagenden Worte hingen zwischen uns, während ihm der Schweiß über das Gesicht lief. »Ich brauche mehr Wasser.«

Er wischte sich mit dem Shirt über die Stirn. Mein Blick blieb an seinem entblößten Waschbrettbauch hängen. Da sein Gesicht bedeckt war, konnte ich ihn anstarren, ohne mich dabei zu pervers zu fühlen. Ich stellte mir vor, dass es stundelange harte Arbeit, Training und Willenskraft erforderte, solche Muskeln auszubilden. Stunden im Fitnessstudio, beim Joggen, mit Bauchpressen, Gewichtheben, Schwitzen und …

Okay, *jetzt* klang ich allerdings ziemlich lüstern.

Ich wandte den Blick ab und schraubte meine Wasserflasche auf. Chris riss sie mir aus der Hand.

»Hey!« Ich versuchte, sie zurückzubekommen, aber er war viel schneller.

Er leerte sie in zwei Schlucken. Mit zusammengekniffenen Augen wischte er sich mit der Hand über den Mund. »Wie oft hast du das schon gemacht?«

Ich verschränkte die Arme, aber es fiel mir schwer, ein Lächeln zu unterdrücken. »Ich weiß nicht, wovon du sprichst.«

Mit einem Schnaufen stand er auf und ging zum Fenster des Taco-Trucks hinüber. Er kam mit vier weiteren Flaschen Wasser zurück, die er an seine Brust presste, als wären sie aus purem Gold. Anstatt sich mir wieder gegenüberzusetzen, setzte er sich neben mich. Wir waren einander so nah, dass sein Bein meines berührte. So nah, dass sein sonnengewärmter (und wahrscheinlich auch von der Chili-Sauce erhitzter) Arm meine Schulter streifte, als er den Deckel von der ersten Flasche riss und sie in wenigen Sekunden leerte.

Er starrte mich so mürrisch und verdrossen an, dass ich nicht anders konnte, als laut loszulachen. Mit zusammengekniffenem Mund sah er mir einige Herzschläge lang dabei zu. Dann begannen seine Lippen zu zuckten und die Andeutung eines Lächelns umspielte seine Mundwinkel. Langsam lehnte er sich zu mir, bis sein Mund ganz nah an meinem Ohr war. Sein Atem strich warm über mein Gesicht.

»Du hast einen schweren Fehler gemacht«, sagte er leise.

»Ach ja?«

»Ich habe ein Motto.«

»Und wie lautet das? Lächle, und die Welt liegt dir zu Füßen? Oder nein, warte! Lass niemals den Ball fallen?«

Er kicherte wie ein Superschurke. »Ich werde nicht wütend, ich räche mich. Mach dich drauf gefasst.«

Diesmal zwinkerte ich ihm zu. »Kann's kaum erwarten.«

Ich denke, für ein erstes Date lief es ziemlich gut.

Auf dem Weg nach Hause stand der Halbmond am purpurnen Himmel. Chris schlug unvermittelt mit der Handfläche auf das Lenkrad. »Ich habe meine dritte Frage nicht gestellt.«

»Und warum war das noch mal so?«, fragte ich grinsend.

Er warf mir einen bösen Blick zu. »Du hast eine ganz schön fiese Ader, Bücherlady.«

»Dann stell ruhig deine Frage jetzt.«

Die Einfahrt zum Haus war dunkel, und die Reifen knirschten auf dem Schotter. Er parkte neben meinem Auto. »Was willst du werden, wenn du mal groß bist?«

Ich schnallte mich ab, winkelte ein Bein auf dem Sitz an und drehte mich zu ihm. »Ich bin schon groß. Aber ich habe immer gedacht, ich würde Two Harts mal verlassen und in einer großen Stadt leben. Versteh mich nicht falsch, ich mag es hier. Aber ich habe mich immer ein bisschen wie eine Außenseiterin gefühlt. Ich war zehn, als wir hierhergezogen sind, und ich hatte nie wirklich das Gefühl dazuzugehören.«

»Mir scheint, als gehörst du sehr wohl dazu.«

»Und so bald werde ich nirgendwo anders hingehen. Ich muss Iris dabei helfen, das College zu schaffen, und während

Mama auf Unterstützung angewiesen ist, werde ich wohl noch ein Weilchen in Two Harts bleiben müssen.« Ich tippte mir mit dem Finger gegen das Kinn. »Ich glaube, ich hab auch noch eine Frage, oder? Ich spare sie mir aber lieber für das nächste Date auf.«

»Kühner Schachzug. Gefällt mir.«

»Dann sehen wir uns im Lauf der Woche?« Ich streckte mich zum Türgriff.

»Warte.« Er sprang aus dem Truck und öffnete mir die Tür. »Ein Gentleman begleitet eine Dame am Ende eines Dates zur Tür.«

»Sogar bei einem vorgetäuschten Date?«

»Vor allem bei einem vorgetäuschten Date, wenn uns jemand vom Fenster aus beobachtet.«

»Schon wieder?« Ich drehte mich gerade noch rechtzeitig um, um die Vorhänge flattern zu sehen. »Wer auch immer das ist, ich bringe sie um.«

»Bitte nicht meinetwegen.«

An der Haustür drehte er sich mit dem Rücken zum Fenster, so dass sein Körper mich vor neugierigen Blicken schützte.

»Also. Danke fürs Essen«, sagte ich und versuchte den Zusammenhang zwischen meinem rasenden Herz und seiner Nähe zu ignorieren.

»Ich schicke dir dann die Rechnung für die Packung Pepto-Bismol, die ich mir auf dem Nachhauseweg holen werde.«

Ich lachte. »Alles klar.«

»Bist du bereit?« Er legte mir den Arm um die Taille, der schwer, aber nicht unangenehm war. »Das muss gut aussehen.«

»Ich küsse nicht auf ersten Dates«, erklärte ich und spürte meine Anspannung steigen.

Das Licht auf der Veranda erhellte sein verschmitztes kleines Grinsen. »Ich verspreche dir, dass ich niemandem davon erzählen werde.«

»Jetzt mach schon.«

»So verführerische Worte.« Er neigte den Kopf und hielt dann neben meinem Ohr inne. Sein warmer Atem ließ mich unwillkürlich schaudern. »Du riechst nach Cookies.«

»Das ist das Vanilleextrakt hinter meinen Ohren. Nichts Besonderes«, erklärte ich. Es ärgerte mich, wie atemlos ich dabei klang.

»Gefällt mir. Es passt zu dir.« Er drückte mir einen sanften Kuss auf die Stirn. Es war kein echter Kuss, eher ein leichter Druck seiner Lippen auf meiner Haut, federleicht, und doch fühlte es sich seltsam intim an.

Er richtete sich auf. Ich runzelte die Stirn. Er grinste.

»Bis dann, Bücherlady.«

»Also dann.« Und ohne mich zu bewegen, sah ich zu, wie er zurück zu seinem Truck ging und davonfuhr.

KAPITEL ZWEIUNDZWANZIG

Kennst du dich hier aus?
Kannst du mir den Weg zu deinem Herzen zeigen?

AARON Q.

Am nächsten Morgen saß Mama bereits angezogen am Küchentisch, wo eine Schüssel dampfendes Apfel-Zimt-Porridge (mein Lieblingsfrühstück) auf mich wartete. Ich setzte mich ihr gegenüber, während sie an ihrem Kaffee nippte und mich lächelnd über den Rand ihrer Tasse hinweg beobachtete.

»Was?«, fragte ich. »Habe ich etwas im Gesicht?«

»Nein, mein Schatz. Du siehst toll aus. Ist das ein neues T-Shirt?«

Ich sah an mir herab und runzelte die Stirn. Das war kein neues T-Shirt. Es war ein T-Shirt, das ich dauernd trug. Mein *Bibliothekarinnen sind genau wie normale Menschen, nur cooler*-Shirt. »Nein, das ist nicht neu.«

Sie nickte und stellte ihre Kaffeetasse ab.

Vorsichtig schob ich mir einen Löffel Porridge in den Mund.

Mama stützte das Kinn in die Hände. »Na, wie war dein Date? Wie war der Gutenachtkuss? Kriege ich die Details?«

»Mama! Ich dachte, das war Iris am Fenster!«

Sie grinste. »Nein, das war ich.«

»Wirklich? Kann ich kein einziges Geheimnis für mich behalten?«

Sie legte den Kopf schief und sah mich aus zusammengekniffenen Augen an. »Maebell, du hast vermutlich mehr Geheimnisse, als ich es mir je ausmalen könnte.«

Ohne ihr in die Augen zu sehen, stand ich auf. War ich mit dem Porridge fertig? Nein. War ich mit dieser Unterhaltung fertig? Allerdings. Ich musste hier weg, ehe sie begann, mir die besagten Geheimnisse zu entlocken.

Aus gutem Grund. Ich machte das alles aus gutem Grund. Mae, vergiss das nicht.

Ich beugte mich zu ihr herab und küsste sie auf den Scheitel. »Hab einen schönen Tag. Ich weiß noch nicht, ob ich nach der Arbeit gleich nach Hause komme. Ich melde mich später. Kommt Sue vorbei?«

»Natürlich, mein Schatz.« Ich hatte es schon fast aus der Küche geschafft, als sie noch etwas hinterherschob. Der spielerische Tonfall war aus ihrer Stimme gewichen. »Hast du deinen Vater schon angerufen?«

Der Knoten in meinem Magen zog sich noch enger zusammen. »Nein.«

»Bitte, Mae. Ruf ihn einfach an.«

Ich nickte seufzend und machte mich dann auf den Weg zur Arbeit.

»Willst du, dass ich ihn anrufe?«, fragte Ali. »Um zu sehen, ob er rangeht? Ich könnte so tun, als wäre ich von der Autoversicherung.«

»Ha. Ha.« Ich ließ den Kopf auf den Tisch sinken. Heute aßen wir im Hinterzimmer der Bibliothek zu Mittag. »Das Ganze ist echt nicht lustig.«

Ali drückte meinen Arm. »Ich weiß. Tut mir leid, dass ich mich darüber lustig mache. Und das mit der Versicherung? So ein schlechter Witz. Daran muss ich arbeiten.«

Ich biss in mein Erdnussbuttersandwich. »Ich will weder mit ihm reden, noch ihn jemals wiedersehen. Aber ich will auch nicht, dass Iris traurig ist, wenn er nicht kommt.«

Das war an der ganzen Sache vermutlich am schlimmsten: dass Iris am Boden zerstört sein würde. Ich hasste meinen Vater, und dass er uns wieder und wieder in diese Situation brachte. Jahrelang hatten Mama und ich Dads Versäumnisse und seine gebrochenen Versprechen vertuscht. Wir hatten uns Entschuldigungen ausgedacht und versucht, von seiner Abwesenheit abzulenken. Das war vielleicht der falsche Weg gewesen, aber es war schwer, einer Sechsjährigen in die Augen zu sehen und ihr zu erklären, dass ihr Vater nicht wie versprochen vorbeikommen würde, weil er wegen gefälschter Lottoscheine verhaftet worden war.

Ich rieb mir die Brust, auf der ein schwerer Druck lastete. Er verging nie ganz. Ich hatte gelernt, mit der dauernden Sorge zu leben. Meistens war sie aushaltbar. Manchmal wurde sie so schwer, dass es sich wie eine körperliche Beschwerde anfühlte. Ich hatte mit Ali nie über meine Angst geredet, aber sie kannte mich schon lange, und sie kannte die Anzeichen. Wie immer tat sie alles, um mich aufzumuntern.

Sie stand auf und begann, wie eine Boxerin hin und her zu hüpfen. »Du schaffst das.« Sie sprang hinter mich und rieb mir die Schultern. »Du rufst da an und gibst alles. Denn wer bist du?«

»Mae«, murmelte ich und unterdrückte ein Lächeln.

»Lauter. Komm schon!«

»Mae Sampson.«

»Genau das meine ich!« Sie baute sich wieder vor mir auf und boxte bei jedem Wort ein paar Mal in die Luft. »Und. Was. Bist. Du?«

»Ich bin Bibliothekarin?«

»Selbstbewusster!«

»Ich bin Bibliothekarin!«, rief ich und lachte dabei.

»Nicht einfach irgendeine Bibliothekarin! Du bist die krasseste Bibliothekarin von Two Harts, Texas. Bücher sind deine Superkraft! Kinder wollen du sein, wenn sie groß sind! So ein dummer Anruf kann dich nicht kleinkriegen!«

»Du bist wirklich weird. Ich hab dich lieb.«

»Ich weiß.« Ali grinste. Sie hielt mir mein Handy hin. »Jetzt ruf den Mann an.«

Seufzend wählte ich seine Nummer. Es klingelte. Ich biss mir mit pochendem Herzen auf die Lippe. Aber dann klingelte und klingelte es, und eine automatische Ansage verkündete, dass ich die Mailbox erreicht hatte.

Ich hinterließ keine Nachricht.

KAPITEL DREIUNDZWANZIG

Diese Unterhaltung fand statt, als wir etwa zwei Wochen zusammen waren, aber sie ist immer noch gut: Mein jetziger Ehemann fragte mich während eines Dates, was ich essen wollte. Ich antwortete, dass ich in jedem Restaurant etwas finden würde. Darauf antwortete er: »Weißt du, du bist das leichteste Mädchen, mit dem ich jemals ausgegangen bin.«

J. L. T.

»Alles klar, Leute«, begrüßte ich den Ausschuss zur Rettung der Bibliothek, der um mehrere Tische verteilt im kleinen Konferenzraum saß. »Wir wissen alle, was Sache ist. Der Bibliothek droht eine noch stärkere Kürzung der Fördermittel.«

Als ich das Treffen angekündigt hatte, war mir nicht ganz klar gewesen, mit wem zu rechnen wäre. Aber fünf Leute und ein Hund waren pünktlich erschienen.

»Es ist eine Schande!«, rief Horace Otismeyer, der als pensionierter Lokführer eine Schwäche für Urban Fantasy hatte. »Daran ist allein dieser Peter Stone schuld.«

»Nun ja, es ist nicht direkt Peters Schuld«, warf Melinda

Douglas ein. »Er setzt sich nur dafür ein, dass unsere kleine Stadt wächst.«

Als Peters Großtante war Melinda vertraglich dazu verpflichtet, solche Aussagen zu treffen.

Das verstand der Ausschuss als Aufforderung, über Peters zweifelhafte Vorzüge und seine Pläne für Two Harts zu diskutieren. Stanley, Abel Sanchez' Mischlingshund (halb Terrier, halb Flokati), rutschte auf dem Bauch zu mir herüber und sah aus großen, traurigen braunen Augen zu mir auf.

»Ja, ich weiß. Ich mag es auch nicht, wenn sie alle gleichzeitig reden«, sagte ich.

Stanley stimmte mir mit einem halben Bellen zu und ließ sich dann auf die Seite fallen. Er war nicht gestorben oder so. Nur faul.

»Können wir uns bitte wieder auf unser Thema konzentrieren?«, rief ich.

Mrs. Katz, die in der sechsten Klasse meine Lehrerin gewesen war, sah mich scharf an. »Also wirklich, Mae. Musst du so schreien?«

Ich biss mir auf die Lippe und flehte Gott um Geduld an. »Wir brauchen einen Plan. Die Schwierigkeiten, in denen die Bibliothek steckt, erledigen sich nicht von selbst.«

»Stimmt es, dass Stone das Budget um einhunderttausend Dollar kürzen will?«, fragte Saylor Bridges, die zwei kleine Kinder hatte. Sie war außerdem das jüngste Mitglied des Komitees. Um Jahrzehnte.

»Das habe ich auch gehört«, stimmte Horace zu. »Einhunderttausend Dollar sind eine ganz schöne Stange Geld.«

So viel war auch eine falsche Verlobung wert, tatsächlich.

»Mit den Kürzungen vom letzten Jahr und dem neuen Budgetplan kommt das ungefähr hin«, sagte ich. »Für die Bibliothek ist es eine Katastrophe, wenn dieser neue Haushalt vom Stadtrat verabschiedet wird.«

»Was sollen wir nur tun?«, fragte jemand.

»Um das herauszufinden, sind wir alle hier«, sagte ich.

»Wir wär's, wenn wir die Stadträte zusammentreiben und ihnen gehörig die Meinung geigen?«, schlug Sarah Ellis vor, die an guten Tagen knapp vierzig Kilo auf die Waage brachte und mit ihren weißen Locken, den Gesundheitsschuhen und der Perlenkette unser ältestes Mitglied war.

»Der Stadtrat macht, was Peter sagt.« Horace schlug mit der Faust in die Handfläche. »Vielleicht könnten wir Peter vermöbeln.«

»Meine Güte, Horace«, seufzte Mrs. Katz. Horace und Mrs. Katz verstanden sich etwa so gut wie Öl und Wasser. Wenn das Öl eine bissige berentete Lehrerin und das Wasser ein schrulliger alter Mann mit zu viel Freizeit war.

Abel Sanchez, normalerweise ein stiller Zuschauer, meldete sich zu Wort. »Mein Sohn kennt da jemanden.«

»Ich denke, wir sollten von allem Illegalen absehen«, sagte ich, obwohl mir diese Idee insgeheim ausgezeichnet erschien.

Mrs. Katz hob die Hand (alte Lehrerinnen-Gewohnheit) und wartete, bis ich sie aufrief. »Zu meiner Zeit haben wir mit stillen Versteigerungen Geld gesammelt. Wir haben örtliche Unternehmen um Spenden gebeten und die Leute dann darum bieten lassen. Die Hauptgewinne waren natürlich immer die, die einen Mann beinhalteten.«

Ich verschluckte mich. »Bitte was?«, hustete ich.

»Vor Jahrzehnten fing es mit einer Mittagsauktion an. Die Damen bereiteten Lunchkörbe vor, die dann zusammen mit der

Gesellschaft der Frau, die sie zubereitet hatte, versteigert wurden. Aber es hat sich herausgestellt, dass Frauen besser darin sind, um Männer zu kämpfen.«

»Das klingt ein bisschen sexistisch«, bemerkte ich.

»Aber es ist wahr. Einmal gab es einen vierseitigen Bieterinnenkampf um einen Mann, der mit einer Spende von über fünftausend Dollar endete.«

Ich unterdrückte ein Lachen. »Also, wie genau funktionierte das?«

»Ein Mann hat sich zur Verfügung gestellt …«

»Oder wurde zur Verfügung gestellt«, warf Horace mit hängenden Schultern ein, als wäre er selbst davon betroffen gewesen.

»Ein Gentleman bot eine Fertigkeit oder Dienstleistung an.« Mrs. Katz schlenderte nach vorn und baute sich vor uns auf. »So was wie drei Stunden Handwerkerarbeit oder ein hausgemachtes Essen von Juan Fernandez. Der Mann machte die besten Fajitas. Es war auch eine wahre Freude, ihm beim Kochen zuzusehen.«

»Natürlich mochtest du seine Fajitas«, murmelte Horace.

Mrs. Katz warf ihm einen vernichtenden Blick zu.

Sarah nickte. »Erinnert ihr euch, als Joe Price vor Jahren der Hauptgewinn war?«

Dazu sollte man wissen: Joe Price war weit über siebzig, steckte immer in Arbeitsoveralls und war stets mit einer Schicht Schmieröl bedeckt, weil er eine Autowerkstatt betrieb.

»Das tue ich, ja.« Melinda seufzte. »Er war für seine Fingerfertigkeit bekannt.«

»Natürlich standen die Qualitäten der Männer im Vordergrund.« Mrs. Katz nahm Horace ins Visier. »Stimmt doch, oder, Horace?«

»Was soll das heißen?«, wollte er wissen.

Mrs. Katz hob eine Augenbraue. »Ach, ich weiß auch nicht. Ich meine mich zu erinnern, dass nicht alle Angebote gleich begehrt waren.«

»Nur, weil sich niemand für das wirklich spannende Thema interessierte ...«

Mrs. Katz lachte laut auf. »Das spannende Thema? Die Geschichte der Eisenbahnschienen in Texas?«

»... heißt das nicht, dass die Qualitäten des zugehörigen Mannes nicht vorhanden gewesen wären.«

»Wenn du meinst.«

Er verschränkte die Arme. »In der Tat.«

Stanley winselte und bedeckte seine Augen mit einer Pfote. Ich hätte nur zu gern das Gleiche getan.

»Dann ist das also entschieden?«, fragte ich, ehe Mrs. Katz etwas erwidern konnte. »Wir veranstalten eine stille Auktion.«

Horace runzelte die Stirn. »Vielleicht könnten wir dafür ein paar Regeln aufstellen? Mindestgebote und so?«

Mrs. Katz schnaubte. »Ja, und Regeln für die gespendeten Dinge. Zum Beispiel nichts, was mit Zügen zu tun hat.«

Horace funkelte sie wütend an.

Obwohl wir nicht offiziell darüber abstimmten, schienen alle einverstanden zu sein.

»Vermutlich wird es wieder der übliche Fleischmarkt«, grummelte Horace.

»Kopf hoch, Horace«, sagte Sarah. »Vielleicht bietet diesmal jemand mehr als zwanzig Dollar für dich.«

KAPITEL VIERUNDZWANZIG

War das gerade ein Erdbeben,
oder bringst du meine Welt so zum Beben?

JASON A.

Traumtyp: Entschuldigung, aber in welcher Bibliothek muss ich mich anmelden, um dich ausleihen zu dürfen?

Ich: UFF.

Traumtyp: Was machst du heute nach der Arbeit? Denn es wäre »Verbrechen und Strafe«, wenn du mich nicht mit dir ausgehen lassen würdest.

Ich: Ich denke, ich muss mich erst mal von diesen miserablen Anmachsprüchen erholen. Wow. Einfach wow.

Traumtyp: Ich habe so lange darauf gewartet, diese Sprüche endlich loszuwerden. Fühlt sich richtig gut an. Ich hole dich um halb sechs in der Bibliothek ab, ja?

Ich: Passt.

Traumtyp: It's a date.

»Also, wohin entführst du mich mit?«, fragte ich, als ich die Tür der Bibliothek hinter mir zuschloss.

Chris setzte eine verspiegelte Sonnenbrille auf. »Auf einen Spaziergang.«

Ich nahm meine Handtasche und deutete mit der anderen Hand vor uns. »Alles klar, dann mal los.«

Die Sonne schien mir warm auf den Rücken, als wir in Richtung des Stadtzentrums von Two Harts schlenderten. Der April war, was das Wetter anging, ein ziemliches Wechselbad der Gefühle gewesen. An manchen Tagen liefen die Temperaturen Gefahr, fast fünfunddreißig Grad zu erreichen. Aber nicht heute. Heute war es warm, aber nicht heiß, und eine Brise spielte mit meinem Haar. Der perfekte Tag für einen Spaziergang.

Und um bemerkt zu werden.

Joel Reading, dem die einzige Änderungsschneiderei der Stadt gehörte, erstarrte, als wir vorbeigingen. Silvia Salas, die liebend gern Horrorgeschichten las, lächelte breit und grüßte uns laut. Mehrere Mädchen, die vor einer Eisdiele saßen, starrten uns an, als wir an ihnen vorbeikamen. Chris winkte, und sie fingen an zu kichern. Eine ließ ihre Waffel fallen.

Ich lachte und stieß ihn mit der Schulter an. »Da hat aber jemand einen Fanclub.«

»Neidisch?«

Ich grinste. »Na klar.«

Der größte Teil des malerischen kleinen Marktplatzes von Two Harts war darauf ausgelegt, Wochenendausflügler aus

Houston anzulocken. Ihn umgaben eine Reihe unterschiedlicher Antiquitätenläden, ein paar Cafés und hochpreisige Boutiquen, in denen es sich niemand aus dem Ort leisten konnte einzukaufen, und die daher regelmäßig Namen und Besitzer wechselten. Dazwischen verstreut befanden sich die Institutionen des alltäglichen Bedarfs wie ein winziges, altmodisches Postamt, und das größere, aber nicht weniger altmodische Rathaus.

Und dann war da noch die größte Attraktion: Stones Pizzeria (wie in Peter Stone – es war sein Familienname), ein riesiges, frisch renoviertes Backsteingebäude. Am Freeway warb eine überdimensionale Werbetafel für ihre berühmt-berüchtigte scharfe Texmex-Pizza. Ich weigerte mich aus Prinzip hineinzugehen.

»Ist hier jemals etwas los?«, fragte Chris.

»Am Gründertagswochenende im Sommer ist immer viel los. Und an den meisten Wochenenden kommen Leute zum Einkaufen. Aber normalerweise ist es ziemlich ruhig.«

Eine Frau, die mir bekannt vorkam, starrte von der anderen Straßenseite zu uns herüber. Ich winkte. Chris drehte sich zu mir um und nahm meine Hand. Seine Handfläche war warm und trocken und sehr groß.

»Kuss-Klausel«, erklärte er.

Ich schluckte. »Natürlich.«

»Piper sagt, dass es schon ein Foto von uns irgendwo im Internet gibt.«

»Wirklich?«

Er nickte. »Vom Taco-Truck.«

»Bevor oder nachdem du wegen der Chili-Soße wie ein Baby geheult hast?«

»Ich habe nicht geheult«, erklärte er mit gespielter Empörung.

»Wenn du meinst.«

Er schnaubte und hielt dann vor *Bookmarks* an, der kleinen, alten Secondhand-Buchhandlung.

»Ich dachte, wir könnten uns überlegen, was wir als Nächstes im Buchclub lesen wollen.« Das Glöckchen klingelte, als Chris mir die Tür aufhielt. »Nach dir.«

Mich umgab augenblicklich der beruhigende Geruch von verstaubten, gebrauchten Büchern und etwas, für das es kein Wort gab – diese reine, liebliche Buchessenz, die Bücherliebhaberinnen auf der ganzen Welt kennen und schätzen.

»Maebell, dich habe ich schon lange nicht mehr hier gesehen«, sagte Miss Linda, die hinter der langen, unordentlichen Theke im hinteren Teil des Ladens stand. Sie war eine rundliche Frau mit einem ansteckenden Lachen und einer Vorliebe für knallbunte Lesebrillen. Das heutige Modell war orange und großzügig mit glitzernden Kristallen besetzt. »Chris! Schön, dich wiederzusehen.«

»Ihr kennt euch?«

Chris nahm die Sonnenbrille ab und steckte sie in den Kragen seines Shirts. »Ich war schon ein paar Mal hier.«

»Mehr als das«, sagte Miss Linda. »Er allein ist der Grund, warum ich nicht pleite gehe.«

Chris lief rot an und zog den Kopf auf seine charmante, *schüchterner-sexy-Farmer-von-nebenan*-Art ein. Natürlich sah er dabei unverschämt süß aus. »Ich lese einfach gern.«

Ach du meine Güte. Vermutlich war der Schlafmangel schuld daran, dass mir langsam das Gehirn abstarb. *Süß?*

»Ich komme hauptsächlich her, um mir die Geschichten über deine Zeit in der Buchhandlung anzuhören, die Linda erzählt«, erklärte er.

»Nur gute, mach dir keine Sorgen.« Miss Linda lachte. »Na ja, außer das eine Mal, die Sache mit der Polizei. Aber wir standen alle hinter dir, Mae. Dieser Mann hat es verdient, dass du ihm *Das Haus am See* an den Kopf geworfen hast. Er sollte seinem Schutzengel dafür danken, dass du ihn nicht mit den russischen Klassikern erwischt hast.«

»Ich passe wohl besser auf, was ich sage, solange ich mich in der Nähe von dir und schweren Büchern befinde«, sagte Chris ernst, aber seine Augen funkelten.

»Ich warne dich.« Ich stieß ihm den Ellbogen in die Rippen, und obwohl er aufstöhnte, war mir klar, dass es mir mehr wehgetan hatte als ihm.

Er legte mir eine Hand auf den Rücken und führte mich durch die Regalreihen, bis wir in der Romance-Abteilung ankamen. »Such dir ein Buch aus.«

»Schon wieder Romance?«, fragte ich. »Wir könnten uns auch für etwas anderes entscheiden. Wie wäre es mit einer Biographie, oder gutem Horror?«

»Es scheint so, als hätte ich ein Faible für schöne Liebesgeschichten.«

Ich räusperte mich und zog, ohne hinzusehen, ein Buch aus dem Regal. »Alles klar. Hier hätten wir eine.«

»*Bauer sucht Frau: Auch alleinerziehende Amisch-Väter verdienen Liebe*?« Mit schmalen Lippen drehte Chris das Buch um. »Josiah Smucker ist ein hart arbeitender Witwer mit sechs neugierigen Kindern. Sarah Olsen ist eine schlagfertige, alleinstehende Engländerin. Werden die beiden den Widrigkeiten trotzen, wenn Josiah beschließt, dass es an der Zeit ist, sich eine neue Frau zu suchen?« Er warf mir einen skeptischen Blick zu.

»Was stimmt nicht mit einer guten Liebesgeschichte bei den Amisch?« Das Buch klang furchtbar, aber das würde ich nicht zugeben. »Auch die Amisch verdienen Liebe.«

Mit einem mitfühlenden Nicken schob er das Buch zurück ins Regal. »Das stimmt, aber ich glaube nicht, dass ich jetzt gerade ein Buch darüber lesen möchte.«

»Na gut. Such du eins aus.«

Er rieb sich die Hände. »Ich hatte gehofft, dass du das sagen würdest.«

Während Chris das Regal musterte, betrachtete ich ihn. Heute trug er keine Baseballkappe, und sein dunkles Haar lockte sich um den Kragen seines Hemds und um seine Ohren – er hatte wirklich dringend einen Haarschnitt nötig. Sein T-Shirt sah aus, als wäre es eine Million Mal gewaschen worden und hätte nun diesen perfekten, unnachahmlichen Weichheitsgrad erreicht. In diesem Moment spannte es sich über seinem Rücken, schmiegte sich an seinen Bauch, und obwohl es nicht besonders eng war, ließen sich seine Muskeln ausmachen, als er die Regale durchstöberte. Ich spürte ein Flattern in der Magengegend. Wer brauchte schon Feuerwehrmänner, wenn es heiße Typen mit Büchern gab … wo blieb eigentlich *dieser* Kalender?

Ja, ich war erbärmlich.

»Dieses hier«, verkündete er triumphierend. »Es gibt sogar zwei Exemplare.«

»Zeig her.«

»Nope. Es ist eine Überraschung.«

»Aber …«

»Ich sagte: Überraschung.«

Ich funkelte ihn an und stürzte mich dann auf das Buch in seiner Hand. Das lief jedoch nicht ganz so, wie ich es mir vorgestellt hatte. Anstelle eines schnellen, verstohlenen Beutezugs brachte mich die Bewegung aus dem Gleichgewicht.

Chris fing mich mit seiner freien Hand auf und drückte mich dabei an sich. Er schwankte nicht, wich nicht zurück, bewegte sich keinen Zentimeter. Er war standfest wie ein Baum. Und ungefähr genauso groß. Es war eine Reizüberflutung ersten Grades. Starke Arme, ein fester Körper, diese *sehr beweglichen Daumen.* Mein Gehirn erlitt einen Kurzschluss, und Hitze schoss mir von der Brust über den Hals bis in die Wangen. Und dafür war nicht nur meine Verlegenheit verantwortlich.

Ich sollte mich bewegen, aber das tat ich nicht. Dafür fühlte es sich viel zu gut an. Als wäre ich in eine frisch gewaschene, duftende Kuscheldecke gehüllt.

Und genau deswegen sollte ich mich *dringend* wegbewegen.

Er war so groß, dass ich den Kopf in den Nacken legen musste, um ihn anzusehen. Er blinzelte langsam und mit schweren Lidern und sah mich aus seinen honigfarbenen Augen an. Aber er lächelte nicht. Er sah beinahe verwirrt aus.

»Tut mir leid. Lass mich einfach …« Ich versuchte, ihn mit den Händen wegzuschieben. Dabei spürte ich, wie sein Herz unter meiner Handfläche pochte. Ich drückte sanft gegen seine Brust, aber er wich nicht zurück, und seine Brust gab nicht nach. Sein Arm hielt mich umschlungen. Ich steckte fest. »Chris?«

Er bewegte sich keinen Zentimeter und starrte mich einfach weiter an. Sein Blick war inzwischen neugierig, aufmerksam. Irgendetwas ging in ihm vor, das mich … verunsicherte.

Also kniff ich ihn. Oder versuchte es zumindest. Kneifen erforderte ein zusätzliches bisschen Speck, mit dem sich etwas anfangen ließ.

»Lässt du mich jetzt los?«, fragte ich irritiert.

Er öffnete den Mund, wie um zu antworten (vermutlich in einem flirtenden und absolut nervenaufreibenden Ton), aber stattdessen runzelte er die Stirn. Eine Locke fiel ihm vors Auge, und ich hatte das seltsame Bedürfnis, sie beiseitezustreichen.

»Ach, sieh mal einer an. Genau dich habe ich gesucht«, verkündete eine viel zu laute Stimme am anderen Ende des Ganges. »Macht ruhig weiter, ich will euch nicht stören.«

Peter.

»Na super«, murmelte ich und versuchte noch einmal, mich aufzurichten.

Aber zu meiner Überraschung zog Chris mich noch näher an sich heran, eine Hand an meiner Taille. Mit seinem gewohnt breiten Lächeln drehte er sich zu Peter um. »Sorry, ich glaube, du hast uns da gerade bei einem *Moment* erwischt.«

»Ich war auf der Suche nach Mae. Hatte gehofft, sie in der Bibliothek zu finden, aber wie ich sehe, hat sie heute Abend schon etwas vor.« Peter wippte vor und zurück. Er wirkte nicht unangenehm berührt, nur ein bisschen irritiert. »Ich wusste nicht, dass ihr beiden befreundet seid.«

Chris grinste. »Genau, *befreundet*.«

Die Art, wie er dieses Wort betonte, kam einem Zwinkern gleich.

Einen Moment lang schien Peter zu verunsichert, um etwas zu sagen. Dann riss er sich zusammen und kam zur Sache. »Mae, wie ich weiß, ist es eine schwierige Situation für dich, dass du deiner Bibliotheksassistentin kündigen musstest.«

Ich richtete mich auf, aber Chris hielt meine Hand fest, was mich sowohl verwirrte als auch beruhigte.

War das wirklich gerade mein Leben?

»Ich glaube, du meinst, dass du das Bibliotheksbudget so weit gekürzt hast, dass mir keine andere Wahl blieb, als meiner Assistentin zu kündigen. Aber sprich ruhig weiter.«

»Ich habe dein Problem gelöst.« Er lächelte freundlich, und ich erschauderte instinktiv.

»Das du verursacht hast.« Ich wedelte ungeduldig mit der Hand. »Wie genau hast du mein Problem gelöst?«

»Es gibt da einen jungen Mann in der Highschool, der auf der Suche nach, nun ja, Freiwilligenarbeit ist, und ich dachte, das könnte passen. Ich habe gehört, dass er gut mit Computern umgehen kann.«

»Freiwilligenarbeit?«, fragte ich, während ich noch auf der Suche nach dem Haken and der Sache war. Peter würde mir so etwas niemals ohne Grund anbieten. Es war genau wie damals in unserer Beziehung. Er war der Typ, der immer eine Gegenleistung erwartete. Wenn er mir etwas schenkte, auch wenn es nur eine Kleinigkeit war, wollte er im Gegenzug auch etwas.

Vermutlich war er schon immer dazu bestimmt, Politiker zu werden.

»Genau. Er wird sich am Montag bei dir melden. Klingt doch gut, oder?«

Ja, und genau das war das Problem. Es konnte nur eines bedeuten: Da gab es etwas, das er mir verschwieg. »Wie heißt der Junge?«

»Aidan Bustos.«

Ich kniff die Augen zusammen. »Ist er irgendwie mit Carmen Bustos verwandt?«

Carmen besaß einige Wäschereien in der Gegend. Außerdem war sie Mitglied im Stadtrat.

»Aidan ist ihr Neffe. Er ist zu ihr gezogen, um hier das Schuljahr zu beenden.«

»Komisch, vor allem, wenn es sein letztes Jahr ist«, bemerkte Chris. Ich sah erstaunt zu ihm auf. Ich hatte fast vergessen, dass ich quasi an ihm dranhing.

Ich deutete mit dem Daumen auf ihn. »Was er sagte.«

Peter zerrte geistesabwesend am Kragen seines Hemds. »Er hat einen Ortswechsel gebraucht.«

Chris ließ meine Hand los, verschränkte die Arme und wandte sich Peter mit schmalen Lippen zu. Er sah aus, als hätte er seine *Footballspieler, der nebenberuflich bei der Kripo arbeitet und Peters Lügen hundert Kilometer gegen den Wind riechen kann*-Haltung eingenommen. Sie stand ihm gut.

Ich versuchte, seine Ausstrahlung nachzuahmen. »Raus damit, Peter. Was verheimlichst du mir?«

»Ich sage die Wahrheit. Er braucht Sozialstunden, die er vom Gericht auferlegt bekommen hat.«

»Du schickst mir einen jugendlichen Straftäter als Bibliotheksassistenten?«, fauchte ich.

Peter richtete sich auf und schaffte es irgendwie noch, verdammt selbstgefällig dabei auszusehen. »Gern geschehen.«

KAPITEL FÜNFUNDZWANZIG

Du musst der wahre Grund für
die Erderwärmung sein.

JULIA B.

Am nächsten Morgen wachte ich auf, weil Iris auf meinem Bett saß und mich anstarrte. Um diese Uhrzeit war das ein bisschen verstörend. Einen Augenblick war ich mir nicht sicher, ob ich noch träumte.

»Hi?« Ich rieb mir den Schlaf aus den Augen und suchte auf dem Nachttisch nach meiner Brille.

Meine Schwester stupste mich an. »Rutsch rüber.«

Ich setzte die Brille auf und starrte sie einen Moment lang an. »Warum?«

»Weil ich mich hinlegen will. Meine Güte, warum musst du immer alles kompliziert machen?«

Ich schob mich langsam zur Seite. Nur keine plötzlichen Bewegungen. Ich durfte sie nicht verschrecken. »Okay?«

Sie kuschelte sich neben mich unter die Decke und verschränkte die Hände hinter dem Kopf.

»Ist alles in Ordnung?«, fragte ich.

»Ich überlege, ob ich zu meiner natürlichen Haarfarbe zurückkehren sollte«, verkündete sie und hielt eine ihrer schwarzgefärbten Haarsträhnen empor.

»Oha.« Vielleicht schlief ich tatsächlich noch. Oder war in einem Paralleluniversum gelandet? War ich gestorben? Hatte sie es endlich geschafft, mich in einen Vampir zu verwandeln?

»Ich meine, irgendwie wird das Schwarz langsam langweilig, und vielleicht brauche ich eine Veränderung, weißt du?«

»Ja, sicher.« Ich musste um jeden Preis desinteressiert wirken, sonst erschreckte sie sich, und dieser süße, schwesterliche Moment würde zerplatzen und niemals wieder passieren.

»Ich geh ja nächstes Jahr aufs College und so.«

»Jap.« Sprich weiter. Bitte hör nicht auf. Früher hatte Iris viel mit mir geredet. Sie war eine regelrechte Quasselstrippe gewesen.

Ein weiterer langer Moment der Stille.

»Wie war dein Date mit dem Footballspieler?«, wollte sie wissen. Sie drehte sich zu mir um und stützte den Kopf auf die Hände.

»Es war schön.« Das war noch nicht mal gelogen. Es hatte Spaß gemacht. Zumindest, bis Peter es ruiniert hatte. Ich dachte ernsthaft darüber nach, Ali auf ihn anzusetzen. Er hatte es verdient. Und das erinnerte mich an etwas. »Hey, gibt es bei dir in der Schule jemanden namens Aidan Bustos? Er ist neu im Abschlussjahr.«

Sie zuckte mit den Schultern. »Kenne ich nicht.«

Stille. Aber jetzt starrte sie mich an. Unser vertrautes Schwesterngespräch war inzwischen einfach nur noch seltsam.

Ich räusperte mich. »Gibt es noch etwas, worüber du reden willst?«

»Hast du von Dad gehört?«, platzte sie heraus. »Ich habe ihm ein paar Nachrichten hinterlassen, aber dann habe ich mich gefragt, ob sie vielleicht aus Versehen gelöscht wurden und er sich deswegen nicht bei mir meldet …« Sie verstummte, aber in ihren Augen leuchtete die Hoffnung.

Stöhnend hielt ich mir die Augen zu. »Ich habe ihn angerufen. Er ist nicht drangegangen.«

Sie seufzte. »Ja, ich versteh schon.«

Bei ihrem vorsichtig hoffnungsvollen Tonfall zog sich mir das Herz zusammen. Ich setzte mich auf und sah sie an. »Du weißt, dass Dad manchmal schwer zu erreichen ist.«

Das war die Untertreibung des Jahrhunderts.

Sie zuckte mit den Schultern und kratzte an ihrem schwarzen Nagellack herum. »Ich weiß. Ich dachte nur, weil es meine Abschlussfeier und eine große Sache ist.«

»Ich will nicht, dass er dich enttäuscht.«

Sie sah mich finster an. »Also bitte. Ich bin praktisch erwachsen.«

Ich schluckte ein bitteres Lachen herunter. Jemand musste ihr mal sagen, dass man auch im Erwachsenenalter nicht vor schweren Enttäuschungen verschont blieb. »Ich werde es weiter versuchen, okay?«

KAPITEL SECHSUNDZWANZIG

Mir gefällt dein T-Shirt. Auf dem Boden neben meinem Bett würde es mir noch besser gefallen.

LEANNE P. T.

Traumtyp: Darf ich dich mit einem Textmarker markieren?

Ich: Warum?

Traumtyp: Weil du mir wichtig bist.

Ich: Wow.

Traumtyp: Ich weiß doch, dass es dir gefällt.

Ich: Warum nervst du mich?

Traumtyp: Weil ich weiß, wie sehr du mich vermisst.

Ich: Wir haben vor zwei Stunden gemeinsam zu Mittag gegessen.

Traumtyp: Du musst es nicht zugeben. Tief in meinem Herzen weiß ich es ja.

Ich: Was willst du von mir?

Traumtyp: Ich habe eine Frage.

Ich:???

Traumtyp: Wie siehst du im Kostüm aus?

Ich: Warum?

»Das hatte ich nicht erwartet, als du von einem Kostüm sprachst.«

Chris lachte laut und ein wenig gemein. »Ich finde, du siehst heiß aus.«

»Ja, weil mir heiß *ist.*« Ich versuchte, mir den Schweiß mit einer gigantischen Pfote von der Stirn zu wischen. Das half nicht. »In diesem Ding herrschen etwa eine Million Grad.«

Nicht mal in meinen kühnsten Träumen hätte ich daran gedacht, am Donnerstagabend in einem Kaninchenkostüm im Kinderkrankenhaus von Houston aufzutauchen. Es war auch nicht gerade ein sexy Kostümchen mit Hasenohren und einem kleinen Stummelschwanz. Das hier war eine Verkleidung von Kopf bis Fuß, von der Spitze der sehr langen Ohren bis zu den übergroßen Hasenfüßen. Dazwischen befand sich ein runder, flauschiger Körper, der von einem gepunkteten rosa Kleid bedeckt war. Meine Großmutter wäre stolz auf mich.

Chris rückte meine Kaninchennase mit den kilometerlangen

Schnurrhaaren zurecht. Dann trat er einen Schritt zurück und begutachtete mich. »Ich finde, du verkörperst Harriet den Herz-Hasen haargenau.«

Harriet der Herz-Hase war das Maskottchen des *Children's Heart Fund*, und tauchte deswegen bei sämtlichen Veranstaltungen auf. Normalerweise steckte eine Frau namens Molly im Kostüm, aber sie war krank. Also war ich eingesprungen.

Wurde eingesprungen? So was in der Art.

»Ich denke, ich bin so weit.« Ich machte einen Schritt nach vorn und wäre beinahe umgekippt.

»Aufgepasst!« Chris stützte mich, indem er sich bei mir unterhakte. »Wir wollen ja nicht, dass es so wirkt, als hätte Harriet den ganzen Tag lang Margaritas gepichelt. Du hältst dich an mir fest, und wir drehen unsere Runde.«

»Du hast leicht reden«, grummelte ich. Dann zuckte ich zusammen, als einer meiner überdimensionalen Füße laut auf dem Krankenhauslaminat aufschlug.

Chris führte mich mit einem leisen Lachen den in hellen Tönen gestrichenen Krankenhausflur entlang in einen Raum, den das Personal das Spielzimmer nannte. Dabei erklärte er mir, dass wir hier in der Abteilung für Kinder mit Herzproblemen waren. Viele von ihnen kamen immer wieder und blieben oft wochenlang.

»Chris«, begrüßte uns eine Frau, die Jeans, ein Elmo-T-Shirt und rote Chucks trug. Um ihren Hals baumelte ein Mitarbeiterinnenausweis. »Schön, dass du da bist.«

»Hey, Dr. C.« Er hob die Hand. »Coole Schuhe.«

Sie grinste und gab ihm ein High Five, als wir an ihr vorbeigingen.

»Sie ist Herz-Thorax-Chirurgin. Einmal durfte ich zusehen,

wie sie einen Stent eingesetzt hat. Mit Erlaubnis der Familie natürlich. Das war unglaublich.«

»Das kam in der Prüfung für das Chirurgie-Abzeichen also nicht vor?«

»Haha, sehr lustig. Können wir uns ein bisschen beeilen? Ich würde die Kinder gern sehen, bevor sie mit der Highschool fertig sind.«

»Also entschuldige mal. Ich habe das Gefühl, ich stecke in einer wandelnden Dreihundert-Kilo-Sauna.« Ich schlug nach einem der Ohren, die mir vor der Nase baumelten. »Ich darf leider nicht in Footballtrikot und Shorts herumlaufen.«

Und darin auch noch umwerfend aussehen. Der Arsch.

Wir kamen an einigen Krankenschwestern vorbei, die uns begrüßten, an einer Mutter, die gerade aus einem Zimmer kam und Chris umarmte, und an einer Frau, die einen Putzwagen schob und bei der sich Chris nach ihrem Sohn erkundigte, der aufs nahe gelegene College ging.

»Kommst du öfters her?«, fragte ich.

»Wer ist hier jetzt diejenige mit den schlechten Anmachsprüchen?«

Ich sah ihn finster an, was aber nur dazu führte, dass meine Kaninchennase zuckte und Chris lachen musste.

»Mindestens zweimal im Jahr. Normalerweise an Ostern. Und an den Weihnachtsfeiertagen, wenn ich Urlaub hab, mache ich den anderen Jungs im Team so lange ein schlechtes Gewissen, bis sie mich begleiten. Dann schmeißen wir eine große Party. Alle Kinder sind eingeladen, auch die, die gerade nicht im Krankenhaus sind. Es gibt jede Menge Essen und Spiele, und der Weihnachtsmann kommt zu Besuch. Ach, und Karaoke, worin ich fantastisch bin.«

»Ich kann es mir vorstellen«, sagte ich trocken. »Besuchst du nur dieses Krankenhaus?«

»Wenn wir Auswärtsspiele haben, versuche ich, mich für ein paar Stunden wegzuschleichen, um in anderen Krankenhäusern vorbeizuschauen. Ich bin öfter in Oklahoma City, weil meine Schwester dort viel Zeit verbracht hat.«

»Fünfundneunzig!«, rief eine Stimme, als wir an einem Zimmer mit angelehnter Tür vorbeikamen. Das war die Nummer, die hinten auf Chris' Trikot stand.

Er blieb grinsend stehen und machte dann ein paar Schritte zurück. Gezwungenermaßen folgte ich ihm. »Yo, Carmichael.«

Ich blieb vor der Tür stehen, während Chris zum Krankenhausbett ging, in dem ein kleiner, breit grinsender Junge lag. Sie begrüßten sich mit einer komplizierten Geste, und Chris ließ sich auf der Bettkante nieder, während der Junge aufgeregt auf ihn einredete. Mein Herz geriet aus dem Takt, was ich nur schwerlich ignorieren konnte. Obwohl ich es natürlich versuchte.

»Sie sind nicht Molly«, bemerkte eine Frau neben mir.

Ich machte einen Hüpfer (oh, die Ironie) und hatte Schwierigkeiten, meinen ganzen Hasenkörper zu drehen, um sie ansehen zu können. Eine große Schwarze Frau, die einen Becher Krankenhauskaffee in der Hand hielt, lächelte mich an. »Nein, ich bin nicht Molly. Sie konnte heute leider nicht.«

Die Frau neigte den Kopf in Richtung von Chris und dem Jungen. »Das ist mein Sohn J. J. Ich bin Erika.«

»Schön, Sie kennenzulernen. Ich bin Mae. Ich würde Ihnen die Hand geben, aber …« Ich hob eine Pfote.

Sie lachte leise, nahm eine Schluck von ihrem Kaffee und zuckte zusammen. »Dieses Zeug ist verdünntes Abwasser, das schwöre ich Ihnen. Ich bin froh, dass Chris hier ist. Als wir gehört haben, dass er kommt, war J. J. so traurig, weil die Ärzte ihm verboten haben, ins Spielzimmer zu gehen. Zu viele Keime auf einmal.«

»Wie geht es ihm?« Ich lief rot an. »O Gott, tut mir leid. Sie kennen mich überhaupt nicht. Ich wollte nicht aufdringlich sein.«

»Ach, nein, schon in Ordnung.« Sie klopfte mir auf die Hasenschulter. »Er ist jetzt auf dem Weg der Besserung. Es gab einen Rückfall, aber das war zu erwarten. Er hatte Anfang des Jahres eine Herztransplantation.«

»Ich bin froh, das zu hören.«

»Chris war bei all dem eine große Stütze.« Sie lächelte breit. »Vor etwa zwei Jahren sah es schlecht aus für J. J. Mein Mann wurde entlassen, und zu allem Überfluss ging auch noch unser Auto kaputt. Eines Morgens schaute ich nach draußen, und da stand ein neuer Minivan in unserer Einfahrt, vollständig abbezahlt. Ich weiß, dass der von Chris kam. Er würde es aber nie zugeben.«

»Das ist … wow.« In mir breitete sich eine Wärme aus, die nichts damit zu tun hatte, wie warm es in diesem Häschenkostüm war.

»Ganz genau … wow.« Mit einem freundlichen Lächeln klopfte sie mir erneut auf die Schulter. »Ich werd mal Chris begrüßen. Es war schön, Sie kennenzulernen. Vielleicht sehen wir uns noch mal.«

Nachdem sie ins Zimmer verschwunden war, hoppelte ich zur Stationstheke, wo ich mich abstützte. Dort fand mich Chris und bot mir seinen Arm an.

»Wo ist dein Trikot?« fragte ich.

Er zuckte mit den Schultern. »Ich hab es J.J. gegeben. Ich habe sowieso noch mehr davon.«

»Das ist wirklich wichtig für dich, oder?« fragte ich leise.

»Ja, ist es.«

Ich hatte immer daran geglaubt, dass die Taten einer Person wichtiger waren als ihre Worte. Mein Vater hatte schon früh dafür gesorgt, dass ich diese Lektion verstand. Chris' Taten erzählten eine Geschichte. Diese Kinder, dieser Ort, waren eine Herzensangelegenheit für ihn.

Ein paar Schritte vor dem Spielzimmer blieben wir stehen. In der Tür hielt sich ein kleiner Junge mit zwei fehlenden Vorderzähnen und riesigen blauen Augen an einem Infusionsständer fest. Vor Aufregung hüpfte er auf den Zehenspitzen auf und ab. Chris winkte.

Dann wandte er sich mir mit ernster Miene zu. »Ich muss dir etwas sagen.«

»Ignorier das Hasenkostüm. Ich bin ganz Ohr.« Zur Sicherheit zuckte ich mit der Nase.

»Harriet der Herz-Hase ist ein besonders netter Hase. Sie macht kleine, kranke Kinder und ihre Familien sehr glücklich.«

»Ich verstehe«, sagte ich, während ich vergeblich versuchte, mich am Rücken zu kratzen. Diese riesigen Pranken waren nutzlos. Der Osterhase wurde nicht gebührend gelobt.

»Das bedeutet«, fuhr er fort, »dass du deine natürliche Neigung, griesgrämig zu sein, ablegen musst.«

»Wie bitte?« Ich stampfte mit einer Hasenpfote auf. »Ich habe keine natürliche Neigung, ein grump zu sein. Ich bin wirklich ein sehr netter Mensch.«

Chris warf mir einen Blick zu, den man als *zweifelnd* bezeichnen könnte. »Ich weiß ja nicht. Ich bin mir ziemlich sicher, dass du mir neulich gedroht hast, mein Handy an einen Ort zu schieben, wo es nicht hingehört.«

»Es war ein Uhr nachts, und du hast nicht aufgehört, mir zu schreiben.«

»Gib hier nicht mir die Schuld. Was ich meine, ist, dass du nett zu den Kindern sein sollst. Wenn du auch nur eines von ihnen zum Weinen bringst …« Er schüttelte den Kopf.

»Ich werde niemanden zum Weinen bringen«, fauchte ich. »Ich arbeite jeden Tag mit Kindern.«

Das Grübchen blitzte auf seiner Wange auf. »Das weiß ich doch. Ich mache mich nur gern über dich lustig. Du hast ein ziemlich hitziges Gemüt, Streuselchen.«

Ich atmete so tief ein, dass meine Schnurrhaare zuckten. »Du bist so was von anstrengend.«

Er tippte mir auf meine Hasennase und hielt mir seinen Arm hin. »Lass uns loshoppeln.«

»Har, har.« Ich nahm seinen Arm. »Und nenn mich nicht Streuselchen.«

KAPITEL SIEBENUNDZWANZIG

Darf ich dein Handy benutzen?
Ich will Gott anrufen, um zu fragen,
ob er einen seiner Engel verloren hat.

ELIZABETH F.

Am Montag darauf kämpfte ich mit einem der Computer, der mir seit Tagen Kopfzerbrechen bereitete. Noch etwas, das in der Bibliothek ausgetauscht werden musste. Wenn es nach Peter ginge, konnte ich genauso gut ein paar Steintafeln und Meißel anschaffen, denn das war ungefähr alles, was ich mir noch leisten konnte.

»Bitte lass es kein neues Virus sein.« Ich drückte einige Tasten in der Hoffnung, dass etwas passierte. Nichts geschah.

»Ich kann vielleicht helfen«, ertönte eine Stimme hinter mir.

Ich sprang auf. Hinter mir stand ein Junge, etwa siebzehn Jahre alt, der gebügelte Khakis und ein in die Hose gestecktes Hemd trug. Sein dunkles Haar war ordentlich gescheitelt und gekämmt. Auf der Nase hatte er eine runde, drahtgefasste Brille.

»Ähh, hallo. Und du bist?«, fragte ich.

»Tut mir leid, wenn ich Sie erschreckt habe, Ma'am.« Er streckte eine Hand aus. »Ich bin Aidan Bustos. Mr. Stone hat gesagt, dass ich mich heute in der Bibliothek melden soll.«

Zögerlich schüttelte ich seine Hand. »Stimmt. Dann bist du also der Junge, der hier Sozialstunden leisten soll.«

Er seufzte leise und sah zu Boden. Er war nicht ganz so groß wie ich und auf diese Teenager-Art dürr. »Ja, Ma'am, das bin ich wohl.«

Um ehrlich zu sein, tat er mir irgendwie leid. Er wirkte nicht wie jemand, der mit dem Gesetz in Schwierigkeiten kam.

Ich machte ihm am Computer Platz. »Glaubst du wirklich, du könntest das Ding reparieren?«

»Auf jeden Fall.« Er machte es sich bereits auf meinem Stuhl bequem. »Geben Sie mir zwanzig Minuten, dann habe ich das für Sie erledigt, Ma'am.«

»Viel Erfolg. Aber wenn du mich noch einmal Ma'am nennst, haben wir ein Problem. Mae reicht völlig.«

Er lächelte mich an, wobei ein schiefer Vorderzahn aufblitzte, was ihn viel kindlicher wirken ließ, als er eigentlich war. »Klar, Ma' – ich meine, Mae.«

Ich konnte nicht behaupten, dass ich ihm sofort vertraut hätte, aber den Rest des Nachmittags verbrachte er damit, genau das zu tun, was ich ihm auftrug. Und er machte es gut. Nachdem er den Computer repariert hatte, zeigte ich ihm die Bibliothek, und er begriff schnell, wie alles funktionierte. Kurz gesagt: Aidan Bustos entsprach überhaupt nicht meinen Erwartungen.

Um halb fünf hatte ich, vielleicht zum ersten Mal seit Monaten, alles erledigt, was heute zu erledigen gewesen war. Jedes Buch stand an seinem Platz. Ich wartete nur noch darauf, Feierabend zu machen. Also sagte ich Aidan, dass er seine Hausaufgaben machen konnte, bis wir in einer halben Stunde schlossen.

Ich beantwortete ein paar Mails und als ich das nächste Mal nach ihm sah, war er tief über ein Mathebuch gebeugt. »Das sieht ganz schön schwer aus.«

Er errötete. »Ich bin ziemlich gut in Mathe. Ist mein Lieblingsfach.«

»Ehrlich?«

Ich setzte mich ihm gegenüber und verschränkte die Arme. »Wie sind deine Noten, wenn ich fragen darf?«

Aidan legte den Stift zur Seite und lehnte sich auf seinem Stuhl zurück, wobei er die Arme genauso verschränkte wie ich. »An meiner alten Schule wäre ich Jahrgangsbester geworden.«

»Was ist passiert?«

»Ich hab etwas gemacht, was ich nicht hätte tun sollen. Aber es tut mir nicht leid.« Bei diesen Worten sah er mich geradeheraus an. Dieser Junge gefiel mir.

Ich schüttelte langsam den Kopf. »Ich werde dich nicht nach den Details fragen. Aber ich will wissen, ob du in Schwierigkeiten bist, weil jemand verletzt wurde.«

Aidan wandte sich wieder seinen Matheaufgaben zu. »Niemand wurde verletzt, falls Sie das meinen. Aber ein paar Leute haben bekommen, was sie verdient haben.«

Ich hatte zwar gesagt, dass ich nicht fragen würde, was er getan hatte, aber trotzdem brannte mir die Frage auf der Zunge. Und vermutlich hätte ich sie einfach gestellt, wenn mein Handy nicht genau in diesem Moment gesummt hätte.

Mein Herz machte diesen dummen kleinen Satz, den es in diesen Tagen immer machte, wenn ich meinen Nachrichtenton hörte. Weil der Ton fast immer bedeutete, dass ich eine Nachricht von Chris bekommen hatte. Ich mochte es, wenn Chris mir schrieb.

Ich ekelte mich fast vor mir selbst.

Aber die Nachricht war nicht von Chris. Sie war von Piper, seiner Pressesprecherin. Und sie bestand aus nur einem Satz:

Wir müssen reden.

KAPITEL ACHTUNDZWANZIG

Gibt es einen Flughafen in deiner Nähe,
oder hat mein Herz gerade eine Landebahn
gefunden?

ASHLEY H.

»Wir haben ein Problem«, verkündete Piper.

Ich blinzelte und tat mein Bestes, mich auf sie zu konzentrieren, aber sie stand vor einem riesigen ausgestopften Elch. Und ich meine *riesig*. Er musste an die drei Meter groß sein. Wie hatten sie dieses Ungetüm hier hineinbekommen?

Nach der Arbeit war ich direkt ins Haus Der Ausgestopften Tiere gefahren (was besser klang als Haus der Unheimlichen Toten Tiere), wo ich in einen offenen Wohnbereich geführt worden war. Das Zimmer war groß, mit einer Gewölbedecke, die von Holzbalken gestützt wurde. Alles war aus dunklem Holz und Leder, und Getier jeder Art fand jede Menge Platz.

Chris stupste mich mit der Schulter an. »Creepy, oder?«

»Was?«

Piper runzelte die Stirn. »Das hier ist wichtig.«

»Tut mir leid. Dieser Elch sieht so traurig aus.« Als wünschte er sich nichts sehnlicher, als in Ruhe unter der Erde zu vermodern, wie tote Elche es tun sollten. »Was ist denn los?«

»Auf einem Klatsch-Blog wurde ein Interview mit einer anonymen Quelle veröffentlicht, die über die Nacht in Vegas ausgepackt hat«, erklärte Piper, während sie mir ihr Handy reichte.

Die Quelle war nichts weiter als eine schemenhafte Gestalt im Kapuzenpulli und mit verzerrter Stimme. Sie behauptete, über die Identität der Frau Bescheid zu wissen, mit der Chris gesehen worden war, und deutete an, dass sich die beiden damals wie heute »sehr, sehr, *sehr* nahestehen«, und zwar nicht auf geschwisterliche Art und Weise.

»Wissen wir, wer der Typ ist?«, fragte ich.

Pipers Kiefer zuckte. »Noch nicht. Aber ich arbeite dran.«

»Du könntest die Angelegenheit mit einem einzigen Statement aufklären«, sagte Doug. Er saß mit entspannt übereinandergeschlagenen Beinen in einem überdimensionalen Sessel, der, wie ich vermutete, mit echtem Kuhfell bezogen war. Glücklicherweise war er viel unterwegs gewesen, aber nun war er extra angereist, damit wir alle »auf dem gleichen Stand« sein konnten.

Ugh.

»Ich werde nicht sagen, wer sie ist, wenn du das meinst«, erwiderte Chris. Selbst mit einem halben Meter Couch zwischen uns konnte ich seine Anspannung spüren.

»Das meine ich nicht«, fuhr Doug fort und zupfte einen unsichtbaren Fussel vom Ärmel seines Jacketts. »Ich finde, wir sollten auf ihre Geschichte aufspringen. Du hattest ein bisschen Spaß. Wen juckt's? Du bist ein erwachsener Mann. Denk darüber nach, was das für dein Image bedeuten könnte.«

»Ich verstehe nicht, wie das seinem Image helfen könnte«, warf ich ein.

Doug schüttelte angewidert den Kopf. »Natürlich nicht. Du hast keine Ahnung, wie diese Dinge ablaufen. Aber wenn Chris dadurch bekannter wird, bieten ihm die großen Firmen Werbeverträge an. Das ist die einfachste Art, Geld zu verdienen. Anstelle dieser ganzen Wohltätigkeitsarbeit oder womit auch immer er seine Zeit verschwendet.«

»Als Bad Boy verdient er mehr Geld?«

»Ganz genau.«

Ich sah zu Chris hinüber, sah, wie sich sein Kiefer anspannte und er eine Hand zur Faust ballte. Er hasste diese Idee.

»Das ist einfach idiotisch. Nein, auf keinen Fall. Das wird Chris nicht machen.« Ich spürte seinen Blick auf mir und fragte mich, ob ich ihn falsch eingeschätzt hatte.

Doug schnaubte. »Und wie praktisch wäre es, dass, wenn er diese Sache machen würde, er auch keine falsche Verlobte mehr bräuchte? Du würdest deinen Job verlieren.«

In diesem Moment entschied ich, dass ich Doug hasste. Ich hatte ihn schon vorher nicht gemocht, aber jetzt hatten wir ein ganz neues Level an Abscheulichkeit erreicht. Eines, das selbst Peter Stone nicht erreicht hatte. Ich öffnete den Mund, um ihm haarklein zu erklären, wohin er sich seine Meinung über mich schieben konnte.

Und genauso schnell schloss ich den Mund auch wieder, als Chris seine Hand auf meine legte. In seiner Stimme lag eine stählerne Härte, als er sagte: »Das reicht, Doug.«

Die beiden Männer starrten sich an, als stünden sie kurz vor einer Spaghetti-Western-Schießerei.

»Hört auf, ihr zwei.« Piper setzte sich uns gegenüber. »Wir

haben einen Plan. Wir bekommen tonnenweise Likes und Aufrufe für die Updates, die wir posten. Sehr viel positive Aufmerksamkeit. Ich denke, es ist Zeit für den nächsten Schritt.«

Das klang gar nicht gut. »Was genau bedeutet das?«, wollte ich wissen.

»Wir müssen die Aufmerksamkeit direkt wieder auf euch zwei Turteltäubchen lenken.« Piper lächelte uns an. »Es ist an der Zeit, dass du Chris' Familie kennenlernst und ihr eure Verlobung bekannt gebt.«

Seine Familie kennenlernen? Seine. Familie. Kennenlernen. Unsere Verlobung bekannt geben. Mein Gehirn war sich nicht sicher, wegen welcher der zwei Vorschläge es zuerst ausflippen sollte. Ich zwang mich zu einem Lächeln, aber die Panik überrollte mich wie eine Welle. Zitterten meine Hände? Starb ich gerade? Das klang schön. *Das denkst du so,* schien der Blick des ausgestopften Elchs zu sagen.

»Tief ein- und ausatmen.« Chris rutschte zu mir herüber, bis ich seinen Oberschenkel an meinem spürte. Er legte mir beruhigend eine Hand auf den Rücken und rieb kleine Kreise, und ich entspannte mich allein durch seine Nähe.

Mir wurde klar, dass Chris die ganze Zeit so war. Er war nicht leicht aus der Ruhe zu bringen. Ich hatte noch nie erlebt, dass er laut geworden wäre. In diesem Moment war das alles, was ich brauchte. Seine Ruhe beruhigte mich.

Was an sich schon verwirrend und beängstigend war.

»Was, wenn sie mich nicht mögen?«, flüsterte ich.

»Das ist lächerlich«, murmelte Doug.

»Halt den Mund, Doug«, sagte Piper sanft.

»Sie werden dich mögen«, sagte Chris.

Ich warf ihm einen Blick zu. »Das kannst du nicht wissen.

Was, wenn sie bemerken, dass wir faken? Was, wenn sie Rothaarige insgeheim hassen? Oder Texanerinnen?

Er legte mir den Arm um die Schultern und drückte mich an sich. Ich leistete keinen Widerstand. Ich war zu beschäftigt damit, mich zu fragen, wie um alles in der Welt mein Leben so seltsam geworden war.

»Ich kenne sie schon mein ganzes Leben lang und kann mich nicht daran erinnern, dass sie irgendwelche Rothaarigen-Ressentiments pflegen. Ich bin mir sicher, dass sie dich mögen werden, trotz des Haars.« Der Hauch von Belustigung in seiner Stimme ärgerte mich, auch wenn es lächerlich war.

»Mach dich nicht über mich lustig!«

Er grinste. »Mache ich nicht.«

»Doch, machst du.«

Zur Antwort drückte er mir die Schulter. »Sie wissen schon jede Menge über dich. Sie werden sich freuen, dich kennenzulernen.«

»Woher wissen sie …«

»Ich habe es ihnen erzählt.«

Er hatte ihnen von mir erzählt? Was hatte er ihnen bloß erzählt? Ich kniff die Augen zusammen und holte tief Luft. »Na gut.«

»Wir machen uns gleich nach Feierabend am Freitag auf den Weg, und kommen am Montagmorgen zurück. Du wirst müde sein, aber rechtzeitig wieder da sein, um die Bibliothek zu öffnen.«

»Das klingt nach ganz schön viel Fahrerei für knapp zwei Tage. Vielleicht lohnt es sich nicht so richtig?« Bitte, bitte nicht.

»Chris hat über das Team Zugang zu einem Privatjet«, erklärte Piper. »Den werdet ihr benutzen. Es ist kein langer Flug.«

»Wir fliegen?«, fragte ich, wobei meine Stimme mindestens drei Oktaven höher klang als sonst.

Ernsthaft, konnte es noch schlimmer kommen?

KAPITEL NEUNUNDZWANZIG

Während COVID fragte mich jemand:
»Ist es schwer, in einer globalen Pandemie
ein so ansteckendes Lächeln zu haben?«

SAVANNAH D.

Ja, konnte es.

»Bitte sag mir, dass du dieses Shirt nicht beim Abendessen trägst«, bemerkte ich, als ich einen Blick auf Iris in meinem Schlafzimmerspiegel erhaschte, wo ich mit zittriger Hand versuchte, Make-up aufzutragen.

Zu sagen, dass ich für den heutigen Abend bereit war, entsprach in etwa der Behauptung, der Atlantik sei eine Pfütze. Aber Chris hatte darauf bestanden.

»Es muss sein«, hatte er verkündet, und egal, wie sehr ich ihn angefleht hatte, er blieb dabei.

Iris sah an sich herab. »Was stimmt nicht damit?«

An jedem anderen Tag hätte ich kein Wort über ihr T-Shirt verloren, auf dem in großen weißen Lettern *Dead Inside* stand. Aber heute war kein gewöhnlicher Tag, und das hieß viel nach Wochen voller wirklich ungewöhnlicher Tage.

Ich sah sie im Spiegel an, bemerkte ihre störrische Miene und entschied, es sein zu lassen. »Weißt du was? Lass es an. Ist mir egal.«

»Ich brauche deine Erlaubnis auch gar nicht«, murmelte sie und schlurfte aus dem Zimmer.

Ich trug einen letzte Schicht Mascara auf, dann zog ich einen schwarzen Bleistiftrock und eine dunkelgrüne Bluse mit Schulterausschnitten und Dreiviertelärmeln an. Dazu legte ich eine Kette und Ohrringe an, schob meine Füße in ein Paar schwarzer Sandalen und trat ein paar Schritte zurück, um mich im Spiegel zu betrachten. Bis auf die blanke Panik in meinem Blick sah ich ganz passabel aus.

Schließlich täuschte eine Frau, wenn sie Glück hatte, nur einmal im Leben ihre Verlobung vor, und dafür wollte ich so gut wie möglich aussehen.

Mama und Sue saßen im Wohnzimmer auf dem Sofa. Mama trug ein gelb-weißes Kleid und Sue ihre, wie sie es nannte, »schicken« Khaki-Shorts.

Ich war so nervös, dass ich auf und ab ging. Einige Kaninchenfiguren zurechtrückte. Ein Bild an der Wand richtete. Darüber nachdachte, ins Auto zu steigen und einfach loszufahren, bis ich die mexikanische Grenze erreicht hatte. »Wo ist Iris?«

»Hier.« Sie kam mit einem Glas Kool-Aid in der Hand aus der Küche. »Was zur Hölle ist los mit dir? Du drehst noch durch.«

»Iris«, sagte Mama warnend.

»Ach, komm schon.« Sie stemmte eine Hand in die Hüfte. »Ich darf nicht mal Hölle sagen? Ernsthaft?«

»Hölle ist ein Einstiegswort, das zu anderen, schlimmeren Wörtern führt, und mir wäre es lieb, wenn du es in diesem Haus nicht verwenden würdest.«

»Ein Einstiegswort? Meine Güte. Warte, ist Güte in Ordnung? Das könnte zu Ausdrücken wie verflixt und zugenäht führen, und das ist nur ein Schritt von ...«

»Junge Dame«, sagte Mama mit ihrem »leg dich nicht mit mir an«-Ton.

Ich war fast froh, als es an der Tür klopfte. Fast. Mein Puls verdreifachte sich. Ich wirbelte zu den dreien herum.

»Ich drehe nicht durch«, fuhr ich sie auf äußerst durchgedrehte Art an. Ich schloss die Augen und holte zweimal tief Luft. »Alles ist gut.«

Als ich die Tür aufriss, sah ich mich dem größten, buntesten Blumenstrauß gegenüber, der mir je begegnet war.

»Die sind ja wunderschön«, seufzte Mama hinter mir. »Beweg dich, Mae. Lass ihn herein.«

Der Strauß passte kaum durch die Tür, aber Chris schaffte es irgendwie. Er legte ihn auf dem Couchtisch ab, zwischen einer mit Kaninchen bemalten Schüssel und einem Bildband mit dem Titel *Bunnies in Action*, und wischte sich die Hände an der Hose ab. Auch er hatte sich mit einem dunkelblauen Hemd und Krawatte schick gemacht.

»Nicht eine einzige Rose dabei. Ich habe ihnen aufgetragen, alle Blumen zu verwenden, aber bloß keine Rosen.«

»Sie sind wunderschön.« Lächelnd berührte ich eine hellgelbe Gerbera. »Danke.«

Ohne Vorwarnung legte er mir den Arm um die Taille und zog mich an sich heran. Ich versuchte, einen angemessenen Abstand zwischen uns zu wahren, aber es war zwecklos. Ich musste mich entweder an ihm festhalten oder auf den Hintern fallen. Ich war eine vernünftige Frau, also hielt ich mich an ihm fest.

Chris grinste. »Volltreffer. Stimmt's?«

Ich versuchte, mich unauffällig aus seinem Griff zu winden. Als erahnte er meine Reaktion, hielt er mich nur noch fester an sich gedrückt. Kurz dachte ich darüber nach, ihm auf den Fuß zu treten, aber um ehrlich zu sein, wollte ich das gar nicht wirklich. Das Gewicht seines Arms und sein gleichmäßiger Herzschlag in meinem Ohr hatten etwas Beruhigendes. Und das war alles Teil des Plans. Wir sollten verliebt wirken.

Ich gab ihm einen Kuss auf die Wange. »Hast du toll gemacht.«

Iris stöhnte. »Ekelhaft. Nehmt euch ein Zimmer.«

Ohne den Blick von mir und Chris abzuwenden, verpasste Sue Iris einen Klaps auf den Hinterkopf.

»Autsch.« Sie rieb sich die Stelle.

Mama ignorierte die beiden. »Das Abendessen ist gleich fertig. Mae, warum begleitest du unseren Gast nicht zu seinem Platz?« Sie funkelte meine Schwester an. »Du kannst mir helfen, das Essen zu servieren. Jetzt.«

Iris ächzte, aber tat, wie ihr geheißen. Sue folgte ihnen, wobei sie etwas von »Respekt« und »nächstes Mal wird's härter«, murmelte.

Mama warf uns ein breites Lächeln zu. »Dauert nur eine Minute.«

Als die Luft rein war, atmete ich aus und löste mich aus Chris' Umklammerung.

»Ist alles in Ordnung?«, fragte er.

»Nein«, flüsterte ich. »Nichts ist in Ordnung. Mir liegt ein Felsbrocken im Magen.«

Er lächelte. »Ich glaube, eigentlich sollte ich das über mich sagen. Ich bin derjenige, der deine Mutter um Erlaubnis bittet, ihre Tochter zu heiraten.«

Ich stöhnte und rang die Hände. »Das fühlt sich so falsch an.«

»Hey.« Mit einer sanften Berührung brachte er meine Hände zur Ruhe und wartete, bis ich ihm in die Augen sah. »Es ist noch Zeit, wenn du aus der Sache aussteigen willst. Das ist in Ordnung.«

Oh nein. Der sanfte, verständnisvolle Chris. Gefahr. Gefahr.

Sein Blick war weich und geduldig und aufrichtig, und ich wusste, ich *wusste,* dass er die Notbremse ziehen und direkt zur Tür hinausgehen würde, falls ich das wollte. Aber ich wusste auch, dass er viel zu verlieren hatte – eine Schwester, die es zu beschützen galt, eine Leidenschaft dafür, diesen Kindern und ihren Familien zu helfen –, und ich wollte nicht der Grund dafür sein, dass er das alles verlor.

Außerdem gab ich nicht so einfach auf, verdammt nochmal. Ich richtete mich auf, rückte meine Brille zurecht und zeigte mit dem Finger auf ihn. »Glaub ja nicht, dass du aus der Nummer so einfach wieder rauskommst, Kumpel.«

Er schüttelte den Kopf und hob die Hände. »Würde mir im Traum nicht einfallen.«

»Gut. Dann lügen wir uns jetzt wohl besser die Seele aus dem Leib.«

»Wir war's? Was hat sie gesagt?«, fragte ich, als wir in seinem Truck die Straße entlangfuhren.

Er grinste hinterhältig. »Als Mitgift hat sie mir vierzig Kaninchenfiguren und einen altersschwachen Kater angeboten. Sie hat versprochen, dass du eine demütige und folgsame Ehefrau sein wirst. Oh, und irgendwas über ein gebärfreudiges Becken.«

Lachend boxte ich ihm gegen die Schulter. »Was hat sie wirklich gesagt?«

Er warf mir einen amüsierten Blick zu. »Sie meinte, es käme ein wenig plötzlich, aber dass sie deinem Urteilsvermögen vertraut und es für sie reicht, wenn du Ja sagst.«

»Oh, das ist lieb.« Eine Welle der Schuld überkam mich. »Sie wird traurig sein, wenn wir uns trennen.«

Chris legte mir eine Hand aufs Knie, und wir schwiegen eine Weile, ehe ich ihn fragte, wohin wir fuhren.

»Du wirst schon sehen.«

Nach weiteren fünfzehn Minuten hielten wir vor einem idyllischen Bed-and-Breakfast. Chris sprang aus dem Truck und half mir, ebenfalls auszusteigen.

»Was machen wir hier?«

»Jetzt sei nicht so misstrauisch.« Er zog mich an der Hand durch ein kleines Gartentor und um das Haus herum.

Als wir um die Ecke bogen, stockte mir der Atem. Der Garten war voller Frühlingsblumen, von denen die meisten wild wachsen durften. Kreppmyrtenbäume säumten den kopfsteingepflasterten Weg. Er führte direkt zu einem Pavillon, der weiß gestrichen und mit glitzernden Lichtern geschmückt war. Als wir näher kamen, sah ich den Tisch, der in der Mitte des Pavillons stand. Kerzen flackerten, und eine Flasche Champagner oder Wein wartete in einem Kühler.

Es war schön, wenn nicht gar romantisch. Schmetterlinge flatterten in meinem Bauch.

»Was ist hier los?«, fragte ich noch mal. »Hast du das alles organisiert?«

»Fast alles.«

Irgendwo neben dem Pavillon erklang ein Schnauben, und ich entdeckte Piper. »Machst du Witze? Du weißt ganz genau, dass ich das alles organisiert habe.«

»Na ja, aber ich habe dafür bezahlt«, grummelte Chris.

»Aber warum?«, wollte ich verwirrt wissen.

Piper kam zu uns herüber. »Wir können doch nicht zulassen, dass es von eurer Verlobung kein Foto gibt, oder?«

»Ah, klar, verstehe.« Das war absolut logisch. Aber warum fühlte ich mich dann so seltsam enttäuscht?

»Für dich.« Piper hielt Chris eine Schmuckschatulle hin. »Du schuldest mir echt was, nach allem, was ich durchgemacht habe, um den aufzutreiben.«

Chris öffnete die Schatulle. Mit angehaltenem Atem blickte ich auf den schönsten Verlobungsring hinunter, den ich je gesehen hatte. Einen Augenblick vergaß ich, Luft zu holen, während ich den riesigen Opal ansah, der im Sonnenlicht wie ein Regenbogen schimmerte. Er war von winzigen Diamanten umgeben, die auf einem weißgoldenen Ring saßen.

»Piper, das hast du wirklich gut gemacht.« Mit seiner riesigen Footballer-Hand nahm Chris den Ring und ließ ihn auf meinen linken Ringfinger gleiten. »Er passt perfekt.«

Mein Herz zog sich zusammen, als ich den Ring an meinem Finger betrachtete. Ich hatte nie von einer Hochzeit und Blumen geträumt, aber ich hatte auch noch nie einen solchen Ring gesehen. Das Verlangen überkam mich ganz plötzlich. »Ich … Danke. Er ist wunderschön.«

Piper wandte sich mir zu und unterdrückte ein Lächeln. »Wir machen ein paar Fotos. Ich benutze mein Handy. Das geht ganz fix, und dann könnt ihr euren Abend genießen. Nimm den Ring wieder ab und leg ihn zurück in die Schachtel.«

Ich hätte damit rechnen sollen. Das alles war völlig logisch, und trotzdem starben die Schmetterlinge in mir einen langsamen, qualvollen Tod.

Ich schob die Gefühle beiseite, nahm den Ring ab und gab ihn Chris zurück. »Zeit, dass wir uns scheinverloben.«

»Du heiratest«, sagte Mama mit glänzenden Augen.

»Ihr beide werdet hübsche Kinder bekommen«, sagte Sue und deutete große, schwammige Formen mit den Händen an. »Große, kräftige Kinder.«

»Danke?«, sagte ich.

»Ich trage auf keinen Fall so ein scheußliches Brautjungfernkleid«, erklärte Iris. »Außer, wenn es schwarz ist.«

»Entschuldige mal«, sagte ich. »Wer hat gesagt, dass du Brautjungfer wirst?«

»Äh, ist doch klar.« Sie beugte sich plötzlich zu mir, ihre Augen glitzerten gefährlich. »Können wir uns an deinem Junggesellinnenabschied Tattoos stechen lassen?«

»Du lässt dir kein Tattoo stechen, solange du in diesem Haus lebst, Iris Marie Sampson, selbst wenn es für die Hochzeit deiner Schwester ist«, verkündete meine Mutter.

»Mom.«

»Nein.«

Iris verschränkte die Arme, einen mörderischen Ausdruck auf dem Gesicht. »So bescheuert.«

Ich ignorierte sie und fuhr fort: »Dieses Wochenende fahren wir zu seinen Eltern.«

Mama biss sich auf die Lippe. Zum ersten Mal wirkte ihr Blick besorgt. »Das geht alles ganz schön schnell. Ich will nur sichergehen, dass du dich nicht unter Druck gesetzt fühlst.«

Iris verdrehte die Augen. »Er ist ein millionenschwerer Footballspieler. Wenn es nicht klappt, kann sie sich von ihm scheiden lassen und eine Menge Unterhalt einfahren.«

»Wow. Danke für deine Unterstützung«, sagte ich.

Sie zuckte mit den Schultern. »Ist doch so.«

Ich holte tief Luft und unterdrückte das Bedürfnis, sämtliche Geheimnisse auf der Stelle auf den Wohnzimmerboden zu erbrechen. »Ich l–liebe Chris, und ich freue mich darauf, ihn zu heiraten.«

Mama zog an meiner Hand, bis ich, halb über den Tisch gebeugt, mit ihr auf Augenhöhe war. Mit diesem Röntgenblick, den nur Mütter haben, sah sie mir lange in die Augen, ehe sie lächelnd nickte. Ich fragte mich, was sie gesehen hatte.

»In Ordnung, Maebe. Wir haben eine Hochzeit zu planen, nicht wahr? Komm, lass dich umarmen.« Ich sank in ihre Arme und sog all die Dinge ein, die sie zu meiner Mama machten – die Zitronenlotion, die sie so liebte, ihr Erdbeershampoo und ihren guten alten Trost. Hinter meinen Augen begann es zu brennen, und ich zwang mich, nicht zu weinen.

Alles war gut.

Alles. War. Gut.

KAPITEL DREISSIG

Hast du in Puderzucker gesessen?
Weil du so einen süßen Hintern hast.

CHELSEA C.

»Und du bist sicher, dass dieser Pilot eine Lizenz hat?«, fragte ich. »Hast du seine Referenzen gesehen?«

»Na klar. Er hat die ACME-Piloten- und Kosmetikschule mit Auszeichnung abgeschlossen. Wenn wir die Flughöhe erreicht haben, kommt er zu uns und verpasst dir eine Föhnfrisur.«

»Sehr witzig.«

Ich funkelte Chris an und überprüfte zum hundertsten Mal meinen Sitzgurt. Ich hatte noch nie in einem Flugzeug gesessen. Oder Texas verlassen. Es war nur verständlich, dass ich die nötige Vorsicht walten ließ.

Wir saßen uns ihm hinteren Teil des Flugzeugs gegenüber – meinen Nachforschungen zufolge der sicherste Platz im Flugzeug, wenn man in den Tod stürzt und eine Überlebenschance haben will. Piper und Doug flogen auch mit, aber Piper musste arbeiten, und Doug hatte etwas von einem Mittagsschläfchen gegrummelt.

Chris beugte sich zu mir und nahm meine Hände. »Alles wird gut. Ich verspreche es dir.«

Ich atmete langsam aus. »Okay.«

Der Flugbegleiter, ein schlanker Mann mit pinken Strähnchen im blonden Haar, blieb neben uns stehen. Auf seinem Namensschild stand *Elvis*. »Schnallt euch an. Der Pilot meldet, dass wir in etwa fünf Minuten abheben.«

Mir drehte sich der Magen um, während Panik durch meinen Körper schoss. »Nicht okay, gar nicht okay.«

»Kann ich irgendetwas für dich tun?«, fragte Elvis und ging neben meinem Sitz in die Hocke.

Chris löste seinen Gurt und setzte sich neben mich. »Sie ist nur nervös. Wir haben es im Griff.«

»In Ordnung.« Elvis stand auf und lächelte mich an. »Sagt Bescheid, wenn ich helfen kann.«

»Elvis«, rief ich ihm hinterher.

Er drehte sich um. »Ja?«

»Wenn das Flugzeug irgendwo über Osttexas abstürzt, würdest du mich dann zuerst retten? Vor ihm?« Ich deutete mit dem Daumen auf Chris.

Elvis grinste. »Ich werde mein Bestes geben.«

Chris schnallte sich an und klappte die Armlehne zwischen unseren Sitzen nach oben. Er rutschte zu mir, bis sich unsere Hüften berührten. In jeder anderen Situation hätte mich das wahrscheinlich gestresst, aber ich merkte, wie die Anspannung ein bisschen weniger wurde.

»Warum sitzt du neben mir?«, wollte ich wissen.

»Um dich abzulenken.«

»Wie?«

»Wie immer.«

»Was soll das heißen?«

»Zuerst werde ich dich mit einem meiner besten Anmachsprüche bezirzen, auf den du sarkastisch reagieren wirst. Wenn das nicht reicht, erzähle ich dir die Geschichte, wie ich einmal nackt auf einem Baum im Garten meiner Nachbarn festsaß und von der Feuerwehr gerettet werden musste. Ich war allerdings erst sechs, und es war eine Mutprobe.«

Ich schnaubte.

»Dann lege ich meinen Arm um dich und schlage vor, dass du dich an mich lehnst und meine Hand so fest drückst, wie du willst, weil ich nicht zerbrechlich bin. Und das tust du dann auch, obwohl du darauf bestehst, keine Hilfe zu benötigen.«

Die Flugzeugmotoren begannen zu wummern, und mein Puls tat das gleiche. »Das passiert gerade wirklich!«

»Es ist gleich vorbei«, sagte er mit widerlich heiterer Stimme, während er mir den Arm um die Schultern legte und mich an sich drückte.

Das Flugzeug raste immer schneller die Startbahn entlang. Ich presste mein Gesicht an Chris' Brust und schloss die Augen. Ich roch Waschmittel und warme, saubere Haut.

Mir war klar, wie lächerlich ich mich benahm. Ich war eine erwachsene Frau, verdammt nochmal. Ich hatte einen Collegeabschluss. Ich leitete die einzige Bibliothek für vier Ortschaften. Im Sommer holte ich die Post manchmal barfuß, bei fünfundvierzig Grad. Ich war kein Schwächling.

Chris strich mir mit den Fingern durchs Haar, und irgendwie gefiel mir das. Er zog mich noch näher an sich. In diesem Moment wäre ich gern mit ihm verschmolzen. Und dann hörte ich ihn nahe an meinem Ohr leise »Hush, Little Baby« singen. Er sang nicht gut. Tatsächlich war er schrecklich.

Ich hob den Kopf und sah ihn an. »Was tust du da?«

»Ich singe. Um dich zu beruhigen.« Er stimmte eine weitere Strophe an.

Ich schüttelte lachend den Kopf. »Bitte nicht.«

Er unterbrach sich mitten im Lied. »Wie bitte? Das ist gut. Ich habe geübt.«

Ich lachte lauter. »Hör auf. Du weißt, wie furchtbar du klingst.«

Mit einem Schnaufen löste er sich von mir und verschränkte die Arme vor der Brust. »Meine Mom sagt, ich habe eine schöne Stimme.«

»Dann ist deine Mom also auch völlig unmusikalisch?«, fragte ich, aber ich lachte inzwischen so laut, dass er meine Worte vermutlich kaum verstand.

»So bedankst du dich also für meine Hilfe?«

Ich wischte die Tränen weg. »Ja, du hast recht. Natürlich. Tut mir leid.«

»Tja, immerhin hat es funktioniert.« Er deutete aus dem Fenster. »Wir sind inzwischen in der Luft.«

»Wirklich?« Ich beugte mich über ihn und betrachtete die fluffigen weißen Wolken. »Ich hab's geschafft. O mein Gott, ich hab's geschafft!«

Sein Blick war warm, als er gegen meine Nase tippte. »Ja, das hast du allerdings.«

KAPITEL EINUNDDREISSIG

Komm mit mir, lass Han nicht solo fliegen.

JEREMY S.

»Ich habe da ein paar Fragen.« Ich winkelte ein Bein an und drehte mich auf dem Sitz zu Chris um.

Er saß am Steuer des SUVs, den er am Flughafen von Tulsa gemietet hatte, wo wir uns von Piper, die Freunde in der Gegend besuchte, und Doug, der zurück nach New York musste, verabschiedet hatten.

Vom Flughafen aus fuhren wir etwa eine Stunde zum Haus seiner Eltern, die in einem kleinen Ort in der Nähe des Lake Eufaula lebten.

»Über?«

Ich zog ein gefaltetes Blatt Papier aus der Tasche. »Ich habe ein wenig recherchiert. Ich habe noch nie jemanden getroffen, der seinen eigenen Wikipedia-Eintrag hat.«

»Oh, na super«, grummelte er.

»Ähem.« Ich strich das Papier glatt und begutachtete meine Fragen. »Ich habe gelesen, dass dein Lieblingsfilm *Aladdin* ist, und du dich drei Jahre in Folge zu Halloween als Aladdin verkleidet hast. In der Mittelstufe. Ich hoffe, deine Mom hat Fotos davon.«

»Mach dir keine Sorgen, die hat sie«, murmelte er. »Und ich habe mich nur als Aladdin verkleidet, weil meine Schwestern mich angefleht haben.«

»Rede dir das ruhig ein. Ich habe noch eine Frage. Hier steht, dass du eine Ziege auf deinen Abschlussball mitgenommen hast. Das ist ein Witz, oder? Ein Kitz-Witz? Ein Ziegenkitz-Witz, ha!«

Er stöhnte. »Nein, es stimmt. Ich habe eine Ziege auf meinen Abschlussball mitgenommen.«

Ich wartete auf die Geschichte, die auf eine solche Aussage unweigerlich folgen musste. »Und? Lass mich nicht auf dem Trockenen sitzen. Ich muss wissen, wie es dazu kam.«

»Ich hab eine Wette verloren.«

»Gegen wen? Einen bösartigen Farmer? Eine spielsüchtige Kuh?«

Er warf mir einen schnellen Blick zu, ehe er wieder auf die Straße sah. »Du hast Spaß an der Sache, oder?«

»Auf jeden Fall.« Ich blickte auf meinen Zettel. »Oh, das hier gefällt mir am besten.«

»Ja, ich habe Ballettunterricht genommen«, gestand er mürrisch. »Mein Trainer meinte, es würde mir auf dem Footballfeld helfen.«

Ich grinste. »Das meinte ich nicht, obwohl ich mich gefragt habe, ob du einen Gymnastikanzug tragen musstest?«

»Ja. Ich meine, nein.« Er schüttelte den Kopf. »Was kommt als Nächstes?«

»Ich habe nur noch eine. Stimmt es, dass du immer noch mit einem Kuscheltierhund namens Spot schläfst? Bitte sag mir, dass das stimmt. Bitte.«

»Ha. Stimmt nicht. Siehst du? Du darfst nicht alles glauben, was du im Internet liest. Vor allem, wenn es auf Wikipedia steht und du vier Schwestern hast, die dich liebend gern quälen.«

Ich lachte entzückt. »Ich kann es kaum erwarten, sie kennenzulernen.«

»Das hatte ich befürchtet. Glaub ihnen kein Wort. Sieh ihnen nicht in die Augen. Füttere sie niemals nach Mitternacht. Und sag ihre Namen nicht dreimal hintereinander in einen Spiegel.«

»Weil sonst etwas Schreckliches geschieht?«

»Das weiß ich nicht. Ich war nie verrückt genug, es auszuprobieren«, sagte er, aber ich hörte die Wärme in seiner Stimme.

»Du liebst sie wirklich sehr, oder?«

Ein Grübchen tauchte auf seiner Wange auf. »Ja, das tue ich.«

Plötzlich wurde mir unbehaglich, während ich einen unsichtbaren Fussel von meinen Shorts zupfte. Diese Menschen waren ihm wichtig, und auf einmal wünschte ich mir einfach nur, von ihnen gemocht zu werden. Was, wenn sie mich zu laut fanden, oder zu viel, oder zu groß, oder zu irgendwas?

Oder schlimmer noch: Was, wenn ich ihnen nicht reichte?

Und das Verrückteste daran war, dass es am Ende alles keine Rolle spielte. Denn das hier war gar nicht echt.

»Ich habe ihnen alles über dich erzählt. Sie können es nicht erwarten, dich kennenzulernen«, sagte Chris, als könnte er meine Gedanken lesen. »Sie werden dich mögen.«

»Ich werd mir Mühe geben«, sagte ich. Ich brachte kaum ein Lächeln zustande.

Er drückte sanft meinen Oberschenkel. »Du musst dir keine Mühe geben. Sei einfach du selbst. Ich verspreche dir, sie werden dich lieben.«

In meiner Kehle schien ein Felsbrocken zu sitzen. »Danke.«

Er drückte mein Bein noch einmal und ließ seine Hand dort liegen, die sich warm und beruhigend und dunkel gegen meine kalkweiße Haut abzeichnete. Dieser gottverdammte sehr bewegliche Daumen verlockte mich.

Nach fünf vollen Minuten des Schweigens sprach Chris erneut. »Es ist ein Bär, kein Hund. Er heißt Chub, und er schläft nicht mit mir im Bett. Er sitzt auf meinem Nachttisch.«

KAPITEL ZWEIUNDDREISSIG

Hast du dir das Knie aufgeschürft,
als du aus der Hölle geklettert bist?
Du bist so verdammt heiß.

KARA R.

Das Grundstück der Sterns begann lange, bevor wir das Haus sahen. Flache, endlose Grasflächen, die mit dünnen Eichen gesprenkelt waren. Wir erreichten eine Gabelung, an der ein Schild nach links zum See und nach rechts in Richtung des Hauses wies.

»Ihr habt einen eigenen See?«, fragte ich, als wir auf einen verschlungenen Pfad abbogen. »Wie groß ist das Gelände?«

»Ungefähr dreißig Hektar«, sagte Chris.

»Bist du hier aufgewachsen?«

Er schüttelte den Kopf. »Ich bin in der Nähe von Oklahoma City aufgewachsen. Mein Dad ist hier groß geworden und hat immer davon geträumt, zurückzukehren. Aber mit fünf Kindern war es schwierig.«

»Und einem kranken Baby«, murmelte ich.

»Als Millie größer und immer weniger auf Ärzte angewiesen war und ich sie auch unterstützen konnte, haben wir das hier gemeinsam ausgesucht.« Schließlich bog er in eine Einfahrt ein, die auf beiden Seiten von leuchtend weißen und rosafarbenen Kreppmyrten vor einem Holzzaun gesäumt war.

»Du hast es für sie gekauft?«

»Das waren keine Almosen«, stellte er klar. »Sie haben viel für mich getan. Haben mich stundenlang zum Footballtraining und zu Spielen gefahren. Mich zu Fachärzten gebracht, wenn es nötig war. Sie haben mir Uniformen gekauft, waren Team-Eltern, haben die anderen Jungs im Team ertragen und alles. Ich wollte nach all dem auch etwas für sie tun, etwas zurückgeben.«

Ich dachte an Mama und daran, dass ich alles dafür tun würde, um ihr das Leben zu erleichtern. »Das verstehe ich gut.«

Wir kamen an einem Banner vorbei, das zwischen zwei Zaunpfähle gespannt war. WILLKOMMEN ZU HAUSE, ELMER stand dort in groben, aber deutlich lesbaren Riesenbuchstaben.

»Wer ist Elmer?«, wollte ich wissen.

»Niemand«, knurrte Chris.

Ich hätte ihn gerne noch weiter ausgefragt, weil mir klar war, dass er genau wusste, wer Elmer war, aber wir bogen um eine Kurve, und da war es. Zwei Stockwerke, mit einer Veranda, die sich einmal um das Backsteinhaus herumzog, und umgeben von farbenprächtigen Blumenbeeten. Davor stand eine riesige Eiche, an der eine Schaukel baumelte.

Das alles war von einem weißen Lattenzaun umgeben, hinter dem drei Hunde aufgeregt bellten, als wir an ihnen vorbeifuhren.

»Warte. Ist das nicht das Haus?«, fragte ich.

»Das ist das Haus meiner Eltern. Meines steht da hinten.« Er fuhr um eine weitere Kurve, hinter der sich ein viel kleineres, einstöckiges Haus befand.

»Oh.« Ich runzelte die Stirn. »Ich hatte eine eigene Wohnung oder etwas in der Art vermutet.«

»Das hier funktioniert ziemlich gut.« Er stellte den Truck vor der kleinen Garage ab. »Ich habe meine Ruhe, bin aber trotzdem noch nah genug bei ihnen.«

»Also …« Ich knetete meine Hände im Schoß. »Wo genau werde ich wohnen?«

Anstatt mir zu antworten, sprang er aus dem Truck und kam zu mir herüber. »Oh, ich habe Stockbetten. Und da du zu Besuch bist, überlasse ich dir das obere Bett.«

Ich funkelte ihn an. »Du bist ein zwölfjähriger Junge im Körper eines Mannes, das ist dir schon klar, oder?«

Grinsend machte er einen Schritt zurück und hielt mir die Hand hin. »Na gut. Du kannst das zweite Schlafzimmer haben.«

»Chrissss!«, schrie jemand. Eine verschwommene Gestalt raste über den Rasen von der Größe eines Footballfelds, der sich zwischen den zwei Häusern erstreckte. Ein Hund folgte ihr dicht auf den Fersen. Ein dunkler Pferdeschwanz sauste an mir vorbei, als sich eine der Schwestern in Chris' Arme warf.

»Woah«, sagt er, konnte sie aber leicht in einer Umarmung auffangen. Als er sie wieder auf dem Boden absetzte, lachte er.

Sie schien in etwa so alt zu sein wie Iris, aber da hörten die Ähnlichkeiten auch schon auf. Dieses Mädchen mit dem wippenden Pferdeschwanz und den funkelnden Augen (Chris' Augen) strahlte wie ein Sonnenschein (genau wie ihr Bruder).

»Aggie, das ist Mae«, sagte Chris.

Aggie hüpfte zu mir herüber und zog mich in eine Umarmung. »Ich kann's nicht fassen, dass du wirklich hier bist. Er hat nicht aufgehört, von dir zu erzählen.« Sie machte einen Schritt zurück und nahm eine Strähne meines Haars in die Hand. »Deine

Haare sind wunderschön. Die Bilder online werde ihnen nicht gerecht.«

Ich lächelte, weil es schwer war, in ihrer Gegenwart nicht zu lächeln. »Freut mich, dich kennenzulernen. Bist du diejenige, die sich um den Wikipedia-Eintrag eures Bruders kümmert?«

Mit einem Grinsen, das dem ihres Bruders fast schon irritierend ähnlich war, hakte sie sich bei mir unter. »Wie ich sehe, bist du mit meiner Arbeit vertraut. Ich könnte dir noch so viel mehr erzählen. Ich habe Beweisfotos. *Ich habe Videos.*«

»Vergiss nicht, dass ich dein Lieblingsbruder bin!«, rief Chris ihr hinterher.

Aggie ignorierte ihn und zog mich in Richtung Haus. Währenddessen redete sie etwas langsamer als Lichtgeschwindigkeit auf mich ein. »Komm schon, du musst unbedingt die anderen kennenlernen. Mom wollte es entspannt angehen lassen, deswegen hat sie mich geschickt.«

»In dieser Familie ist niemand jemals entspannt«, murmelte Chris. »Mach dich bereit, Mae.«

Kurz verließ mich der Mut. »Wofür?«

»Für Familie Sterns.«

Margot Sterns war eine hübsche Frau mit dunklem Haar und einem ansteckenden Lächeln. Sie war ein wenig kleiner als ich, kurvig und mit funkelnden dunklen Augen. Genau wie Aggie umarmte sie mich, noch bevor sie sich vorstellte.

»Als Chris mir von dir erzählt hat, wusste ich sofort, dass du etwas Besonderes bist.« Sie legte sich eine Hand auf die Brust. »An seiner Stimme habe ich erkannt, dass mein Junge verliebt ist. Ich freue mich sehr, dich hier bei uns zu haben.«

»Oh, danke?« Ich warf Chris einen Blick zu, der sich sehr plötzlich mit seinem Handy zu beschäftigen wusste.

»Manchmal weißt du es einfach. Ich wusste es, als ich seinen Vater das erste Mal traf. Dieser Mann brauchte natürlich viel länger, um es zu begreifen. Aber diesen Sommer sind wir dreiunddreißig Jahre verheiratet.« Mit einem breiten Lächeln bedeutete sie mir, mich an den kleinen, runden Küchentisch zu setzen. »Kann ich dir etwas anbieten? Kaffee? Tee? Oh! Ich habe auch Erdbeerlimonade.«

»Ich würde ein Wasser nehmen.«

»Natürlich.« Sie verscheuchte Chris, der ihr den Weg zum Kühlschrank versperrte. »Es gibt auch noch ein wenig Käsekuchen. Ich will euch den Appetit aufs Abendessen natürlich nicht verderben, aber Käsekuchen zählt nicht, oder?«

Das erschien mir äußerst logisch.

»Hi, Mom.« Chris breitete die Arme aus. »Dein Lieblingsjunge ist zu Hause.«

Margot tätschelte ihm im Vorbeigehen die Wange. »Ja, ja. Ich hab dich lieb. Geh und sag Millie hallo. Und nimm Aggie mit.«

»Aber ich wollte auch Limo und Käsekuchen«, jammerte Aggie.

»Nein.« Margo sah sie bestimmt an.

Chris musterte sie aus zusammengekniffenen Augen. »Versuchst du etwa, uns loszuwerden?«

»Das würde mir nicht im Traum einfallen.« Sie setzte sich mir gegenüber und warf ihm ein breites Lächeln zu. »Und jetzt verschwindet.«

Chris drehte sich mit verwirrter Miene langsam um. Er blieb neben mir stehen und drückte mir einen Kuss auf die Wange. Ich warf ihm einen letzten verzweifelten Blick zu, und dann war er verschwunden.

Und ich war allein.

Mit seiner Mutter.

WIE KONNTE DAS MEIN LEBEN SEIN?

Ich wischte die feuchten Handflächen an meinem Shirt ab und überlegte fieberhaft, was ich sagen sollte. »Mir gefällt eure Küche.«

Das schien ein einfacher Weg, das Gespräch zu eröffnen, und ich musste noch nicht einmal lügen. Die Küche war hübsch, hell und luftig, mit vielen Fenstern und weißen Schränken, die bis zur Decke reichten. Die Wände waren in fröhlichem Gelb gestrichen, die Vorhänge rot kariert und der Boden bestand aus abgelaufenen Dielen. In der Spüle lagen ein paar Teller, am Kühlschrank hingen mit Magneten befestigte Fotos. Auf dem Tresen lagen ein Laib Brot und eine offene Tüte Chips. Das war keine Küche wie aus einem Hochglanzmagazin. Es war eine Familienküche, und irgendetwas daran beruhigte mich mehr als alles, was Margot hätte sagen können.

»Sieh nicht allzu genau hin. Ich habe Luke gebeten, einige Kleinigkeiten zu reparieren, aber du weißt ja, wie es ist. Er verbringt seine Tage damit, Dinge für andere Leute zu reparieren. Dann will er sich nicht auch noch in seinem eigenen Zuhause darum kümmern müssen. Ich sage immer, was sollen bloß die Nachbarn denken, wenn wir einen Handwerker bestellen müssen, obwohl mein Mann selbst einer ist?« Sie schob mir den Käsekuchen zu, und ich nahm einen Bissen. »Tut mir leid. Ich rede zu viel. Das passiert, wenn ich aufgeregt bin. Erzähl mir von deiner Familie.« Margot stützte das Kinn in die Hand und richtete ihren warmen Blick und ihre Aufmerksamkeit ganz auf mich.

Um Zeit zu gewinnen, trank ich einen Schluck Wasser. »Es gibt nur meine Mom, meine Schwester und mich.«

Ihr Blick war mitfühlend. »Chris hat mir vom Schlaganfall deiner Mutter erzählt. Ich kann mir nicht vorstellen, wie schwer das für eure Familie gewesen sein muss.«

»Wir schaffen es schon.« Das sagte ich immer.

Sie tätschelte mir die Hand. »Ach, Schätzchen. Ich bin mir sicher, es war nicht immer einfach. Weißt du, als ich zehn war, wurde meine Mutter von einem Auto überfahren, als sie die Straße überqueren wollte. Sie ist am gleichen Abend gestorben, und mein Vater musste meinen Bruder und mich allein großziehen. Es war hart. Wir alle mussten mithelfen, so gut wir konnten, und wir hatten niemanden außer uns. Ich glaube, ich meine damit, dass ich weiß, dass es für dich nicht einfach gewesen sein kann. Manchmal müssen wir zulassen, dass es uns nicht gut geht. Hast du je die Möglichkeit dazu?«

»Ähm …« Sehr clever, Mae. Ich schob mir einen riesigen Bissen Käsekuchen in den Mund.

Margot lächelte freundlich. »Ich hoffe, du kannst dich dieses Wochenende ein wenig entspannen und ausruhen. Glaub ja nicht, du müsstest mich beeindrucken, indem du mithilfst oder die allerbesten Manieren an den Tag legst. Du gehörst jetzt zur Familie, und wir akzeptieren alle so, wie sie sind.«

Hinter meinen Augen begann es zu drücken, und meine Nase brannte. Erschrocken stellte ich fest, dass ich kurz davor war, in Tränen auszubrechen. Wie war es so weit gekommen? Ich hatte ihr doch nur ein Kompliment für ihre Küche gemacht.

Die Hintertür öffnete sich, und eine junge Frau stolperte in die Küche. »Ist sie da?«

Ich schätzte sie auf ungefähr zweiundzwanzig. Sie hatte die

Figur ihrer Mutter, groß und rund, und trug das Haar in einem kurzen pink gefärbten Bob. Das Nasenpiercing, der Jeans-Minirock und die Chucks gaben ihr eine natürliche Coolness. Es stand ihr ausgezeichnet. Aber die dunklen Augen fielen mir besonders auf. Sie strahlten vor Intelligenz. Das musste die zweite Sterns-Schwester sein, die, wie ich wusste, Lehrerin war.

Sie schloss die Tür mit dem Fuß und streckte die Hand aus. »Ich bin Betsy, Elmies Lieblingsschwester.«

»Elmie?«

»Ja, das ist der Spitzname, den wir ihm gegeben haben. Wir haben alle Spitznamen, also hat er auch einen bekommen.«

Sie musste mir die Verwirrung ansehen. Ihr Gesicht leuchtete auf, und ein breites Lächeln verwandelte es von hübsch zu wunderschön. »Er hat es dir nicht gesagt, oder?«

»Mir was gesagt?«

Betsy rieb sich die Hände und setzte sich zu uns an den Küchentisch. »Unsere Eltern haben uns nach sehr, sehr alten Verwandten benannt.«

»Das sind Klassiker«, sagte Margot.

Betsy verdrehte die Augen. »Eleanor, Elizabeth, Agnes und Millicent, aber natürlich verwenden wir alle nur unsere Spitznamen.«

»Und Chris?«

»Chris ist die Abkürzung von Christian, aber das ist nur sein zweiter Name.« Betsys Augen blitzten vor Vergnügen. »Unserer Meinung nach hat er den speziellsten Namen abbekommen.«

»Das hat er«, protestierte Margot. »Er ist nach einem Urgroßonkel väterlicherseits benannt, der Abgeordneter des Staates Oklahoma war. Ein gewählter Abgeordneter und ein Patriot.«

»Also, wie lautet er?« fragte ich.

»Elmer.«

»Nein.«

»Elmer Christian Sterns ist ein starker, würdevoller Name«, sagte Margot.

Ich presste die Lippen aufeinander, um nicht vor Lachen loszuprusten.

Betsy zog den Käsekuchenteller zu sich heran und lud sich einen großen Bissen auf die Gabel. »Das wird großartig. Ich habe dir so viel zu erzählen.«

KAPITEL DREIUNDDREISSIG

Hast du schon einen Namen,
oder möchtest du meinen haben?

AMANDA H.

Das Esszimmer war genauso fröhlich und hell wie der Rest des Hauses. Die Sonne schien durch das riesige Panoramafenster, fiel auf den großen Tisch und das dazu passende Sideboard. Die gegenüberliegende Wand wurde von unzähligen Fotos eingenommen.

Babyfotos, Schulfotos, schicke Tanzveranstaltungen, die ganze Familie, die um einem See herumtobte, die Familie mit Mickey Maus-Ohren, eines von Chris als Aladdin verkleidet (das ich irgendwie klauen musste), sogar einige Bilder von Millie, die breit grinsend und mit einem listigen Funkeln in den Augen in einem Krankenhausbett lag. Ich erkannte alle, bis auf ein großes, schlaksiges Mädchen mit dunklem Haar und großen blauen Augen. Das musste Ellie sein, obwohl sie auf dem Video aus Vegas inzwischen blond war.

Obwohl die Bilder ganz unterschiedliche Motive zeigten, gab es doch einen roten Faden: Freude. Leute wissen gar nicht, wie viel Glück sie damit haben, eine solche Kindheit erleben zu dürfen. Überhaupt eine Kindheit zu haben. Ich musste so schnell erwachsen werden. Mir war klar, dass es auch für die Sterns nicht immer leicht gewesen war, aber trotzdem hatten sie einander. Ich seufzte, tat mir kurz selbst leid und machte mich dann auf die Suche nach Margot, um ihr mit dem Abendessen zu helfen.

Beim Essen lernte ich den Ältesten und die Jüngste der Familie Sterns kennen.

Anders als der Rest ihrer Familie war Millie zierlich, was daran lag, dass die Herzkrankheit ihr Wachstum hemmte, wie Chris mir erklärt hatte. Sie hatte blondes Haar und ein schelmisches Leuchten in den blauen Augen. Sie kam ins Zimmer gehüpft, umrundete den Tisch und setzte sich auf den einzigen freien Platz links neben Chris. Ich saß rechts neben ihm.

»Hey«, sie boxte ihren Bruder gegen die Schulter. »Rutsch rüber.«

Chris zog eine Grimasse. »Warum?«

»Weil ich mit Mae reden will, und du bist im Weg.« Sie musterte ihn, eine Hand in die Hüfte gestemmt.

»Ganz genau, Elmie«, sagte ich. »Rutsch rüber. Ich will neben deiner Schwester sitzen.«

»Sie haben es dir also erzählt. Fantastisch.« Grummelnd setzte er sich, ganz der leidgeprüfte Bruder, auf den nächsten freien Platz. »Ich freue mich auch, dich zu sehen, Millie.«

»Ach, komm schon. Wir sehen uns andauernd.« Millie nahm neben mir Platz und strahlte mich an. »Mae hingegen habe ich noch nie gesehen.«

Ich hatte noch nie ein so großes Familienessen wie dieses erlebt. Was dem am Nächsten kam, war die Zeit, als Granny noch gelebt hatte. Meistens aßen wir vor dem Fernseher und riefen dabei die Antworten fürs *Glücksrad* in den Raum. Die Sterns hingegen waren gesprächig und laut. Sie neckten sich gegenseitig und tauschten sich über ihren Tag aus. Es wurde viel gelacht.

Ich hatte nicht damit gerechnet, bei diesem Besuch Spaß zu haben. Ich *wollte* keinen Spaß haben. Nichts davon war echt. Oder zumindest war ich an diesem Ort nicht echt. Wahrscheinlich war dies das einzige Mal, dass ich hier willkommen sein würde, und obwohl ich bisher nur einen Nachmittag mit ihnen verbracht hatte, machte mich dieser Gedanke unglaublich traurig.

»Ellie hat gestern angerufen«, sagte Luke mit ruhiger, nachdenklicher Stimme. »Sie klang so gut wie schon lange nicht mehr.«

Chris nickte. »Ich habe diese Woche auch mit ihr gesprochen. Sie hat einen neuen Job.«

»Ich habe mir solche Sorgen um sie gemacht«, sagte Margot. »Ich wünschte, sie würde einfach zurück nach Hause ziehen. Dann könnte ich Oliver die ganze Zeit in seine kleinen Speckbäckchen kneifen.« Sie wendete sich mir zu. »Bitte entschuldige. Ellie ist unsere älteste Tochter, sie ist drei Jahre jünger als Chris. Sie wohnt in Kalifornien. Wenn du fünf Kinder hast, ist die Wahrscheinlichkeit wohl hoch, dass mindestens eins von ihnen weit wegzieht.«

Luke legte seiner Frau tröstend eine Hand auf den Arm. »Vielleicht sollten wir sie mal wieder besuchen.«

Millie schob ihren leeren Teller zur Seite und lehnte sich auf ihrem Stuhl zurück. »Also, Mae. Wie viel hat dir mein Bruder gezahlt, damit du mit ihm ausgehst?«

Ich verschluckte mich. Woran, wusste ich nicht genau. Luft?

Meiner Zunge? Wie um alles in der Welt hatte sie von unserem Deal erfahren? Hektisch griff ich nach meinem Wasserglas. »E–er hat nicht … also … na ja …«

Chris seufzte. »Das war ein Mal. Ein einziges Mal. Und ich war elf.«

»Warte … was?«

»Erzähl du die Geschichte, Betsy«, sagte Millie. »Du kannst es das so gut.«

»Wie du willst.« Betsy stand auf und räusperte sich dramatisch.

»Betsy war früher in der Theater-AG.« Chris lächelte mich über Millies Kopf hinweg an.

»Chris war in der sechsten Klasse. Damals war er noch eine kleine Krabbe.« Betsy hielt Daumen und Zeigefinger in die Höhe, mit vielleicht einem Zentimeter Abstand dazwischen.

»War ich nicht.«

»Doch, warst du«, beharrte Margot. »Du warst das süßeste kleine Ding.«

Die Schwestern kicherten über Chris' gequälten Ausdruck.

»In der Woche seines ersten Abschlussballs war er in eine Achtklässlerin verliebt. Wie hieß sie noch mal?«

»Cora«, sagte Chris schnell und tappte damit in Betsys Falle.

Betsy lächelte hinterhältig. »Ja, genau. Cora. Sie war groß, hatte langes rotes Haar und war super schlau. Sie hatte immer ein Buch dabei.«

Alle Augen waren auf mich gerichtet.

Margot lächelte noch breiter. »Na, sieh mal einer an.«

»Ich vermute, er hat einen Typ«, verkündete Aggie.

Chris zwinkerte mir zu. »Vielleicht habe ich den.«

»Jedenfalls hat Chris sich tagelang nicht getraut, Cora zu

fragen, ob sie ihn zum Tanz begleiten will. Und als er es schließlich tat, erklärte Cora, dass sie bereits einen Freund habe. Gerüchten zufolge hat Chris geweint, als er nach Hause kam.«

»Ich habe nicht geweint.« Chris beugte sich zu mir. »Zumindest nicht vor *ihnen*«, flüsterte er.

Margot unterbrach Betsy. »Aber am nächsten Tag kam er von der Schule nach Hause und verkündete, dass er ein Date für den Ball habe. Er hat sich schon immer schnell von einer Niederlage erholt.«

»Sein Date war die coolste Achtklässlerin der ganzen Schule. Sie schwänzte den Unterricht, gab damit an, Jungs zu küssen, war dabei erwischt worden, wie sie hinter dem Footballstadion Zigaretten rauchte, und hatte doppelt gepiercte Ohren.« Betsy beugte sich zu Chris hinunter. »Die ganze Schule hat darüber geredet. Vanessa Snow – sogar ihr Name war cool – hätte sich niemals mit einem Sechstklässler sehen lassen.

»Aber sie tauchte auf dem Ball auf und verbrachte den ganzen Abend mit Chris. Ich habe gehört, dass sie sogar ihre Zigarettenpause für einen langsamen Tanz mit ihm hat sausen lassen. An diesem Abend wurde er zur Legende.«

»Cora hat zweimal mit mir getanzt, vielen Dank auch«, warf Chris ein. »Mein Plan ist also aufgegangen.«

»Oh, das ist er allerdings. Aber er hat Mr. Hotpants hier auch seine gesamten Ersparnisse gekoste«, erwiderte Betsy. »Oder etwa nicht?«

»Vierundfünfzig Dollar achtundsechzig«, erklärte Chris. »Bis auf meinen allerletzten Cent.«

Ich schüttelte verwirrt den Kopf. »Aber warum?«

»Er hat sie bezahlt, damit sie mit ihm zum Tanz geht«, mischte sich Aggie ein.

Ich versuchte vergeblich, ein Lachen zu unterdrücken. »Nein, hat er nicht.«

Betsy nickte. »Doch, hat er.«

Chris lehnte sich mit hinter dem Kopf verschränkten Händen in seinem Stuhl zurück. »Es war eine kluge Geschäftsstrategie. Ich habe dafür nicht nur mein erstes Date, sondern auch meinen ersten Kuss bekommen.«

»Und was hat der dich gekostet?«, fragte ich.

»Nicht einen einzigen Cent.« Sein Lächeln war geradezu draufgängerisch. »Den hat sie mir ganz umsonst gegeben.«

KAPITEL VIERUNDDREISSIG

Wie viel wiegt ein Eisbär?
Genug, um das Eis zu brechen.

KAILEY H.

Nach dem Abendessen fragte mich Millie, ob ich einen Spaziergang machen wollte. Wir schlenderten einen Weg entlang, der uns zu einer Wiese auf der anderen Seite des Hauses führte.

In der Ferne konnte ich zwei braune Punkte erkennen. »Sind das Pferde?«

Millie nickte. »Das eine heißt Vanille, das andere Schoko.«

»Reitest du sie?«

»Nicht so viel, wie ich gern würde. Die Regel ist, dass immer jemand mit mir ausreiten muss.«

»Ich wette, es ist richtig ätzend, die Jüngste zu sein.«

»Es ist nicht so schlimm. Aber mit einem gebrochenen Herzen auf die Welt zu kommen …« Ihr Lächeln verblasste.

Was sollte ich darauf nur antworten?

Millie blinzelte. »Jetzt habe ich habe ich die Stimmung verdorben, oder? Tut mir leid.«

»Nein, nein«, versicherte ich. »Natürlich nicht.«

Grinsend drehte sie sich um, so dass sie rückwärts ging. »Doch, habe ich. Meine Mom sagt, ich weiß genau, wie man die Mitleidskarte spielt. Es ist eine Begabung. Du solltest mal sehen, wie oft ich entscheiden darf, welchen Film wir abends gemeinsam anschauen. Da reicht nur ein kleines Husten.«

Es war unmöglich, ihr Lächeln nicht zu erwidern. »Du bist teuflisch.«

»Danke.« Sie verbeugte sich. »Manche Leute macht es total fertig, wenn ich solche Sachen sage. Wenn du als Kind viel Zeit in Krankenhausbetten verbringst, findest du deine Wege, Spaß zu haben.«

Wir setzten unseren Spaziergang entlang des Zauns fort. »Wir hatten ein Schwesterntreffen.«

»Ein Schwesterntreffen?«

»Genau. Nur die Schwestern. Vor dem Abendessen.«

»Chris kann es bestimmt nicht leiden, dass er nicht dabei sein darf.«

»Manchmal treffen wir uns sogar, wenn wir gar nichts zu besprechen haben. Einfach, um ihn zu ärgern.« Millie grinste. »Bei diesem Treffen haben wir über dich abgestimmt.«

»Über mich?«

»Ja. Das machen wir mit allen Frauen, die Elmie mit nach Hause bringt.«

»Oh, gibt es davon viele?«, fragte ich lässig. Weil mich die Antwort wirklich gar nicht interessierte.

Natürlich belog ich mich damit selbst.

»Nicht wirklich. Und um ehrlich zu sein, mochten wir noch keine von ihnen besonders gern. Die meisten haben so getan, als wären sie besser als wir. Bescheuert.« Sie wischte sie die Handflächen an ihren Shorts ab. »Aber wir haben abgestimmt, und ich wurde zur Schwesternsprecherin auserkoren, um dir mitzuteilen, dass du akzeptiert wurdest.«

»Vielen Dank. Ich fühle mich geehrt.« Oder so.

»Gern geschehen.« Sie hakte sich bei mir unter und klang jetzt geradezu aufgekratzt. »Aber du solltest wissen, dass wir diesen großen Trottel sehr liebhaben. Er ist der beste Bruder. Er hat Betsys gesamte Schulausbildung bezahlt, hilft Ellie und hat einen College-Fonds für Aggie angelegt. Er hat dieses Haus für unsere Eltern gekauft. Und obwohl sie alle glauben, ich wüsste nichts davon, ist es trotz der Versicherung teuer, dieses Herz zu haben. Das bezahlt er auch. Aber es geht mir dabei gar nicht ums Geld. Er kümmert sich um uns. Mit stillen Kleinigkeiten, an die niemand sonst denkt.«

Bei der stürmischen, zärtlichen Art, mit der sie über ihren Bruder sprach, zog sich mein Herz zusammen. »Ihr könnt euch glücklich schätzen, ihn zu haben.«

»Das stimmt. Und du hast ihn jetzt auch, also sage ich es dir jetzt klar und deutlich: Solltest du ihm irgendwie wehtun, werden wir dich finden. Und dann findet dich niemand mehr.«

Ich erstarrte. »Hast du mir gerade …«

»Gedroht? Allerdings. Aber mach dir keine Sorgen. Es wird kurz und schmerzlos.« Millie zog mich am Arm weiter. »Komm schon. Lass uns Eis essen und fernsehen.«

Chris und sein Vater verschwanden, als wir nach dem Spaziergang beschlossen, gemeinsam eine Romcom anzuschauen. Ich saß mit Margot und den Schwestern (die ich inzwischen für so was wie ein organsiertes Verbrechersyndikat hielt) im Wohnzimmer.

Sobald die Männer außer Sicht waren, holte Margot einen

großen Stapel Hochzeitsmagazine hervor. »Ich dachte, wir könnten uns die hier anschauen. Ich sammle sie seit ein paar Jahren. Ich hatte fest damit gerechnet, sie inzwischen für Ellie zu brauchen … Na ja, irgendwann wird es auch für sie so weit sein. Aber wir haben noch gar nicht über eure Hochzeit gesprochen. Habt ihr schon ein Datum?«

Ich zögerte. »Noch nicht.«

»Ach, eine Frühlingshochzeit wäre wunderbar. Dann ist die Footballsaison für Chris vorbei. Willst du lieber in einer Kirche oder draußen heiraten?«

»Draußen? Vielleicht?«

»Draußen wäre im Frühling sicher herrlich.«

Ich versuchte, begeistert zu wirken. Immerhin sprach meine (vermeintliche) zukünftige Schwiegermutter über meine (vorgetäuschte) Hochzeit. Aber die Lügen, diese dicken, fetten Lügen in mir wurden größer und größer. Sie wucherten wie … Pilze.

Ja, Pilze waren die Schuld meines Herzens. Ich hasste Pilze.

»Ich weiß, du hast deine Mutter und Schwester zu Hause«, fuhr Margot fort. »Deswegen dachte ich, dass wir vielleicht ein Wochenende planen können, an dem die Mädels und ich zu euch kommen und wir ein Kleid für dich aussuchen. Für eine Frühlingshochzeit sollten wir besser bald etwas finden.«

»Okay?« Nicht okay. Die Pilze verdoppelten sich.

»Mom, entspann dich mal. Du machst ihr Angst«, mahnte Aggie.

Margot legte mir einen Arm um die Schulter. »Ignorier mich. Ich freue mich einfach so. Ich habe für eine Frau gebetet, die Chris in die Finger bekommt. Aber die richtige Frau. Eine, die ihn seines Herzens willen liebt, und nicht wegen des Footballs und des Geldes. Das ist alles nicht für die Ewigkeit.«

Ich räusperte mich. »Um ehrlich zu sein, kennt ihr mich kaum.«

Sie wedelte meine Worte mit einer Hand fort. »Ich kenne meinen Jungen. Weißt du, er hat mich an dem Tag, an dem ihr euch das erste Mal getroffen habt, angerufen und mir von der hübschen Bibliothekarin erzählt, die ihn angeschrien hat.«

»Das hat er?« Ich konnte meine Überraschung nicht verbergen. Der Tag, an dem wir uns kennengelernt hatten? Das musste lange vor unserer Abmachung gewesen sein. Damals hatte er nicht einmal meinen Namen gewusst.

»Allerdings. Ich habe gehört, wie er über dich redet. Und jetzt habe ich auch gesehen, wie er dich ansieht.«

»Wie sieht er mich an?«

»Als wärst du seine Lieblingsperson auf der Welt«, erklärte Aggie.

Ich fragte mich, wie ich ihn wohl ansah.

Aber ich traute mich nicht zu fragen.

KAPITEL FÜNFUNDDREISSIG

Du musst müde sein, denn du bist mir
die ganze Nacht durch den Kopf gegangen.

SHELBY M.

Am nächsten Nachmittag quetschten wir uns alle zusammen in den gemieteten SUV, um damit den einen Kilometer zum See zu fahren, der an das Grundstück der Sterns grenzte. Margot hatte uns frittiertes Hühnchen eingepackt und uns schwören lassen, darauf zu achten, dass Millie regelmäßig Pausen machte. Der Strand war ruhig und abgeschieden. Ein langer Steg ragte aufs Wasser hinaus. Am Ende waren zwei Boote unter einem Vordach befestigt. Chris parkte neben einem Picknicktisch und einem kleinen blauen Schuppen.

»Komm, ich zeige dir das Poolhaus. Es ist nicht groß, aber es gibt Strom und ein Badezimmer«, sagte Aggie. Es dauerte einen Moment, bis sich das Vorhängeschloss öffnen ließ. Das Haus bestand aus einem Raum, in dem ein kleines Bett in einer Ecke stand, es gab einen Mini-Kühlschrank, eine Mikrowelle und ein winziges, aber voll ausgestattetes Badezimmer.

Es war ein wunderschöner Tag, knapp dreißig Grad, und eine

leichte Brise wehte. Während Chris das Auto entlud, stellten wir die Badeliegen, die im Poolhaus lagerten, in einer Reihe auf. Millie verkündete, dass sie mit einer der Luftmatratzen auf den See hinauspaddeln wollte.

»Zuerst Sonnencreme«, befahl Betsy.

»Beeil dich, sonst sind die guten Luftmatratzen alle weg.« Millie zog sich das T-Shirt über den Kopf und drehte Ellie den Rücken zu.

»Süßer Badeanzug«, sagte ich. Mein Blick fiel sofort auf die Narbe, die über den Ausschnitt ihres Badeanzugs lugte.

Millie bedeckte sie mit der Hand.

Ich wurde rot. »Tut mir leid. Ich wollte nicht, dass du dich unwohl fühlst.«

»Nein, das ist es gar nicht.« Sie spitzte die Lippen, und ich hätte schwören können, dass ihre Augen dreimal so groß wurden. »Es ist nur so, dass ich dadurch immer daran erinnert werde, dass ich …«

»… mit einem gebrochenen Herzen auf die Welt gekommen bin«, sagten ihre Schwestern im Chor. »Ja, ja. Wissen wir schon.«

»Das macht sie andauernd«, erklärte Aggie. »Als ob wir es nicht längst verstanden hätten.«

Millie stemmte eine Hand in die Hüfte. »Hey, bei Mom funktionierte das!«

»Das heißt nicht viel.« Betsy trug einen Bikini, der perfekt zu ihrem pinken Haar passte. »Ich bin mir ziemlich sicher, dass Mom bis vor zwei Jahren noch an den Weihnachtsmann geglaubt hat.«

»Warte, soll das heißen, den Weihnachtsmann gibt es gar nicht?«, fragte Chris, der hinter mir stand.

Ich drehte mich um, um etwas Sarkastisches zu sagen, aber die Luft wich aus mir wie aus einem angestochenen Ballon.

Chris Sterns war ein Weltklasseathlet. Er war nicht irgend so ein Typ, der in der Highschool mal Basketball gespielt hatte. Er war auch nicht so ein Typ, der vor der Arbeit für eine Dreiviertelstunde sämtlich Geräte im Fitnessstudio auf einmal belegte. Es war sein Job, gut auf seinen Körper zu achten und ihn stark, schlank und gesund zu halten.

Offensichtlich war er sehr gut darin.

Woher ich das wusste? Er trug kein Shirt. Ich wiederhole: Er hatte kein Shirt an.

Er sollte wirklich seinen eigenen Warnaufkleber haben – so etwas wie ACHTUNG: Wenn dieses Modell ohne Shirt auftaucht, kann es zu kurzzeitigem Gedächtnisverlust kommen, insbesondere des eigenen Namens, sowie zu plötzlichem Anstieg der Körpertemperatur und zu extremem Starren.

»Fertig«, verkündetet Betsy, und ich riss meinen Blick von Chris los.

Millie rannte den Steg entlang. »Die Letzte kriegt die wackelige Luftmatratze!«

Betsy machte mit Aggie weiter, und als sie fertig war, warf sie mir die Flasche zu und drehte sich um.

»Ihr kümmert euch umeinander, oder?« Sie deutete zwischen Chris und mir hin und her.

»Ja, klar. Wir kommen gleich.« Ich wartete, bis sie sich in Richtung des Wassers entfernt hatte. Dann drückte ich Chris, der eine verspiegelte Sonnenbrille aufgesetzt hatte, die Flasche in die Hand. »Deine Vorderseite kannst du selbst machen.«

Ohne seine Reaktion abzuwarten, machte ich mich auf den

Weg zum Poolhaus, wo ich das Strandkleid, das mir Betsy geliehen hatte, auszog und in meine Tasche stopfte.

Als ich zurückkam, war Chris gerade dabei, sich die Brust einzucremen. Er sah mich und erstarrte für den Bruchteil einer Sekunde. Zumindest wollte ich glauben, dass es an meinem Anblick lag. Die Sonnenbrille machte es unmöglich, seinen Augen zu folgen. Ich wünschte mir ebenfalls eine.

Betsy hatte mir einen knallroten Badeanzug gegeben, der im Nacken eine Schleife und einen schmalen Rock hatte, ganz im Glamour der 50er Jahre.

Ich rückte den Träger zurecht. »Deine Schwester hat ihn mir geliehen, nachdem jemand vergessen hat, mir zu sagen, dass ich einen mitbringen sollte. Sieht es blöd aus? Normalerweise trage ich kein Rot. Mit den roten Haaren und allem, du weißt schon.«

Er räusperte sich und begann wieder damit, sich die Arme einzucremen. »Er passt zu dir.«

»Danke.«

Eine unangenehme, schwere Stille machte sich zwischen uns breit. Ich tat alles, um ihm nicht dabei zuzusehen, wie er die Sonnencreme über seinem Körper verteilte. Wirklich alles. Ich starrte den Boden an, meine Fingernägel, den Picknicktisch, aber meine Augäpfel standen unter einem seltsamen Bann, der es mir unmöglich machte, ihn nicht anzustarren.

Warum musste er so verdammt schön sein? Und nicht nur von außen, obwohl sein Äußeres natürlich nicht zu verachten war. Es war auch alles andere. Ich sah, wie er mit seiner Familie umging, wie sehr er seine Eltern liebte und respektierte, wie großzügig er mit seiner Zeit und seinem Geld umging, und wie er seinen Ruf aufs Spiel setzte, um eine Schwester zu beschützen. IN SEINER FREIZEIT BESUCHTE ER KINDER IM KRANKENHAUS.

Er war ein guter Mann.

Warum? Waruuuum?

Warum konnte er nicht arrogant und egoistisch sein und ständig nach Salami riechen? So machte es die ganze Sache noch unendlich viel komplizierter.

Ich wollte ihn nicht als mehr als nur einen Freund mögen. Das ging nicht. Mein Herz stand nicht zur Verfügung. Es hatte schon genug Enttäuschung und Schmerz von den Menschen erfahren, die mich eigentlich hätten lieben sollen, und ich war nicht dumm genug, das noch einmal durchzumachen. Nein. Auf keinen Fall. Tatsächlich hing an meinem Herzen ein winziges Schild, auf dem BIS AUF WEITERES GESCHLOSSEN stand.

»Kannst du dich jetzt um meinen Rücken kümmern?«, riss mich Chris aus den Gedanken.

Ich schluckte, nahm ihm die Flasche ab und drückte ein wenig Sonnencreme in meine Handfläche. »Das könnte jetzt kalt werden.«

Ich versuchte, professionell zu sein. Oder zumindest nicht creepy. Und das machte ich auch ganz gut, bis ich eine etwa fünf Zentimeter lange Narbe auf seinem rechten unteren Rücken entdeckte. Gedankenverloren ließ ich meinen Finger darübergleiten.

»Skateboardunfall, als ich dreizehn war«, erklärte Chris leise.

»Musstest du genäht werden?«

Er zuckte mit den Schultern. »Vermutlich, aber ich hatte mich aus dem Haus geschlichen, um skateboarden zu gehen, und ich hatte zu viel Angst davor, es meinen Eltern zu erzählen. Ich habe meine Lektion gelernt, so viel steht fest.«

»Ich dachte, du warst bei den Pfadfindern.«

»Auch brave Kinder machen ab und zu Dummheiten.«

Als ob ich das nicht wüsste. Ich biss mir auf die Lippe und fuhr ihm wieder mit den Händen über den Rücken, seine Schultern und den Nacken entlang. Ich hatte bereits alles eingerieben, also war das jetzt auf jeden Fall seltsam.

»Fertig.« Ich drehte mich um und hielt den Atem an, während ich darauf wartete, dass er anfing.

Er beeilte sich. Er war sogar so schnell, dass mir klar wurde, dass es ihm offensichtlich nicht annähernd so viel ausmachte wie mir. Eine Welle der Scham überkam mich, die schnell von Entschlossenheit abgelöst wurde. So konnte ich mich auch verhalten. So viel war sicher.

Er zögerte. »Ich muss kurz unter den Träger, in Ordnung?«

Er fuhr mit einem Finger unter die verknoteten Träger in meinem Nacken, und mir lief ein Schauer über den Rücken. Ich ignorierte ihn.

»Fertig?« Ich wartete seine Antwort nicht ab, sondern wirbelte herum und wäre beinahe gegen ihn gefallen.

Er packte meine Schultern und hielt mich fest. »Immer mit der Ruhe, Streuselchen.«

»Nenn mich nicht so!«, fuhr ich ihn an.

Es war besser, genervt zu klingen.

Viel besser als diese verwirrenden Gefühle, für die ich nicht bereit war.

Sein Mundwinkel zuckte und er tippte mir sanft auf die Nase. »Aber es gibt einfach so viele davon. Wie Streusel. Da bekomme ich Lust auf was Süßes.«

Ich verschränkte die Arme. »Meine Sommersprossen sorgen dafür, dass du Lust auf Nachtisch hast?«

Ein Lächeln breitete sich langsam auf seinem Gesicht aus. Er zögerte einen langen Augenblick. »So in etwa.«

»Was soll das heißen?«

Mit einem leisen Lachen, das ich im Magen spürte, ging er an mir vorbei zum Wasser hinunter.

KAPITEL SECHSUNDDREISSIG

In der Highschool kam allen Ernstes ein Junge zu mir und griff nach dem Kragen meines Shirts. Als ich ihn fragte, was zur Hölle er da tue, antwortete er: »Ich will nur auf deinem Etikett nachsehen, ob du wirklich im Himmel gemacht worden bist.« Das brachte mich zum Lachen, was vermutlich seine Absicht war.

DILIANA D.

Wir genossen das Wasser und ein spätes Mittagessen. Gegen halb acht beschlossen wir, unsere Sachen zusammenzupacken und zurück nach Hause zu fahren. Ich ging ins Poolhaus, um mich umzuziehen. Während ich im Badezimmer war, hörte ich, wie jemand die Haustür öffnete und wieder schloss, gefolgt von einem Poltern im winzigen Küchenbereich.

Dort fand ich Chris, der die Kühlbox mit den Getränken im Arm hielt. Er trug wieder sein Hemd, die Sonnenbrille baumelte am Kragen.

»Könntest du dir die Chipstüte schnappen und die Tür öffnen?«, fragte er.

»Klar.« Ich drückte mich um ihn herum (der Raum war wirklich winzig) und ging zur Tür. Aber als ich den Knauf drehte, tat sich nichts Ich versuchte es noch einmal. Und wieder passierte nichts.

Ich legte die Sachen in meinen Armen zur Seite. Vielleicht zog ich nicht stark genug? Ich zerrte mit aller Kraft am Knauf und wäre fast auf den Hintern gefallen, als meine Hände abrutschten.

»Geht sie nicht auf?«, Chris runzelte die Stirn. »Lass mich mal.«

Er klang so selbstsicher, dass mich Erleichterung durchströmte. Für Mr. Muskelpaket würde es doch sicherlich ein Leichtes sein. Aber drei Minuten und mehrere Versuche später klemmte die Tür immer noch. Chris fuhr sich mit dem Daumen über die Unterlippe.

Es war okay. Alles war okay. Auf der anderen Seite dieser Tür waren drei weitere Menschen. Sie würden uns hier herausholen.

»Hey!«, rief ich und klopfte mit der Faust gegen die Tür. »Aggie, die Tür geht nicht auf. Kannst du uns helfen?«

Ich lauschte angestrengt, aber es kam keine Antwort.

»Betsy? Millie? Irgendwer? Hallo?« Ich hämmerte gegen die Tür.

Chris fuhr sich mit der Hand durchs nasse Haar, das dadurch an manchen Stellen abstand. »Sie sind abgehauen.«

»Sie würden uns doch nicht hier zurücklassen«, sagte ich, während mir dämmerte, dass sie genau das tun konnten.

Die einzigen Fenster waren kleine, schräge Lüftungsschlitze, die hoch oben an den Wänden angebracht waren. Ich kletterte aufs Bett und öffnete einen Schlitz. Selbst dann musste ich mich strecken, um hinausschauen zu können.

»Das Auto ist noch da.« Ich sprang vom Bett. »Vielleicht sind sie noch ein letztes Mal Schwimmen gegangen?«

Chris lehnte mit resignierter Miene an der Wand. »Zu Fuß dauert es nur zehn Minuten nach Hause, und das hier sieht aus wie einer von Millies Plänen, zu denen sie die anderen überredet hat. Sie ist eine Landplage.«

»A–aber ... Sie sind einfach verschwunden. Sie haben uns hier eingeschlossen und sind abgehauen?« Ich fächelte mir Luft zu. »Es ist heiß hier drin. Findest du nicht?«

Chris hob eine Augenbraue.

»Alles in Ordnung mit dir, Streuselchen? Du bist ein bisschen blass.«

»Ich bin immer blass. Ich bin im Grunde das, was passieren würde, wenn Mayonnaise und ein Gespenst ein Baby bekämen, und nenn mich nicht Streusel.« Ich ließ mich aufs Bett fallen. »Was machen wir jetzt?«

»Wir warten.«

»Das ist eine dumme Idee. Wir brauchen einen Plan. Oh, mein Handy.« Ich griff nach meiner Tasche und kramte darin herum, bis ich schließlich den gesamten Inhalt auf den Boden leerte. »Es ist nicht mehr da. Es sollte aber hier sein.«

»Wo hast du es denn gelassen?«

Stirnrunzelnd setzte ich mich auf den Boden. »In der Tasche, die ich hiergelassen habe.«

»Du hast es aus den Augen gelassen. Als ich das das letzte Mal gemacht habe, hat sich eine von ihnen mein Handy ›ausgeliehen‹ und jeden einzelnen Kontakt zu MOM geändert. Ich habe Wochen gebraucht, um das alles wieder zu sortieren. Du hättest darauf aufpassen müssen. Anfängerfehler.«

»Danke, dass du mir das *jetzt* sagst. Wo ist dein Handy?«

»Ich war schlau. Hab es ihm Handschuhfach des Autos eingeschlossen.«

Ich stöhnte. »Also sitzen wir fest?«

»Bis sie beschließen, die Tür wieder zu öffnen, ja.« Er hielt mir eine Hand hin und half mir vom Boden auf. »Das hier ist jetzt unser neues, schönes Zuhause.«

KAPITEL SIEBENUNDDREISSIG

Deine Hand sieht so einsam aus.
Gib sie mir, ich halte sie für dich.

DANIELLA H.

»Das hier ist weird.«

»Ich habe doch gesagt, ich kann auf dem Boden schlafen«, sagte Chris.

Das hatte er tatsächlich, mehrmals. Aber ich war nicht herzlos genug, ihm das anzutun. Chris und ich waren beide keine Menschen, die sich ein schmales Bett teilen konnten. Seine Schultern allein schienen mehr als die Hälfte der Matratze einzunehmen, und entweder musste er sich zusammenrollen, um hineinzupassen, oder die Füße seitlich heraushängen lassen.

»Na ja, wenn du nicht auf diese Schwimmnudeln zwischen uns bestehen würdest, hätten wir mehr Platz.«

Ich tätschelte den Schwimmnudelstapel neben mir. »Nein, danke. Du könntest dich über mich hermachen.«

Oder umgekehrt. Weil ich heute Dinge gesehen hatte, die sich unwiderruflich eingebrannt hatten: Chris ohne Shirt, seine breiten, muskulösen Schultern und diese kleine Narbe auf seinem

Rücken, die mich so faszinierte. Ich schloss die Augen und ein Schauer lief mir die Wirbelsäule herunter.

Chris brummte. »Dieses Bett ist unglaublich unbequem.«

»Vielleicht sollten wir versuchen zu schlafen.«

»Gute Idee. Nacht.«

Ich drehte mich der Wand zu. Ich lag innen, und das metallene Kopf- und Fußteil des Bettes und dieser riesige Footballspieler auf der anderen Seite klemmten mich praktisch ein. Zum Glück hatte ich keine Platzangst. Oder Angst vor der Dunkelheit.

Denn hier war es dunkel. Richtiggehend finster. Es gab keine Straßenlaternen oder vorbeifahrende Autos oder den sanften Schein der Lichter eines Nachbarhauses. Draußen war nichts außer Wasser und Gras und vermutlich anderen Lebewesen, über die ich nicht nachdenken wollte.

Ich setzte mich auf. »Gibt es da draußen Frösche?«

»Was?«

»Frösche. Gibt es hier Frösche?«

»Willst du das wirklich wissen?«

»Nicht, wenn die Antwort Ja lautet. Lüg mich an.«

»Na gut. Es gibt keinen einzigen Frosch in und um dieses sehr große Gewässer, das nur wenige Meter vor diesem Schuppen beginnt.« Er berührte meinen Arm, seine Finger wanderten zu meiner Handfläche hinab, und ich bekam eine Gänsehaut. Er drückte meine Hand. »Besser?«

»Nein.« Aber ich legte mich wieder hin und versuchte, an schöne Dinge zu denken. An Mäuse und Ratten und die Pest zum Beispiel. An alles, nur nicht an diese grünen schleimigen Dinger. Ich schauderte und drehte mich zu der Trennwand aus Schwimmnudeln um.

Nach einem langen Augenblick seufzte Chris. »Warum Frösche?«

»Weil sie ekelhaft sind.«

»Alles klar.« Er hielt kurz inne. »Aber Frösche? Das wirkt ein wenig irrational, meinst du nicht?«

»Irrationalität macht eine Phobie eben aus.«

»Es muss doch irgendwann angefangen haben.«

Ich stöhnte. »Also gut. In der siebten Klasse mussten wir im Bio-Unterricht Frösche sezieren. Einer der Jungs dachte, es wäre witzig, mich mit Froschinnereien zu bewerfen. Ich habe etwas in den Mund bekommen. Ich musste mich übergeben. Ende der Geschichte.«

Stille.

»Ich habe versprochen, dich vor ihnen zu beschützen. Ich bin ein Mann meines Wortes.« Ich konnte hören, wie er ein Lachen unterdrückte.

»Halt die Klappe und schlaf jetzt.«

Einige Minuten lang bemühte ich mich, eine bequeme Position zu finden. Irgendwann gab ich auf und versuchte stattdessen, die Sprungfeder zu ignorieren, die sich in meine Hüfte bohrte.

»Schläfst du schon?«, flüsterte ich. Als er nicht sofort antwortete, fragte ich lauter: »Hey, bist du wach?«

Er machte ein grunzendes Geräusch. »Jetzt schon.«

»Oh, tut mir leid. Schlaf weiter.«

»Schon in Ordnung. Sag schon. Hast du wieder an etwas gedacht, das dir Angst macht?«

»Ha, ha.« Ich stützte mich auf die Ellbogen, das Gesicht in einer Hand. »Ich mag deine Familie wirklich gern.«

»Sie mögen dich auch«, erwiderte er leise.

»Ich habe Angst davor, was passiert, wenn das alles vorbei ist. Es betrifft nicht nur uns beide. Auch meine Mom und deine Mom. Es wird ihnen wehtun.«

Eine lange Pause. »Ich weiß.«

»Außerdem bin ich mir ziemlich sicher, dass deine Schwester einen Profikiller auf mich ansetzen wird.«

»Millie?«

»Ja, sie macht mir irgendwie Angst.«

Das Bett wackelte. Ich konnte gerade den Umriss seines Gesichts erkennen. Wir waren nur Zentimeter voneinander entfernt. Danke für nichts, Schwimmnudeln.

»Manchmal glaube ich, dass ihre gesundheitlichen Probleme ihr auf eine seltsame Art Mut machen. Sie hat Operationen überstanden, lag wochenlang im Krankenhaus, ist mehr als einmal fast gestorben. Sie ist furchtlos.«

»Sie wird mich hassen, wenn das hier vorbei ist. Sie alle werden das.«

Meine Worte hingen schwer in der Luft. Ich wünschte, es wäre anders. Aber ich war mir ziemlich sicher, dass mein falscher Verlobter seine echte Familie über die Trennung hinaus behalten durfte.

»Was, wenn …«, begann er mit sanfter Stimme. Mir stockte der Atem, als ich spürte, wie er mir eine Haarsträhne hinters Ohr schob. Seine Hand war ganz nah, und ich hatte das seltsame Bedürfnis, mein Gesicht wie eine Katze an sie zu schmiegen.

Ich wartete auf das Ende seines Satzes. Ich wollte, dass er ihn beendete. Tatsächlich schien es mir von äußerster Wichtigkeit, das Ende zu hören. »Was, wenn was?«

Das Bett ruckelte, als er sich von mir wegdrehte. »Nichts.«

»Sie haben dich sehr lieb. Millie hat mir erzählt, dass du sämtliche Collegekosten und ihre Arztrechnungen und das Haus für eure Eltern bezahlt hast. Sie sind sehr stolz auf dich.«

Eine weitere lange, bedeutungsschwere Stille folgte.

»Ich will, dass sie stolz auf mich sind.« Er seufzte. »Ich hasse diese ganzen Lügen und leeren Worte.«

»Aber du bist irgendwie gut darin.«

Er setzte sich auf. »Ich bin ein guter Lügner?«

»Ich meine bloß, dass du sehr überzeugend bist.« Ich richtete mich ebenfalls auf.

»Das ist kein Kompliment«, sagte er knapp.

Ich zuckte zusammen. Er hatte recht, meine Worte klangen völlig falsch. »So habe ich das nicht gemeint. Es ist nur ... Ich weiß auch nicht ... Manchmal glaube sogar *ich* beinahe, dass wir eine echte Beziehung führen.«

Er ließ sich so schwer aufs Bett zurückfallen, dass das Kopfteil gegen die Wand krachte. »Ich schlafe jetzt.«

Und das tat er. Ohne noch ein weiteres Wort zu verlieren. Gemein.

Ich drehte mich auf die Seite und kuschelte mich an mein Kissen. So war es fast bequem. Aber in dieser Position begann mein Arm zu kribbeln.

Hier drin war es heiß. Chris hatte alle Lüftungsschlitze geöffnet, und ein winziges Lüftchen wehte, aber ich war zu weit davon entfernt, um es zu spüren. Ich hasste es zu schwitzen. Ich kickte die Decke von mir.

Ich schlief ein, um kurz darauf erschrocken wieder aufzuwachen. Mein Herz pochte heftig, während ich langsam begriff, wo ich war und wer neben mir lag. Irgendwie hatte ich es geschafft, die Barriere aus Schwimmnudeln so zu durchbrechen, dass mein Arm auf Chris' Brust ruhte. Er hielt ihn mit seiner großen Hand fest. Als ich mich vorsichtig zu lösen versuchte, verstärkte er seinen Griff.

Sein ruhiger Herzschlag ließ mich wieder einschlafen.

Als ich das nächste Mal aufwachte, küsste ich beinahe die Wand. Mein Rücken teilte mir laut und deutlich mit, wie unglücklich er morgen sein würde. Ich hoffte auf Erleichterung, indem ich mich umdrehte, so dass ich mit dem Kopf am Fußende lag. Ich versuchte, an glücklichere Zeiten zu denken. An Chris ohne Shirt zum Beispiel. Das war schön. Oder als wir gemeinsam im Wasser gewesen waren und er sich angepirscht und nach meinen Beinen geschnappt hatte. Ich hatte so laut geschrien, dass selbst Margot zu Hause mich mit Sicherheit gehört hatte.

Dann war er aufgetaucht, mit einem Lachen und nasser, warmer, goldener Haut, und fast hätte ich vergessen, wütend zu sein. Der Drang, ihn zu berühren, hatte mich beinahe überwältigt. Stattdessen war ich schmollend davongeschwommen.

Was, wenn …?

Was, wenn ich ihn berührt hätte? Hätte er mich an sich gezogen und mir etwas Zärtliches ins Ohr geflüstert? Vielleicht hätte er meinen Hals geküsst, kleine, süße Küsse, die sich meinem Mund näherten …

Ja, es war wirklich viel zu heiß hier drin, und jetzt musste ich auch noch aufs Klo.

Langsam kletterte ich über Chris Füße und tastete mich zum Badezimmer. Ins Bett zurückzukehren war in der Dunkelheit ungleich schwieriger. Ich hoffte, mich in Richtung des Fußendes des Bettes zu bewegen und machte langsame Schritte.

Eine Hand packte mich, und mir blieb die Luft weg. Einen Moment stand ich fest mit beiden Füßen auf dem Boden, im nächsten Moment lag ich auf dem Bett, flach auf dem Rücken, und Chris ragte über mir auf.

Mein Atem ging stoßweise. »Tut mir leid. Habe ich dich geweckt?«

»Warum bist du wach?«, fragte er mit verschlafener Stimme.

»Ich musste aufs Klo.«

»Oh.« Er bewegte sich nicht.

Sein Körper strahlte Wärme aus, und das Atmen fiel mir schwer. »Äh, könntest du mich loslassen?«

»'tschuldigung. Ich habe von dir geträumt. Irgendwie ist das kurz mit der Wirklichkeit verschwommen.«

Ich gab einen erstickten Laut von mir. »Du hast von mir geträumt? Was habe ich gemacht?«

»Du hast mich angeschrien.«

»Oh, na ja, tut mir leid.«

Er ließ mich los, und ich rutschte wieder auf meine Seite des Bettes. »Ich bin mir ziemlich sicher, dass man die Träume anderer Leute nicht kontrollieren kann.«

»Schlaf weiter. Vielleicht kommst du auch noch an die Reihe.«

Er murmelte etwas, das ich nicht richtig verstand, und dann war es plötzlich wieder ganz still. Ich zwang mich einzuschlafen, aber es wollte nicht klappen. Ich drehte mich auf den Bauch, um bequemer zu liegen. Ich wünschte mir mein Handy. Ich könnte Ali anrufen, die normalerweise zu jeder noch so absurden Uhrzeit wach war. Nur um eine vertraute Stimme zu hören, etwas, das sich nicht kürzlich erst verändert hatte.

Ich drehte mich hin und her. Meine Gedanken begannen zu rasen.

Was war nur aus meinem Leben geworden? Noch vor zwei Monaten war ich eine unbescholtene Bibliothekarin mit einem schlecht gelaunten Kater und einem Nebenjob bei *Chicky's* gewesen. Jetzt teilte ich mir das Bett mit meinem falschen Verlobten.

Das hatte mir mein diesjähriges Horoskop nicht vorhergesagt.

Wie würde es in den nächsten paar Monaten weitergehen? Mit dem Geld würde ich Mamas Arztrechnungen begleichen und etwas zur Seite legen, womit Iris nächstes Jahr das College bezahlen konnte. Vielleicht konnten wir ihr ein akzeptables, billiges Auto kaufen.

Ächzend drehte ich mich auf die Seite.

»Hör auf«, stöhnte Chris. »Immer, wenn du dich bewegst, bewegt sich das ganze Bett. Fast so, als wolle man während eines Kindergeburtstags auf einem Trampolin schlafen. Schlaf jetzt endlich.«

Ich fuhr zusammen. »Tut mir leid. Ich schlafe nicht besonders gut. Meine Gedanken rasen und rasen, selbst wenn ich erschöpft bin. Zu Hause habe ich eine Routine. Ich nehme Melatonin und benutze eine schwere Decke. Und selbst das hilft nicht immer. Ich werde hier einfach still liegen und mich nicht bewegen, ich verspreche es.«

Chris seufzte und begann, die Schwimmnudeln durchs Zimmer zu werfen.

»Was tust du da?«, fragte ich.

»Ich helfe dir beim Einschlafen.«

»Wie willst du das …?« Ich schrie auf, als er mich quer über das Bett zog.

»Ich habe zwar kein Melatonin, aber ich kann deine spontane Ersatzdecke sein.« Mit diesen Worten umfasste er meine Taille und klemmte mich unter sich ein. Sein Bein lag über meinen beiden. Auf einmal war er überall.

Ich erstarrte.

»Entspann dich«, befahl er, sein Mund ganz nah an meinem Ohr.

»Klar. Gar kein Problem.« Aber natürlich war es ein Problem. Ein großes. Ein enormes, riesiges, überdimensionierter-Footballspieler-großes Problem. Meine freie Hand suchte vergeblich nach einer bequemen Stelle. Schließlich legte ich sie zögerlich auf Chris' Arm.

»Du bist schwer«, keuchte ich.

»Darum geht es doch, oder etwa nicht?«

Ich drehte ihm das Gesicht zu und atmete ein. Vermutlich würde ich nie wieder den Duft von Sonnencreme riechen können, ohne dabei an Chris zu denken. Ich überlegte, ob es Duftkerzen mit Sonnencremearoma gab.

Langsam entspannte sich mein Körper. Meine Lider wurden schwer. Es fiel mir immer schwerer, die Augen offen zu halten.

»Alles in Ordnung?«, fragte Chris sanft.

»Ja«, flüsterte ich zurück.

»Gut. Dann schlaf jetzt endlich.«

»Okay.«

Zu meinem großen Erstaunen tat ich das tatsächlich.

KAPITEL ACHTUNDDREISSIG

Ich bin neu in der Stadt, kannst du mir
den Weg zu dir nach Hause zeigen?

TENNAYA B.

»Oooh, seht nur, wie süß sie sind.« Das war Aggie.

»Ich habe doch gesagt, dass das eine gute Idee ist. Sie haben ein bisschen Zeit für sich gebraucht.« Das war Millie.

»Irgendwie bezweifle ich, dass sie das auch so sehen«, warf Betsy ein.

»Haut ab«, murmelte Chris. Er zog mich enger an sich.

Ich öffnete ein Auge, aber das Sonnenlicht, das durch die offene Tür fiel, sorgte dafür, dass ich es sofort wieder schloss. Wir waren frei. Aber ich wollte diesen Ort nicht verlassen, an dem es so warm und gemütlich war. Ich hatte so gut geschlafen wie vielleicht noch nie in meinem Leben.

»Na ja, Mom bringt uns vermutlich um, wenn sie davon erfährt«, bemerkte Aggie.

Ellie brachte das Bett zum Wackeln. »Zeit zum Aufstehen! Piper braucht euch. Sie hat Mom angerufen. Die ist jetzt am Durchdrehen, weil sie euch nicht finden kann.«

Chris drehte sich auf den Rücken und stahl mir damit meine menschliche Bettdecke. Ich hielt die Augen weiterhin geschlossen. »Haut. Ab.«

»Alles klar. Ich lasse Maes Handy hier auf dem Bett liegen«, erklärte Aggie. »Ich habe es nämlich gefunden. Mae, du solltest vorsichtiger sein, wo du dein Handy herumliegen lässt. Aber mach dir keine Sorgen, ich habe darauf aufgepasst. Ich habe es sogar geladen. Denk daran, wenn du entscheidest, wer deine Trauzeugin wird.«

»Lass das Handy hier und verschwindet«, grummelte Chris.

»Nur, um das klarzustellen«, warf Betsy ein. »Ich wusste nichts von alldem. Ich bin unschuldig.«

Aggie keuchte. »Lässt du mich und Millie etwa gerade im Stich?«

»Nein. Ich hatte mit der ganzen Sache überhaupt nichts zu tun. Du weißt, die Rache dafür wird …« Betsys Stimme wurde leiser, und die Tür schlug zu.

Einen Augenblick später drehte sich Chris wieder um und hielt mir das Handy vors Gesicht. »Du kannst damit aufhören. Sie sind verschwunden.«

»Womit aufhören?« Ich nahm das Telefon gerade in dem Moment, als eine Nachricht eintraf.

Ich blinzelte mir den Schlaf aus den Augen und bat Chris, mir meine Brille zu geben. Als ich sah, wie viele verpasste Anrufe und Nachrichten ich hatte, musste ich schlucken. Piper hatte in der Tat versucht, uns zu erreichen.

Piper: Hey, ruf mich zurück. Gerade hat sich eine großartige Möglichkeit ergeben, und ich will sichergehen, dass du damit einverstanden bist.

Eine halbe Stunde und zwei verpasste Anrufe später:

Piper: Ich muss dringend kurz mit dir sprechen.

Zwei Stunden, fünf Nachrichten und sieben Anrufe später:

Piper: Wo zum Teufel steckt ihr beiden? Niemand antwortet mir.

Die letzte Nachricht hatte sie kurz vor Mitternacht geschickt:

Piper: Gut. Die Entscheidung wurde getroffen. Seid morgen zur Mittagszeit beim Haus von Chris' Eltern. Ihr werdet Verlobungsfotos machen.

Ach du Scheiße.

Wir schnappten uns unsere Sachen und beeilten uns, wieder zum Haus zu kommen. Chris ließ mich allein, um zu duschen, was mir genug Zeit ließ, um mir über die Fotos den Kopf zu zerbrechen.

Es war eine Sache, Lügen über die Verlobung zu erzählen, einen Ring zu tragen und in der Öffentlichkeit süß und verliebt aufzutreten. Selbst die Bilder, die Piper mit dem Handy von der »tatsächlichen« Verlobung gemacht hatte, waren etwas anderes. Aber professionelle Bilder?

Diese Idee hatte etwas sehr Reales an sich. Wenn wir verlobt wären, würde eines dieser Bilder auf der Hochzeitseinladung landen, und ein anderes würden wir rahmen lassen, weil es unser Lieblingsbild war. Dieses eine Foto, das festhielt, was wir wirklich füreinander empfanden.

Aber das hier war nicht, und ich wiederhole, *überhaupt nicht* echt.

»Was ist nur aus meinem Leben geworden?«, fragte ich in den leeren Raum hinein. Ich zog mir Shorts und ein Tanktop über und machte mich dann mit rasenden Gedanken auf den Weg zum Haupthaus.

Ich öffnete die Tür, und sofort überwältigte mich die schiere Menge an Menschen und Dingen im Haus. Kleiderständer begrüßten mich im Wohnzimmer. Der Esstisch war zur Seite geschoben und der Inhalt eines ganzen Schuhladens nach Größe und Farbe sortiert ausgebreitet worden. Ich kämpfte mich zur Küche vor, wo ich Margot im Gespräch mit einer hübschen Frau in Jeans und T-Shirt entdeckte. Betsy und Millie saßen mit einer weiteren mir unbekannten Frau am Küchentisch.

»Mae.« Margot winkte mir aufgeregt strahlend zu. »Ist das nicht alles unglaublich? Als Piper sagte, dass die ganze Familie auf den Fotos sein würde, konnte ich es gar nicht glauben. Es ist so lange her, dass wir Familienfotos gemacht haben. Ich wünschte nur, Ellie wäre hier. Aber dafür wirst du mit drauf sein!«

Mir drehte sich der Magen um. Auch noch Familienfotos? Das ging zu weit. »Weißt du vielleicht, wo Chris ist?«

»Er ist mit Piper verschwunden.« Sie klatschte in die Hände wie eine unbeaufsichtigte Dreijährige mit einem unbegrenzten Cupcake-Vorrat. »Lass uns Sergio suchen.«

»Wer ist Sergio?«

Margot legte sich die Hände an die Wangen. »Ach, er ist einfach fantastisch. Sergio ist der Stylist. Hast du diese ganzen Kleiderständer gesehen? Die sind für uns.«

»Ein Stylist?«

»Du wirst schon sehen.« Sie hakte sich bei mir unter und zog mich zu einem der Schlafzimmer. Sie klopfte. »Wir sind's, Margot und Mae!«

Die Tür flog auf, und ein Mann breitete die Arme aus. »Mae ist hier?«

»Mae, das ist Sergio.«

Sergio war ein schlanker Mann, der ein schwarzes kimonoartiges Kleid über schwarzen Leggins trug. Eins seiner Augen wurde von einer schwungvollen, weißblond gefärbten Locke verdeckt. Mit dem anderen nahm er mich sorgfältig unter die Lupe. Er hob einen Finger und bedeutete mir, mich im Kreis zu drehen. Das tat ich auch. Dann tippte er sich gegen die Lippen, offenbar tief in Gedanken versunken. Ab und zu summte oder murmelte er etwas vor sich hin.

Nach einer guten Minute lächelte er breit. »Ja, das wird großartig mit deiner Figur. So hübsch und sanft. Unter uns gesagt, diese dürren Models sind wie Kleiderbügel. Wenn ich Bügel stylen wollte, würde ich bei GAP arbeiten. Aber du ...« Er küsste seine Fingerspitzen. »Du wirst die Kleider mit deinen Kurven zum Singen bringen. Perfekt.«

»S–super.«

»Komm her. Keine Zeit zum Plaudern. An die Arbeit! Wir müssen das perfekte Outfit für dich finden.«

Das stellte sich als komplizierter heraus, als ich erwartet hatte. Im Wohnzimmer zählte ich fünf Kleiderständer, aber Sergio deutete auf zwei davon. »Diese sind für dich, meine Liebe. Niemand hat mir gesagt, dass du rotes Haar hast.« Er tippte sich erneut gegen die Lippen. »Ich denke an Gelb, oder vielleicht ...«

Er ging zu einem der Ständer hinüber und begann, durch die Kleider zu stöbern. Als er bemerkte, dass ich mich nicht bewegt hatte, scheuchte er mich zu einem anderen Ständer. »Los jetzt. Sieh sie dir an. Da gibt es ein Kleid, das wunderschön an dir aussehen würde, denke ich. Es ist wassergrün und lang und verträumt. Darin würdest du aussehen wie eine verführerische Waldnymphe.«

Als Piper mich fand, durchwühlte ich gerade einen Kleiderständer. »Da bist du ja. Bist du beschäftigt?«

»Ich bin auf der Suche nach einem Kleid, in dem ich wie eine verführerische Waldnymphe aussehen soll. Das ist alles, was ich weiß.« Ich hielt das Kleid in die Höhe. »Sergio, ist es dieses hier?«

Er verzog das Gesicht. »Das ist nicht wassergrün, das ist türkis.«

»Aber natürlich. Wie konnte ich das verwechseln.« Ich hängte das Kleid zurück.

»Ich weiß, das kommt alles sehr plötzlich«, sagte Piper. »Aber wir haben es geschafft, Charles Thackery für eure Fotos zu buchen.«

»Sollte ich wissen, wer Charles Thackery ist?« Ich zog ein anderes Kleid von der Stange. Es war grün und fühlte sich wunderbar fließend an. »Dieses?«

Sergio schüttelte angewidert den Kopf. »Das ist meerschaumgrün. Hast du als Kind keine Farben gelernt?«

»Das also nicht.« Ich drehte mich zu Piper um. »Wie genau habt ihr einen Sergio so kurzfristig mitten in Oklahoma auftreiben können?«

»Schätzchen, ich kann Wunder bewirken, die selbst Moses zum Staunen brächten.« Piper grinste. »Charles Thackery ist ein angesagter Hochzeitsfotograf. Er hat gestern zufällig die Hochzeit der Tochter irgendeines stinkreichen Ölbarons in Oklahoma

City fotografiert. Aber ich konnte ihn dazu überreden, zu uns zu kommen.«

Ich sah mich im Raum um, dann trat ich näher an Piper heran und senkte die Stimme. »Aber ist das nicht ein bisschen viel für eine vorgetäuschte Verlobung? Diese Bilder sind sinnlos.«

Sie schüttelte den Kopf. »Nein, sind sie nicht. Sie werden uns gute Schlagzeilen einbringen. Dieses anonyme Arschloch hält immer noch nicht die Klappe. Inzwischen scheint er sich einfach Sachen auszudenken, nur um mich zu ärgern.«

»Du weißt immer noch nicht, wer er ist?«

Pipers Blick wurde stählern. »Noch nicht. Aber wenn ich es weiß, schwöre ich dir, dass ich ihm seine verlogene Fresse polieren werde.«

»Hier ist es, Schätzchen, hier ist es.« Sergio hielt ein grünes Kleid hoch. »Das ist wassergrün, und es wird wunderbar an dir aussehen. Ich weiß so was. Ich bin ein Stylezauberer. Komm, komm. Es ist Zeit für die Magie.«

KAPITEL NEUNUNDDREISSIG

Mit meinem Handy stimmt etwas nicht.
Deine Nummer ist nicht in meinem Adressbuch.

LINDA E.

Als wir mit dem Fotoshooting anfingen, war ich fast schon zu Tode gekniffen, gezupft und gedrückt worden. Aber als ich in den Spiegel sah, musste selbst ich zugeben, dass ich gut aussah. Das Kleid hatte das perfekte Grün für mein Haar und meinen Hautton. Es war lang und fließend, an der Taille enger und reichte fast bis zum Boden, wo es auf ein paar einfacher goldener Sandalen fiel. Sergio hatte recht gehabt: Irgendwie fühlte ich mich fast wie eine verführerische Waldnymphe.

Ich hoffte, dass Chris das Kleid und das Haar und das Gesamtpaket gefielen. Es war idiotisch, aber mir war wichtig, was er dachte. Ich wollte, dass er mich mochte. Auf eine ganz und gar vorgetäuschte Art.

Ja, ja. Damit belog ich mich mal wieder selbst.

Ich holte tief Luft und machte mich auf die Suche nach den Sterns. Sämtliche Schwestern waren in der Küche versammelt. Mehrere Minuten verbrachten wir damit, einander Komplimente zu machen. Wie man das eben so macht. Luke Sterns kam als Nächster, er trug eine Khakihose und ein gelbes Hemd, das seine blauen Augen und das grau melierte Haar gut zur Geltung brachte. Er sagte allen seinen Töchtern (und mir), wie schön wir aussähen, aber als Margot kam, hatte er nur noch Augen für sie.

Sie drehte sich im Kreis und lächelte ihn an. »Gefällt es dir?«

»Es passt zu dir«, sagte er mit leuchtenden Augen.

»Ich liebe dich.« Margot gab ihm einen Kuss auf die Wange.

Es passt zu dir. Das war etwas, das Chris auch sagte, oft sogar. Damit wusste ich jetzt vermutlich, woher er es hatte. Obwohl es natürlich von viel größerer Bedeutung war, wenn Mr. Sterns es zu Mrs. Sterns sagte. Aber Luke und Margot waren eine Klasse für sich. Wenn es so etwas wie ein Happy End wirklich gab, dann schienen sie das gefunden zu haben, was dem am nächsten kam.

Eine zierliche Frau, ganz in Schwarz und mit gehetztem Gesichtsausdruck, kam in die Küche. »Ich bin Louisa, Charles' Assistentin. Er kann jetzt anfangen. Zuerst ein paar Regeln: Folgt sämtlichen Anweisungen. Keinerlei Hasenohren, das macht ihn wütend. Verstanden?«

Wir nickten.

»Du mit der Brille.« Sie deutete auf mich. »Nimm sie ab. Charles erlaubt keine Brillen.«

»Ohne meine Brille bin ich praktisch blind.«

Sie schnippte mit den Fingern. »Weg damit. Jetzt. Auf geht's.«

Zögerlich nahm ich die Brille ab und steckte sie in eine Tasche. Die Welt verschwamm an den Rändern, als hätte sich ein Filter über ein Foto gelegt. Alles fühlte sich ein wenig unwirklich an. Vielleicht überstand ich diese ganze Angelegenheit so am besten.

»Wo ist Chris?«, fragte ich Aggie auf dem Weg in den Garten.

Eichen umgaben die offene Rasenfläche. Der weiße Lattenzaun rahmte das Areal ein. Ein Blumenbeet nahm ein Viertel des Gartens ein, und bunte Tulpen und Narzissen tanzten fröhlich im Wind.

»Genau da«, sagte sie. Ich blinzelte, bis ich eine hochgewachsene blau- und khakifarbene Gestalt am anderen Ende des Gartens ausmachen konnte. Ich winkte und meinte erkennen zu können, wie er zurückwinkte.

Charles Thackery hatte eine große Kamera und einen strengen Gesichtsausdruck. Wir verstanden schnell, dass er nicht direkt mit uns redete, sondern Louisa als sein Sprachrohr verwendete. Deswegen was sie nie mehr als einen Meter von ihm entfernt, von wo aus sie uns Anweisungen zurief.

Zuerst machten die Sterns Familienfotos, und ich wartete am Rand auf meinen Einsatz. Ein- oder zweimal setzte ich heimlich meine Brille auf und bewunderte, wie sie alle zusammen aussahen.

»Du.« Louisa deutete auf mich. »Komm. Wir fangen jetzt mit den Pärchenfotos an.«

Nervöse Spannung fuhr mir über die Arme, und ich schüttelte sie ab.

Das hier war nicht echt. Nicht echt. *Nicht* echt. Warum fühlte es sich dann so echt an?

Fest entschlossen ging ich auf Chris' verschwommene Gestalt zu. Ich würde das durchstehen, so wie ich auch sonst alles durchgestanden hatte. Ich hatte, was dafür nötig war.

Er runzelte die Stirn. »Wo ist deine Brille?«

Ich sah aus zusammengekniffenen Augen zu ihm auf. »Charles mag keine Brillen.«

»Wirklich?« Ohne weitere Erklärung drehte sich Chris um

und ging zu Charles hinüber. Die beiden Männer sprachen miteinander, wobei der Fotograf wild gestikulierte und Chris ihn durchdringend anstarrte.

Eine Minute später kam Chris zurück. »Du kannst deine Brille wieder aufsetzen.«

Ich zögerte. »Es macht mir nichts aus, sie nicht zu tragen. Solange das Ganze schnell vorbei ist.«

»Mir macht es etwas aus. Ich lasse nicht zu, dass auch nur ein weiteres Foto von mir gemacht wird, solange du deine Brille nicht trägst.«

»Meine Güte. Mach hier jetzt nicht einen auf Alphatier.« Ich zog die Brille aus meiner Tasche und setzte sie auf. »Besser?«

Er lächelte. »Ja. Sie passt zu dir.«

Setzte mein Herzschlag für einen Sekundenbruchteil aus, als er das sagte? Ja, allerdings. Tat ich so, als wäre es nie passiert? Ja, in jedem Fall.

»Bringen wir es hinter uns«, sagte ich.

»Da ist ja wieder dein sonniges Gemüt, das ich kenne und liebe.«

»Charles möchte, dass Mae vor Chris steht«, verkündete Louisa und gestikulierte dabei übertrieben, als wären wir schwer von Begriff. »Gut. Ja. Jetzt leg ihr den Arm um die Taille und die Hand auf den Bauch. Ausgezeichnet. Und jetzt sieh Chris an, Mae. Nein, nein. Nicht lächeln. Seid vollkommen ernst. Besser.«

»Woohoo!«, rief Betsy von der Veranda, von wo aus uns die drei Schwestern zusahen. »Ihr beiden seht heiß aus.«

»Haut ab!«, rief Chris zurück.

»Nein, danke!«

Und so ging es weiter. Immer mehr Posen, die auf den Fotos wahrscheinlich toll aussahen, bei denen ich mich aber wie eine menschliche Brezel fühlte. Einmal mussten wir uns auf den Boden setzen und umeinanderwickeln. Es war kompliziert und seltsam steril. Als bauten wir Möbel von IKEA auf, aber mit Gesten und geneigten Köpfen.

Von der Veranda drangen regelmäßig Zwischenrufe und Applaus zu uns herüber. Eine der Schwestern holte Papier und Stifte, und sie begannen, unsere Posen zu bewerten, als nähmen wir an den Olympischen Spielen teil.

Betsy war die Kommentatorin. »Das frisch verlobte Paar muss nun den Halbsitz vollführen. Was einfach aussieht, erfordert großes Können. Die Punktrichterinnen werden die Ausführung streng bewerten. Es wird spannend!«

»Hört auf damit! Ich muss ernst sein«, rief ich ihnen zu. »Charles will es so.«

Betsy ignorierte mich. »Und was sagt die Jury dazu?«

»Von mir kriegen sie eine Neun«, verkündete Aggie.

Millie hielt eine sechs Komma fünf empor.

»Autsch«, sagte Betsy die Kommentatorin. »Und da hat die Punkrichterin aus Ostdeutschland gesprochen. Bleibt abzuwarten, was uns das Sterns-Sampson-Team als Nächstes zeigt!«

»Charles ist fast fertig, aber er würde gern einige Fotos des küssenden Paars machen«, verkündete Louisa.

»Was?« Ich drehte mich so schnell um, dass sich das Kleid um meine Beine wickelte und ich beinahe einen astreinen Sturz auf den Rasen vollführt hätte. Aber ein Arm schlang sich um meine Taille und fing mich auf.

»Whoa«, flüsterte Chris. »Pass auf, sonst denkt noch jemand, dass du mich nicht küssen willst.«

»Das will ich auch nicht«, beharrte ich, während ich mein Gleichgewicht wiederfand.

Er sah mich aus zusammengekniffenen Augen an. »Dann musst du dich wohl zusammenreißen.«

Louisa zeigte uns die Stelle, an der Charles uns haben wollte. »Jetzt dreht euch zueinander und haltet euch an den Händen.«

Wir fassten uns an den Händen und sahen uns in die Augen. In diesem Moment verließ mich jeder noch so kleine Gedanke an eine vermeintliche Objektivität. Weil es sich stark und berauschend anfühlte, so dazustehen. Obwohl wir nur wenige Zentimeter voneinander entfernt waren, schaffte ich es nicht, ihm in die Augen zu blicken. Ich starrte seinen Hals an, sein Kinn und seine Unterlippe, die so sanft und voll aussah.

Ich schluckte und schloss die Augen.

»Näher.« Louisa marschierte zu uns hinüber, legte uns die Hände auf die Rücken und drückte. Die Zentimeter zwischen uns verschwanden. »Besser. Jetzt leg deine Stirn an ihre. Nein, schenkt Charles keine Aufmerksamkeit. Er wird um euch herumgehen, während er die Fotos macht. Perfekt. Nicht bewegen.«

»Das ist schlimmer als die Matratze von letzter Nacht«, flüsterte Chris.

»Nicht reden!«, rief Louisa. »Schaut euch tief in die Augen. Mehr. Mehr. Tiefer, verdammt nochmal!«

»Ja, schau tiefer«, sagte ich und unterdrückte ein Lächeln.

»Meinst du, sie war früher beim Militär? Als Feldwebel vielleicht?«, fragte Chris.

Aus den Augenwinkeln konnte ich eine schwarze Gestalt erkennen, die langsam um uns herumging.

»Jetzt sieh mich an, Mae«, kommandierte Louisa. »Und leg deinen Kopf an Chris' Schulter. Ja, so ist es gut.« Sie trug Chris auf, eine Hand auf meinen Rücken zu legen und befahl uns stillzustehen.

Den Noten nach zu urteilen, die die Schwestern emporhielten, würde es kein gutes Foto werden.

»Und jetzt bitte die Bilder, auf denen ihr euch küsst«, verkündete Louisa.

Ich legte den Kopf in den Nacken und schloss die Augen. »Lass es uns schnell hinter uns bringen.«

Chris grinste. »Ich werde mich beeilen.«

Noch ehe ich blinzeln konnte, hatte er seine Lippen auf meine gedrückt und war ... fertig. Dieser Kuss war der Rede nicht wert gewesen.

Und ich war ... traurig. Traurig, weil es nicht der Kuss war, den ich haben wollte. Und verwirrt, weil ich keinen Kuss wollen sollte. Und dann war ich wütend, weil ich traurig und verwirrt war.

»Was war das?«, rief Aggie. »Das war der schlechteste Kuss, den ich je gesehen habe!«

»Buuh. Minus zehn Punkte von mir!«, fügte Millie hinzu.

»Nun, wie es scheint, ist die Jury sehr enttäuscht über das, was gerade geschehen ist, und ihre Bewertungen, meine Damen und Herren, spiegeln es wider«, verkündete Betsy, die Kommentatorin. »Werden sie es erneut versuchen? Wir werden sehen.«

Millie täuschte ein Gähnen vor. »Ich hatte mehr von Chris erwartet, aber eigentlich wundert es mich nicht.«

»Sei still«, knurrte Chris. »Warum habe ich so viele Schwestern?«

»Weil du ein Glückspilz bist«, erklärte Betsy.

Mit einem Händeklatschen zog Louisa die Aufmerksamkeit wieder auf sich. »Ruhe, bitte. Charles möchte, dass ihr es noch mal versucht, aber langsamer und leidenschaftlicher.«

»Ich kann leidenschaftlich«, sagte Chris.

Er hob mein Kinn an und sah zu mir herab. Hinter seinen Augen passierte etwas. Etwas veränderte sich. Er wurde ernst. Und ich war wie gebannt.

Er nahm meine Brille ab und schob sie vorsichtig in die Tasche seines Hemds. Mit einem Arm umfasste er meine Taille und zog mich enger an sich.

Ich griff nach seinem Hemd. Anstatt schneller zu werden, verlangsamte sich mein Herzschlag.

Mit der anderen Hand strich Chris über meine Wange. »Versuch, das nicht zu genießen, okay?«

»Als ob.«

Er begann langsam und sanft, seine Lippen an meinen Mundwinkeln, dann ein Kuss genau in der Mitte. Winzige, geflüsterte Küsse. Beinahe-Küsse. Er spielte mit den Küssen mit mir, wie er es auch mit seinen Worten tat.

Frustration breitete sich in mir aus. Ich versuchte, die Kontrolle zu erlangen. Meine Hände glitten von seiner Brust zu seinem Nacken, und ich griff in sein Haar. Ich zog ihn näher zu mir und bat ihn um einen richtigen Kuss, ohne ein einziges Wort zu sagen.

Er lächelte an meinen Lippen.

Ich knurrte.

In diesem Moment veränderte sich der Kuss. Dieser Kuss hatte einen drängenden Grund. Die Menschen und Geräusche um uns herum verblassten, bis es nur noch mich und Chris gab. Eine Welle der Erleichterung überkam mich, ein geheimes Wissen, dass es so schon immer hatte kommen müssen. Es war nicht Lust; es fühlte sich richtig an, als ob ein fehlender Teil von mir an seine richtige Stelle gerutscht war.

Meiner, dachte ich. Meiner.

Aber da war auch ein Hauch von Verzweiflung. Als wüssten wir beide, dass es nie wieder passieren würde.

Denn das war alles nur Show. Es war gespielt.

Aber gespielt hatte sich noch nie so echt angefühlt.

KAPITEL VIERZIG

Mein Sohn Roman, zehn Jahre alt,
meinte, sein persönlicher Anmachspruch sollte lauten:
»Keine ROMANtik ohne Roman!«

JEANNIE Q.

Es gab unzählige epische Schlachten: Gut gegen Böse, der Mensch gegen die Natur, Salami gegen Hawaii. Aber keine kam an die Schlacht heran, die seit Stunden in mir tobte. Es war, als ginge ein Wrestling-Match in mir vor.

Auf der einen Seite gab es den vernünftigen, logischen Teil, der Pläne machte, sich um Leute und um die Bibliothek kümmerte und Entscheidungen mit realistischen Erwartungen traf.

Aber auf der anderen Seite? Dieser Teil war anscheinend bereit, alle Vorsicht über Bord und sich Chris an den Hals zu werfen.

Stunden später erinnerten sich meine Lippen immer noch an den Kuss. Er lief vor meinem inneren Auge ab wie eine Szene aus einer Romance, und mein dummes, romantisches Herz erinnerte sich an jede Kleinigkeit: seine Hand an meiner Wange, das Gefühl von seinen Fingern in meinem Haar, seine Lippen auf meinen. Fehlte nur noch, dass ich Sonette über die ganze Sache schrieb.

Ich erkannte mich kaum wieder. Wer war ich überhaupt noch?

Nach dem Fotoshooting musste ich mich in Windeseile umziehen, packen und mit der Familie zu Abend essen. Dann fuhr Piper mit uns zurück nach Tulsa, wo wir um zwei Uhr morgens in ein Flugzeug zurück nach Houston stiegen. Währenddessen wechselten wir kein einziges Wort miteinander. Vermutlich, weil ich den ganzen Flug über so tat, als schliefe ich.

Piper verabschiedete sich von uns, und Chris und ich fuhren allein in seinem Truck zurück nach Two Harts. Eine Stunde lang. Sechzig Minuten. Dreitausendsechshundert Sekunden.

Ich hielt es nicht aus.

»Also dieser Kuss«, sagte ich fünf Minuten, nachdem wir auf den Freeway gefahren waren. »Wir sollten darüber reden.«

»In Ordnung. Lass uns darüber reden.«

»Mir ist klar, dass das alles nur gespielt war, deswegen will ich sichergehen, dass es zwischen uns nicht irgendwie seltsam wird. Es war einfach ein Kuss. Keine große Sache.«

Es war eine sehr große Sache. Die größte aller großen Sachen. Aber ich wedelte mit der Hand durch die Luft, als verscheuchte ich eine aufdringliche Fliege.

Im flackernden Licht der Straßenlaternen sah ich, wie Chris die Stirn runzelte.

Ich fuhr fort. »Wir sind vertraglich dazu verpflichtet, in der Öffentlichkeit verliebt zu wirken. Wir haben uns an den Vertrag gehalten. War es unangenehm? Absolut.«

Er hob eine Augenbraue. Die Knöchel der Hand, mit der er das Lenkrad hielt, wurden weiß. »War es das?«

»Natürlich war es das. Wir sind Freunde, die mehr oder weniger dazu gezwungen wurden, etwas zu tun, was sie nicht tun wollten. Du bist ja wohl nicht heute Morgen mit dem Verlangen aufgewacht, mir noch vor dem Abendessen die Zunge in den Hals zu stecken.«

»Hm.« Er fuhr sich mit dem Daumen über die Unterlippe. Dieser dumme, dumme so bewegliche Daumen.

»Was?«

»Angenommen, ich wollte es.«

»Wolltest was?«

»Dir die Zunge in den Hals stecken, wie du es so schön ausgedrückt hast.«

Ich lachte schnaubend. »Ja, klar.«

»Nur mal angenommen, natürlich.«

Ich spielte mit meinem Gurt. »Dann würde ich dich daran erinnern, dass wir eine geschäftliche Beziehung miteinander führen. Und diese hat irgendwann ein Ende. Ein Ablaufdatum. Je stärker wir unsere Leben miteinander vermischen, desto schwieriger wird es, sie wieder voneinander zu trennen.«

»Was, wenn wir sie nicht … voneinander trennen müssen? Was, wenn …?«

Was, wenn …? Genau das hatte er auch schon in der Nacht im Poolhaus am See gesagt. *Was, wenn* machte mir höllische Angst. Denn *Was, wenn* endete nie gut. Ein *Was, wenn* hatte dazu geführt, dass sich meine Mutter in einen Hochstapler verliebt hatte, der ihr das Leben zur Hölle gemacht hatte. Ein *Was, wenn* hatte mich glauben lassen, Peter Stone würde sich für mich interessieren. Den Gedanken an ein weiteres gescheitertes *Was, wenn* ertrug ich nicht. Vor allem, wenn Chris damit zu tun hatte. Denn mit der gleichen Sicherheit, mit der ich meinen Namen kannte, war mir klar, dass ich es vielleicht nicht überleben würde, wenn die Sache mit Chris schiefgehen würde (und das würde sie).

»Es kann kein *Was, wenn* geben.«

»Aha.« Er tätschelte mein Knie mit seiner freien Hand. Die Berührung durchzuckte mich wie ein Blitz. »Schon in Ordnung. Ich verstehe.«

»Das ist alles«, schrie ich beinahe.

Für einen langen Moment rieb er sich mit dem Daumen über die Unterlippe, weil er mich wirklich in den Wahnsinn treiben wollte. »Das ist alles.«

Ich starrte sein dummes, schönes Gesicht an. »Du bist der nervigste Mann auf diesem ganzen Planeten.«

Die restliche Fahrt über schwiegen wir, aber Chris lächelte die gesamte Zeit über vor sich hin.

Und das machte mich nervös.

KAPITEL EINUNDVIERZIG

Weißt du, woraus mein Hemd gemacht ist?
Aus Boyfriend-Material.
TAYLOR A.

»Wir haben noch eins bekommen.« Aidan legte ein riesiges Blumengebinde auf die Rückgabetheke.

»Wow. Das ist sehr … groß.«

Die Blumen waren so hoch, dass ich Aidan dahinter nicht mehr sehen konnte.

Eine körperlose Hand schwebte in der Luft. »Hier ist die Karte. Ich mache mit den Updates für die Computer weiter.«

»In Ordnung.« Ich öffnete den winzigen Umschlag und las, was auf der Karte stand.

An das Brautpaar,
bitte betrachten Sie dieses Geschenk als unseren herzlichen Glückwunsch zu Ihrer bevorstehenden Hochzeit.
Hiermit wollen wir unsere Dienste für die Hochzeit des Jahres anbieten. Wir liefern die frischesten Blumen in den einzigartigsten Arrangements. Setzen Sie sich jederzeit mit uns in

Verbindung, um ein kostenloses Beratungsgespräch zu vereinbaren.

Herzlich,
Just Flowers in Houston

Ich legte die Karte zu den restlichen »Angeboten«. Drei weitere Floristen hatten ebenfalls Gebinde geschickt, die ich auf verschiedene Tische und Bücherregale in der Bibliothek verteilt hatte. Dank der ganzen Kuchenproben hätte ich in meinem Büro eine praktisch betriebsbereite Bäckerei eröffnen können.

Wir hatten die Verlobungsbilder vor über einer Woche gemacht. Piper hatte die Rechte an der Veröffentlichung des ersten Bildes an eine große Zeitschrift verkauft. Ein einfaches, geschmackvolles Foto, auf dem Chris und ich in die Kamera lächelten. Seitdem waren massenweise Angebote von Hochzeitsplanern, Fotografinnen, Caterern, Hochzeitseinladungsdesignerinnen und Brautmodengeschäften hereingeflattert. Ich war beeindruckt, wie schnell sich herumgesprochen hatte, wo ich lebte.

Das Telefon klingelte. Ich ignorierte es. Piper hatte mich vor den Anrufen gewarnt. In den ersten Tagen hatte ich versucht, sie zu beantworten, aber dann waren es zu viele geworden. Dazu kamen die E-Mails. Von einem Typen, mit dem ich auf dem College auf eineinhalb Dates gegangen war. Mein Laborpartner aus dem Biokurs. Mein Kinderarzt, der sich in Florida zur Ruhe gesetzt hatte, aber hoffte, ich würde ihm eine Hochzeitseinladung schicken.

Nachdem ich meinen Computer zwei Tage lang angeknurrt hatte, hatte Aidan irgendeinen fancy Filter installiert, der sämtliche E-Mails, die die Worte »Hochzeit« oder »Glückwunsch« beinhalteten, einfach löschte.

Es war mir egal, was er in der Vergangenheit getan hatte. Dieser Junge war einer von den Guten.

Einer jedoch, aus dem ich nicht so richtig schlau wurde. Aidan kleidete sich wie ein mittelklassiger Buchhalter, und ich könnte schwören, dass er sogar ein Kugelschreiberetui besaß. Er war freundlich, hilfsbereit, selbstständig und mir ein vollkommenes Rätsel.

Außerdem war er ein Mathe-Ass, was mich auf eine Idee gebracht hatte. Denn ich kannte jemanden, die in Mathe durchzufallen drohte.

»Was soll ich hier?«, fragte Iris an einem Nachmittag nach der Schule. Sie lehnte sich an einen Tisch, auf dem ich Empfehlungen für Horrorromane ausgelegt hatte. Heute trug sie eine schwarze Strumpfhose, schwarz-weiß gestreifte Boardshorts, ein T-Shirt, ein Paar Doc Martens, die sie in einem Secondhandladen gefunden hatte und die, wie ich wusste, eine Nummer zu groß waren, und eine ausdruckslose Miene.

»Ich freue mich auch, dich zu sehen.« Ich winkte sie zu meinem Büro hinüber. »Ich habe mit deinem Mathelehrer gesprochen. Er sagt, dir bleibt ein Monat, um deine Noten zu verbessern, oder du fällst durch.«

Stöhnend ließ sie sich auf einen Stuhl sinken. »Ich hasse Mathe. Und weißt du, warum? Weil ich mit einem Bildungssystem groß werde, das Jungs in MINT-Fächern gegenüber Mädchen bevorzugt. Ich habe im Grunde eine unterdurchschnittliche Bildung erhalten. Ich bin ein Produkt ihrer eigenen Herstellung. Ist es da ein Wunder, dass ich in Mathe durchfalle?«

»Oder könnte es daran liegen, dass du jeden Abend bis nach

Mitternacht unterwegs bist, deine Hausaufgaben nicht machst und im letzten Test eine Fünf hattest?«

Sie verzog das Gesicht. »Was auch immer.«

»Ich denke, ich habe eine Lösung gefunden.« Ich rief Aidan herein. »Das ist Aidan. Aidan, das ist meine Schwester Iris.«

Iris hob eine Augenbraue. »Okay. Warum?«

»Aidan ist echt gut in Mathe, und er hat zugestimmt, dir an zwei Nachmittagen in der Woche hier in der Bibliothek Nachhilfe zu geben.«

»Ich hab doch gesagt, dass ich mich darum kümmere!«, brachte Iris zwischen zusammengebissenen Zähnen hervor.

»Und jetzt musst du das nicht mehr. Ich habe es für dich erledigt. So eine Schwester bin ich nämlich.«

Aidan schob die Hände in die Hosentaschen. »Cooles Shirt. Ich mag *My Chemical Romance*.«

»Ernsthaft? Du?«, fragte Iris ungläubig. »Du siehst aus wie der Vorsitzende des Proktologen-Jugendclubs.«

Er lächelte. »Und du siehst aus wie ein Emo-Abklatsch von 2007, aber ich werde dir trotzdem Nachhilfe geben.«

Iris war empört, und ich verkniff es mir, laut aufzulachen. Dieser Junge war gut. Sie schien ihn nicht im Geringsten einzuschüchtern. Das hier könnte klappen.

»Na siehst du?« Ich drückte Iris eine Kuchenschachtel in die Hand. »Ihr versteht euch blendend. Also, esst ein bisschen Kuchen und entscheidet dann, an welchen zwei Tagen ihr euch nach der Schule hier trefft.«

Aidan schlenderte aus dem Zimmer. Iris hob ihren Rucksack auf. »Danke, dass du mir mein Leben versaust.«

Ich nahm sie in den Arm, und als ich nicht losließ, umarmte sich mich sogar zurück. »Gern geschehen.«

Sie verdrehte noch ein weiteres Mal die Augen und schlurfte aus dem Büro. Dann streckte sie den Kopf noch einmal zur Tür herein. »Hast du etwas von Dad gehört?«

Ich hatte ihn nicht weniger als viermal angerufen. Ich hatte zwei Nachrichten hinterlassen. Ich hatte sogar versucht, Onkel Gary zu erreichen, Dads Bruder, der nur unwesentlich weniger kriminell war als mein Vater. Ohne Erfolg. »Nein. Aber ich verspreche dir, ich bleibe dran.«

»Ja, alles klar.« Aber mit entging der Schmerz nicht, der sich in ihren Blick geschlichen hatte.

Und aus genau diesem Grund wollte ich nichts mit ihm zu tun haben. Er enttäuschte uns nur wieder und wieder. Ich konnte damit umgehen, aber Iris war anders, zarter als sie zu sein vorgab. Wie eine Kokosnuss.

Und wir taten gerade alles dafür, ihr das Herz zu brechen.

KAPITEL ZWEIUNDVIERZIG

Sind deine Eltern Bäcker?
Du bist nämlich ein süßes Teilchen.

JULIA B.

»Ich kann nicht glauben, dass du mich dazu überredet hast, das hier zu lesen.« Ich starrte auf das Cover unserer letzten Buchclub-Lektüre, einem Fortsetzungsroman namens *Im Bett mit der Bibliothekarin.*

»Komm schon, dir gefällt es doch auch.« Chris biss in seinen zweiten doppelten Cheeseburger.

Das Wetter war heute besonders schön. Deswegen hatten wir beschlossen, unser Mittagessen nach draußen zu verlegen. Ich war mit ihm zu dem kleinen Park an der Stadtgrenze gefahren, der in der Gegend dafür bekannt war, dass dort der Vermächtnisbaum stand, eine historische Sehenswürdigkeit von Two Harts.

»Nein«, beharrte ich bockig.

Mit strengem Blick deutete er mit einer Pommes auf mich.

»Na schön. Es war nicht so übel.«

»Wusste ich's doch.« Er grinste, und das Grübchen erschien.

»Es hat mir gefallen, wie sie ihn mitten in der Bibliothek angeschrien hat. Absolut skandalös. Geschrei in der Bibliothek!«

»Wenn es dir gefällt, kann ich dich gern in der Bibliothek anschreien.«

»Du schreist mich so schon oft genug an.« Er knüllte seine Serviette zusammen und warf sie auf den Tisch.

»Das mache ich gar nicht!«

»Siehst du?«

Ich funkelte ihn an und stand auf. »Bist du fertig?«

»Du bist so eine Rechthaberin.«

»Das ist es doch, was dir an mir gefällt.« Normalerweise versuchte ich, nicht meine ganze natürliche Art auf einmal herauszulassen, aber in letzter Zeit war selbst mir aufgefallen, dass ich mir keine Mühe mehr gab, mich in Chris Gegenwart zurückzuhalten. Ich fühlte mich wohl mit ihm. Es war ein weiteres Beispiel dafür, wie er sich in mein Leben geschlichen hatte. Das war echt ein Problem.

Wir räumten auf und gingen dann den ausgetretenen Pfad entlang, bis wir die alte Eiche im Herzen des Parks erreichten.

»Also«, Chris zeigte auf das Kronjuwel von Two Harts. »Das ist sie also.«

»Jep.« Die langen Äste der Eiche waren verkrümmt und verbogen. Fast jedes Kind, das durch Two Harts kam, war irgendwann schon einmal auf diesen Baum geklettert. Es zählte als eine Art Initiationsritual. »Das ist der Vermächtnisbaum. Die meisten von uns nennen ihn den Hart-Baum.«

»Hat das etwas mit den ganzen Herzen zu tun?« Damit meinte er die Hunderte von Herzen und Initialen, die in den Baum geritzt waren. Eine weitere Tradition.

»Ja und nein. Die Legende besagt, dass Joseph und James Hart aus Georgia kamen und sich hier niederließen, nachdem sie im Bürgerkrieg alles verloren hatten. Sie beanspruchten den Teil, der heute vor allem die Innenstadt von Two Harts umfasst. Die Brüder arbeiteten hart und bauten innerhalb von zehn Jahren eine anständige kleine Siedlung auf. Weitere Familien taten es ihnen nach. Es folgten ein Gemischtwarenladen, eine Kirche, eine Schule, das Wesentliche.

Joseph, der Ältere von beiden, beschloss zu heiraten, Kinder zu kriegen und den Familiennamen weiterzugeben. Also bestellte er sich eine Mail-Order-Braut aus dem Osten des Landes. Emily machte sich auf die Reise, und Joseph schickte James, um sie abzuholen. Angeblich haben Joseph und Emily vor genau diesem Baum geheiratet. Siehst du dieses große Herz genau in der Mitte?«

»J Plus E. Das müssen sie gewesen sein.«

»Offiziell, ja.« Ich ging auf den Baum zu. »Emily und Joseph heirateten, bekamen drei Kinder und lebten allen Erzählungen nach ein langes, glückliches Leben.«

»Aber?«

»Vor einem Dreivierteljahrhundert fand ein Nachkomme der Harts James' altes Tagebuch. Darin beschreibt er, wie er Emily zum ersten Mal traf und es quasi Liebe auf den ersten Blick war. Er behauptete, dass sie seine Gefühle erwiderte, aber da sie seinem Bruder versprochen war, nahm er sich zurück. James heiratete nie. Er blieb im Ort und lebte für den Rest seines Lebens allein in einem kleinen Haus auf dem Grundstück.«

»Das klingt einsam«, sagte Chris, der jetzt neben mir stand. Wir betrachteten beide das Herz.

Ich fuhr die Buchstaben mit dem Finger nach. »Und diese Schnitzerei? Emily starb zuerst, dann Joseph. James lebte noch weitere zehn Jahre, und in dieser Zeit entstand das hier. Joseph hätte es nicht einritzen können. Ich glaube, James hat sein ganzes Leben damit verbracht, Emily zu lieben. Er scheint nie über sie hinweggekommen zu sein.«

»Was hättest du getan?«, fragte Chris. »An James' Stelle?«

»Das Gleiche«, antwortete ich wie aus der Pistole geschossen. »Meine Familie steht immer an erster Stelle. Solange es ihnen gut geht, geht es auch mir gut.«

Chris musterte mich mit schief gelegtem Kopf, als versuchte er mich zu durchschauen. »Aber damit hat er die Möglichkeit aufgegeben, selbst glücklich zu werden.«

Mein Handy vibrierte in meiner Hosentasche. Ich ignorierte es. »Das weißt du nicht. Vielleicht wäre es der größte Fehler seines Lebens gewesen, wenn er Emily dazu überredet hätte, mit ihm durchzubrennen.«

»Es gibt vermutlich keine unromantischere Romance-Leserin als dich.«

»Habe ich doch gesagt. Romance hat mit dem echten Leben nichts zu tun. Klar, das Lesen macht Spaß, aber das sind nur Geschichten. Echte Menschen treffen Entscheidungen, mit denen sie leben müssen. Im Leben gibt es Familie und Arbeit, und wenn wir Glück haben, sind wir damit zufrieden, was wir haben.«

Er machte einen Schritt auf mich zu, strich mir eine lose Haarsträhne hinters Ohr und ließ seine Finger dort liegen. »Ich glaube daran, dass du glücklich werden kannst. Ich glaube sogar, dass du es verdienst, glücklich zu sein.«

Ich spürte ein komisches kleines Stechen in der Brust.

»Oh, du süßes, naives Einhorn von einem Mann. Es gibt keine Garantie auf Glück. Hast du dir mit zwölf etwa das Optimismus-Abzeichen verdient?«

Mein Handy summte erneut. Diesmal zog ich es aus der Tasche und sah, dass es Ali war. Das war das zweite Mal innerhalb von fünf Minuten, dass sie anrief. Normalerweise schrieb sie eher, aber ich ignorierte auch diesen Anruf.

»Einhorn von Mann?« Er grinste. »Das heißt, ich bin ganz schön selten.«

»Wenn du auch nur einen Witz darüber machst, ein Horn zu haben …«

Mein Handy klingelte zum dritten Mal. Schon wieder Ali. Dieses Mal ging ich dran.

»Gott sei Dank«, begrüßte sie mich. »Mein Akku ist fast leer.«

»Warum flüsterst du?«

»Ich sitze sozusagen ein wenig in der Klemme.«

Ich seufzte. »Was hast du angestellt?«

»Du kannst später schimpfen. Jetzt gerade brauche ich deine Hilfe.«

»Wo bist du?«

»Oh, warte mal.« Einen langen Augenblick hörte ich nichts außer Geraschel und ihren schweren Atem. »Das war knapp.«

»Ali.«

»Okay, gut. Aber nicht schreien.«

»Das kann ich nicht versprechen.«

»Ich bin im Rathaus.«

Ich warf einen Blick auf mein Handy, um nach der Uhrzeit zu sehen. »Es ist nach sieben. Hat es nicht schon lange zu?«

»Ich erkläre es dir später. Hol mich einfach hier raus.«

»Wo bist du genau?«

»Das ist es eben …«

»Ali!«, wiederholte ich, diesmal lauter. »Nun sag schon.«

»Ist ja gut. Ich bin in einem Schrank in Peters Büro.«

»Was hast du gemacht?« Sofort musste ich an riesige Vögel, Wasserbomben und Rasiercreme denken.

»Das ist noch etwas. Peter ist gerade zurück in sein Büro gekommen und …«

In diesem Moment ging ihr Handy aus.

KAPITEL DREIUNDVIERZIG

Ich habe meiner Mutter gerade gesagt, dass
ich meine Traumfrau gefunden habe.
Sie hat sich total gefreut und dich heute Abend
zum Essen eingeladen. Passt dir zwanzig Uhr?

MARTA L.

»Wie lautet noch mal unser Plan?«, fragte Chris, während wir zwei Straßen vom Rathaus entfernt parkten. Es lag mitten in der Stadt und war, angesichts der Uhrzeit, natürlich bereits vermeintlich einbruchssicher verschlossen.

»Peter ablenken, Ali rausholen.«

»Das ist kein besonders ausgefeilter Plan«, bemerkte Chris. Wir näherten uns unserem Ziel. »Sollten wir nicht wenigstens Schwarz tragen?«

»Wir sind keine Ninjas. Alis Onkel Joe ist auf dem Weg, und er hat wenigstens die Schlüssel zum Gebäude. Über den Rest machen wir uns Gedanken, wenn er hier ist.«

Joe war Leiter der städtischen Instandhaltungsabteilung und war an die »Frag nichts, sag nichts«-Politik gewöhnt, die es brauchte, um Teil von Alis Freundes- und Familienkreis zu sein.

»Was, glaubst du, hat sie angestellt?«, wollte Chris wissen, als wir an den verschlossenen Antiquitätenläden und Boutiquen vorbeikamen.

»Keine Ahnung.« Wir hielten an einer Ecke an, von der aus wir das Gebäude in Augenschein nehmen konnten.

Das Rathaus war ein eingeschossiges Backsteinhaus aus den Sechzigern. Es war U-förmig und hatte in der Mitte einen Innenhof, in dem ein paar Bänke standen. Die Vorderseite bestand unglücklicherweise fast vollkommen aus Fenstern, weswegen wir uns nicht unbemerkt anschleichen konnten.

In der Eingangshalle gab es ein Notlicht (und vermutlich ein oder zwei Kameras), aber der Großteil war in Dunkelheit gehüllt. Nur am Ende eines langen Ganges brannte ein schwaches Licht.

»Es könnte fast alles sein. Vor zwei Wochen kam Peter in die Bibliothek, um mir zu erzählen, dass jemand ein rohes Hähnchen in die unterste Schublade seines Büroschranks gequetscht hat. Es hat über eine Woche gedauert, bis er es entdeckt hatte. Und dann hat er es Ali in die Schuhe geschoben.«

Anscheinend hatte es so schlimm gestunken, dass dieser Flügel des Rathauses einen ganzen Tag lang geschlossen, ausgelüftet und geschrubbt werden musste.

»Aber sie war es doch auch, oder?«

»Ich frage nie direkt nach. Glaubhafte Abstreitbarkeit und so. Ich gebe nur Informationen weiter.«

»Schlau«, murmelte er.

»Letzte Woche hat jemand sämtliche Büroutensilien durch Bananen ersetzt und die echten Sachen ins Frauenklo geräumt. Aus irgendeinem Grund hat er sich besonders über den Tacker geärgert.«

Ernsthaft. In der E-Mail, die er mir geschickt hatte, hatte er sich zwei ganze Absätze lang darüber ausgelassen.

Chris lachte leise in sich hinein. »Sollte ich Angst vor Ali haben?«

»Ja.« Ich drehte mich zu ihm um. »Ich hoffe, dir ist klar, dass du nicht helfen musst. Ich würde es total verstehen. Wenn wir erwischt werden, wird uns Peter nicht so einfach vom Haken lassen.«

Als ich Chris von Alis Anruf erzählt hatte, hatte er nicht einmal mit der Wimper gezuckt. Er war einfach mit mir zu seinem Truck gegangen und hatte nach einer Wegbeschreibung gefragt.

»Ich will helfen.«

Ich verschränkte die Arme und starrte auf den Boden. »Na gut, danke.«

Einige Minuten später kam Onkel Joe dazu. Er war ein stämmiger Mann mit einer dröhnenden Stimme und fing sofort an, mit Chris über Sport zu diskutieren. Als ich es schließlich geschafft hatte, das Thema wieder auf die aktuelle Situation zu lenken, begann ein Plan Gestalt anzunehmen. Ich würde mit Joe zur Hintertür gehen, wo es keine funktionierenden Sicherheitskameras gab. Währenddessen würde Chris versuchen, Peter aus seinem Büro zu locken. Wenn alles nach Plan verlief, träfen wir uns an Chris' Truck wieder, und Peter hätte von alldem gar nichts mitbekommen.

»Wie willst du ihn ablenken?«, fragte ich Chris.

»Ich dachte, ich könnte ihn fragen, ob er mein Trauzeuge sein will.«

Das konnte er nicht ernst meinen. Joe war ein paar Meter von uns entfernt in sein Handy vertieft, also packte ich Chris an der

Hand und zerrte ihn unter eine Straßenlaterne, um ihm ins Gesicht sehen zu können.

»Machst du Witze?«, flüsterte ich.

Chris trat einen Schritt auf mich zu, und ich bemerkte, dass ich immer noch seine Hand hielt. Wenn Joe zu uns herübersähe, würde er sicherlich denken, dass wir mitten in einem idyllischen Pärchenmoment steckten. »Da ist ja diese Flüster-Schrei-Sache, die ich so mag. Mach's noch mal.«

Ich ignorierte ihn. »Falls wir heiraten würden, *was wir nicht tun,* wäre Peter Stone auf keinen Fall eingeladen!«

»Na ja, ich weiß nicht.« Er zuckte mit den Schultern. »Er hat uns irgendwie auf Umwegen vorgestellt. Es kommt mir nur fair vor, dass er bei der Hochzeit dabei ist. Er könnte die Rede beim Empfang halten.«

»Auf keinen Fall.« Ich stieß ihm mit dem Zeigefinger gegen die Brust. »Das werde ich niemals zulassen. Er wird nicht zu unserer Hochzeit kommen.«

Ein Grinsen breitete sich langsam auf seinem Gesicht aus.

Schnaubend schüttelte ich den Kopf. Was redete ich da überhaupt? Wir waren noch nicht einmal wirklich zusammen oder verlobt, geschweige denn, dass wir wirklich heirateten.

»Es ist so leicht, dich zu ärgern, Streuselchen.« Er tippte mir auf die Nasenspitze, und ich schlug seine Hand weg.

Joe räusperte sich. »Sind wir so weit?«

»Lasst uns Ali retten«, verkündete ich mit einem letzten bösen Blick in Chris' Richtung.

»Ali?«, flüsterte ich in Peters leeres Büro hinein.

Es war ein großes Zimmer mit dunklen, holzvertäfelten Wänden und einem massiven Eichenholztisch. Einbauregale bedeckten die Rückwand, in denen Büchern standen, die eher wegen ihrer optischen Qualitäten als wegen ihres Inhalts ausgewählt worden waren.

Vorsichtig lehnte ich die Tür hinter mir an. »Ali? Wo bist du? Uns bleibt nicht viel Zeit.«

Eine in der Holzvertäfelung verborgene Tür schwang auf, und Ali kam ganz in Schwarz gekleidet heraus. Wie eine Ninja. »Gott sei Dank. Ich habe schon befürchtet, ich müsste da drin schlafen.«

Ich wedelte mit einer Hand. »Jetzt bin ich ja hier. Lass uns gehen. Ich weiß nicht, wie lange Chris Peter ablenken kann.«

Ali lächelte. Das machte mir Angst. »Ich kann jetzt noch nicht gehen.«

»Wie bitte? Doch, das kannst du.« Ich marschierte durchs Zimmer. »Wir verschwinden jetzt.«

»Ja, natürlich.« Ali tätschelte mir selbstzufrieden den Arm. »Ich muss nur zuerst noch eine Sache erledigen.«

»Ali …«

Aber sie war bereits hinter Peters Schreibtisch getreten. »Ich war gerade dabei, als ich Peter gehört habe und mich verstecken musste.«

Nervös sah ich zur Tür, während ich angestrengt zu hören versuchte, ob er auf dem Weg zurück war. »Wobei?«

Ali antwortete nicht, und als ich zu ihr hinübersah, tippte sie wie wild auf Peters Computer herum.

»Was machst du da?«

»Dauert höchstens eine Viertelstunde.«

»Du machst Witze.« Ich ging auf und ab und rang dabei die Hände. Leises Stimmengewirr drang zu uns herauf – nicht nah genug, als dass ich die Worte verstehen konnte, aber doch zu nah.

»Ich muss nur einige Tasten seiner Tastatur neu programmieren. Als ich das letzte Mal hier war, habe ich mir seine Zugangsdaten zum Computer besorgt und geübt.« Sie zwinkerte mir grinsend zu. »Das wird super.«

Ich blieb neben der angelehnten Tür stehen und lauschte. Waren die Stimmen lauter geworden? Panik durchfuhr mich. »Ich meine es ernst. Du musst dich beeilen.«

»Ich bin ja schon dabei«, murmelte sie. »Hör auf, mich ständig zu unterbrechen.«

Ich öffnete die Tür einen Spalt und spähte hinaus. Peter und Chris standen am anderen Ende des langen Gangs. Sie waren immer noch zu weit entfernt, um zu verstehen, worüber sie sprachen. Zum Glück drehte mir Peter den Rücken zu. Ich trat auf Zehenspitzen in den Gang hinaus und winkte, um Chris' Aufmerksamkeit auf mich zu lenken.

Unsere Blicke trafen sich für den Bruchteil einer Sekunde. Ich streckte die Arme aus und deutete auf mein Handgelenk, was Chris hoffentlich als »mehr Zeit« verstand. Er kratzte sich am Kopf, und ja – er deutete mit dem Daumen nach oben.

»Du hast fünf Minuten«, sagte ich zu Ali, als ich wieder in Sicherheit war.

»Das ist perfekt.« Sie tippte wild. »Ich bin fast fertig. Das wird mein Meisterwerk. Danach kann ich mich zur Ruhe setzen.«

»Das klingt nach einer hervorragenden Idee.«

»Ich mache natürlich nur Spaß.« Mehr schnelles Getippe. »Fertig. Komm und schau dir an, wie genial ich bin.«

»Kannst du mir nicht später davon erzählen?« Aber ich ging bereits zum Schreibtisch.

Ali stand auf und bedeutete mir, mich zu setzen. Auf dem

Bildschirm war ein leeres Word-Dokument zu sehen. Der Cursor blinkte. »Schreib Peters Namen. Na los, mach schon.«

Schnell tat ich, wie mir geheißen. Nichts geschah, bis ich das R drückte. Ich schnappte nach Luft, als anstelle seines Namens »Ich bin eine riesige Gurke« im Dokument erschien.

Ali lachte wie eine verrückte Wissenschaftlerin. »Ist das nicht großartig?«

Ich schrieb Peters Namen ein weiteres Mal, nur um es noch einmal zu erleben, und musste ein Lachen unterdrücken. »Wir müssen los.«

»Ach ja, stimmt.« Sie schloss einige Fenster auf dem Bildschirm. »Lass uns gehen. Ich muss sowieso aufs Klo.«

Wir öffneten die Tür im Schneckentempo und krochen in den Gang hinaus. Ich winkte Chris zu, schnappte Ali und zog sie zur Hintertür. Onkel Joe war wie verabredet bereits verschwunden. Er hatte seinen Teil der Abmachung erfüllt.

Kichernd öffnete Ali die Tür und wir rannten davon. »Das war super. Unglaublich. Ich bin die Beste. Hörst du auch den *Rocky*-Soundtrack, oder spielt der nur in meinem Kopf?«

Als wir Chris' Truck erreichten, lehnte sich Ali mit einem breiten Lächeln gegen die Tür. »Also, wie hast du das geschafft?«

»Onkel Joe. Er hat seinen Schlüssel mitgebracht«, erklärte ich. »Wie hast du es gemacht?«

»Onkel Joe. Aber er weiß nicht, dass ich seinen Schlüssel nachgemacht habe, also erzähl es niemandem.«

Ich stöhnte. »Ali, du musst damit aufhören. Irgendwann bringst du dich noch in solche Schwierigkeiten, dass dir niemand mehr helfen kann.«

Sie zuckte mit den Schultern. »Vielleicht. Aber es macht so viel Spaß, und ich habe so wenig Spaß im Leben.«

»Unsinn. Du kannst so viel Spaß im Leben haben, wenn du nur wolltest.«

Ali legte den Kopf in den Nacken und sah in den Nachthimmel. »Ach, ist schon in Ordnung.«

Es war nicht in Ordnung. Nicht wirklich.

Mit sechzehn hatte Ali ihren ersten schweren Epilepsieanfall gehabt. Er kam aus heiterem Himmel. Beim ersten Anfall waren die Ärzte nicht allzu besorgt gewesen. Sie war Leistungssportlerin (Fußball), und es war an diesem Tag extrem heiß gewesen. Wahrscheinlich war sie dehydriert. Aber einen Monat später ereignete sich Anfall Nummer zwei. Sie erhielt eine offizielle Epilepsie-Diagnose, und ihr Leben wandelte sich radikal. Ihre Eltern hatten ihr nicht länger erlaubt, Sport zu machen oder Auto zu fahren. Sie durfte nicht mehr allein sein. Ihr wurden Medikamente verschrieben, die sie vermutlich lebenslänglich nehmen musste.

Aber als ein halbes Jahr später der Autounfall passierte, begann auch Ali sich zu verändern. Zehn Jahre später war sie größtenteils wieder normal, aber es gab bleibende Veränderungen. Wegen des Unfalls weigerte sie sich, Auto zu fahren (obwohl sie es durfte). Ihr Bruder, ohnehin der Außenseiter in der Familie, war für den Unfall verantwortlich gemacht worden und hatte Texas verlassen. Ali hatte ihn seitdem nicht mehr gesehen. Sie hatte sich auch gegen fast jede Beziehung verschlossen, die über ein oberflächliches Level hinausging. Ich war eine Ausnahme. Alec, ihr Freund auf dem College, war auch eine gewesen. Dann hatte er ihr das Herz gebrochen.

Ich nahm sie in den Arm. »Danke, dass du Peters Leben zur Hölle machst.«

»Gern geschehen. Aber wenn jemand fragen sollte …«

»Ich weiß von nichts.«

Fünf Minuten später stieß Chris zu uns. Er wirkte nicht, als hätte es ihm etwas ausgemacht, Peter ablenken zu müssen.

»Lief alles glatt?«, fragte er.

Ich nickte. »Und bei dir?«

»Keine Probleme. Er hat über sich und dieses Footballstadion geredet. Ich glaube, er hat kein einziges Mal Luft geholt.« Chris öffnete die Beifahrertür. Wir stiegen ein, Ali nahm auf der Rückbank Platz.

»Danke, dass ihr mir aus der Patsche geholfen habt.« Ali beugte sich nach vorn. »Das bedeutet mir viel.«

»Nicht der Rede wert«, erwiderte Chris. »Außerdem wollte ich Peter ohnehin etwas fragen.«

Ich warf ihm einen strengen Blick zu. Er grinste und tätschelte mein Knie. »Gute Neuigkeiten: Er hat Ja gesagt. Er würde gern Trauzeuge sein.«

KAPITEL VIERUNDVIERZIG

Selbst wenn es keine Erdanziehung gäbe,
würde ich trotzdem vor dir auf die Knie gehen.

ELENA S.

»Die stille Auktion findet in drei Wochen statt«, verkündete Mrs. Katz. »Einige Gegenstände wurden bereits gespendet, aber wir brauchen mehr. Nach einem Dutzend Donuts im Wert von ungefähr acht Dollar kräht kein Hahn.«

Der Ausschuss zur Rettung der Bibliothek hatte in den letzten Wochen hart gearbeitet. Zur Feier der Auktion war im *Sit-n-Eat* eine Party geplant, die die Massen anlocken sollte. Datum und Uhrzeit waren festgelegt, Flyer waren verteilt worden. Die Zeitung hatte einen kurzen Artikel veröffentlicht. Wir hatten große Reden geschwungen, aber die Spenden waren bislang nur spärlich hereingetröpfelt.

Horace hob die Hand. »Ich habe mit Cliff vom Traktorersatzteilgeschäft gesprochen, und er meinte, er könne eine Schubkarre und einige Saatpakete spenden.«

»Leute«, rief Mrs. Katz in dem Ton, der einen Raum voller Sechstklässler in Ehrfurcht vor dem Herrn selbst erstarren ließ.

»Wenn das hier Erfolg haben soll, brauchen wir mehr als Donuts und eine Schubkarre.«

»Ich verstehe einfach nicht, warum nicht mehr Leute spenden!«, bemerkte Sarah Ellis.

Melinda rutschte unruhig auf ihrem Sitz hin und her. »Ich habe Gerüchte gehört ...«

Sofort richteten sich alle Blicke auf sie.

Sie stand auf, wobei sie nervös ihre Hände knetete. »Anscheinend hat Peter die Leute dazu aufgefordert, nicht zu spenden. Er hat sie mit Tickets für Highschool-Footballspiele in der kommenden Saison bestochen.«

»Dieser Dreckskerl. Das würde er sich nicht trauen«, sagte Mrs. Katz.

»Ich fürchte, das hat er.« Melinda setzte sich und ließ den Kopf hängen. Schließlich war sie mit dem Dreckskerl verwandt.

Nach Alis letztem Streich würde er mit Sicherheit alles Mögliche tun. Am nächsten Tag war er in die Bibliothek gestürmt – mit vor Wut violett angelaufenem Gesicht – und hatte verlangt, dass ich diesen Mätzchen ein Ende setze. Als ich ihm erklärt hatte, dass ich dafür nicht verantwortlich war, hatte er sich nur wild die Haare gerauft und war wieder hinausgestürmt.

Später erfuhr ich, dass er erst einen halben Tag und mehrere E-Mails später bemerkt hatte, was vor sich ging. Dann brauchte es drei weitere Tage, um jemanden zu finden, der das Problem beheben konnte. Außerdem hatte er auf Sicherheitskameras außerhalb seines Büros bestanden und Ali per Einschreiben mitgeteilt, dass sie damit aufhören musste, wenn sie nicht mit einer Strafanzeige rechnen wollte.

Am nächsten Tag erhielt er ein Paket, in dem sich ein T-Shirt mit einer riesigen Gurke darauf befand.

Horace schob sich einen Keks in den Mund und sprach darum herum. »Also, was machen wir jetzt?«

»Meine Güte, Horace.« Mrs. Katz funkelte ihn an. »Wo bist du denn aufgewachsen?«

Zur Antwort schob er noch einen Keks hinterher.

»Wie ich schon sagte, mein Sohn kennt da jemanden«, warf Abel ein.

»Nein«, sagte ich.

»Ich habe eine Idee«, ertönte eine Stimme hinter mir.

»Oh, Aidan, ich habe vergessen, dass du noch hier bist«, sagte ich. Er hatte gefragt, ob er bleiben und seine Hausaufgaben machen durfte. »Bitte erzähl uns von deiner Idee.«

»Was ist mit diesen ganzen Geschäften, die dir Dinge umsonst geben? Die Blumen und Kuchen und all das.« Er deutete auf die zwei frischen Gebinde auf der Rückgabetheke. »Vielleicht wollen sie etwas spenden?«

Mrs. Katz schlug mit der flachen Hand auf den Tisch. »Mensch, das ist eine ausgezeichnete Idee!«

Sofort begannen wir, eine Liste der Geschäfte zu erstellen und jedem Mitglied des Ausschusses einige zuzuteilen, die sie dann kontaktieren sollten.

»Das ist gut«, stellte Mrs. Katz am Ende fest. »Aber wir brauchen etwas, das mehr als nur gut ist. Wir brauchen etwas Großes, Riesiges, Unglaubliches.«

In diesem Moment betrat Chris die Bibliothek. Als hätte er den Ruf gehört und wäre bereit zu antworten.

Sein Blick fand meinen, seine Augen waren warm und leuchteten, und ein Lächeln umspielte seine Lippen. Ich sah ihm dabei zu, wie er sich durch den Hindernisparcours aus Tischen und Bücherregalen schlängelte, und in meiner Magengrube machten sich Schmetterlinge breit. Diese Schmetterlinge hatten in letzter Zeit eindeutig zu viel Platz eingenommen, und auch nur in Chris' Anwesenheit. Das bereitete mir Sorgen. Aber diese Sorgen hielten das Lächeln auf meinem Gesicht nicht davon ab, mit jedem Schritt breiter zu werden, den er auf mich zukam.

»So was wie ihn?«, fragte Horace.

Niemand antwortete, und da fiel mir auf, dass uns alle im Raum anstarrten. Als Chris bei mir angekommen war, zögerte er keinen Augenblick. Er umarmte mich so fest, dass ich den Boden unter den Füßen verlor und gezwungen war, ihm die Arme um den Hals zu legen.

Jemand seufzte.

Er stellte mich wieder ab, ließ eine Hand an meiner Taille liegen und strich mir mit der anderen sanft eine Haarsträhne hinters Ohr. Dann küsste er mich. Es war weich und schnell, nur eine flüchtige Berührung. Und trotzdem öffnete ich meine Augen nur langsam und widerwillig.

»Hi«, sagte ich atemlos.

»Hi.«

»Ach du meine Güte«, sagte Sarah verträumt. »Das erinnert mich an meinen Will. Hat mir immer zuallererst einen Kuss gegeben, wenn er den Raum betreten hat.«

»Ich dachte, ich komme lieber ein wenig eher vorbei, falls euer Treffen früher als erwartete zu Ende ist«, erklärte Chris.

Ich runzelte die Stirn, ohne einen klaren Gedanken fassen zu können. Ich hatte keine Ahnung, wovon er sprach.

»Wir wollten zusammen zu Abend essen, weißt du noch?« Mit einem Lächeln tippte er mir sanft auf die Nase.

»Oh. Richtig. Ja, äh … Ja. Wir sind gleich fertig.«

Er setzte sich neben Horace und begrüßte ihn mit einem Nicken. »Beeilt euch meinetwegen bitte nicht.«

»Wie ich schon sagte«, begann Mrs. Katz. »Wir brauchen etwas Großes, um die Massen anzulocken.« Sie begann, im Raum auf- und abzugehen. »Etwas, das niemand von einer winzigen Bibliothek irgendwo im Nirgendwo erwarten würde.« Bei diesen Worten blieb sie vor Chris stehen und lächelte auf ihn herab, die Hände hinter dem Rücken verschränkt.

Horace schlug mit der Hand auf den Tisch. »So was wie ein Meet-and-Greet mit einem berühmten Footballstar?«

»Ich werde jetzt etwas sagen, von dem ich niemals erwartete hätte, es je auszusprechen.« Mrs. Katz wirkte nicht besonders erfreut. »Horace, das ist eine ausgezeichnete Idee.«

Horace grinste.

»Ich freue mich, wenn ich helfen kann«, erklärte Chris. »Wie viel Geld wollt ihr sammeln?«

»Viel«, sagte Horace. »Einhunderttausend Dollar.«

Chris beugte sich vor. »Das Geld könnte ich auch einfach spenden.«

Ein kollektives Keuchen ging in der Runde.

»Nein!«, widersprach ich viel zu laut, noch ehe ich Luft holen konnte, um mich zu beruhigen. »Ich meine, das ist ein tolles Angebot, aber die Bibliothek muss lernen, auf eigenen Beinen zu stehen. Du wirst nicht für immer hier sein, um uns zu retten.«

»Aber, Mae, das würde all unsere Probleme lösen«, warf Sarah ein.

Ich wollte nicht auf Chris angewiesen sein, nicht, wenn ich wusste, dass seine Anwesenheit nur vorübergehend war. Es würde schwer genug werden, ihn aus meinem eigenen Leben zu verbannen, aber ich wollte nicht für die gebrochenen Herzen sämtlicher Bewohner der Stadt verantwortlich sein.

»Wir finden einen Weg.« Ich spürte Chris' Blick auf mir, weigerte mich jedoch, in seine Richtung zu sehen. Ich durfte nicht nachgeben.

»Ich bin überzeugt, dass wir keinen Weg finden werden«, bemerkte Melinda.

»Das sehe ich auch so«, stimme Horace zu. »Wir könnten seine Hilfe gebrauchen.«

Seufzend drehte ich mich zu Chris um. »Du kannst helfen. Aber du wirst nicht einhunderttausend Dollar an die Bibliothek spenden. Verstanden?«

Chris nickte, wobei er viel zu ernst und unschuldig dreinblickte. Ich hätte ahnen sollen, dass er bereits etwas im Schilde führte.

»Nun gut«, unterbrach Mrs. Katz, die Chris so strahlend anlächelte, als hätte er gerade alle Bundestaaten samt ihren Hauptstädten in alphabetischer Reihenfolge aufgezählt. »Dann wäre das also geklärt. Willkommen im Ausschuss, junger Mann.«

KAPITEL FÜNFUNDVIERZIG

Hast du das gesehen?
(Fragt er und deutet in die Richtung,
aus der er gekommen ist.)
Nein, was gesehen?
Ich bin gerade mit einem Anmachspruch
in dein Leben getreten, und du hast es nicht
einmal kommen sehen.

NONIE S.M.

Drei Tage später kam Iris mit einem Gesichtsausdruck in die Bibliothek gestürmt, der vor Gefahr und möglicher Gewalt nur so strotzte.

»Hast du schon etwas von Dad gehört?«, fragte sie zur Begrüßung.

»Meine liebe Schwester, ich freue mich auch, dich zu sehen.«

Sie schwang sich auf die Rückgabetheke und verschränkte die Arme. »Also?«

»Erstens, runter von meiner Theke. Zweitens habe ich nichts gehört.«

Sie kniff die Augen zusammen. »Wie kann ich sicher sein,

dass du ihn überhaupt anrufst? Vielleicht behauptest du nur, du würdest es tun.«

»Ernsthaft, Iris? *Er* antwortet nicht, und auf einmal ist es meine Schuld?«

Sie ließ die Schultern hängen. »Na gut. Es ist nur …«

»Was?«

»In der Schule wollen sie wissen, wie viele Karten ich für den Abschlussball brauche. Sie sind limitiert oder so.« Sie wischte sich ungeduldig eine schwarze Haarsträhne aus den Augen. Als sie erneut sprach, brach ihre Stimme. »Ich will es einfach nur wissen, okay? Ich verstehe nicht, warum er nicht zurückrufen kann.«

Ich nahm sie in den Arm, und sie ließ es zu (dabei hörte ich die Englein singen). »Tut mir leid, Iris. Ich rufe ihn wieder an. Ich tue, was ich kann, um ihn hierherzulocken, okay?«

Sie umarmte mich zwar nicht zurück, aber sie bewegte sich auch nicht. »Ja.«

»Ich meine es ernst.«

Sie nickte wieder an meiner Schulter, und ich hätte schwören können, dass ich ein Schniefen hörte. Es brach mein Herz ein winziges bisschen. Ich streichelte ihr über den Rücken. Wir hatten gerade einen *Moment*. Einen wirklich schwesterlichen Moment.

Einen Augenblick später löste sich Iris von mir und wischte sich unauffällig über die Wangen. »Ich muss aufs Klo, bevor ich Aidan treffe.«

Ohne eine Antwort abzuwarten, sprang sie von der Theke und schlurfte in Richtung Toilette, mit vor Verzweiflung gebeugtem Rücken. Die Situation tat mir leid für Iris, aber sie machte mich auch wütend.

Ich würde meinen Vater dafür umbringen, dass er meine Schwester zum Weinen gebracht hatte.

In den nächsten zwei Stunden rief ich viermal an. Die ersten beiden Male erreichte ich sofort die Mailbox. Dann klingelte und klingelte es. Erst bei meinem letzten Versuch hinterließ ich eine Nachricht.

»Ich bin auf der Suche nach Dale Sampson. Hier ist Mae. Hör zu, Iris will, dass du zu ihrer Abschlussfeier kommst. Ich weiß nicht, wieso. Du warst ein beschissener Vater. Aber Iris will trotzdem, dass du kommst. Du schuldest es ihr. Denk einmal in deinem verdammten Leben an deine Tochter.«

Ich verbrachte den ganzen Nachmittag damit, entweder mein Handy anzustarren oder mich darüber zu ärgern, dass ich mein Handy anstarrte. Wenn er nicht zurückrief, war es seine Schuld. Nicht meine, die meiner Mutter oder die von Iris. Damit verspielte er ganz einfach die Möglichkeit, uns wirklich kennenzulernen.

Als ich nach Feierabend alle verbliebenen Bibliotheksbesucher rausgeschmissen hatte, blieb Aidan und half mir, die Computer herunterzufahren.

Ich wollte nach Hause gehen und frustriert Schokolade essen. Nein, ein heißes Bad nehmen. Nein, Schokolade essen, während ich ein heißes Bad nahm.

Aidan drückte sich mit angespannter Miene bei der Tür herum.

»Alles okay bei dir?«

Er zuckte zusammen. »Oh ja, tut mir leid. Also eigentlich habe ich eine Frage.«

Ich wartete.

Mit geröteten Wangen öffnete und schloss er seine herabhängenden Hände. Er sprach nicht.

Ich wartete noch ein wenig, bis ich es nicht länger aushielt. »Was wolltest du mich fragen?«

Er räusperte sich. »Weißt du, ob Iris mit jemandem zum Abschlussball geht?«

Jetzt hatte es mir die Sprache verschlagen.

Aidan und Iris?

Die beiden verbrachten viel Zeit miteinander. Zusätzlich zu den zwei Nachhilfestunden in der Woche hatten sie sich schon einige Male am Wochenende getroffen, um zu lernen, was natürlich gelogen war. Ich hatte die Kinokarten gefunden.

Aber ich hatte ihren Umgang miteinander gesehen, Iris, die ihr Bestes gab, die desinteressierte Vampir-Koalabärin zu spielen, während Aidan erstaunlich ungerührt und extrem geduldig blieb. Was Iris nur noch mehr ärgerte.

»Tu nicht so überrascht.« Er war inzwischen knallrot. »Ich mag sie. Sie ist cool.«

»Ihr beide seid völlig verschieden.«

Er lächelte leicht. »Ich mag das.«

»Also, äh, zum Abschlussball?«

»Ich dachte, ich frage sie, ob sie mit mir gehen will. Rein freundschaftlich oder so, du weißt schon. Nichts Ernstes, aber, na ja …« Er fuhr sich mit den Händen übers Gesicht. »Sie ist Iris, und ich weiß auch nicht …«

»Sie ist ganz schön furchteinflößend.«

Er lachte. »Ja, ganz genau.«

»Sie ist nicht mehr so erschreckend, wenn du ihr ganzes Wutgeheul erst mal richtig einordnen kannst. Dann ist sie fast … kuschelig«. Es brauchte schon jemand Besonderen, um sich durch

Iris' ungestümes Abwehrverhalten nicht abschrecken zu lassen und an ihren weichen Kern heranzukommen. Aber sie war es wert.

Das war ihre Art, ihr Herz zu beschützen. Ich machte das Gleiche, aber auf andere Weise. Fast tat mir der Typ leid, der herausfinden musste, wie er an meinen Abwehrmechanismen vorbeikam. Ich hatte viel mehr Zeit gehabt, Schutzmauern zu errichten. An meinem Herz hingen vermutlich siebenundfünfzig Vorhängeschlösser, vielleicht sogar eine Falle – versehen mit Dynamit, Kettenpanzer und einem wirklich wütenden Wachhund, der aufgetaucht war, nachdem ich mit Peter Schluss gemacht hatte.

Welcher Typ würde das alles auf sich nehmen wollen?

Mein Handy summte in meiner Hosentasche: eine Nachricht von Chris. Ich unterdrückte das Lächeln, das sich normalerweise auf meinem Gesicht ausbreitete, wenn ich sah, dass er mir geschrieben hatte. Ich starrte einen Moment lang auf mein Handy, dann steckte ich das Handy wieder in die Tasche. Ich würde die Nachricht später lesen.

Ich lächelte Aidan aufmunternd an. »Ich finde, du solltest sie fragen. Was kann schon passieren?«

Er hielt mir die Tür auf. »Machst du Witze? Sie könnte mir das Herz herausreißen. Mich auslachen, mich in kleine Stücke hacken und meinen Eltern in einem Umschlag schicken.«

»Oder sie könnte Ja sagen.« Ich schloss hinter uns ab.

»Ja, und das macht mir vermutlich am meisten Angst.«

Mein Handy vibrierte erneut. Ohne nachzusehen, wusste ich, dass es Chris war. In meinem Magen breitete sich ein seltsames, warmes Gefühl aus – es war weder gut noch schlecht, nur beständig, als wollte es mir etwas mitteilen. Als hätte ich vielleicht schon jemanden getroffen, der sich durch meinen Panzer gekämpft hatte. Vielleicht war er näher dran, als je ein anderer zuvor, mein Herz zu erobern.

Ich atmete zitternd aus und klopfte Aidan auf die Schulter. »Ich weiß genau, was du meinst.«

KAPITEL SECHSUNDVIERZIG

Du siehst aus, als könnte ich mich
in deinen Armen sehr wohlfühlen.

PEARCIA B.

Am nächsten Tag hinterließ ich meinem Vater zwei weitere wütende Nachrichten. Er rief nicht zurück. Was mich nur noch wütender machte.

Tatsächlich entwickelte sich der Tag zu einem beschissenen Scheißtag von epischem Ausmaß. Zuallererst hatte mein Lieblings-T-Shirt, das, auf dem *FÜRCHTET DIE BIBLIOTHEKARIN* stand, ein riesiges Loch. Dann hatte Iris das gesamte heiße Wasser aufgebraucht, noch ehe ich duschen konnte. Drittens zwang mir meine Mutter ein fünfundzwanzigminütiges Gespräch über Hochzeitsideen auf. Viertens war Kevin mit irgendetwas unzufrieden und zerfetzte zum Spaß einen meiner Vorhänge. Und fünftens hatte ich die ganze Nacht nicht geschlafen.

Stattdessen hatte ich wach gelegen und mich gefragt, was zum Teufel mit mir los war. Vor allem hatte ich an Chris gedacht. Daran, wie er es in unter drei Sekunden schaffte, mich aus der Reserve zu locken. Wie er es schaffte, auf mich aufzupassen, obwohl ich mich bemühte, ihn auf Abstand zu halten. Wie ich ihn immer wieder von mir wegschob, er aber unerschütterlich blieb wie ein Fels in der Brandung. Wie wir Freunde geworden waren.

Ich dachte viel zu oft an diesen dummen Kuss. Freunde küssten sich nicht auf diese Art. Das passierte einfach nicht. Ich hätte das Gegenteil behaupten können, aber ich wusste, dass es sich nicht so angefühlt hatte.

Was sollte ich nur mit diesen ganzen *Gefühlen* anfangen? Ich hatte keine Zeit für Gefühle. Gefühle führten zu Übersprungshandlungen. Und das Schlimmste an diesen Gefühlen? Die Fragen. Hatte Chris auch Gefühle? Empfand er das Gleiche? Was, wenn nicht? Was, wenn *doch*?

Und darunter war die Angst. Echte Angst allein vor dem Gedanken, jemandem mein Herz zu öffnen, jemandem die Möglichkeit zu geben, mich wieder zu verletzen.

Ich vermisste mein Leben vor Chris. Hart, aber unkompliziert. Ich hatte gearbeitet und noch mehr gearbeitet und überlebt, und das hatte ausgereicht.

Irgendwann schlief ich für ein paar Stunden, aber selbst, nachdem ich mich aus dem Bett und zur Arbeit geschleppt hatte, drehte sich das Gedankenkarussell weiter. An diesem Nachmittag schrieb mir Chris, dann rief er mich an, dann schrieb er wieder. Ich brachte es nicht über mich, ihm zu antworten oder ans Telefon zu gehen.

Kurzum: Ich war ein Feigling.

Als Peter Stone fünfzehn Minuten vor Bibliotheksschluss hereinspazierte, war ich nicht in der Stimmung für seinen belanglosen Unsinn.

»Was willst du?«, fragte ich. Wie gesagt: keine Geduld.

Peter stützte sich mit den Ellbogen auf die Theke und lächelte mich verschmitzt an. »Ich hatte erwartet, du wärst viel glücklicher, jetzt, da du einen Weg gefunden hast, zu bekommen, was du willst.«

»Hör zu«, sagte ich knapp. »Ich bin müde, genervt, und dein Gesicht will ich von allen am wenigsten sehen. Also sag mir einfach, was los ist. Bist du hier, weil du einen Bücherbann aussprechen willst? Hoffst du auf eine gute alte Bücherverbrennung inklusive Grillabend?«

Peter war schlau genug, um mit erhobenen Händen einen Schritt zurückzutreten. »Ich dachte wirklich nur, dass du jetzt zufrieden wärst. Ich wollte dir nur mitteilen, dass der Scheck angekommen ist und bereits verarbeitet wurde.«

Ich rieb mir die Stirn. »Ich weiß nicht, wovon du sprichst. Welcher Scheck?«

Er riss überrascht die Augen auf. »Die Spende von Chris Sterns an die Bibliothek. Davon wusstest du doch sicher.«

Ich wurde ganz still. Nein, davon hatte ich nicht gewusst. Tatsächlich erinnerte ich mich daran, Chris in genau dieser Bibliothek schwören gelassen zu haben, dass er das nicht alles spenden würde. Ich hatte Zeugen.

»Wie viel?«, wollte ich wissen.

»Das ist das Komische. Ich habe ihn zweimal angerufen, um sicher zu gehen: einhunderttausend Dollar und ein Cent.«

Natürlich. Ich würde ihn umbringen. »Ich will das Geld nicht.«

Peter wirkte völlig entgeistert. »Natürlich willst du das Geld. Du hast die ganze Arbeit geleistet.«

Ich erstarrte. Das Blut begann, in meinen Adern zu kochen. »Was?«

»Du hast einen Mann mit Geld aufgetrieben. War das nicht dein Plan? Fast fühle ich mich mitverantwortlich, nachdem ich euch einander vorgestellt habe.« Dann. Zwinkerte. Er. Mir. Zu.

Na gut. Chris würde überleben. Weil ich stattdessen Peter umbringen musste.

»Du willst doch wohl nicht behaupten, ich würde meine Beziehung zu Chris ausnutzen, um die Bibliothek zu retten?« Ich umrundete den Tresen, bis ich direkt vor ihm stand. »Hältst du mich wirklich für diese Art von Mensch?«

An diesem Punkt fiel Peter auf, dass er vielleicht etwas Falsches gesagt hatte. Er zog an seinem Kragen und machte einen Schritt rückwärts. »So meinte ich das nicht. Das hast du falsch verstanden.«

Ich kam näher, und er wich erneut zurück. Er war vielleicht ein paar Zentimeter größer, aber wir wogen ungefähr gleich viel, und ehrlich gesagt, war ich kampflustiger. Ich hätte es vielleicht mit ihm aufnehmen können. Vor allem in der Stimmung, in der ich war.

»Raus hier.«

»Du hast das Gleiche mit mir gemacht. Du hast mich dazu gebracht, dich zu mögen, hast bekommen, was du wolltest, und dann hast du mein Herz gebrochen.«

»Was ich wollte?«, zischte ich.

»Nun ja, diese Stelle in der Bibliothek.«

Ich hätte nie gedacht, dass man tatsächlich rotsehen konnte. Aber man konnte. »Ich habe diese Stelle bekommen, weil ich hochqualifiziert bin. Mein einziger Fehler war, auch nur einen Moment lang zu glauben, dass du auch nur eine Sekunde meiner Zeit wert warst.«

Störrisch verschränkte er die Arme vor der Brust. »Du bist

nur sauer, weil du etwas Gutes hattest und es nicht behalten konntest.«

Ich fluchte – Iris wäre stolz gewesen. »Willst du mich verarschen? Du hattest Freundinnen in vier weiteren Ortschaften. Weißt du, wir haben inzwischen eine Selbsthilfegruppe für die Frauen, die dumm genug waren, mit dir zusammen gewesen zu sein. Ich bin dieses Jahr die Schatzmeisterin. Wir sparen auf gemeinsame Tattoos. So was wie ›Peter Stone ist eine Riesengurke‹.«

Mit dieser Beleidigung traf ich ins Schwarze. Ich würde mich bei Ali für ihre Kreativität bedanken müssen.

Eine Bandbreite an Emotionen spielte sich auf Peters Gesicht ab: Furcht, Wut, Scham, wieder Furcht, und zurück zur Wut. Für den Bruchteil einer Sekunde versuchte er sogar, Rückgrat zu beweisen. »So kannst du nicht mit mir sprechen. Ich bin der Bürgermeister!«

»Raus!«, brüllte ich.

Ich hätte nur zu gern ein Buch nach ihm geworfen. Ich trat auf ihn zu, und er wich zurück, wobei er über den Rückgabewagen stolperte, sich aber gerade noch fangen konnte.

Er stieß mit dem Rücken gegen die Tür. Mit dem letzten Rest Würde zog er sie auf. »Ich kann das Treffen des Stadtrats kaum erwarten. Ich werde dich fertigmachen!«

Die Tür schlug hinter ihm zu, und ich schloss ab, auch wenn es einige Minuten zu früh war. Ich lehnte die Stirn an das kühle Holz und versuchte, tief und gleichmäßig einzuatmen, um mich zu beruhigen. Es klappte nicht. Peter war ein hoffnungsloser Fall, und es war mir fast peinlich, dass ich ihm gegenüber überhaupt Gefühle gezeigt hatte.

Chris hingegen war ein ganz anderer Fall.

KAPITEL SIEBENUNDVIERZIG

Bist du Siri?
Weil du mich automatisch vervollständigst.

JULIA B.

»Und wo kann ich Chris jetzt gerade finden?«, fragte ich mit bemüht ruhiger Stimme.

Ich war natürlich kein bisschen ruhig. Oh, ich hatte es versucht. Ich war nach Hause gegangen, wie ein eingesperrtes Tier durchs Haus getigert, hatte mir Shorts und ein T-Shirt angezogen und einen Spaziergang gemacht, in der Hoffnung, ich würde mich danach besser fühlen. Aber ich war auf Streit aus. Peter und mein Vater waren aus dem Spiel. Also blieb nur noch eine Person übrig.

Piper lächelte mich verhalten an. »Er ist in der Scheune.«

»Ich werde ihm einen kleinen Besuch abstatten.«

»Sollte ich mir Sorgen machen? Du wirkst ein wenig erhitzt.«

»Ein wenig erhitzt«, murmelte ich vor mich hin, als ich zur Tür hinaus, um das Haus herum und über den Hof zur alten roten Scheune stürmte. »Du hast ja keine Ahnung.«

Ich riss die Scheunentür auf und ließ sie hinter mir ins Schloss knallen. Im Innern sah sie kein bisschen aus, wie ich sie mir vorgestellt hatte, was mich kurz aus dem Konzept brachte.

Von außen wirkte die Scheune alt und verwittert. Aber innen war sie zu einem vermutlich erstklassigen Fitnessstudio umgebaut worden. Es gab einen Stepper, ein Laufband, ein Rudergerät und so weiter. Außerdem Kraftgeräte mit vielen beweglichen Einheiten, die aussahen, als könnte man sich leicht in ihnen verheddern.

Okay, *ich* würde mich vermutlich leicht in ihnen verheddern.

Das Geräusch von Metall auf Metall holte mich in die Gegenwart zurück. »Chris Sterns, wo bist du?«

»Mae? Was machst du hier?« Seine Stimme drang aus dem hinteren Teil zu mir, hinter einem kompliziert aussehenden Gerät hervor.

Ich ging in seine Richtung. »Was glaubst du, was ich hier tue? Ich habe heute ganz in Ruhe gearbeitet, bis Peter aufgetaucht ist, und kannst du dir vorstellen, was er mir erzählt hat? Na?«

Inzwischen war ich ganz hinten im Raum angekommen, wo er auf einer Hantelbank saß. Ohne Shirt.

Reiß dich zusammen, Mae. Wen interessierte es, ob er ein Shirt trug? Mich sicher nicht. Ich war hier, weil ich ihn anschreien wollte. Das war das Wichtigste.

Ich richtete mich auf und marschierte zu ihm hinüber. Als ich ihn erreichte, war er aufgestanden und wischte sich mit einem Handtuch den Schweiß vom Gesicht. Und vom Hals. Und von der Brust.

Ich hielt seinem Blick bewusst stand. »Weißt du, was mir Peter gerade erzählt hat?«

Er zuckte zusammen. »Ich nehme an, es hatte etwas mit …«

»Er hat mir erzählt«, unterbrach ich ihn wütend, »dass du

eine große Menge Geld an die Bibliothek gespendet hast! Nach dem ich dich ausdrücklich gebeten habe, es nicht zu tun!«

Er hielt mit dem Handtuch genau auf seinem Sixpack inne. Ich wollte wirklich nicht hinsehen! Aber offenbar folgten meine Augen einem anderen Plan. Es war alles da, direkt vor mir. Wie hätte ich da nicht hinsehen sollen? Er bestand gänzlich aus goldener Haut und glänzenden Muskeln. Und eine kleine Narbe unter der linken Schulter, die ich nur zu gern berührt und nach deren Geschichte ich gern gefragt hätte. Als ich ihm endlich wieder in die Augen sah (und es ist mir peinlich, wie lange das dauerte), schmunzelte er.

»Gefällt dir, was du siehst?«

Ich spürte, wie ich vor Scham rot anlief. »Zieh dir ein Shirt an.«

Sein Schmunzeln wurde zu einem Grinsen. »Warum? Stört es dich?«

»Nein, tut es nicht.« Ich machte einen Schritt auf ihn zu, um meinen Worten Ausdruck zu verleihen. »Aber ich habe ein ernstes Wörtchen mit dir zu wechseln, und ich will nicht, dass du dabei halb nackt bist.«

»Ich glaube, es stört dich doch.« Er legte sich das Handtuch über die Schultern.

»Ich muss mit dir reden, und ich will dabei nicht die ganze Zeit deine verschwitzte Brust ansehen müssen. Das ist eklig«, erklärte ich mit aller Empörung, die ich aufbringen konnte (was eine Menge war).

»Weißt du was, Streuselchen? Du bist sehnsuchtswund.«

Ich blinzelte. »Wie bitte? Was soll das heißen?«

»Das heißt, dass du jemanden so attraktiv findest, dass es dich wütend macht. Du bist wund vor Sehnsucht nach mir.« Jetzt machte er einen Schritt zu mir heran, und mein Puls schnellte in die Höhe. Mit einem Finger stupste er meine Schulter an. »Du bist sehnsuchtswund.«

Ich spürte, wie Panik in mir aufstieg. Genau das war ich. Ich fand ihn attraktiv, und es machte mich wütend.

Ich holte tief Luft. »Bin ich nicht.«

»Du bist sehnsuchtswund! Mae ist wund vor Sehnsucht«, witzelte Chris, während er weiter mit Worten und Fingern auf mich einstach.

»Ach komm, werd erwachsen.« Ich schlug seinen Finger zur Seite. »Jetzt zieh endlich dein blödes Shirt an.«

»Nein.«

Meine nächsten Worte würden mich für den Rest meines Lebens verfolgen. Selbst auf dem Sterbebett würde sich noch jemand über mich beugen und mich an das Dümmste erinnern, was ich jemals gesagt hatte.

»Gut. Wenn du dein Shirt nicht anziehst, ziehe ich eben meines aus.«

Noch ehe er begreifen konnte, was ich gesagt hatte, hatte ich mir mein schäbiges T-Shirt ausgezogen und stand in Shorts und meinem drittbesten BH vor ihm.

Ich musste solche Aktionen besser planen. Dann hätte ich meinen besten BH tragen können.

Eigentlich zeigte ich nicht viel mehr Haut als in einem Bikinioberteil. Oder in meinem Outfit bei *Chicky's*.

Chris Lächeln verrutschte, und ich sah einen Muskel an seinem Kiefer zucken, als sein Blick über mein Gesicht und dann tiefer wanderte. Ich hörte sogar, wie er schluckte. Eine Welle der Befriedigung durchfuhr mich. Es fühlte sich stark an zu wissen, dass ich diese Wirkung auf ihn hatte.

»Also, lass uns reden«, sagte ich süßlich und ließ ihm mein Shirt vor die Füße fallen. »Ich hatte dich gebeten, das Geld nicht zu spenden.«

Sein Blick landete wieder auf meinem Gesicht. »Gut. Ich ziehe mich an, und du kannst dich auch wieder anziehen, und dann können wir reden.«

»Nein, danke.«

Stirnrunzelnd hob er mein Shirt auf. »Hör zu, es tut mir leid. Das war dumm von mir. Ich hätte mich nicht über dich lustig machen sollen. Lass uns unsere Sachen wieder anziehen und reden.«

Ich zuckte mit den Schultern. »Warum interessiert es dich überhaupt? Noch vor einer Minute hat es dir gar nichts ausgemacht.«

»Vor einer Minute war ich der Einzige, der kein Oberteil anhatte.« Er machte einen Schritt auf mich zu. Ich war mir nicht sicher, ob er erwartet hatte, dass ich zurückwich, aber ich blieb standhaft, auch wenn ich den Kopf in den Nacken legen musste, um ihm in die Augen sehen zu können.

»Also?«

»Also?«, wiederholte er mit lauter werdender Stimme. »Zieh dein Shirt wieder an.

Er hielt es mir vor die Nase. Dabei streifte er mit dem Handrücken meine Brust. Ein Schauer durchfuhr mich. Ich sog scharf die Luft ein, was mich nur noch entschlossener werden ließ, keinen Rückzieher zu machen.

»Ist mir egal, ob es lächerlich ist. Ich ziehe es nicht wieder an.« Ich stieß ihm mit dem Finger gegen die Brust. »Du bist nicht mein Boss, Sterns.« Ja, ich klang wie eine Drittklässlerin mit einem Autoritätsproblem.

Schmunzelnd beugte er sich zu mir. Ich hätte ihm das Grinsen nur zu gern aus dem Gesicht gewischt. »Irgendwie bin ich schon dein Boss, wenn ich so darüber nachdenke.«

»Ach, wirklich?« Inzwischen lag meine Handfläche flach auf seiner warmen, harten Brust. Sein chaotischer Herzschlag glich meinem eigenen. »Vielleicht muss ich dann der Personalabteilung einen sexuellen Übergriff melden, weil mein Boss sein verdammtes Shirt nicht anbehalten kann.«

Er kam noch näher und funkelte wie ein leicht eingeschnappter griechischer Gott auf mich herab. Unser Atem war das Einzige, was ich noch hören konnte. Die Hand, mit der er das Shirt festhielt, glitt meinen Arm entlang – so sanft, dass ich nicht sagen konnte, ob es Absicht war.

Aber dann fiel sein Blick auf meine Lippen, und er lächelte, langsam und ein bisschen verwegen, und mir stockte der Atem.

»Mae.« Das war alles. Nur mein Name.

Mit einem weiteren Schritt drängte er mich in die Enge. Und wenn ein fast zwei Meter großer und hundertvierzig Kilo schwerer Profi-Footballspieler beschließt, sich in deine Komfortzone zu begeben, kannst du nicht anderes tun als nachzugeben.

Ich wich zurück. Mein Herz raste. Nicht auf diese »Ich habe Angst davor, was er als Nächstes tut«-Art, sondern auf eine »Ich kann kaum erwarten, was er als Nächstes tut«-Weise.

»Was machst du da?«

Noch ein Schritt. »Ich war nicht ehrlich zu dir.«

»W-was meinst du?«

Ein weiterer Schritt. »Der Kuss?«

Der Kuss war mir wohl bekannt. Mein Rücken stieß gegen die Wand hinter mir. »Ja?«

Er stützte eine Hand neben meinem Kopf ab. »Ich wollte dich küssen.«

Ich schluckte. »W-wir haben gesagt, wir vergessen, dass das jemals passiert ist.«

Mit der anderen Hand strich er mir durchs Haar. »Meinetwegen. Du kannst den letzten Kuss vergessen, wenn es dir hilft. Solange du dich an diesen hier erinnerst.«

Ich suchte vergeblich nach Worten. Aber mir blieb gar keine Zeit.

Dieser Kuss war weder sanft noch spielerisch. Es gab nur seine Lippen auf meinen, hart und fordernd und gierig. Er raubte mir den Atem und die Fähigkeit, mich an meinen eigenen Namen zu erinnern. Sein Körper drückte mich gegen die Wand.

Ich griff nach ihm, nach seinem Arm, Hals, Haar, was auch immer ich zu fassen bekam. Jemand stöhnte, er oder ich, vielleicht wir beide.

Es gab einen rationalen Teil in mir, er traf logische, gut überlegte Entscheidungen. Er hielt mich davon ab, Dummheiten zu machen. Dieser Teil war anscheinend kaputtgegangen.

Was dazu führte, dass der irrationale, unlogische, impulsive, dumme, dumme, *dumme* Teil die Oberhand hatte. Und meine Güte, die hatte er wirklich.

Er sagte Dinge wie *Wir sollten uns Namen für unsere Kinder überlegen.*

Na ja, nicht jetzt. Jetzt sollten wir uns einfach weiter küssen.

Chris löste sich aus dem Kuss, seine Brust hob und senkte sich. Er öffnete den Mund, und ich legte meine Hand darauf.

»Sag nichts. Küss mich einfach weiter«, sagte ich.

Sein Lächeln war so selbstzufrieden und raubtierhaft, dass ich ihn am liebsten getreten hätte. Stattdessen küsste ich ihn.

»Oh, ich wollte nicht stören.«

Bei diesen Worten zuckten wir beide zusammen. Piper stand nicht weit von uns entfernt und drehte uns den Rücken zu. Mehr als nur ein wenig entsetzt wandte ich mich unter Chris' Arm hervor. Was musste sie nur von uns denken, wie wir uns ohne Shirts abschleckten wie Teenager beim Abschlussball?

WIE WAR ES NUR SO WEIT GEKOMMEN? Vielleicht würde das irgendwann der Titel meiner Autobiographie.

»Es tut mir schrecklich leid.« Sie machte einige Schritte, wobei sie uns weiterhin den Rücken zugewandt hielt. »Ich wollte mit euch über etwas reden, aber das kann warten.«

Chris stellte sich vor mich. »Du störst überhaupt nicht.«

»Kein bisschen.« Ich schnappte das T-Shirt aus seiner Hand und zog es mir über den Kopf. »Wir haben uns nur unterhalten.«

»Ooo-kay.« Piper drehte sich langsam um, wobei sie weiterhin den Boden anstarrte. Nur zur Sicherheit, wie ich vermutete.

»Wir haben nur ein paar Sachen in Bezug auf diese ganze falsche Verlobung klargestellt.« Ich betonte das Wort *falsch*, als wäre es in Neonbuchstaben geschrieben, mit leuchtenden Pfeilen, die darauf deuteten. »Darüber, dass es bald vorbei ist, und wir vorsichtig mit den Bedürfnissen der anderen Person sein und Grenzen nicht überschreiten dürfen.«

»Genau«, murmelte Chris, der sich langsam von mir entfernte. »Sie hat völlig recht.«

»Und Chris hier«, fuhr ich fort, wobei meine Aufmerksamkeit weiterhin Piper galt, »hat bemerkt, dass er einen Fehler gemacht hat, indem er versucht hat, ein Problem zu lösen, obwohl ich ihn darum gebeten hatte, es nicht zu tun. Er muss keine Probleme für mich lösen, richtig, Chris?«

»Jep«, stimmte er zu, aber weil er sich gerade sein Shirt über den Kopf zog, war er kaum zu verstehen.

Pipers Blick wanderte zwischen uns hin und her. Ihre Miene schwankte zwischen *Wo bin ich hier nur reingeraten?* und *Für so etwas habe ich keine Zeit.*

»Also.« Ich lächelte breit und drehte mich zu Chris um. »Ich denke, es ist am einfachsten, wenn du Peter sofort anrufst und die Sache klärst.«

Er sah mich aus schmalen Augen an, die Hände in die Hüften gestemmt. »Sicher.«

»Super.«

»Gut.«

Wir starrten uns noch ein wenig länger an.

So lässig wie möglich ging ich an Piper vorbei zur Tür. In Richtung Freiheit. Wo ich vergessen konnte, was gerade geschehen war und wo ich in mein normales Leben zurückkehren konnte. Mein normales Leben, das eine Fake-Verlobung mit einem berühmten Footballspieler beinhaltete, den ich vor wenigen Sekunden *geküsst* hatte.

Ich hatte es fast geschafft, als Chris mir hinterherrief: »Hey, Streuselchen! Du trägst dein Shirt verkehrt herum!«

KAPITEL ACHTUNDVIERZIG

Das Leben ist wie ein Puzzle,
und du bist das Stück, das mir noch fehlt!

CHELSEA C.

Am selben Abend fand ich eine Nachricht von einer unbekannten Nummer auf meiner Mailbox.

»Maebell, hier ist dein Vater«, begann er mit vom lebenslangen Rauchen heiserer Stimme. »Ich habe deine Nachrichten bekommen und denke, wir sollten uns treffen. Nur wir beide. Ich habe das Gefühl, wir haben uns viel zu erzählen. Ruf mich zurück.«

Das *Bluebell Café* war ein winziger Laden in der kleinen Stadt Brookshire. An einem Donnerstagabend saß nur eine Handvoll Gäste gemütlich um die wild zusammengewürfelten Tische des Restaurants.

Ich sah zum siebenhundertsten Mal auf die Uhr. Es war Viertel vor sieben. Er war eine Viertelstunde zu spät.

Ich hatte Mama erzählt, ich müsste nach der Arbeit nach Houston fahren, um dort Spenden für die Auktion abzuholen.

Sie hatte sich Sorgen wegen des Wetters gemacht: Graue Gewitterwolken ballten sich am Horizont, und eine stürmische Nacht war vorhergesagt, aber ich hatte darauf bestanden.

In Wahrheit traf ich meinen Vater.

Mein Bein wippte nervös auf und ab. Ich schob die Speisekarte beiseite und rückte die Salz- und Pfefferstreuer zurecht, ehe ich mich dem Zucker zuwandte. Mein Handy summte. Ich schaute darauf, in der Hoffnung, mein Vater würde mir mitteilen, dass er auf dem Weg wäre. Oder um abzusagen. Ich war mir nicht sicher, was mir lieber war.

Stattdessen war es Chris.

Traumtyp: Wegen gestern Abend ...

Ich legte das Handy wieder hin. Ich wollte nicht über gestern Abend sprechen, oder darüber, was auch immer in der Scheune passiert war. Ich träumte davon, wenn ich die Augen schloss. Selbst jetzt errötete ich noch, wenn ich nur daran dachte. Wieder und wieder musste ich daran denken, was passiert wäre, hätte Piper uns nicht unterbrochen. In meinen Träumen tat sie es nicht.

Traumtyp: Auf einer Skala von eins bis zehn bist du eine Neun. Ich bin die Eins, die dir fehlt.

Ich verdrehte die Augen.

Traumtyp: Gar nichts?

Traumtyp: Ich weiß, dass du wegen der Spende sauer bist.

Traumtyp: Ich habe mit Peter gesprochen und sie zurückgezogen.

Traumtyp: Ich wollte es dir leichter machen. Du lässt nicht zu, dass dir jemand dabei hilft, die Last zu schultern.

Traumtyp: Du weißt schon, dass ich sehen kann, dass du diese Nachrichten liest, oder?

Traumtyp: Du kannst mir nicht für immer aus dem Weg gehen, Streuselchen.

Ich war gerade dabei, eine Antwort zu tippen, als mein Vater mir gegenüber Platz nahm.

»Na, sieh mal einer an«, sagte Dale Sampson mit seinem charmanten Grinsen. Mir drehte es den Magen um.

»Was willst du?«, fragte ich.

Mein Vater fuhr sich mit der Hand durchs Haar und lehnte sich zurück. In den drei Jahren, die wir uns nicht gesehen hatten, war er älter geworden, aber er war mit dieser Art Gesicht gesegnet, die sowohl jung als auch alt gut aussah. Sein blondes Haar war vielleicht ergraut, aber das ließ seine blauen Augen nur umso heller strahlen.

»Von meiner Tochter habe ich eine andere Begrüßung erwartet.«

Ich zuckte mit den Schultern. »Du bist nicht der Vater, den ich erwartet habe, also sind wir wohl quitt.«

Eine Kellnerin erschien neben uns, eine Frau mittleren Alters mit müden Zügen.

Er lächelte. »Hallo, schöne Frau.«

Sie errötete. »Habt ihr euch schon entschieden?«

Mein Vater bestellte ein Steak mit allen Beilagen. Ich bestellte nichts.

Nachdem die Kellnerin verschwunden war, fragte ich: »Worüber musst du mit mir reden?«

Mir war klar, dass er nicht für ein freundliches Vater-Tochter-Gespräch hier war. Es musste einen Grund geben, warum er nur mich allein treffen wollte.

»Ist es so schlimm, dass ich wissen will, wie es meinem Mädchen geht?«

Ich richtete mich auf. »Du hast dich die letzten drei Jahre nicht dafür interessiert, wie es mir geht. Warum also jetzt auf einmal?«

»Ich dachte nur, es wäre an der Zeit«, sagte er heiter, aber sein Blick war hart. »Außerdem warst du diejenige, die mich angerufen hat.«

»Mama und Iris haben auch versucht, dich zu kontaktieren. Sie hast du nicht zurückgerufen.« Ich nahm einen Schluck von meinem Tee. »Was willst du?«

Die Kellnerin brachte eine Tasse Kaffee. Mein Vater gab Milch und Zucker hinein und rührte langsam um, ehe er trank. Er musterte mich über den Rand der Tasse.

»Ich habe gehört, dass Glückwünsche angebracht sind.«

Mir stockte der Atem. Natürlich hatte er von der Verlobung erfahren.

»Danke«, sagte ich lässig. »Du bist nicht zur Hochzeit eingeladen.«

Er grinste, goss noch ein wenig Milch in seinen Kaffee und rührte um. Das Klirren des Löffels erschien mir unmöglich laut. »Wer führt dich dann zum Altar? Das ist immerhin meine Aufgabe.«

»Mama. Oder der Postbote, zum Teufel nochmal. Er ist verantwortungsvoller, als du es jemals warst.«

Seine Lippen wurden schmal, aber ansonsten wirkte er gelassen. »Ich würde deinen Verlobten gern kennenlernen.«

»Mir wäre es lieber, wenn du das nicht tätest.« Ich schob mein Glas zur Seite und holte tief Luft.

»Es gibt da diese Neubauten in Florida, in die er investieren könnte.«

»Nein.«

»Was ist mit …«

»Du wirst Chris nicht treffen, und du wirst ihn auf keinen Fall in deine Betrügereien verwickeln.«

Beim Gedanken daran, dass sich Dale Sampson Chris nähern könnte, bekam ich Ausschlag. Mein Vater würde nichts unversucht lassen, um an Chris' Geld zu kommen, und Chris … half gern. Nein, er war ein viel zu guter Mensch, um mit meinem Vater in einem Zimmer zu sein.

»Die Nettigkeiten können wir uns sparen. Die Wahrheit ist, dass ich nicht will, dass du dich Mama oder Iris näherst. Aber Iris will, dass du zu ihrer Abschlussfeier kommst. Nur deswegen habe ich angerufen.«

Er hob überrascht die Augenbrauen. »Sie macht schon ihren Abschluss?«

»Sie wird in ein paar Monaten achtzehn.« Ich schüttelte den Kopf. »Vermutlich weißt du das gar nicht. Aber aus irgendeinem Grund hat sie sich in den Kopf gesetzt, dass du nicht gänzlich nutzlos bist. Das ist natürlich Unsinn.«

»Also hast du deswegen angerufen?« Er starrte auf einen Punkt über meiner Schulter.

»Ja. Es ist ihr wichtig, dass du kommst.«

Er lächelte. Ich drehte mich um und sah, wie eine hübsche, ältere Frau mit toupiertem blondem Haar unter seiner Aufmerksamkeit errötete. Igitt. »Ich denke, das könnte ich schaffen.«

»Das ist es ja, *Dad*. Wenn du ohnehin nicht kommst, dann musst du auch nicht behaupten, dass du es tätest. Ich habe es satt, Ausreden für dich zu erfinden. Mir fallen keine mehr ein. So viele deiner Tanten können überhaupt nicht sterben. Ich glaube, inzwischen bist du bei der achten.«

»Sie ist meine Tochter.«

»Genau wie ich auch. Und für mich ist es in Ordnung, wenn ich dich niemals wiedersehe.«

Einen langen Moment schwieg er. »Weißt du noch, als wir zusammen Minigolf gespielt haben? Nur wir beide?«

Es hatte Zeiten gegeben (auch wenn sie selten und vereinzelt gewesen waren), in denen mein Dad beinahe so etwas wie ein Vater gewesen war. Unsere Minigolfabenteuer waren zu einer Art Tradition geworden. Als wir in meiner Kindheit von Ort zu Ort gezogen waren, hatte er immer als Erstes eine Bahn in der Nähe gefunden und mich dorthin mitgenommen. Und wir hatten Spaß gehabt.

Ich runzelte die Stirn. »Was soll das denn jetzt?«

»Ich habe letztens daran gedacht«, sagte er. »Es war nicht alles schlecht.«

Diese Minigolfausflüge waren vielleicht die einzigen Erinnerungen an meinen Vater, die nicht von dem, was er getan hatte, getrübt waren. Beweise, dass sich zumindest ein kleiner Teil von ihm bemüht hatte.

»Du hattest deine Momente«, stimmte ich widerwillig zu. »Iris ist immer noch bereit, dir eine Chance zu geben. Ich weiß nicht, warum, aber so ist es nun mal. Wenn du sagst, dass du kommst, und dann nicht auftauchst, könntest du es dir mit ihr für immer verscherzen. Vielleicht solltest du die Dinge so lassen, wie sie sind. Ich kann ihr sagen, dass ich dich nicht erreicht habe. Sie muss nichts Gegenteiliges wissen.«

Die Blondine ließ im Vorbeigehen kühn ihre Finger über seine Schulter gleiten.

»Weißt du was?« Er stand auf und strich sich mit der Hand durchs Haar. »Ich habe vergessen, dass ich in einer halben Stunde einen Termin habe. Aber sag Iris, dass ich kommen werde.«

»Du weißt nicht mal, an welchem Tag es stattfindet.«

Aber da war er schon verschwunden. Durchs Fenster sah ich, wie er die Blondine auf dem Parkplatz einholte.

KAPITEL NEUNUNDVIERZIG

Egal, wie stark ich bin –
du würdest immer meine Schwäche bleiben.

KARA R.

Das Gewitter brach eine Viertelstunde, nachdem ich das Café verlassen hatte, über mich herein. Der Himmel öffnete seine Schleusen, und es goss aus Kübeln, so dass meine Scheibenwischer Mühe hatten hinterherzukommen. Blitze erhellten die Welt im Sekundentakt.

Nach fünf Minuten bemerkte ich, dass einer meiner Reifen platt war. In einem Moment kroch ich noch die Autobahn entlang, im nächsten ließ sich das *Wupp-Wupp-Wupp* selbst durch das Grollen des Donners nicht mehr überhören. Mir blieb nichts anderes übrig, als die nächste Abfahrt zu nehmen – ein armseliges Fleckchen Land zwischen der Autobahn und ihrem Zubringer.

Mit weißen Fingerknöcheln hielt ich an, sackte mit der Stirn gegen das Lenkrad und ließ der Wut, die in meiner Brust brannte, freien Lauf.

Egal, was ich tat und wie sehr ich mich auch anstrengte, nichts lief je so, wie es sollte. Nichts.

Warum? Warum heute? Warum ich? Meistens bemühte ich mich, mir diese Fragen nicht zu stellen. Wenn ich zu lange darüber nachdachte, wurde ich unglaublich sauer.

Jetzt gerade war ich wütend und zum Glück allein, irgendwo neben der Autobahn in einem kaputten Auto.

Also tat ich, was jede vernünftige Person in dieser Situation tun würde: Ich schrie.

Ein langer, lauter Schrei. Vielleicht kam wildes Getrommel gegen das Lenkrad hinzu. Vielleicht brüllte ich »Wie kann das mein Leben sein?«. Ich saß mitten im Nirgendwo in meinem kaputten Auto, im strömenden Regen, und schrie.

In den letzten Tagen war viel passiert. Ich durfte schreien. Als mein Hals zu schmerzen begann und der Zorn sich genug gelöst hatte, damit ich wieder klar denken konnte, überredete ich mich, den Reifen zu wechseln.

Etwa fünf Sekunden, nachdem ich den Wagenheber aus dem Kofferraum gekramt hatte, wurde der Regen zu einer wahren Sturzflut. Blitze zuckten ununterbrochen über den Himmel. Sollten diese Blitze irgendjemanden treffen, wäre es vermutlich mich. Das hier war keine gute Idee. Mir war klar, dass ich besser abwartete, statt zu versuchen, den Reifen jetzt zu wechseln. Aber ich konnte es nicht erwarten, nach Hause zu kommen, mich im Bett zu verkriechen und nie wieder mit einer Menschenseele zu sprechen.

Das Stück Erde, auf dem ich gestrandet war, verwandelte sich schnell in eine riesige, schlammige Pfütze. Ich rutschte zweimal aus und konnte einen Sturz gerade noch vermeiden. Nachdem ich den Wagen aufgebockt und drei der vier Radmuttern gelöst hatte, stieß ich auf ein Problem: Die vierte bewegte sich nicht. Egal, wie sehr ich mich auch abmühte, es passierte nichts.

Ich trat gegen den Reifen (unklug) und setzte mich zum Nachdenken wieder ins Auto. Schnell stellte sich heraus, dass mir nur eine Möglichkeit blieb.

Seufzend zog ich mein Handy hervor und wählte die Nummer.

Als Chris in seinem Truck vorfuhr, war ich bis auf die Haut durchnässt. Der Sturm hatte die Temperaturen sinken lassen, und ich fröstelte, stand aber trotzdem im Regen und versuchte, diese verdammte Mutter zu lösen.

»Hey.« Er griff nach dem Radkreuz in meiner Hand. Das Haar klebte ihm bereits am Kopf. »Ich mach das schon.«

»Ich glaube, ich hab's fast geschafft.« Ich zog so fest ich konnte. Die Mutter bewegte sich nicht.

»Lass mich das machen.«

»Nein!«, schrie ich und umklammerte das Werkzeug, als wäre er mein erstgeborenes Kind und Chris Rumpelstilzchen. »Ich schaffe das schon.«

Aber ich schaffte es nicht.

Chris sah mir minutenlang dabei zu, wie ich mich abmühte. Ich wusste, dass ich diejenige war, die ihn angerufen hatte. Ich wusste, dass ich die Mutter nicht lösen konnte. Aber aus irgendeinem Grund konnte ich ihm den Schraubenschlüssel nicht überlassen. Es war zum Verrücktwerden.

Vielleicht verlor ich endgültig den Verstand.

Ich strengte mich ein letztes Mal an und verlor den Halt. Ich landete hart auf dem Hintern, wodurch ich mich zur Hälfte mit schleimigem Matsch beschmierte und halb mit Spritzern und Flecken wie ein sehr trauriger Dalmatiner übersät war. Fassungslos blieb ich sitzen.

Eine große, kräftige Hand tauchte vor mir auf. »Komm schon.«

Ich wollte sie wegschlagen. Ich wollte keine Hilfe brauchen. Aber was blieb mir anderes übrig? Schließlich ließ ich zu, dass er mir aufhalf.

»Warum setzt du dich nicht in den Truck? Da kannst du ein wenig trocknen. Ich kümmere mich darum«, sagte er nah an meinem Ohr, so dass ich ihn über das Tosen des Sturms verstehen konnte.

»Ich bin voller Schlamm.«

»Das lässt sich sauber machen.«

Ich zeigte auf den Reifen. »Ich kann es schaffen. Ich weiß, dass ich es kann.«

Er machte einen Schritt zurück und raufte sich das Haar. In seinem Blick lag etwas Wildes, und das Hemd klebte ihm durchnässt an der Brust. »Bitte setz dich in den Truck und lass mich das machen.«

»Aber …«

»Jetzt setz dich in den verdammten Truck!«, donnerte er.

Ich keuchte und reichte ihm das Radkreuz. »Okay, ist ja gut. Kein Grund zu schreien.«

»Sofort«, knurrte er.

Ich ging zum Truck, wobei meine Schuhe bei jedem Schritt im Schlamm versanken. Auf dem Sitz lagen zwei Handtücher. Auf eines setzte ich mich, mit dem anderen trocknete ich mich so gut es ging ab. Er hatte den Motor angelassen. Die Heizung lief auf Hochtouren. Trotzdem zitterte ich immer noch, als er sich neben mich ins Auto schwang.

»Fertig.« Er strich sich die nassen Haare aus der Stirn und griff nach der Sporttasche, die auf dem Rücksitz lag. Er zog ein weiteres Handtuch und zwei trockene T-Shirts hervor. Eines davon warf er mir zu. »Zieh das an.«

Mir war zu kalt, um zu widersprechen, aber ich verdrehte mich in meinem Sitz, um wenigstens ein Minimum an Anstand zu wahren. Mein armes *I Like Big Books and I Cannot Lie*-Shirt war klatschnass und schlammverschmiert.

»Gib her«, sagte Chris mit rauer Stimme, als ich mich umdrehte. Er stopfte das Shirt in eine Plastiktüte, die er auf den Rücksitz warf.

Er starrte geradeaus, während er das Lenkrad umklammerte. Seine Fingerknöchel waren weiß, und er strahlte eine spürbare Frustration aus.

»Noch nie hat mich jemand so sehr zur Verzweiflung getrieben wie du. Und du hast meine Schwestern kennengelernt. Und trotzdem bist du schlimmer als sie alle zusammen. Du bist verwirrend, sturköpfig ...« Er verstummte. »Warum hast du mich angerufen, wenn du nicht wolltest, dass ich dir helfe?«

Ich versuchte, mir die Enge aus der Brust zu reiben. Meine Stimme war kleinlaut. »Ich hatte sonst niemanden, den ich anrufen konnte. Mama kann nicht helfen. Iris wüsste nicht, was zu tun ist. Ali fährt nicht.« Ich drehte mich zum Fenster und schniefte. »Du bist der Einzige.«

»Es tut mir leid«, sagte er leise.

Ich zuckte mit den Schultern und wischte mir über die Nase. »Ich bin es gewohnt. So war es schon immer. Ich kann mich auf mich selbst verlassen. Vermutlich kenne ich es nicht anders.«

Stille. »Du könntest lernen.«

»Ich will nicht lernen. Ich ... ich will einfach, dass mein Leben wieder so ist, wie es war, bevor du aufgetaucht bist. Natürlich, es war immer nur Arbeit, und ich war erschöpft, aber es war vorhersehbar. Ich hatte einen Plan und hab mich dran gehalten.« Mein Atem ging stoßweise, meine Nase brannte, hinter meinen Augen wurde es heiß und, oh nein, gleich würde ich anfangen zu weinen. »Und dann bist du aufgetaucht … und an den meisten Tagen kann ich nicht einmal sagen, wo oben oder unten ist … und das bringt mich ganz durcheinander … und …«

In einer Sekunde saß ich auf meinem Sitz, in der nächsten zog mich Chris in seinen Schoß, als wäre ich eine Puppe. Er war so verdammt stark.

»Was machst du da? Ich bin ganz schlammig.«

»Ist mir egal«, murmelte er. Er drückte meinen Kopf an seine Schulter. »Sei still.«

Und das war ich. Nicht, weil er es mir befohlen hatte. Einfach, weil ich mich zusammenreißen musste. Ich presste mein Gesicht an seine Brust.

»Weinst du etwa?«, fragte er.

»Nein«, schluchzte ich mit erstickter Stimme. »Es geht mir gut.«

»Dickkopf«, murmelte er.

Ich hatte keine Kraft, mit ihm zu streiten. Also saß ich da und spürte, wie er mich mit seinen starken Armen festhielt und sanft mit meinem Haar spielte. Es war schön, beruhigend, sein Körper fühlte sich warm und stark und sicher an. Ich wollte nicht, dass dieser seltsame, wunderbar friedliche Moment vorbeiging. Und genau das war mein Problem, oder?

»Du hast mich angeschrien«, sagte ich wie eine bockige Dreijährige.

»Du brauchtest jemanden, der dich mal kurz anschreit.« Er

strich mir nicht länger mit den Fingern durchs Haar, sondern fuhr die Umrisse meines Ohrs entlang.

»Wie bitte?«

»Du kannst nicht immer alles bestimmen.« Jetzt streichelte er sanft mein Kinn. Mit seinen dummen, sehr beweglichen Daumen. Seinen dummen, sanften, wunderschönen, beweglichen Daumen.

Mir lief ein Schauer über den Rücken. »Es ist leichter, wenn ich bestimme. Dann habe ich die Kontrolle über das, was passiert.

»Niemand kann immer die Kontrolle haben«, grummelte er. »Das Leben verläuft manchmal in ungeahnten Bahnen.«

»Hmmm.«

Er lachte leise und begann wieder, mir übers Haar zu streicheln. »Denk nur mal an Millie. Dass sie mit dem Herzfehler zur Welt kam, hat unser aller Leben verändert. Es gab Momente, da dachten wir, wir würden sie verlieren, oder sie musste erneut operiert werden, oder sie bekam eine Erkältung, die dann zu etwas Schlimmerem wurde. Nichts davon konnten wir kontrollieren. Wir mussten damit so gut wir konnten umgehen. Manchmal bleibt dir nichts anderes übrig, als diese Schicksalsschläge hinzunehmen.«

»Die Schläge tun weh«, murmelte ich.

»Was du nicht sagst.«

»Danke«, flüsterte ich.

»Was sagst du da? Du musst lauter sprechen. Warte. Ich hole mein Handy, um es aufzunehmen.«

Ich boxte ihn gegen die Schulter. »Danke, dass du mir hilfst.«

Er zog mich noch enger an sich. In mir breitete sich ein Gefühl der Ruhe und Richtigkeit aus, das mir zuflüsterte, ich sollte für immer hierbleiben. Es war beängstigend, wie gut es sich anfühlte.

Er gab mir einen sanften Kuss auf die Schläfe.

So bleiben wir, bis der Regen nachließ.

KAPITEL FÜNFZIG

Wenn wir beide Socken wären,
würden wir ein großartiges Paar abgeben.

AMANDA H.

Traumtyp: Ich wette, du hast gelächelt, als du meinen Namen auf deinem Handy gesehen hast.

Ich: Das war kein Lächeln. Ich habe vor Schmerz das Gesicht verzogen, als ich das lesen musste.

Traumtyp: Ach, da ist sie ja. Dir geht es also besser.

Traumtyp: Hey …

Ich befand mich gerade bei den Romanen, wo ich falsch einsortierte Bücher aus den Regalen zog. Der gestrige Abend erschien mir wie ein seltsamer Fiebertraum. Hatte ich mich wirklich in Chris' Schoß zusammengerollt und geweint? Als ich endlich zu Hause angekommen war, war ich auf jede erdenkliche Art erschöpft gewesen. Ich hatte heiß geduscht und, zum ersten Mal seit der Nacht im Poolhaus, tief und fest geschlafen. Aber zwischen dem Vorfall in der Scheune und dem letzten Abend hatte ich keine Ahnung, wo Chris und ich standen.

Ich: Ja?

Traumtyp: Ist zwischen uns alles in Ordnung?

Ich: Ich glaube ja.

Traumtyp: Gut.

Manchmal waren geschriebene Nachrichten wirklich die schlechteste Form der Kommunikation. War das ein *Hey, das ist wirklich gut,* oder ein *Na gut?* Wenn das Schreiben die Dinge weniger unangenehm gestalten sollte, funktionierte es diesmal nicht.

»Achtung! Können mir bitte alle zuhören? Versammelt euch!«

Ich sah hinter meinem Bücherstapel hervor und entdeckte Iris, die mitten in der Bibliothek wie eine Preisboxerin die Arme zur Decke reckte.

»Was ist hier los?«, fragte ich, während ich auf sie zuging.

Sie hüpfte auf und ab. »Wo ist Aidan?«

»Hier«, verkündete er aus der Kinderbuchabteilung.

Als Iris ihn sah, breitete sich ein breites Lächeln auf ihrem Gesicht aus. Sie rannte zu ihm, nahm sein Gesicht in beide Hände und küsste ihn mitten auf den Mund. Sie machte einen Schritt zurück, und er wirkte benommen, aber nicht gerade unglücklich.

»Hi?«, sagte er.

»Wir haben es geschafft.« Sie zog ein Papierbündel aus ihrem Rucksack wie ein Zauberer ein Kaninchen aus einem Hut. »Wir haben es geschafft!«

Ohne seine Antwort abzuwarten, hielt sie das Papier in die Höhe und rannte im Kreis, als drehte sie eine Ehrenrunde.

»Okay. Iris, ich muss dich etwas fragen, und ich will, dass du ehrlich antwortest«, sagte ich. »Nimmst du Drogen?«

Sie blieb vor mir stehen. »Noch nicht.«

»Nicht lustig.«

»Ta-da!« Sie hielt mir die Papiere entgegen.

Ich nahm sie entgegen und stellte fest, dass es die Matheklausur war, die sie in der Woche zuvor geschrieben hatte. »Du hast eine Zwei Plus? Niemals.«

»Doch. Und das bringt mich auf eine solide Drei Minus, und ich muss die Abschlussarbeit noch schreiben. Das heißt, dass ich nicht durchfalle, außer, ich gebe auf. Ich kann's nicht fassen! Aidan, wir haben es geschafft.«

Wir drehten uns zu ihm um, aber der arme Junge tat keinen Mucks.

»Hey?«, fragte Iris. »Ist alles in Ordnung?«

»Äh, ja«, sagte er mit geröteten Wangen. »Das sind super Neuigkeiten.«

»Die besten.« Sie kicherte (kicherte!) und drehte sich zu mir um. »Hast du von Dad gehört?«

Ich schüttelte den Kopf und log ihr dann direkt ins Gesicht. »Tut mir leid. Nichts.«

Seufzend stopfte sie die Klausur in den Rucksack. »Versuchst du es weiter?«

»Ich verspreche es«, erklärte ich und widerstand dem Drang, dabei heimlich die Finger hinter dem Rücken zu kreuzen.

»Gut, ich muss mich beeilen. Hab viel zu tun.« Sie eilte in Richtung Tür, blieb dann stehen und rannte zu Aidan zurück. Sie warf ihm die Arme um den Hals. »Danke. Ich kann nicht glauben, dass ich bestanden habe.«

»Kein Problem«, brachte Aidan hervor. Er räusperte sich. »Bis morgen zur Nachhilfe?«

Nickend ließ sie ihn los und ging zum Ausgang.

»Um Mitternacht bist du zu Hause!«, rief ich ihr hinterher.

»Ja, ja.« Und dann war sie verschwunden.

»Wirbelsturm Iris.« Ich schüttelte den Kopf. »Alles in Ordnung bei dir?«

Aidan blinzelte und schreckte aus seiner von Iris verursachten Trance. »Ich glaube schon.«

»Hast du sie gefragt, ob sie mit dir zum Abschlussball gehen will?«, wollte ich wissen, als ich mich auf den Weg zu meinem Büro machte.

Aidan lief mir hinterher und sank dann auf der Rückgabetheke zusammen. »Fast hätte ich es getan, aber dann habe ich mich nicht getraut.«

Ich schnappte zwei Wasserflaschen und stellte eine neben ihn. »Scheint so, als müsstest du dich ein wenig abkühlen.«

Er richtete sich auf und verzog das Gesicht. »Das war seltsam. Sie war seltsam. Sie hat mich geküsst, oder? Ich glaube, ich habe sie noch nie lächeln sehen, außer, wenn sie sich über mich lustig macht.«

Ich ging um die Theke herum und legte ihm einen Arm um die Schultern. »Du musst verstehen, wir Sampson-Schwestern zeigen unsere Zuneigung nur ironisch. Wenn sie dich nicht ausstehen könnte, wären es ›bitte sehr‹, und ›danke schön‹. Sie beleidigt aus Liebe. Frag sie einfach.«

Im Weggehen wirkte er sowohl verzweifelt als auch hoffnungsvoll.

»Ich habe dir ein Schokocroissant mitgebracht.« Ali ließ eine Tüte von meiner Lieblingsbäckerei im Ort auf die Theke fallen.

Der Duft des besten Gebäcks der Welt stieg mir in die Nase. »Du bringst mir nur Schokocroissants, wenn etwas nicht stimmt.«

Ali nickte mit schmalen Lippen. »Das liegt daran, dass etwas nicht stimmt.«

Ich sprang auf und holte mit pochendem Herzen mein Handy heraus. »Was? Ist etwas mit Mama? Iris? Ich habe keine verpassten Anrufe.«

Ali ließ sich auf einen Stuhl plumpsen und legte die Füße auf einen der Tische. »Nein, nichts in der Art.«

Langsam riss sie ein Stück von ihrem Croissant ab und schob es sich in den Mund. Sie kaute mit geschlossenen Augen, während sich ein seliges Lächeln auf ihrem Gesicht ausbreitete.

»Ali!«

Sie öffnete ein Auge. »Schon gut, schon gut. Ich habe nur die letzte friedliche Minute genossen, bevor du völlig ausflippst.«

»Ich flippe nicht aus.«

»Du flippst ja jetzt schon aus, und du weißt noch nicht einmal, was los ist.«

Ich umrundete meinen Schreibtisch und schob ihre Füße vom Tisch. »Nun sag schon. Ich werde nicht ausflippen. Versprochen.«

Ali verdrehte die Augen, legte aber das Croissant beiseite und wischte sich die Hände ab. »Du wirst komplett ausflippen.«

»Ali!«

Sie zog ihr Handy heraus, tippte darauf herum und reichte es mir. »Das wurde heute Morgen veröffentlicht. Du setzt dich vielleicht besser.«

Auf dem Bildschirm war ein Video zu sehen, auf der eine männliche Silhouette schemenhaft zu erkennen war, die offenbar ihre Identität verbarg. Mir war sofort klar, dass das die anonyme Quelle sein musste. Über seinem Kopf stand in großen Buchstaben ANONYME QUELLE: HABEN CHRIS STERNS UND SEINE VERLOBTE ETWAS ZU VERBERGEN?

Mit einem Stöhnen ließ ich mich auf einen Stuhl fallen und erhöhte die Lautstärke.

»… sind nicht gerade ehrlich«, verkündete der Mann mit verzerrter Stimme. Auf dem Bildschirm erschien ein Verlobungsbild von Chris und mir.

»Können Sie uns mehr dazu sagen?«, fragte eine Stimme aus dem Off.

Die anonyme Ratte wand sich auf ihrem Stuhl. »Ich will nicht zu viel verraten. Aber ich rechne nicht mit einer Hochzeit.«

»Und warum nicht?«, fragte der Interviewer.

»Ich habe den Eindruck, dass sie sich sehr bald trennen werden.«

Der Interviewer keuchte. »Hat das etwas mit der Frau in dem Video zu tun?«

»Nein, es ist etwas ganz anderes.« Anonymus sah in die Kamera, und obwohl es aufgrund der unzähligen Sicherheitsmaßnahmen unmöglich war zu sagen, schien er direkt mit mir zu sprechen. »Damit meine ich nur, dass Chris Sterns nicht der Mann ist, für den die Welt ihn hält.«

Ich ließ das Handy mit einem Knall auf den Tisch fallen. Wut schoss mir durch den Magen. »So ein Haufen Müll. Nichts davon stimmt. Gar nichts.«

Außer, dass es stimmte.

Ali biss wieder in ihr Croissant. »Also ist bei euch beiden alles in Ordnung?«

»Ja. W-wir sind verliebt und wollen heiraten.«

»Hervorragend. Ich habe nämlich einen Plan.«

Ich stöhnte.

»Nein, es ist ein guter. Ich könnte herausfinden, wer die anonyme Quelle ist. Wenn wir seinen Namen haben, könnten wir vielleicht rechtliche Schritte gegen ihn einleiten.«

Ich hatte keine Ahnung, ob das stimmte, aber wenn wir herausfänden, wer es war, würde es dabei helfen, diese ganze Sache für Chris zu beenden.

»Ich kann helfen«, sagte eine Stimme hinter uns.

Ich fuhr zusammen. »Aidan! Ich glaube, ich muss dir ein Glöckchen umhängen.«

Ali stand auf. »Was meinst du damit, dass du helfen kannst?«

Aidan sah weder ihr noch mir in die Augen. »Ich bin ziemlich gut in diesen Dingen.«

»Wie gut?« Ali stopfte sich das restliche Croissant in den Mund.

»Gut genug, um zu wissen, wie ich ihn finden kann, ohne dass es irgendjemandem auffällt.«

»Warte mal. Ist das nicht illegal?«

Aidan sah gequält aus. »Nur, wenn ich erwischt werde.«

»Wurdest du erwischt?«

Er nickte, sichtlich verärgert. »Sie haben mich das letzte Mal nur erwischt, weil ich unvorsichtig geworden bin. Ich habe gemeldet, dass das Basketballteam die ganze Zeit über bei den

Klausuren geschummelt hat. Und niemand hat etwas gemacht! Also habe ich mir einen Weg in den Server der Schule gesucht und die Noten verändert.«

Ali nickte stolz. »Also hast du deine Fähigkeiten für das Gute eingesetzt?«

»Diese Verteidigung hat der Richter leider nicht durchgehen lassen.«

»War es das wert?«, fragte ich.

Aidan zupfte am Kragen seines Hemds. »Ich weiß nicht. Ich bin lieber hier in Two Harts, und ich habe dich und … Iris kennengelernt.« Er errötete.

Mein Herz zog sich zusammen, und für einen Augenblick hätte ich ihn gern umarmt. Aber das hätte ihn vermutlich noch verlegener gemacht, als er ohnehin schon war.

»Das ist super«, juchzte Ali. Sie konnte jedem noch so rührenden Moment ein abruptes Ende setzen.

»Nein!« Ich funkelte meine beste Freundin an. »Ich kann nicht zulassen, dass er das macht. Er könnte in große Schwierigkeiten kommen. Und dieses Mal könnte er dafür mehr bekommen als nur Sozialstunden.«

»Oh, du schöne, starke, regenbogenfarbene Wasserbüffeldame.« Sie stupste mich an der Schulter an. »Wie lautet die Regel?«

»Ali …«

»Wir fragen nicht, und wir sagen nichts.« Sie grinste Aidan an. »Mach dich an die Arbeit.«

KAPITEL EINUNDFÜNFZIG

Du bist ja genau wie Sherlock.
Nur die beste Detektivin der Welt kann einen
Wunderknaben wie mich aufspüren.

PROFESSOR POPINJAY

Am Samstagmorgen traf sich der Ausschuss zur Rettung der Bibliothek, inklusive Aidan und Iris, bei Sonnenaufgang, um alles für die Auktion am Abend vorzubereiten. Mrs. Katz gab ausführliche Anweisungen, die eine Umgestaltung der Bibliothek für ein »optimales Auktionserlebnis« vorsahen.

»Nein, ich habe nicht gesagt, dass ihr den Tisch dort abstellen sollt«, sagte Mrs. Katz. »Hört mir überhaupt irgendjemand zu?«

Horace fletschte die Zähne. »Meine Hörgeräte sind aus. Ich hatte keine Lust mehr auf dein Gezeter und Geschrei.«

Mrs. Katz drückte sich mit verschränkten Armen das Klemmbrett an die Brust. »Wenn das die Hilfe ist, die ich von dir erwarten kann, kannst du gern einfach nach Hause gehen.«

Horace polterte auf sie zu. »Du bist eine gemeine alte Frau!«

»Gleich und gleich gesellt sich gern.«

Sein Gesicht nahm einen Rotton an, den sein Arzt mit Sicherheit als besorgniserregend eingestuft hätte.

»Beruhigt euch«, sagte ich. »Wir ziehen alle am gleichen Strang. Lasst uns den Tisch einfach dort abstellen, wo sie ihn haben will, in Ordnung?«

Horace warf Mrs. Katz einen letzten bösen Blick zu und folgte mir dann. Gemeinsam stellten wir die letzten Tische auf, und ich hielt die beiden davon ab, sich gegenseitig umzubringen. Gerade so. Bei der Diskussion, ob die Kugelschreiber auf der linken oder der rechten Seite des Gebotsblatts liegen sollten, wurde es noch einmal brenzlig. Horace war kurz davor, einen der Stifte als Mordwaffe einzusetzen.

»Diese beiden müssten einfach nur miteinander ins Bett.« Iris schob sich den Pony aus den Augen.

»Igitt. Mrs. Katz war meine Lehrerin in der Sechsten.«

Sie zuckte mit den Schultern. »Ihre sexuelle Anziehung geht durch die Decke.«

»Ich meine es ernst: Igitt.« Ich stemmte eine Hand in die Hüfte. »Und was weißt du schon über sexuelle Anziehung? Du bist doch noch ein Baby.«

Der Blick, den sie mir zuwarf, war alles andere als babyhaft.

Mittags brachte Ali eine Wagenladung Essen vom Taco-Truck vorbei. »Ich habe Stärkung und meine liebenswürdige Wenigkeit dabei«, verkündete sie.

Die Freiwilligen stürzten sich auf das Essen, als hätte jemand bei einem Zombiekongress »Gehirne!« geschrien. Als sie fertig waren, blieben mir ein teilweise ausgepackter Fisch-Taco und acht Tortilla-Chips (ja, ich zählte nach).

»Danke«, sagte ich. »Wir waren alle kurz davor, unausstehlich zu werden.«

»Kein Problem.« Sie streckte die Beine aus. Wir saßen beide auf dem Boden und lehnten mit den Rücken an der Rückgabetheke. »Wird die Bibliothekarin sauer, weil wir hier drin gegessen haben?«

Ich zuckte mit den Schultern. »Heute ist sie gewillt, darüber hinwegzusehen.«

»Sie ist so eine krasse Braut.«

»Ja, nicht wahr?«

»Wo ist Chris? Ich dachte, er wollte helfen?«

»Er kommt später. Er muss sich um etwas kümmern, von dem er mir nichts erzählen will.«

Sie stupste mich an. »Vielleicht will er dich mit etwas Unglaublichem überraschen. Oh, ich hab's! Eine Überraschungshochzeit. Er sammelt gerade alles, was du brauchst. Ihr heiratet bei einer kleinen Zeremonie unter freiem Himmel. Kein großes Aufsehen oder Aufhebens. Nur eine kleine, stille Hochzeit.«

Ich starrte sie an. »Das ist ganz schön … konkret.«

»Ähm. Ich habe mir wieder diese Sendung angesehen. Die, in der sie Milliarden Dollar für eine dumme Hochzeit ausgeben? Ich kriege schon beim Gedanken daran Ausschlag.« Sie wedelte mit einer Hand. »Ring dran und fertig.«

Ich lachte. »Tut mir leid, deine Hoffnungen zerstören zu müssen. Ich bin mir sicher, dass Chris keine geheime Hochzeit plant.«

»Man weiß ja nie. Er könnte dich überraschen.«

Sie wusste nicht, wie recht sie damit hatte. Chris Sterns war die größte Überraschung meines Lebens. Ich war mir allerdings nicht ganz sicher, was ich davon hielt.

Der Rest des Tages verging wie im Flug. Iris und Aidan schickte ich ins *Sit-n-Eat*, wo sie Ollie dabei halfen, alles für die Party vorzubereiten. Oder wohl eher, alles selbst zu dekorieren.

»Ihr könnt hier feiern«, hatte Ollie verkündet. »Aber ich werde es nicht schmücken oder so was.«

In der Bibliothek arrangierten wir sämtliche Auktionsartikel, die wir in den letzten Wochen besorgt hatten. Aidans Idee hatte sich als erfolgreich herausgestellt, und wir hatten mehrere Spenden von Hochzeitsausstattern erhalten. Dafür hatte ich zusagen müssen, ihre Dienste für meine zukünftige Hochzeit in Anspruch zu nehmen, wobei sich meine Schuldgefühle in Grenzen gehalten hatten. Sobald wir die Verlobung auflösten, würde es ohnehin keine Hochzeit mehr geben.

Um sechs öffneten wir die Türen. Wir warteten mit angehaltenem Atem.

Und warteten.

Bis halb sieben waren nur drei Personen aufgetaucht: Mama und Sue und Cody Spear, der den Ruf hatte, ein Geizhals zu sein. Was sich bestätigte, als er versuchte, ein Übernachtungspaket für zwei Personen weit unter dem Mindestgebot zu ersteigern und sich dann eine Viertelstunde lang mit Mrs. Katz über die vermeintliche Verfassungswidrigkeit von Mindestgeboten stritt.

»Wo bleiben alle?«, fragte Ali mit gerunzelter Stirn.

»Ich weiß es nicht. Wir haben gehört, dass Peter die Leute davor gewarnt hat zu kommen, aber ich hätte nicht gedacht, dass sie das tatsächlich machen würden.« Ich setzte mich hin und fühlte mich so verzweifelt wie schon lange nicht mehr. »Ich weiß nicht, was ich tun soll, wenn das nicht klappt. Uns bleibt nicht mehr viel Zeit bis zur Abstimmung im Stadtrat.«

»Hey.« Sie klopfte mir auf die Schulter. »Alles wird gut. Hast du etwas von Chris gehört?«

Ich schüttelte den Kopf. »Seit heute Morgen nicht mehr.«

In der letzten Woche hatten wir kaum Zeit gehabt, einander zu schreiben, geschweige denn uns zu sehen. Piper hielt ihn mit so vielen Aktivitäten wie möglich auf Trab, um die Aufmerksamkeit vom neuesten Drama abzulenken. Am Mittwoch musste er nach Nashville fliegen, um mit dem Vorstand des *Children's Heart Fund* zu sprechen. Sie waren immer noch unschlüssig, ob sie angesichts der jüngsten Ereignisse ihre Zusammenarbeit mit ihm fortsetzen wollten.

Wobei wir in Wirklichkeit versuchten, so glaubte ich, die eigentlich Frage zu ignorieren: Zählte es, wenn zwei Menschen in einer Scheune rumknutschten?

Wann war mein Leben nur so kompliziert geworden?

»Er wird kommen«, sagte Ali zuversichtlich. »Bisher war Chris jedes Mal für dich da.«

»Hmmm?«

»Stimmt doch, oder? Hat er dich jemals im Stich gelassen?«

Hatte er das? Wir kannten uns noch nicht besonders lange, aber ich konnte mich nicht daran erinnern, dass er jemals nicht genau das getan hatte, was er zu tun versprochen hatte. Und mit manchen Dingen hatte ich überhaupt nicht gerechnet.

»Ich meine, ich habe noch nie erlebt, dass jemand versucht hat, so gut auf dich zu achten, wie er es tut. Und du machst es ihm nicht gerade leicht«, sagte Ali.

Sie musste mir die Überraschung ansehen. »Was?«

Ali zuckte mit den Schultern. »Sieh mich nicht so an. Weißt du eigentlich, wie schwer es manchmal ist, deine Freundin zu sein? Du bittest nie um Hilfe. Es ist immer andersherum. Du kümmerst dich um deine Mutter und Schwester, die Bibliothek und vermutlich eine ganze Herde von Waldbewohnern, von denen ich nichts weiß, weil du einfach so ein guter Mensch bist. Wer kümmert sich um dich?«

Ich sah sie ein wenig ungläubig an. »Das stimmt nicht.«

»Das stimmt total. Ich liebe und hasse dich gleichzeitig dafür. Du hast dein Leben im Griff. Ich schaffe es nicht einmal, einen Kaktus am Leben zu halten.«

Mir schnürte es die Brust zusammen. »Kakteen sind bescheuert.«

»Ich weiß, aber das bedeutet nicht, dass ich sie umbringen muss.« Sie sah mich vielsagend an. »Jetzt schreib Chris und frag ihn, wann er kommt, weil du seine Hilfe brauchst.«

»Jawoll, Ma'am.« Ich holte mein Handy hervor und schrieb eine Nachricht.

Ich: Wo steckst du? Wir haben schon angefangen.

Traumtyp: Wir sind spät dran, aber kommen gleich!

Ich: Wer ist wir?

Als er nicht antwortete, schob ich mein Handy zurück in die Tasche. Er würde kommen. Ali hatte recht. Er war immer für mich dagewesen. Vermutlich hatte ich ihm das nie richtig angerechnet. Vermutlich erwartete ich immer, von allen enttäuscht zu werden. Das war meine Standard-Einstellung.

»Verdammt nochmal!«, rief Sue und marschierte in ihren Stiefeln zu uns herüber. »Connie hat mir gerade geschrieben.

Sie ist drüben in der Pizzeria. Sie haben ein Sonderangebot, bei dem alle Gerichte um fünfundsiebzig Prozent reduziert sind.«

Ich kniff die Augen zusammen. Peter. Das stank nach ihm, diesem kleinlichen Frettchen.

Sue hielt ihr Handy empor. »Connie sagt, wir müssen uns beeilen, weil die Aktion nur von sechs bis acht dauert und die Schlange echt lang ist.«

Diese Nachricht schien die Luft aus dem Raum zu saugen. Das war genau der Zeitraum, in dem auch unsere Auktion stattfand. Das war kein Zufall. Das war ein gezielter, vorsätzlicher Angriff.

»Dieser Mann ist ein echter Mistkerl.« Sarah Ellis sah so kämpferisch aus, wie eine siebenundachtzigjährige Frau nur aussehen konnte. »Ich hoffe, du entziehst ihm seinen Bibliotheksausweis.«

Mehrere andere stimmten ihr zu.

Ich drehte mich zu der einzigen Person um, die vielleicht verschlagen genug war, um zu helfen. »Ali?«

Sie hatte ihr Pokerface bereits aufgesetzt. »Oh, ich bin dran.«

Während ich ihr hinterhersah, schickte ich ein kleines Stoßgebet in Richtung der Pizzeria. Sollte sie heute Abend in Flammen aufgehen, hatte ich keine Zweifel, dass Ali dafür verantwortlich sein würde.

Mrs. Katz marschierte nach vorn. »Es kann nicht sein, dass der ganze Ort gerade Pizza isst. Holt eure Handys raus und ruft alle an, die ihr kennt und die nah genug sind, um herzukommen. Bittet um Gefallen. Bestecht sie. Gebt alles!«

Der ganze Raum machte sich an die Arbeit. Ich hatte vier Anrufe getätigt, als die Tür aufging und Chris hereinkam.

Und er war nicht allein.

KAPITEL ZWEIUNDFÜNFZIG

Bist du eine Magierin?
Denn immer, wenn ich dich ansehe,
verschwinden alle anderen.

TENNAYA B.

Chris brachte Hilfe mit in Gestalt von drei seiner Teamkollegen, drei freundlich lächelnden Riesen. Zu viert füllten sie die winzige Bibliothek zur Gänze aus. Außerdem kamen sie nicht mit leeren Händen: Sie hatten ihre Scheckbücher dabei und keine Angst, diese auch zu benutzen.

»Warum?«, fragte ich Chris, während ich Sherrod Young, dem unglaublich beliebten Quarterback der Oklahoma Stars, dabei zusah, wie er eine gottlose Summe auf ein Blumengesteck bot.

»Die Blumen? Sherrod muss sich ziemlich oft bei seiner Frau entschuldigen.« Chris grinste. »Er redet die ganze Zeit dummes Zeug. Einmal hat er in einem Interview behauptet, sie sei *bloß* Hausfrau. Er musste drei Wochen lang im Hotel schlafen und ihr eine sehr teure Kette kaufen, bis er wieder nach Hause kommen durfte.«

Ich lachte »Nicht die Blumen. Warum sind diese Männer hier?«

Er zuckte mit den Schultern. »Ich habe sie gefragt, und sie sind meine Freunde. Außerdem schulden sie mir einen Gefallen.«

Ich beugte mich zu ihm und sprach leiser. »Waren sie mit dir in Vegas?«

Chris nickte. »Sie haben ein schlechtes Gewissen darüber, wie das alles gelaufen ist. Also musste ich nur ein wenig Salz in die Wunde streuen und einmal bei Sherrods Frau anrufen.«

Ich sah ihn einen langen Moment an und dachte an Alis Worte. Ein Gefühl, dem ich keinen Namen geben wollte, ließ mich beinahe schweben. Chris Sterns war ein guter Mann, vielleicht der beste Mann, den ich kannte. Zum ersten Mal seit Langem fühlte sich das Gewicht auf meinen Schultern leichter, fast erträglich an. Vielleicht würde doch nicht alles in einem flammenden Inferno enden.

»Danke.«

Mit einem warmen Lächeln tippte er mir auf die Nasenspitze. »Für dich würde ich alles tun, Streuselchen.«

»Nenn mich nicht Streuselchen!« Ich drehte mich wieder zu dem Treiben vor uns um. Aber dabei ließ ich meine Hand langsam in seine gleiten und hielt ihn fest.

Kurz darauf hatte sich herumgesprochen, dass Chris Sterns und seine Freunde bei der Auktion waren, und die Bibliothek füllte sich mit Menschen. Obwohl das vielleicht auch etwas mit den Ratten zu tun haben konnte.

Das Gerücht, dass in der Küche der Pizzeria Ratten gesichtet worden waren, verbreitete sich wie ein Lauffeuer. Tatsächlich gab es sogar ein Foto. Es war zwar unscharf und ein bisschen schwer zu sagen, ob es wirklich im Restaurant entstanden war, aber die guten Leute von Two Harts waren nicht bereit, für eine vergünstigte Pizza die Pest zu riskieren.

Im Laufe der nächsten Stunde strömten die Leute in die Bibliothek. Aufgeregtes Gelächter füllte den Raum, und, wichtiger noch, das Geräusch von Kugelschreibern, die über Papier kratzten, als Gebote aufgeschrieben wurden.

Natürlich erreichten wir die einhunderttausend Dollar nicht. Aber es war ein Anfang, und ich hatte auf einmal wieder Hoffnung. Ich konnte mich nicht daran erinnern, wann ich mich zum letzten Mal so gefühlt hatte.

Nach dem Ende der Auktion spazierten die Leute für die Party zum *Sit-n-Eat* hinüber. Mama zog mich zur Seite und drückte mir eine Tüte in die Hand.

»Was ist das?«, wollte ich wissen.

»Ich habe dir etwas Kleines mitgebracht«, sagte sie. »Für die Party.«

»Das hättest du nicht tun müssen.« Ich deutete auf mein T-Shirt und die Jeans. »Das ist doch völlig in Ordnung.«

Mama lächelte. »Das stimmt, Maebe, aber ich dachte, es könnte dir gefallen, dich hübsch zu machen. Sue ist mit mir zum Einkaufen in die Outlet-Mall gefahren und hat mir geholfen, es für dich auszusuchen.«

»Mama, du hättest kein Geld für mich ausgeben müssen.«

»Natürlich. Du bist meine Tochter, und ich will dir etwas schenken. Manchmal kommt es mir vor, als wäre es immer nur andersherum.« Sie griff nach meinem Handgelenk und sprach in ihrem »widersprich mir nicht«-Tonfall weiter. »Also, du ziehst jetzt dieses Kleid an, kämmst dir die Haare, legst vielleicht ein wenig Lipgloss auf und tanzt mit deinem Verlobten. Hast du mich verstanden?«

»Jawoll, Ma'am.«

Sie tätschelte meine Wange. »So ist's brav.«

Auf der Toilette zog ich das gelbe Wickelkleid an, das ich in der Tüte entdeckte. Es endete knapp über den Knien und wirbelte um mich herum, wenn ich mich im Kreis drehte. Mama hatte mir auch ein Paar Sandalen, Ohrringe, und ja, Lipgloss mitgebracht. Ich kämmte mir durchs Haar.

Im kleinen Badezimmer versuchte ich, mich so gut es ging im Spiegel zu betrachten. Ich dachte daran, was Chris sagen würde, wenn er mich sah, und lächelte. Dann hörte ich damit auf, weil es mir egal sein sollte, was Chris von mir dachte. Dann seufzte ich, weil ich nicht länger wusste, was ich denken sollte.

Die warme Nachtluft umgab mich, als ich die kurze Strecke zur Party zurücklegte. Noch bevor ich sie sah, hörte ich die Musik und das Gemurmel der Menge. Als ich um die Ecke bog, stockte mir der Atem.

Das *Sit-n-Eat* war in ein Wunderland verwandelt worden. Der Parkplatz war abgesperrt, und Lichtketten erhellten die Veranda. Tische standen lose verteilt, und darauf lagen Stapel alter Bücher und Marmeladengläser mit Blumensträußen darin. Einfach, aber doch besonders.

Vielleicht lag es am sanften Licht, oder daran, dass wir uns alle ein wenig schick gemacht hatten, oder weil die Auktion ein solcher Erfolg gewesen war, aber die Stimmung war ausgelassen. Meine Lieblingsmenschen waren alle da: die Mitglieder des Bibliotheksausschusses (Horace und Mrs. Katz tanzten miteinander und schienen dabei beinahe Spaß zu haben), Ali, die tief in ein Gespräch mit einem von Chris' Teamkollegen versunken schien, Mama, Sue und, ihnen gegenüber, Chris in Hemd und Jeans, der mit dem Footballtrainer der Highschool lachte.

Als könnte er meine Ankunft spüren, drehte er sich um, und unsere Blicke trafen sich. Er lächelte langsam. Ich winkte zurück und versuchte, die seltsame Gefühlsmischung in meinem Bauch zu ignorieren. Nervosität, Aufregung, und etwas anderes, was ich noch nicht einmal mir selbst eingestehen konnte.

Vielleicht war ich ein bisschen berauscht von diesen Gefühlen, denn als ein langsames Lied erklang und Chris herüberkam und seine Hand ausstreckte, ergriff ich sie. Vermutlich erlaubte ich es ihm auch deswegen, mich an sich zu ziehen. Vermutlich schloss ich deswegen die Augen und vergrub meine Nase in seinem Hemd, um mir seinen Duft einzuprägen und das Gefühl seiner Hände auf meinem Rücken.

Eine Erinnerung, die mir für immer bleiben würde.

»Das Kleid passt zu dir«, sagte er leise.

Ich löste mich gerade genug von ihm, um sein Gesicht sehen zu können. »Darf ich dich etwas fragen.«

»Was immer du willst, Streuselchen.«

»Nenn mich nicht Streuselchen«, sagte ich, meinte es aber nicht ganz ernst. »Dieser Satz, den du immer sagst, ›das passt zu dir‹: Ich habe gehört, wie dein Dad es zu deiner Mom gesagt hat.«

»Das hat eine Geschichte.«

Das Lied endete und ein anderes begann. Wir lösten uns nicht voneinander. Ein Moment verging, dann noch einer.

»Und erzählst du mir diese Geschichte?«, fragte ich schließlich.

Er grinste. »Sie geht so: Mom und Dad haben sich auf dem College kennengelernt, als sie beide den Kunst-Pflichtkurs für Erstsemester belegten. Mom mochte Dad von Anfang an, aber Dad war schon immer ein wenig schüchtern, irgendwie still. Und du hast Mom getroffen, sie hört nie auf zu quasseln.«

Er klang dabei so zärtlich, dass ich lächeln musste.

»Eines Tages hat sie ihn gefragt, ob sie zusammen zu Mittag essen wollen, und er hat Ja gesagt. Und so ging es für die nächsten drei Jahre. Mom hat ihn eingeladen, Dad ist mitgekommen und so weiter. Aber das war alles rein freundschaftlich. Das hat Mom verrückt gemacht. Es hat sie nicht gestört, dass er so still war, aber es hat sie gestört, dass er mit seinen Gefühlen so hinterm Berg hielt. Das Netteste, was er zu ihr gesagt hat, war: ›Das passt zu dir.‹«

»Drei Jahre lang?«

»Drei ganze Jahre lang.« Chris grinste. »In dieser Zeit hat Dad sie niemals nach einem Date gefragt oder auch nur mit ihr geflirtet. Irgendwann reichte es ihr. Eines Tages hat sie ihn sich zur Brust genommen, ihm gesagt, dass sie es satthabe, nie zu wissen, woran sie mit ihm sei, und dass sie fertig sei.«

»Oh-oh.«

»Aber, und das ist der wichtige Teil.« Er zog mich noch enger an sich. »Dad hat ihr in die Augen gesehen und gesagt: ›Ich sage dir die ganze Zeit, dass ich dich liebe. Nur verwende ich nicht diese Worte. Aber du passt gut zu mir.‹«

Mein Herz sank zu Boden und kletterte dann langsam wieder empor. Wie auf einer Achterbahn, außer, dass ich keine Ahnung hatte, wo oben oder unten war. Ich war blind unterwegs.

Chris nahm mein Gesicht in seine Hände und neigte meinen Kopf, so dass mir nichts anderes übrigblieb, als ihm in die Augen zu sehen. »Du flippst gleich aus.«

»Ich … ich … ich flippe gar nicht aus.«

Ich war vollkommen und ohne jeden Zweifel am Ausflippen. In wenigen Sekunden würde es zum größten Ausflippen aller Zeiten kommen. Die Achterbahn war ganz oben angekommen, und auf dem Weg nach unten würde ich mich vermutlich übergeben.

»Du flippst aus, Streuselchen.«

Ich lief rot an. »Gar nicht.«

»Das hatte ich erwartet.« Er lächelte mit warmem Blick. »Du hast Todesangst.«

»Wie bitte?«

»Du hast Angst. Wie ein scheues Pferd.«

»Ich bin kein Pferd.« Ich stampfte mit dem Fuß auf wie ein, na ja, Pferd.

»Es ist okay. Ich bin geduldig.«

»Es ist nicht nötig, dass du für mich geduldig bist. Weil ich keine Angst habe und nicht ausflippe und alles in Ordnung ist. Du hast mich überrascht. Ist es nicht okay, überrascht zu sein, wenn du … wenn du sagst, was du gesagt hast?«

Ich sah, wie sich sein Lächeln in ein Grinsen verwandelte und bemerkte, dass er es schon wieder getan hatte, dass er meinen drohenden Nervenzusammenbruch schon wieder in Ärger umgewandelt hatte.

»Ich muss es dir einfach beweisen«, sagte er mehr zu sich selbst.

»Was beweisen?«

Er küsste mich, langsam und zärtlich, als wäre die Zeit selbst nur eine honigsüße Andeutung, während er mit den Daumen sanft über meine Wangenknochen strich. Der Kuss sorgte dafür, dass ich fast vergaß, weswegen ich beinahe ausgeflippt wäre.

Als er sich von mir löste, öffnete ich die Augen, um in einem einzigen eloquenten Wort all meine Gefühle auszudrücken. »Woah.«

»Jap. Woah.« Er führte mich an der Hand auf die improvisierte Tanzfläche. »Wir sollten darüber reden. Ich bin mir sicher, dass ich dich von meiner Sicht der Dinge überzeugen kann. Ich habe sogar eine PowerPoint-Präsentation vorbereitet.«

Vielleicht hatte er recht. Vielleicht konnte es zwischen uns mehr geben. Vielleicht passten wir gut zusammen. Vielleicht …

Aber dann bemerkte ich jemanden in der Menschenmenge, und mir drehte sich der Magen um.

Denn in diesem Moment sah ich meinen Vater.

KAPITEL DREIUNDFÜNFZIG

Bist du ein Flughafen?
Weil ich bei dir landen möchte.

NAOMI B.

Chris erzählte ich etwas davon, dass ich auf die Toilette müsste und folgte stattdessen dem Kopf meines Vaters durch die Menge. Ich sah mich schnell nach Iris und Mama um, in der Hoffnung, dass sie ihn nicht gesehen hatten.

Der gute alte Dad schaffte es, sich mit niemandem zu unterhalten. Er löste sich aus der Menge, und ich ging ihm nach. Als er sich einmal umsah, wurde mir klar, dass das die ganze Zeit seine Absicht gewesen war.

An der nächsten Ecke holte ich ihn ein.

»Was machst du hier?«

Er grinste auf seine dumme, charmante Art. »Natürlich bin ich hier, um dich zu sehen.«

Innerlich kochte ich vor Wut. »Du hast mich gesehen. Du kannst wieder verschwinden.«

Er griff nach meinem Oberarm. »Jetzt sei mal nicht so. Ich will doch nur ein bisschen reden.«

»Wir haben uns letzte Woche gesehen. Da hattest du nicht besonders viel zu sagen.«

»Hör zu«, sagte er und klang jetzt unnachgiebig, »wir beide müssen über deinen Verlobten sprechen.«

Bei der Art, wie er *Verlobter* sagte, wurde mir flau im Magen. Mir gefiel nicht, dass er mich beobachtete, als wäre ich die Beute und er kurz vor dem Angriff.

»Außer du willst, dass ich selbst mit ihm rede? Denn das könnte ich tun.« Er drehte sich auf dem Absatz um und begann, in die Richtung zurückzugehen, aus der wir gekommen waren.

»Komm zurück!«, flüster-schrie ich und marschierte in Richtung der Bibliothek, wobei ich erwartete, dass er mir folgte.

Ich öffnete die Tür und machte die Lichter an. Er trat hinter mir ein. Ich war davon ausgegangen, dass er sofort anfangen würde zu reden, aber stattdessen nahm er die Auktionsgegenstände und Gebotsblätter in Augenschein.

»Hm. Damit hast du gut Geld gemacht.«

»Denkst du über deine nächste Masche nach?«

Er ging mit nachdenklicher Miene an mir vorbei. »Das ist in der Tat eine ausgezeichnete Idee.«

Ich holte scharf Luft. »Was willst du?«

»Ach ja, richtig.« Er öffnete seine Jacke und holte mehrere Papiere aus einer Innentasche. »Ich bin zufällig auf das hier gestoßen.«

Er warf sie auf die Theke und schlenderte durch den Raum, um sich weitere Auktionsartikel anzusehen. Als hätte er alle Zeit der Welt. Als wüsste er genau, dass er die Oberhand hatte.

Ich unterdrückte den Drang zu schreien und warf einen Blick auf das Papier. Ich erkannte es sofort. Das war der Vertrag, den ich unterschrieben hatte, das Dokument, das detailliert beschrieb, wie meine Verlobung mit Chris auszusehen hatte.

»Wie bist du darangekommen?« Nur fünf Menschen wussten über diese Vereinbarung Bescheid: Chris, ich, Piper, Doug und Chris' Anwalt.

Mein Vater gab ein seltsames Geräusch von sich.

»Du bestreitest es also nicht einmal. Äußerst vielsagend.«

»Was willst du?«

»Ich?« Er legte eine Hand an die Brust und versuchte er vergeblich, unschuldig zu wirken. »Ich will rein gar nichts. Ich dachte nur, du solltest wissen, dass dieses Dokument da draußen existiert.«

»Wann hast du jemals etwas aus purer Nächstenliebe getan? Wann hast du überhaupt jemals so etwas Ähnliches wie Liebe empfunden?«

Ich ballte die Hände zu Fäusten. Der Drang, ihn zu schlagen, war überwältigend. Aber der Drang, ihn aus Two Harts zu schaffen und von Chris, Iris und Mama fernzuhalten, war noch stärker.

»Mir scheint, dass eine Menge Leute diese Informationen gerne in die Finger kriegen würden.« Er zog den Stuhl hinter der Theke hervor und setzte sich, wobei er die Füße hochlegte und meine Jane-Austen-Wackelpuppe umstieß. »Es ist wirklich eine interessante Sache. Es gibt einige Klatschzeitschriften, die sich über diese Informationen freuen würde.«

»Das kannst du nicht machen.«

»Hör dir das mal an. Eine bietet mir fünfzigtausend Dollar. Das ist eine Menge Geld, ist dir das klar?«

Ich konnte das nicht zulassen.

Es würde Chris ruinieren. Nachdem jemand bereits seit

Monaten versuchte, ihn zu ruinieren. Das hatte er nicht verdient.

»Du würdest das nicht tun. Ich weiß, wir haben nicht das beste Verhältnis, aber ich bin immer noch deine Tochter.«

Er zuckte mit den Schultern und nahm die Füße vom Tresen. »Ich könnte mich dazu überreden lassen, diese Angebote zu vergessen, aber …«

»Aber was?«, fragte ich misstrauisch.

Er stützte das Kinn in die Hände. »Ein Mann muss schließlich Geld verdienen. Also, wenn es ein besseres Angebot gäbe, würde ich darüber nachdenken.«

Mir lief ein Schauer über den Rücken. Ich starrte diesen Mann an, mit dem ich verwandt war, obwohl ich mir sehnlichst wünschte, es nicht zu sein. »Du willst mich also erpressen? Wo um alles in der Welt soll ich eine solche Summe auftreiben? Glaubst du, ich kann einfach so zur Bank gehen und sechzigtausend Dollar abheben?«

Er atmete durch die Zähne ein. »Ein bisschen mehr, Schätzchen.«

Ich lehnte mich gegen die Theke. »Das kann ich nicht bezahlen.«

Die Bibliothekstür öffnete sich. Weil ich natürlich vergessen hatte, sie abzusperren.

»Ich wusste doch, dass du am Ausflippen bist, Streuselchen. Ich hätte dich nicht aus den Augen lassen dürfen.«

Natürlich war es Chris.

»Mir ist klar, dass du das nicht bezahlen kannst.« Mein Vater lächelte wie der Teufel in Person. »Aber er kann es bestimmt.«

Chris blieb in der Tür stehen, sein Blick wanderte von mir zu meinem Vater und wieder zurück. »Wer ist das?«

Mein Vater erhob sich und rückte sein Jackett zurecht, ehe er lässig an mir vorbeischlenderte. »Du kannst diese Kopie behalten. Mach dir keine Sorgen, ich habe unzählige weitere. Ich melde mich bei dir.«

»Bitte mach das nicht«, flüsterte ich, obwohl ein kleiner Teil von mir dabei starb.

Als mein Vater Chris erreichte, hielt er ihm die Hand hin. »Chris Sterns, herzlichen Glückwunsch zur Verlobung.«

Selbst in seiner Verwirrung schaffte es Chris noch, ein Gentleman zu sein. Er schüttelte ihm die Hand. »Danke. Kennen wir uns?«

»Oh, ich habe mich nicht vorgestellt.« Zwinkernd klopfte er Chris auf die Schulter. »Mein Beileid. Meine Tochter hat den Charakter eines Brückentrolls, also viel Glück mit ihr.«

Damit verließ mein Vater das Gebäude. Wie üblich war er gekommen, hatte zerstört, und war wieder verschwunden.

»Was zur Hölle ist hier los?«, fragte Chris mit gerunzelter Stirn. »War das dein Vater?«

Ich nickte und wollte die Papiere aufheben, zitterte aber so stark, dass ich sie fallen ließ. Die Blätter flogen durch den ganzen Raum. Stöhnend sank ich zu Boden und versuchte, sie wieder einzusammeln. Vielleicht könnte ich diese ganze Sache irgendwie vor Chris geheim halten.

Ein Paar riesiger Tennisschuhe tauchten in meinem Blickfeld auf. »Was ist das alles?« Er kniete sich neben mich und strich mir eine Haarsträhne hinters Ohr. Beim Anblick seines besorgten Gesichtsausdrucks zog sich mein Herz zusammen.

Ich schmiegte mich an seine Hand und schloss die Augen. Weil ich wusste, dass das, was ich ihm gleich erzählte, alles ändern würde. Diese ganze Geschichte war reine Fantasie gewesen, echte, lebendige Romance mit einem echten, lebendigen Helden. Aber sie hatte ihr Ende gefunden. Im echten Leben gab es kein Happy End, zumindest nicht für mich.

»Wir müssen reden«, sagte ich.

KAPITEL VIERUNDFÜNFZIG

Entschuldigung, du hast da was …
Oh, es ist nur mein Herz, das du gestohlen hast.

JULIA B.

Piper sprach in Lichtgeschwindigkeit. »Wie ernst meint er es? Würde er das wirklich tun?«

»Für diese Summe würde er sich vermutlich die Hand abhacken.« Ich ließ den Kopf gegen die Sofalehne sinken.

Nachdem ich Chris erklärt hatte, was mein Vater wollte, hatte er Piper angerufen, und sie war eine Stunde später im Wilson-Haus zu uns gestoßen. Obwohl es fast Mitternacht war, trug sie ein unglaubliches dunkelblaues Kleid, Mörderabsätze und ihr Pokerface. Sie stand bestimmt morgens mit der Gewissheit auf, heute die Welt zu erobern.

»Der Zeitpunkt ist ungünstig. Chris soll morgen …«, Piper sah auf die Uhr und zuckte zusammen, »… heute, meine ich, mit Phoebe Mayfield bei KRRE über die Spendenaktion für den *Children's Heart Fund* sprechen. Diese Sache wird das Interview überschatten, und das, nachdem er sich gerade erst wieder bei ihnen beliebt gemacht hat.«

Es war nicht fair. Mein Vater, und damit auch ich, könnten für Chris alles kaputtmachen.

»Mae, kannst du deinen Vater anrufen und ihm sagen, dass wir ihm bis heute Abend eine Antwort geben können? Ich hoffe, das verschafft uns etwas Zeit.«

»Welche Möglichkeiten bleiben uns?«, fragte Chris. Er saß mir mit unleserlicher Miene gegenüber.

»Wenn wir ihn ignorieren …«, begann Piper.

Ich unterbrach sie. »Er wird den Verlobungs-Vertrag verkaufen und sich dabei nicht einmal schlecht fühlen.«

Chris' Lippen wurden ganz schmal. »Netter Typ.«

»Der beste«, murmelte ich. »Ich bin sehr stolz.«

»Wenn er den Vertrag an den Meistbietenden verkauft, könnten wir alles abstreiten.« Piper nahm die Kopie des Vertrags in die Hand, die mein Vater zurückgelassen hatte. Unsere Unterschriften waren klar zu erkennen. Es war nicht das Original, sondern eine Kopie. »Aber es sieht verdammt echt aus. Ich bin zwar gut, aber ich weiß nicht, ob ich uns aus dieser Sache herausreden kann.«

Chris rieb sich die Stirn. »Und es wäre nur eine weitere Lüge.«

Piper ging auf und ab. »Oder wir geben ihm, was er will. Wir können ihn bezahlen. Aber ich habe das Gefühl, wenn wir das machen, kommt er immer wieder.«

Genau wie Kakerlaken und schlechte Neuverfilmungen.

Mein Blick fiel auf Chris, und mir wurde übel. War das nicht Teil des Problems? Ich war, biologisch gesehen, zum Teil eine Kakerlake. Solange ich etwas mit Chris zu tun hatte, würde auch mein Vater etwas mit ihm zu tun haben.

»Piper hat recht. Du kannst ihn nicht bezahlen«, sagte ich mit fester Stimme. »Was, wenn du mir irgendwie die Schuld gibst?«

»Was meinst du damit?«, wollte Piper wissen.

Chris bewegte sich. Ich spürte seinen Blick auf mir, aber ignorierte das Bedürfnis, ihn ebenfalls anzusehen. Ich weigerte mich, daran zu denken, dass wir noch vor zwei Stunden miteinander getanzt hatten und er Dinge gesagt hatte, die mich positiv verstörten.

»Ihr behauptet, dass ich Chris getäuscht hätte. Dass ich der Verlobung zugestimmt hätte, aber das alles nur ein Vorwand war, um ihn zu erpressen.« Nervös stand ich auf und ging durch den Raum. »Denkt darüber nach: Lasst mich die Böse sein. Sorgt dafür, dass die Leute Mitleid mit Chris haben. Dann kann er weitermachen wie zuvor und in Ruhe mit der Wohltätigkeitsorganisation zusammenarbeiten.«

Piper dachte nach, ehe sie zögerlich nickte. »Das könnte klappen. Ich meine, wir würden …«

Chris unterbrach sie. »Und was ist mir dir?«, fragte er leise.

»Ich lebe mein Leben weiter. Ich habe meine Arbeit und Mama, und Iris braucht nächstes Jahr Hilfe mit dem College. Es wird wieder so, wie es war, bevor …«

Es würde Auswirkungen haben. Vermutlich würde ich zur meistgehassten Frau in Two Harts, seit JoBeth Cockran mit dem Cupcake-König durchgebrannt und seine Frau mit den sechs Kindern allein zurückgeblieben war. Aber das würde nicht für immer so bleiben.

Chris sah mich durchdringend an. »Das klingt schrecklich.«

»Ich weiß, es wird dich überraschen, aber es gibt ein Leben nach Chris Sterns.«

Aber wenn ich ehrlich war, würde es tatsächlich schrecklich werden. Weil ich diesen dummen Vertrag gebrochen hatte. Denn das zwischen uns war schon lange keine geschäftliche Beziehung mehr. Mein törichtes Herz mochte Chris' Lächeln und seine dummen, beweglichen Daumen, und die Art, auf die er mir naheging und mir zuhörte und es irgendwie schaffte, mir eine weiche Landefläche zu bieten, wenn ich selbst nicht wusste, dass ich eine brauchte. Also ja, es würde schrecklich werden.

Aber ich hatte keine Wahl. Es musste sein. Für ihn.

»Piper«, sagte er, ohne den Blick von mir abzuwenden. »Kann ich allein mit Mae sprechen?«

»Ja, klar.« Sie sah mit hochgezogenen Brauen zwischen uns hin und her. »Aber wir sollten bald eine Entscheidung treffen.«

Nachdem sie gegangen war, setzte ich mich wieder aufs Sofa. »Was gibt es noch zu besprechen?«, fragte ich knapp.

Er stand auf und kam auf mich zu. Er blieb so dicht vor mir stehen, dass ich den Kopf in den Nacken legen musste. »Machst du gerade Witze?«

»Ich weiß, es läuft nicht so, wie wir es geplant hatten, aber jetzt können wir wenigstens aufhören zu lügen. Du kriegst dein Leben zurück.« Ich ignorierte den Schmerz in meiner Brust. »Es war von Anfang an klar, dass es passieren würde.«

Sein laserartiger Todesblick wurde noch tödlicher. Ich ließ mich auf dem Sofa zurückfallen. Er beugte sich vor und rahmte mich mit seinen Armen ein, eine Hand auf der Armlehne, die andere auf der Rücklehne des Sofas neben meinem Kopf.

»Wer lügt hier gerade?«

»Ich habe keine Ahnung, wovon du redest. Wir brauchen einen Plan. Ich habe einen Plan. Der Plan ist gut.«

Er kam immer näher. »Dir gefallen deine Pläne, nicht wahr?«

»Allerdings.«

»Und weißt du, was dir noch gefällt? Die Märtyrerin zu sein.« Seine Worte wirkten auf mich wie ein rotes Tuch auf einen Stier.

Mir wurde heiß. »Wie bitte?«

»Du bist eine Märtyrerin. Du lebst in diesem Ort und tust nichts anderes, als dich um Leute zu kümmern«, sagte er mit einem leisen Knurren.

»Dein Ton gefällt mir nicht, mein Freund.«

»Deine Mutter, deine Schwester, Ali, die Bibliothek – alles in deiner Verantwortung. Ganz allein deine Verantwortung. Gott bewahre, solltest du jemanden um Hilfe bitten. Ich wette, ich bin nur ein weiteres Kreuzchen auf deiner Liste, gib's zu.«

Ich griff nach seinem Hemd. »Und was ist falsch daran? Wir müssen uns um die Menschen kümmern, die wir lieben, du Idiot!«

Zu spät wurde mir bewusst, was ich da gerade gesagt hatte.

Chris' Lächeln war reine Genugtuung, und ich spürte es bis in meine Zehen. »Oh, Streuselchen. Das habe ich gehört. Du kannst es nicht zurücknehmen.«

»Du hast gar nichts gehört!«, fauchte ich.

»Sei still«, sagte er etwa zwei Sekunden, bevor er mich küsste.

Dieser Kuss war wütend, und das kam mir gerade recht. Ich war auch wütend. Ich war keine Märtyrerin, und ich hatte nicht andeuten wollen, dass ich ihn …

»Hör auf zu denken«, grummelte Chris.

»Du kannst mir nicht sagen, dass ich aufhören soll zu denken.«

»Kann ich wohl, wenn es unseren Kuss stört.« In einem Moment war er über mir, im nächsten saß er auf der Couch, seine Hände auf meinen Schultern. »Hör auf zu denken, und küss mich einfach.«

»Na gut«, sagte ich, und im nächsten Augenblick berührten sich unsere Lippen wieder. Er war ein wirklich guter Küsser, und ich verlor mich in den zarten, vorsichtigen Berührungen, die immer mutiger wurden. Er schmeckte nach den Zimtkaugummis, die er immer in der Hosentasche hatte. Das Haar in seinem Nacken kitzelte mich. Er küsste mich, bis all die Wut aus mir herausgeströmt war und ich mich warm und ein wenig betrunken fühlte.

Mit sanftem Blick löste er sich von mir. »So mag ich dich am liebsten. Frisch geküsst. Aber ich mag dich auch am liebsten, wenn du sarkastisch bist, oder wenn du mir nichts durchgehen lässt, oder wenn du deine Nase rümpfst, weil ich dich nerve.«

»Chris …«

»Nein, warte. Hör mir zu. Ich habe mir den Arsch aufgerissen, um Football zu spielen. Ich habe hart dafür gearbeitet, ein guter Sohn und Bruder zu sein. Ich habe hart gearbeitet, um diesen Kindern im Krankenhaus zu helfen. Ich habe hart dafür gearbeitet, ein aufrichtiger Mann zu sein. Ich habe mein ganzes Leben lang hart gearbeitet, und es hat sich gelohnt. Ich dachte immer, niemand würde härter arbeiten als ich.«

Er drehte sich zu mir um, sein Gesicht war ernst und so liebevoll, dass mir die Tränen in die Augen stiegen.

»Bis ich diese Bibliothekarin in einer random Kleinstadt kennengelernt habe, die mich in den Schatten stellt. Und das Verrückteste daran? Egal, wie hart sie arbeitet, es ist nie genug. Aber sie gibt nicht auf. Das lässt mich demütig werden. Ich bin beeindruckt von dir, und ich bin jeden Tag aufs Neue erstaunt über deine Hartnäckigkeit und Ausdauer. Ich bewundere, wie leidenschaftlich du Menschen liebst. Ich will zu ihnen gehören. Ich will mich manchmal um dich kümmern dürfen. Nicht, weil du jemanden brauchst, der sich um dich kümmert, sondern weil ich es will. Denn das tun wir, wenn wir jemanden lieben.«

»Chris«, flüsterte ich und wischte mir eine Träne von der Wange. »Bitte hör auf, es so schwer zu machen.«

»Ich lasse nicht zu, dass du damit davonkommst«, sagte er stur.

»Ich?«

»Oder ihn. Ihn auch nicht.«

»Ich sehe keinen anderen Weg.«

»Wenn du etwas genug willst, findest du einen Weg. Das mag nicht logisch sein, aber es ist wahr.« Er sah mir tief in die Augen, aber ich hatte das Gefühl, dass er etwas anderes sah, dass er nach Lösungen für ein sehr verworrenes Problem suchte. Ein Lächeln breitete sich langsam auf seinem Gesicht aus. »Hör mir zu. Mach nichts, okay? Ich habe einen Plan.«

»Was?«

Er stand mit entschlossener Miene auf. »Versprich es mir. Warte ab. Ruf deinen Dad nicht an. Warte einfach, ja?«

»Okay«, sagte ich und stand langsam auf. »Ich warte.«

»Gut.« Er gab mir einen kurzen, harten Kuss, tippte mir gegen die Nasenspitz und war verschwunden.

KAPITEL FÜNFUNDFÜNFZIG

Oh nein! Die Polizei ist da.
Jemand muss gemeldet haben, dass
du mein Herz gestohlen hast.

ELENA S.

Piper: Chris ist um zwanzig nach sechs dran.

Ich: Wie lautet der Plan?

Piper: Schau es dir einfach an.

Ich schlief kaum, aß wenig und verließ mein Zimmer nicht öfter als unbedingt nötig. Ich versuchte zu lesen, aber meine Gedanken wanderten umher – von der Bibliothek zu Chris, Mama, Chris, Iris, Chris, Chris, Chris. Etwas eintönig, wie es schien. Die meiste Zeit lag ich auf dem Bett und stritt mit Kevin über die hohe Kunst, anderer Leute Privatsphäre zu wahren.

Aber an diesem Abend konnte ich mich dazu überwinden, mit Mama, Sue und Iris auf dem Sofa zu sitzen. Mein Magen war drauf und dran, sich aus meinem Körper herauszuwinden.

Der Beitrag begann pünktlich mit einem Einspieler über die Arbeit, die Chris für den *Children's Heart Fund* leistete, warum es ihm so wichtig war, Kindern und Familien, die von angeborenen Herzfehlern betroffen waren, zu helfen.

»Ach, er ist einfach ein anständiger Mann«, sagte Mama. »Maebe, da hast du dir wirklich einen Guten ausgesucht.«

»Er ist zum Anbeißen«, verkündete Sue. »Ich will einfach nur herzhaft zubeißen, versteht ihr?«

»Sue«, sagte Mama. »Das ist mein zukünftiger Schwiegersohn.«

»Na ja, dann sollte er in der Öffentlichkeit nicht so gut aussehen.«

»Er ist in Ordnung«, murmelte Iris, was für sie ein großes Lob war.

Er sah wirklich gut aus, in der dunklen Jeans und dem Hemd mit den hochgekrempelten Ärmeln, das skandalös viel von seinen Unterarmen zeigte.

Die Interviewerin, Phoebe Mayfield, die zur Lieblingsreporterin aller Frauen geworden war, nachdem sie ihren Ex-Verlobten in einem hitzigen TV-Duell zur Rede gestellt hatte, strahlte in die Kamera. »Chris, ich freue mich sehr, dass du heute hier bei uns bist.«

Die Kamera zoomte aus dem Bild und zeigte Phoebe und Chris, die einander gegenübersaßen. Chris nickte mit ernster Miene. »Ich freue mich, hier zu sein, aber ich wollte dich um einen Gefallen bitte.«

Phoebe lächelte. »Natürlich.«

»Es gibt eine Sache, über die ich sprechen muss. Hättest du etwas dagegen, wenn ich ein Statement mache?«

»Oh, natürlich nicht«, sagte sie. »Schieß los.«

»Danke.« Er drehte sich der Kamera zu und spielte dabei mit der Karteikarte in seinen Händen.

Ich hielt den Atem an und wackelte nervös mit dem Bein.

»Ich weiß nicht, wer sich hierfür interessieren wird, aber in letzter Zeit scheint es so, als würden sich alle für jeden Schritt interessieren, den ich mache. Heute muss ich ein Geständnis ablegen. Es fängt mit meiner Geburtstagsparty in Vegas an. Das Video, das veröffentlicht wurde, hat eine ganze Reihe an Ereignissen in Gang gesetzt, die ich versuchen werde zu erklären. Die Gerüchteküche behauptet immer wieder, dass ich eine Affäre mit der Frau in dem Video habe. Das ist falsch.

Da ich diese Frau schon lange kenne und um ihre Privatsphäre zu respektieren, werde ich ihren Namen nicht öffentlich machen. Fragen Sie bitte nicht danach. Und wenn Sie auch nur den Hauch einer journalistischen Ehre besitzen, dann veröffentlichen Sie nichts, was Ihnen jemand dazu zu verkaufen versucht.

Nachdem sich diese Neuigkeiten herumgesprochen hatte, schien es, als hätten viele Leute viel Spaß daran, Gerüchte über unsere angebliche Beziehung zu verbreiten. Diese Gerüchte haben meine Zusammenarbeit mit dem *Children's Heart Fund* erschwert. Im Video habt ihr gesehen, warum mir die Zusammenarbeit so wichtig ist. Um den schlechten Schlagzeilen entgegenzuwirken, kam mir eine Idee. Ich wollte den Medien etwas Gutes geben, auf das sie sich konzentrieren konnten.«

Er hielt inne, holte tief Luft und lächelte angespannt.

»Brauchst du einen Moment?«, fragte Phoebe.

»Nein, nur ein wenig Mut, glaube ich. Ganz egal wie alt du bist, es ist immer schwer, eine Dummheit zuzugeben.«

Phoebe lächelte ihn aufmunternd an.

Iris setzte sich auf und beugte sich näher zum Fernseher. Mamas und Sues Blicke klebten am Bildschirm. Mama nahm meine Hand, und ich klammerte mich an ihre wie an eine Rettungsleine.

»Der Plan sah vor, mich ganz schnell zu verloben. Also habe ich eine Frau gefunden, die ich sehr, sehr bewundere und sie gefragt, ob sie mir helfen würde. Sie hat zugestimmt. Damit will ich sagen, dass unsere Verlobung nicht echt ist.«

»Nein!«, rief Sue.

»Oh, mein Schätzchen«, sagte Mama mit unendlich trauriger Stimme.

Chris fuhr fort. »Ich respektiere die Frau zutiefst, die zugestimmt hat, mir zu helfen. Sie trägt an der ganzen Sache keine Schuld, also lasst sie bitte in Ruhe. Wir hatten eine geschäftliche Beziehung und einen Vertrag, alles wurde von einem Rechtsanwalt betreut.

Von meinem Vater habe ich gelernt, dass es am wichtigsten ist, zu seinem Wort zu stehen. Das habe ich in den letzten Monaten vergessen, und ich muss mich entschuldigen, vor allem bei meinen jüngsten Fans. Auch Erwachsene machen manchmal Fehler. Wichtig ist, diese Fehler und falschen Entscheidungen zu erkennen und sie dann geradezurücken.«

Er sah auf die Karteikarte in seiner Hand und dann wieder in die Kamera. Mein Herz zog sich zusammen, als ich sah, wie aufgewühlt er wirkte.

»Und genau das will ich jetzt tun. Ich muss euch um Verzeihung bitten. Ich hoffe, ihr könnt mir verzeihen, aber ich verstehe auch, wenn das nicht der Fall ist.«

Ich hätte schwören können, dass er mich in diesem Moment direkt ansah. Sein durchdringender Blick galt mir ganz allein.

»Ich habe erkannt, dass die Wahrheit immer ans Licht kommt. Wir können versuchen, uns vor ihr zu verstecken, uns sogar vor uns selbst zu verstecken, aber irgendwann müssen wir uns ihr stellen.«

Er hielt inne und legte die Karteikarte auf seinem Knie ab. Er sah mit solcher Intensität in die Kamera, dass ich seinen Blick wie eine warme Hand an der Wange spürte. Ich konnte mich genauso wenig von seinem Gesicht lösen, wie ich meinen eigenen Arm hätte abnagen können.

»Und da ich vollkommen ehrlich sein will, muss ich auch noch etwas anderes zugeben: Diese ganze Sache mag als falsche Verlobung begonnen haben, aber meine Gefühle sind sehr, sehr echt.«

Ein ersticktes Keuchen entkam meiner Kehle, aber er wurde von dem kollektiven Aufstöhnen der anderen drei im Raum übertönt.

Er wendete sich Phoebe zu. »Danke, dass ich das alles teilen durfte.«

Phoebe legte ihm eine Hand auf den Arm, ihre Augen glänzten. »Danke, dass du so offen warst. Ich weiß, dass dich das viel Mut gekostet hat. Wenn ihr das ganze Interview mit Chris sehen wollt, schaltet morgen Abend um halb sechs wieder ein. Und jetzt zurück zu dir, Tom.«

Ich machte den Fernseher aus. Stille legte sich über den Raum, und die Fragen, die sich meine Familie nicht zu stellen traute, hingen schwer in der Luft. Aber ich konnte nur an das denken, was Chris gerade gesagt hatte.

»Ach du Scheiße«, sagte Iris.

Ausnahmsweise korrigierte Mama sie nicht.

KAPITEL SECHSUNDFÜNFZIG

Kann ich heute Nacht bei dir schlafen?
Mein Bett ist leider kaputt.

MELANIE S.

Ihre Fragen kamen wie aus der Pistole geschossen. Ich konnte es ihnen nicht verübeln. Schließlich gab es ganz schön viel zu erklären. Aber Chris' Geständnis hatte mich aus der Bahn geworfen.

Meine Gefühle sind sehr, sehr echt.

Mein Verstand weigerte sich, an irgendetwas anderes zu denken. Selbst als Mama mir auf die Schulter tippte, um meine Aufmerksamkeit auf sich zu lenken.

»Maebell Sampson, du bist uns so einige Erklärungen schuldig«, verkündete sie und verschränkte die Arme vor der Brust.

»Das weiß ich«, sagte ich. »Ich werde alles erklären.«

»Ich nehme zurück, dass ich dich langweilig genannt habe. Dieses Drama hat ja die Ausmaße einer Telenovela«, sagte Iris und sah mich aus großen blauen Augen bewundernd an. Sie streckte mir die Faust hin, und ich stieß geistesabwesend mit meiner eigenen dagegen.

»Ich denke, jetzt ist ein guter Zeitpunkt, alles zu erklären.« Mama deutete auf den Fernsehsessel. »Setz dich. Fang an zu reden.«

Und das hätte ich auch getan, hätte mein Handy nicht just in diesem Moment gesummt.

Traumtyp: Hast du's gesehen?

Mit rasendem Puls und zitternden Fingern schrieb ich zurück.

Ich: Ja. Ich weiß nicht, was ich sagen soll.

Traumtyp: Du musst gar nichts sagen. Ich bin auf dem Weg zu dir. Ich muss dich sehen.

Ich quietschte. Mein Herz schlug viel zu schnell. »Er kommt hierher! Jetzt gleich! Was soll ich machen?«

»Wie wär's mit richtigen Klamotten?« Iris deutete auf meine Jogginghose und das ausgeleierte T-Shirt.

»Super Idee.« Ich schnappte mir ihren Kopf und drückte ihr einen Kuss auf die Stirn.

Ich rannte in mein Zimmer, wo ich den Kleiderschrank durchwühlte und mehr als die Hälfte seines Inhalts aufs Bett warf. Meine Gedanken rasten in zwei Richtungen gleichzeitig. Einerseits freute ich mich wahnsinnig, Chris bald zu sehen und über die winzige Möglichkeit, dass wir einen Weg finden könnten, um zusammen zu sein. Andererseits musste ich die Sache logisch angehen. Ich drehte die Situation wie einen Zauberwürfel, versuchte, sie aus jedem Winkel zu betrachten und die Probleme zu finden, für die es keine einfachen Lösungen gab.

Nachdem ich mich endlich für ein blaues Kleid mit Spitzenbesatz und meine bewährten Stiefel entschieden hatte, ließ ich mich aufs Bett fallen, starrte die Tür an, knetete meine Hände und versuchte vergeblich, meine Gedanken unter Kontrolle zu bekommen.

Jemand klopfte. »Komm rein!«, rief ich.

»Wie geht es dir?« Mama setzte sich vorsichtig neben mich. »Das ist alles ganz schön viel. Ich habe so viele Fragen.«

»Ich weiß«, flüsterte ich. »Ich verspreche, dass ich sie bald beantworte.«

Sie nahm mich in den Arm und drückte mich an sich. »Du solltest dich freuen. Der Junge liebt dich wirklich.«

Ich schluckte den Kloß in meinem Hals herunter und zupfte an einem losen Faden an meinem Kleid. »Ich habe Angst«, brachte ich schließlich hervor.

Mama machte ein kleines, trauriges Geräusch. »Erinnerst du dich, was ich immer zu dir gesagt habe, wenn du Angst vor der Dunkelheit hattest?«

Ich lächelte. »Wer Angst hat, ist damit schon auf dem halben Weg zum Mut.«

»Ganz genau. Also, es ist an der Zeit, dass du dich auf den Weg machst, mutig zu sein, Mae.« Sie gab mir einen Kuss auf die Wange. »Wenn du mutig bist, geschehen Dinge. Manchmal gute, manchmal schlechte, aber immerhin bewegst du dich dann in eine Richtung. Ich fürchte, du steckst so sehr in diesem Leben fest, dass du vergessen hast, wie man mutig ist.«

Ich blinzelte gegen die Tränen an. Vielleicht hatte Mama recht. Mein Mut war schließlich das Einzige, was ich kontrollieren konnte.

Jemand schrie aus dem Wohnzimmer: »Er ist hier! Er ist hier!«

Mama stand auf und zog an meiner Hand. »Komm schon, mein Schatz.«

Ich folgte ihr, aber als ich schon fast an der Tür war, hielt mich Sue zurück. »Ich mache auf. Du stehst einfach da und siehst hübsch aus.«

Sie öffnete die Tür und eine Hand streckte drei Blumensträußchen ins Zimmer. Chris folgte und reichte Mama, Sue und Iris jeweils einen Strauß. »Für die Damen.«

Mama und Sue waren ganz aus dem Häuschen. Iris warf mir einen Blick zu, der fast so etwas wie Begeisterung verriet. Mein ganzer Körper zitterte, während ich darauf wartete, dass er mich bemerkte.

»Du bist so lieb«, hörte ich Mama sagen.

Doch dann konnte ich mich nicht länger auf ihre Worte konzentrieren, weil mein Handy mit einer neuen Nachricht summte.

Sie kam von meinem Vater, und sie änderte alles.

KAPITEL SIEBENUNDFÜNFZIG

Bist du ein Salat?
Denn ich will dich gern anmachen.

CHAD Z.

Ich konnte nicht sagen, welchen Laut ich von mir gab – ein Keuchen, einen Schrei vielleicht –, aber alle im Raum verstummten.

»Was ist los?«, fragte Chris, der plötzlich besorgt neben mir stand.

»Wir …« Ich räusperte mich. »Wir müssen reden. Jetzt sofort.«

Ohne ein weiteres Wort nahm ich seine Hand und zog ihn auf die Veranda hinaus.

»Ist alles in Ordnung?«, fragte Mama, als ich an ihr vorbeistürmte.

Kopfschüttelnd schloss ich die Tür hinter mir. Jetzt gab es nur noch Chris und mich. Mein Herz fühlte sich wund an, und das Atmen fiel mir schwer.

Chris streichelte mir über die Wange. »Was ist los?«

Ich konnte es nicht laut aussprechen, also reichte ich ihm

mein Handy, drehte mich um und schlang die Arme um mich selbst. Die Nachricht war nicht lang, aber sie hatte es in sich.

Dale: Sag deinem hübschen Verlobten, dass er noch lange nicht gewonnen hat. Ich weiß alles über Eleanor Sterns und dass sie gern mal über die Stränge schlägt. Ich weiß auch über ihren kleinen Sohn Bescheid. Ich habe Beweise. Ich denke, es gibt viele Leute, die sich für Chris Sterns' traurige, versoffene Schwester interessieren würden, meinst du nicht auch?

Als wäre das nicht schon schlimm genug, hatte er Fotos angehängt. Eines von Ellie mit ihrem kleinen Sohn. Eines, auf dem Ellie in einer Bar zu sitzen schien, mit einem Drink in der Hand und von einer Gruppe Bewunderer umgeben. Und noch eines von Ellie auf der Straße, mit dunkler Sonnenbrille, zerzaustem Haar und unordentlicher Kleidung.

Jedes dieser Fotos hätte allein völlig unschuldig gewirkt, aber aus dem Kontext gerissen oder von den Medien verdreht, konnten sie beinahe jede Geschichte erzählen. Ellie hatte schon so viel um die Ohren, da würde ihr Name in der Öffentlichkeit nur noch mehr Schaden anrichten.

»Verdammter Mistkerl …«, murmelte Chris.

Ich lehnte mich gegen das Verandageländer. »Ja, genau das ist mein Vater.«

Chris gab mir das Handy zurück. An seinem Kiefer zuckte ein Muskel. »Das ändert nichts. Ich werde ihm geben, was er will, und dann verschwindet er aus unserem Leben.«

»Du verstehst das nicht.« Selbst in meinen eigenen Ohren klang meine Stimme seltsam. »Du kannst es versuchen, aber es wird nicht funktionieren. Er wird immer hinter dir her sein.« Ich hielt mein Handy in die Höhe. »Das hier ist der Beweis.«

»Nein«, sagte er fest.

»Doch«, sagte ich im selben Tonfall.

Er baute sich mit ernster Miene vor mir auf. »Wir haben getan, was wir konnten. Wenn er niemals aufhört, dann ist das wohl so. Und wenn wir da durchmüssen, und Ellie da durchmuss, dann würde ich das lieber mit dir an meiner Seite erleben.« Seine Finger streiften meine Wange. »Ich würde mein ganzes Leben lieber mit dir an meiner Seite verbringen.«

»Chris«, flüsterte ich. Meine Augen brannten.

»Wir finden eine Lösung. Zusammen.«

Es klang so einfach, so verlockend. Ein Märchenende. Mein ganz persönliches Happy End.

»Du würdest es mir übel nehmen. Vielleicht nicht am Anfang. Aber wenn mein Vater einen Käufer findet, wird er ihm die Infos schicken, die er über Ellie ausgegraben hat, und dann wirst du mich irgendwann dafür hassen. Und wenn du das aus irgendeinem Grund nicht tust, dann tun es Ellie und der Rest deiner Familie. Jedes Leben mit mir an deiner Seite würde nur einen Keil zwischen dich und deine Familie treiben. Mein Herz würde zweimal brechen. Das … das ist es nicht wert. Es ist besser, das alles jetzt zu beenden.« Meine Stimme brach, und mir liefen die Tränen über das Gesicht.

Ich rutschte vom Geländer, schob mich an ihm vorbei und ging ans andere Ende der Veranda, um etwas Abstand zu gewinnen.

Er kam mir hinterher. »Du tust es schon wieder. Märtyrerin Mae, die sich für alle anderen opfert. Ich bin ein großer Junge, ich kann auf mich selbst aufpassen. Ich brauche nicht, dass du dich für uns opferst. Ich brauche nur dich.«

»Ich muss das tun«, sagte ich leise. »Mach es nicht schwerer, als es ohnehin schon ist.«

»Es sollte dir schwerfallen, alles hinzuschmeißen«, sagte er und war plötzlich nur noch Zentimeter von mir entfernt. »Weil du weißt, dass wir zusammengehören.«

»Das Leben ist keine schnulzige Liebesgeschichte. So gerne du sie auch liest, sind sie doch nur erfunden. Glückliche Enden gibt es nicht. Ich werde nicht der Grund dafür sein, dass dir die Dinge verwehrt bleiben, für die du so hart gearbeitet hast. Ich werde nicht der Grund dafür sein, dass das Leben deiner Schwester auf den Kopf gestellt wird.«

Er trat einen Schritt zurück, seine Augen traurig und verloren. »Weißt du, was das wirkliche Problem ist? Du hast Angst. Ich verstehe das, wirklich. Aber ich bin nicht dein Vater, und ich bin auch nicht Peter.«

Ich rieb mir gegen die aufkommenden Kopfschmerzen die Stirn und vermied es, ihm in die Augen zu sehen. »Ich bin realistisch. Nicht verängstigt.«

Erschrocken. Verwirrt. Geschlagen. All diese Dinge.

Chris ließ den Kopf hängen. Er rieb sich den Nacken. Nach einem langen Augenblick holte er tief Luft.

»Okay, okay«, sagte er, mehr zu sich selbst als zu mir. Er nahm mein Gesicht in seine Hände und zwang mich so, ihn anzusehen. »Ich habe alles getan und gesagt, was ich konnte. Ich weiß nicht, womit ich dich sonst noch überzeugen kann. Ich gebe dich nicht auf. Ich denke nur, dass du Zeit brauchst, um herauszufinden, wer du bist und was du brauchst. Wenn du das weißt, sag mir Bescheid. Jederzeit. Ich warte auf dich.«

Ich schniefte. »Was, wenn ich es niemals schaffe?«

Er sah mich grimmig an. »Das wirst du. Ich habe Vertrauen in dich, in uns.« Er legte seine Stirn an meine. »Es bricht mir das Herz, jetzt zu gehen.«

»Es tut mir leid. Aber so ist es am besten.« Ich wollte mich genauso sehr davon überzeugen wie ihn.

Er starrte mich an. Sein Blick wanderte über mein Gesicht, als versuchte er, es sich einzuprägen. Er drückte mir einen langen Kuss auf die Schläfe. »Für wen ist es so am besten?«

Aber er wartete nicht auf meine Antwort. Er verschwand einfach.

Und das war vermutlich auch am besten.

KAPITEL ACHTUNDFÜNFZIG

Wenn du ein Gemüse wärst,
wärst du eine Süßkartoffel.

JULIA B.

Ein Taubheitsgefühl breitete sich in meiner Brust aus, als ich zurück ins Haus ging. Mama, Sue und Iris saßen auf dem Sofa und sahen mich besorgt an. Iris rutschte zur Seite und klopfte auf den Platz neben sich. Ich setzte mich, so dass wir alle vier zusammengequetscht dasaßen. Keine von uns wusste, was sie sagen sollte.

Mir entfuhr ein Schluchzer. Dann noch einer. Sie stellten keine Fragen, legten nur die Arme um mich und ließen mich weinen.

Als ich mich genug beruhigt hatte, um wieder sprechen zu können, erzählte ich ihnen alles. Die ganze Geschichte. Von den Arztrechnungen. Meinem Job bei *Chicky's*. Von der Abmachung, die ich mit Chris getroffen hatte. Dads Drohungen. Die Nachricht, die ich gerade bekommen hatte. Nachdem ich ihnen ein Schweigegelübde abgenommen hatte, erzählte ich ihnen sogar von Ellie.

Hinterher schwiegen sie alle fassungslos. Sogar Iris.

Ich schluckte. »Tut mir leid.«

Mamas Augen wurden schmal. »Iris, schau in den Schrank in meinem Schlafzimmer. Auf dem obersten Regal liegt unter der Heizdecke ein Briefumschlag. Bring ihn mir, bitte.« Iris hörte den Stahl in Mamas Stimme und beeilte sich, dem nachzukommen.

»Dieser Mann ist unfassbar«, murmelte Sue und sah dabei genauso wütend aus wie Mama.

»Dein Vater …«, knurrte Mama und holte tief Luft. »Ruf ihn an und sag ihm, dass du ihn treffen willst. Heute Abend.«

»Ich weiß nicht, ob das eine gute Idee ist.« Der Gedanke, ihn zu treffen, ermüdete mich und widerte mich gleichzeitig an. Ich wollte mich einfach nur ins Bett verkriechen und meine Wunden lecken.

Ehe Mama antworten konnte, kam Iris mit einem dicken gelben Umschlag zurück.

»Oh, es ist eine fantastische Idee.« Mama warf den Umschlag auf den Sofatisch. Er landete mit einem dumpfen Geräusch.

»Ich verstehe nicht, was das bringen soll.« Jetzt gerade erschien mir alles sinnlos. Chris war fort. Mein Verstand wusste, dass es richtig gewesen war, ihn wegzuschicken. Mein Herz jedoch fühlte sich an, als würde es nie wieder richtig im Takt schlagen.

»Mach dir keine Sorgen, Schätzchen.« Mama tätschelte mir die Wange. »Ich kümmere mich darum.«

»Wie?«

Sie deutete auf den Umschlag. »Damit. Ich kann nicht alles wiedergutmachen, aber das mit deinem Vater? Das kann ich geraderücken.«

»Was ist das?«

Ihr Lächeln war ganz und gar teuflisch. »Meine Absicherung.«

Dad war einverstanden, mich wieder im selben Café zu treffen wie das letzte Mal. Tatsächlich saß er bereits über eine Tasse Kaffee gebeugt da, als Mama und ich eintraten. Als er uns sah, stand er auf. Er war offensichtlich überrascht, Mama zu sehen.

»Lucy. Schön, dich zu sehen.« Lächelnd versuchte er, sie zu umarmen, aber sie wies ihn zurück.

Sie setzte sich. »Ich kann nicht das Gleiche behaupten.«

»Mae, mir war nicht klar, dass du deine Mutter mitbringen würdest«, sagte er angespannt.

»Überraschung.«

»Lass sie in Ruhe. Ich habe darauf bestanden.« Mama holte den Umschlag heraus und ließ ihn auf den Tisch fallen.

Dads Blick zuckte von dem Umschlag zu Mamas Gesicht. »Was ist das?«

Mama beugte sich mit hochgezogenen Augenbrauen vor. »Das? Damit stelle ich sicher, dass du das Glück meiner Kinder niemals wieder in Gefahr bringst.«

Er runzelte die Stirn. »Was soll das heißen?«

»Weißt du, ich habe mir fast die Hälfte meines Lebens eingeredet, dass du ein guter Mann wärst, der bloß schlechte Entscheidungen trifft. Ich habe viele dumme Dinge mit dir ausgesessen. Ich habe dabei zugesehen, wie du Jobs und Geld verloren hast, aber ein kleiner Teil von mir hat immer daran geglaubt, dass du nicht völlig verdorben wärst. Ich dachte, wenn es darauf ankäme, würdest du dich richtig entscheiden.« Ihre Augen waren nur noch schmale Schlitze. »Anscheinend war auch ich eine Idiotin.«

Dad öffnete den Mund, aber Mama hob eine Hand.

»Nein. Jetzt rede ich, und dann gehen wir. Du siehst mein Gesicht heute zum allerletzten Mal.« Sie öffnete den Umschlag und zog Papiere hervor. »Hier ist der Beweis, dass du mehrere gefälschte Ausweise besitzt. Das ist natürlich illegal.« Ein Papierstapel. »Das hier sind Nachweise über Kreditkarten, die du mit Anmeldungen beantragt hast, die du aus den Briefkästen fremder Leute gefischt hast. Wusstest du, dass es eine Bundesstraftat ist, Post zu stehlen? Ich wusste das nicht, bis dieser nette Mann eines Tages bei uns geklingelt hat und sich als Postinspektor ausgewiesen hat.« Zu den Seiten auf dem Tisch gesellte sich eine Visitenkarte. »Er war sehr daran interessiert, mit dir zu sprechen. Keine Sorge, ich habe dich gedeckt.«

Dads Gesicht nahm langsam eine grünliche Färbung an. »Lucy …«

»Das hier gefällt mir am besten«, sagte sie und ignorierte ihn dabei vollkommen. Sie holte einen USB-Stick hervor. »Vor etwa vier oder fünf Jahren, als du das letzte Mal zu Hause warst, wusste ich, dass du schon wieder in irgendeiner Sache steckst, aber ich konnte nicht herausfinden, was es war. Bist mitten in der Nacht mit Fremden davongefahren, manchmal in diesem Serienmörder-Van. Also hat Sue eine Kamera angebracht, und wer hätte das gedacht? Wir haben wirklich gute Bilder von dir und deinen neuen Freunden gemacht, mit ganz schön vielen Tieren, und dabei spreche ich nicht von Katzen und Hunden. Wusstest du, dass sich die amerikanischen *Fish and Wildlife Services* um die idiotischen Trottel kümmern, die mit diesen Tieren handeln? Ich auch nicht. Aber zum Glück kam ein anderer netter Beamter und hat mit mir gesprochen. Er hat auch eine Karte dagelassen, für den Fall, dass ich ihm etwas zu sagen habe.«

Dads Gesicht war inzwischen zu einer Grimasse erstarrt. Er streckte die Hand aus und für den Bruchteil einer Sekunde dachte ich, er würde alles an sich reißen und davonrennen.

Mama hatte die gleiche Vermutung. »Mach ruhig. Glaubst du, ich bin blöd genug, nur eine Kopie von allem zu haben?«

»Was willst du von mir?«, fragte er mit zitternder Stimme.

Mama hielt einen Finger empor. »Du vernichtest sämtliches Bildmaterial und anderweitige Informationen, die Mae, Chris und seine Familie betreffen.« Ein weiterer Finger. »Du lässt dich nie wieder in meinem Haus oder anderswo in Two Harts blicken.« Noch ein Finger. »Du lässt uns in Ruhe. Schick uns eine Postkarte, wenn du etwas zu sagen hast.«

Mama reichte mir den Umschlag und ich stopfte eilig sämtliches Material hinein. Sie stand auf und schwang sich ihre Tasche über die Schulter.

»Wenn du beschließt, eine dieser Regeln zu brechen, werden diese Informationen umgehend in die zuständigen Hände gelangen.« Sie beugte sich zu ihm hinunter. »Fordere mich nicht heraus, Dale Sampson.«

Als sie an meinem Vater vorbeiging, warf er ihr einen langen Blick zu, den sie erwiderte. Und ich konnte es spüren. Welchen Einfluss er auch immer in all den Jahren auf sie gehabt hatte, Mama hatte sich vollständig davon befreit. Dad zuckte zurück.

Wir setzten uns ins Auto, und Mama atmete zittrig aus. »Ach du meine Güte. Ich kann nicht glauben, dass ich das gerade getan habe.« Sie hob eine Hand. »Sieh nur, wie sehr ich zittere.«

Ich sah sie voller Ehrfurcht an. »Mama, du bist verdammt nochmal unglaublich.«

Ihre Wangen röteten sich ein wenig. »Pass auf, was du sagst, Schatz. Aber ja. Ja, das bin ich.«

An diesem Abend schickte ich Chris eine Nachricht.

Ich: Es hat sich erledigt. Niemand wird diese Fotos jemals zu Gesicht kriegen. Jetzt ist es sicher.

Obwohl ich sah, dass er sie gelesen hatte, antwortete er mir nicht.

KAPITEL NEUNUNDFÜNFZIG

Du wirst von Tag zu Tag hübscher.
Heute siehst du schon aus wie nächste Woche.

DAVE F.

Jeden Tag stand ich auf und tat so, als wäre alles in Ordnung. Ich lachte mit Mama. Ich stritt mit Iris. Ich traf Ali zum Mittagessen. Ich diskutierte mit dem Bibliotheksausschuss über die drohende Stadtratsversammlung. Ich las ein Buch. Aber keine Romance, das ertrug mein Herz nicht. Ich erzählte allen, dass es mir gut ging.

Mama spielte ein Spiel mit mir, bei dem sie so tat, als würde ich sie nicht anlügen. Es ging ungefähr so:

»Wie geht es dir?«, fragte sie.

»Gut«, antwortete ich.

In Wahrheit fühlte es sich an, als hätte ich eine offene Wunde, die kein Pflaster der Welt überdecken konnte. Also tat ich so, als ob. Außer, wenn ich ins Bett kroch, Kevin sich an meine Seite kuschelte und ich den Verlobungsring an meinem Finger anstarrte und dumme, unnütze Tränen weinte.

Am nächsten Morgen erinnerte ich mich daran, dass ich die

richtige Wahl getroffen hatte, die einzige Wahl, die beste Wahl für Chris.

Aber wenn ich zur Arbeit fuhr, saß ich manchmal noch für eine Viertelstunde im Auto und weinte.

Meine Damen und Herren, nichts war in Ordnung. Mir ging es beschissen.

Zwei Wochen später kam der erste Scheck per Einschreiben an.

»Weißt du, was das ist?«, fragte mich Mama.

Ich schüttelte den Kopf und starrte den offiziell aussehenden Umschlag an. Ich traute mich kaum, ihn zu öffnen. Trotz Chris' öffentlicher Bitte, mich in Ruhe zu lassen, war der Strom an E-Mails, Interviewanfragen und Drohbriefen nicht abgerissen. Ein Verlag hatte mich angefragt, um einen Enthüllungsroman zu schreiben. Zum Glück war die Öffentlichkeit netter mit Chris umgegangen, und ich hatte mehr als nur einen Artikel gelesen, in dem er für seine Entscheidung, die Wahrheit zu sagen, gelobt worden war.

»So schlimm kann es nicht sein, es ist nur ein Umschlag.« Mama schob ihn mir zu. »Komm schon, mach ihn auf.«

»Er ist von einem Anwalt. Das könnte echt übel sein.« Er enthielt einen Abrechnungsbogen über »erbrachte Dienstleistungen« und einen Scheck über einhunderttausend Dollar. Ich hielt ihn Mama hin.

Ihre Augen wurden groß. »Er hat es also wirklich gemacht.«

Ich wurde von einer Welle der Wut überrascht. »Das nehme ich nicht an. Der Scheck geht dahin zurück, wo er herkam, vielen Dank auch.« Ich schnappte ihn vom Tisch und stopfte ihn zurück in den Umschlag.

Bevor ich am nächsten Tag in die Bibliothek fuhr, hielt ich bei der Post und schickte ihn zurück an den zuständigen Anwalt, mit einem Hinweis, der besagte:

Sehr geehrte Damen und Herren,

mir wurde aus Versehen dieser Scheck zugestellt. Die Leistung wurde nicht erbracht.

Vielen Dank,

Mae Sampson

Zu meiner großen Überraschung kam er eine Woche später wieder zurück.

»Ich brauche deine Hilfe.« Iris klang genervter als eine Person, die um Hilfe bittet, klingen sollte.

Ich drückte mir das Handy ans Ohr. »Was ist los?«

»Das Auto springt nicht an.«

»Wo bist du?« Sie nannte den Namen eines Orts, der eine halbe Stunde entfernt war. »Was machst du da? Es ist nach Mitternacht. Und du solltest, wenn ich mich recht erinnere, bereits zu Hause sein.«

»Das ist eine Richtlinie, keine Regel.«

»Es ist beeindruckend, wie du es schaffst, die Dinge immer ganz anders aufzufassen als ich.«

Sie seufzte. »Ich brauche deine Hilfe. Bitte.«

Ich schaffte es gerade noch, nicht vor Freude zu quietschen. *Bitte?* Ach du meine Güte. Sie war wirklich verzweifelt.

»Ich bin auf dem Weg.«

Eine halbe Stunde später bog ich auf den Parkplatz eines Steakhouses ein, wo Iris auf der Motorhaube von Mamas Auto saß. Ich hielt neben ihr an. Außer uns war sonst niemand zu sehen.

»Warum treffen wir uns nachts um eins auf einem Steakhouse-Parkplatz?«

Iris sprang von der Motorhaube. »Weil ich hier arbeite.«

»Was?« Ich stolperte aus meinem Auto. »Seit wann hast du einen Job? Davon hast du mir nie erzählt.«

Sie verdrehte die Augen. »Der Hang zur Geheimniskrämerei muss wohl in der Familie liegen.«

Zu behaupten, dass Iris die Neuigkeiten über Dads Verwicklung in die Sache schlecht aufgenommen hatte, wäre untertrieben gewesen. Aus irgendeinem Grund hatte sie beschlossen, es an mir auszulassen. Sie weigerte sich, darüber zu sprechen, außer um im Vorbeigehen höhnische Kommentare zu machen. Es war anstrengend. Die normale Iris war schon schwer genug zu ertragen, aber die wütende Iris ließ mich um mein Leben fürchten, wenn ich es wagte, mich ihr zu nähern.

»Was machst du hier?«, fragte ich und drehte mich zu dem niedrigen braunen Gebäude um.

»Ich bediene.«

Ich blinzelte. »Gäste, meinst du?«

»Ja. Ich arbeite hier schon fast ein Jahr.«

»Und deswegen bist du immer so spät dran? Warum hast du nichts erzählt?«

»Weil mir klar war, dass du nur so was wie ›Die Schule ist dein Job, bla, bla, bla‹ sagen würdest.«

»Hast du mich gerade nachgemacht?« Ich hob eine Braue. »Das war echt schlecht.«

»Na ja, du bist echt schlecht«, schoss sie zurück.

Ich holte tief Luft und versuchte, mich zu beruhigen. »Mach die Motorhaube auf, damit ich dir Starthilfe geben kann und wir von hier wegkommen.«

»Meinetwegen.« Iris stapfte zur Fahrertür und riss die Tür auf. »Wie öffne ich die Motorhaube?«

»Dein Ernst?«

»Erklär es mir einfach«, fauchte sie. »Ist ja nicht so, als ob ich einen Dad hätte, der mir diese Dinge beibringen würde.«

Autsch. Ich verschränkte die Arme. »Okay. Darum geht es also? Alles klar. Reden wir darüber. Du hasst mich.«

Sie warf die Arme in die Luft und schrie die Sterne an. »Ich hasse nicht dich, du blöde Idiotin! Ich hasse *ihn!* Ich hasse es, mit ihm verwandt zu sein. Ich hasse es, dass er versucht hat, einem meiner liebsten Menschen wehzutun.«

Ich starrte sie an.

Iris wirbelte mit geröteten Wangen zu mir herum. »Und weißt du, was noch? Ich habe ihn schon so lange nicht mehr gesehen, dass ich noch nicht mal eine Voodoo-Puppe für ihn basteln kann. Das. Macht. Mich. Wütend! Ich hasse es, dass du und Mama so viel vor mir verheimlicht habt. Ihr habt nicht darauf vertraut, dass ich alt genug bin, um zu wissen, was für ein Typ er ist. Ich bin fast erwachsen und schlauer, als ihr denkt.« Sie kam näher. »Ich wusste, dass du bei *Chicky's* arbeitest.«

Ich musste mich an mein Auto lehnen. »Nein.«

»Doch. Ein Typ aus meiner Schule war mit seinem Dad dort und hat dich gesehen. Als er mich danach gefragt hat, habe ich getan, als wüsste ich von nichts, aber es hat mich neugierig gemacht. Eines Tages bin ich dir nachgefahren und habe es gesehen.«

»Oh, Iris.«

»Nein.« Sie wedelte mit dem Zeigefinger vor meinem Gesicht herum. »Drück hier jetzt nicht auf die Tränendrüse. Du hast in den letzten Wochen eine Millionen Mal geheult, und das hasse ich auch. Du weinst nicht. Du bist … du bist Mae. Du schaffst alles.«

Ich schniefte. »Ich weiß nicht, ob ich überhaupt noch irgendetwas schaffe.«

»Weißt du, was mich am wütendsten macht? Du warst glücklich.«

Ich holte zitternd Luft. »Das war gespielt.«

»Das war nicht gespielt.« Sie kam noch näher. »Vielleicht am Anfang. Aber du hast ihn geliebt … Du liebst ihn immer noch. Und er hat dich geliebt. Es war so offensichtlich, dass selbst ich es sehen konnte.«

Nur ich nicht.

Die Tränen liefen mir jetzt unkontrolliert übers Gesicht. »Jetzt weine ich, und du bist schuld daran.«

Sie zögerte erst, aber dann nahm sie mich in die Arme. »Tut mir leid.«

Ich nickte an ihrer Schulter. Als ich mich wieder unter Kontrolle hatte, löste ich mich von ihr, und wir lehnten beide schweigend am Auto.

»Aidan hat gefragt, ob wir zusammen zum Abschlussball gehen«, sagte sie plötzlich.

»Na endlich. Was hast du gesagt?«

»Natürlich habe ich Ja gesagt. Er ist süß.«

Ich lachte.

»Willst du mit mir ein Kleid kaufen gehen?«

»Total gern.«

»Cool.«

»Wir sollten deinem Auto jetzt Starthilfe geben. Ich will nach Hause und ins Bett.«

»Na gut.« Iris ging zur Fahrertür ihres Autos. »Aber jetzt mal im Ernst, wie öffne ich die Motorhaube?«

KAPITEL SECHZIG

Welche Sehenswürdigkeiten gibt es
sonst noch in deiner Stadt, außer dir?

KEN S.

Als ich am nächsten Morgen aufstand, war Mama bereits wach.

»Komm, wir frühstücken zusammen«, sagte sie.

Ich nahm mir einen Joghurt und einen Müsliriegel und setzte mich ihr gegenüber an den Küchentisch. Ich riss die Verpackung des Riegels auf und brach ihn in kleine Stücke.

Mama berührte meinen linken Handrücken. »Du trägst den Ring noch.«

Überrascht streckte ich die Hand aus. »Muss ich wohl vergessen haben.«

Ich hatte ihn nicht vergessen. Ich wollte ihn nur einfach nicht abnehmen. Mir war klar, wie lächerlich das war. Mein Herz zog sich zusammen, als ich den Ring abnahm und auf den Tisch legte. Mama nahm ihn in die Hand und drehte ihn zum Licht, in dem der Stein in den Farben des Regenbogens erstrahlte.

»Er ist wunderschön. Ich habe nachgesehen, welche Bedeutung Opale haben. Weißt du es?«

und wir Kinder wurden aus dem Salon gescheucht. Ein furchtbarer Tumult entstand, wir hörten Frauenschreie und mittendrin Großmamas ruhige und gebieterische Stimme, die versuchte, an die möglicherweise noch vorhandenen Reste seiner Vernunft zu appellieren. Dann wurde es plötzlich still, und später erfuhren wir, dass Onkel Peter den Schluckspecht gewaltsam vor die Tür gesetzt hatte. Er hatte nie zuvor Zutritt zu dieser Wohnung gehabt. In unserer Straße war es dasselbe. Entweder tranken die Männer – und das war die Mehrzahl – oder sie nährten einen tiefen Hass gegen jene, die es taten. Als sich Großmamas Zustand verschlechterte und der Arzt sagte, sie würde diese Krise wohl kaum überstehen, durfte ich sie nicht mehr besuchen. Meine Mutter war Tag und Nacht bei ihr und kehrte mit roten Augen und niederschmetternden Nachrichten nach Hause. Auch nachdem Großmama gestorben war, durfte ich sie nicht sehen, Edvin wurde es jedoch erlaubt. Er sagte, sie habe genauso ausgesehen, wie als sie noch lebte. Bei der Beerdigung war ich aber dabei. Ich saß in der Kirche von Sundby neben meiner Mutter und Tante Rosalia, und schon während der Predigt bekam ich einen hysterischen Lachanfall. Es war so schlimm, dass ich mir das Taschentuch vor Mund und Nase presste und hoffte, man würde glauben, ich weinte, genau wie die anderen. Zum Glück liefen mir auch die Tränen. Ich war schockiert darüber, dass ich angesichts des Todesfalls nichts empfand. Ich hatte Großmama wirklich lieb gehabt, und noch dazu wurden die Lieder gesungen, die wir ausgesucht hatten. Warum konnte ich dann nicht trauern? Lange nach der Beerdigung wurde meine Bettdecke durch Großmamas ausgetauscht, das einzige, was meine Mutter geerbt hatte. Als ich mich abends damit zudeckte, strömte mir

Ich schüttelte den Kopf.

Sie strich sanft über den Stein. »Hoffnung und Liebe und Güte. Ist das nicht schön? Eine Ehe sollte auf all diesen Dingen aufbauen.«

»Piper hat ihn ausgesucht«, sagte ich, ohne Mama dabei anzusehen. »Wahrscheinlich hatte sie keine Ahnung, was er bedeutet.«

Mama legte den Ring vorsichtig auf den Tisch. »Kann sein.«

»War es bei dir und Dad am Anfang so? Hoffnung und Liebe und Güte?«

Mama sah mich erstaunt an. Ich war auch erstaunt. Ich sprach nie über meinen Vater, außer, um im Anschluss eine Menge unfreundlicher Details folgen zu lassen.

»Das würde ich nicht sagen. Es fühlte sich aufregend und gefährlich an. Ich war ein junges Mädchen, gerade mit der Highschool fertig. Er war sechs Jahre älter, sah sehr gut aus und interessierte sich ausgerechnet für mich.« Sie seufzte. »Ich war nicht wie du, mein Schatz. Ich glaube, du bist schon erwachsen zur Welt gekommen. Warst immer vernünftig. Als deine Mutter hat mich das manchmal eingeschüchtert.«

»Wirklich?«

»Oh ja. Ich war keine zwanzig, als du geboren wurdest. Ich wusste nicht, was ich tat. Dein Vater und ich hatten Two Harts verlassen, also konnte mir nicht einmal meine eigene Mutter helfen.« Mit gerunzelter Stirn sah sie in ihre Kaffeetasse. »Ich weiß, dass es nicht leicht war für dich, Mae. Ich … ich fühle mich sehr schuldig deswegen.«

»Mama …«

Sie hob die Hand. »Nein, nein. Ich muss das jetzt loswerden. Es tut mir leid, dass ich dich mit meinen Entscheidungen belastet habe. Ich werde nie bereuen, euren Vater geheiratet zu haben, weil er mir euch zwei Mädchen geschenkt hat, aber ich werde es für immer bereuen, dass meine Handlungen eure Leben so schwierig gemacht haben.«

»Ich gebe dir gar keine Schuld«, flüsterte ich. Hinter meinen Augen brannte es.

Mama lächelte traurig. »Vielleicht solltest du ein bisschen sauer auf mich sein. Ich hätte mich für euch entscheiden sollen und nicht für das, was ich für Liebe hielt. Denn wenn ich mich daran erinnere, bin ich nicht einmal sicher, ob es Liebe war, oder nur das verknallt Sein eines jungen Mädchens in einen gut aussehenden Mann. Aber ich mache mir Sorgen, dass du und Iris nie erlebt habt, wie echte Liebe und eine wirkliche Ehe aussehen. Oder schlimmer noch, dass ihr sie nicht erkennen könnt, wenn sie euch begegnet.«

»Wir sind doch noch ganz gut geraten.«

»Mehr als nur das.« Sie streichelte mir über die Wange. »Aber ich fühle mich zum Teil verantwortlich für dieses ganze Verlobungsschlamassel. Wenn ich eine andere Mutter gewesen wäre, wenn ich nicht diesen Schlaganfall gehabt hätte.« Sie zuckte mit den Schultern. »Eure Leben hätten einfacher sein können.«

Ich schniefte. All die Tränen der letzten Tage. Es war, als wollte ich die Jahre nachholen, in denen ich nie geweint hatte. »Mir gefällt mein Leben so, wie es ist.«

Sie lachte leise. »Keine Lügen mehr. Das Leben ist gerade ziemlich beschissen.«

Damit hatte sie nicht unrecht. »Ich hab dich lieb, Mama.«

»Ich dich auch.« Sie nahm meine Hand. »Du musst den Ring zurückgeben.«

Mir drehte sich der Magen um, und ich schob den Joghurt beiseite. »Natürlich. Er gehört mir nicht. Nicht mehr.«

Er hatte mir nie wirklich gehört.

Später quälte ich mich mit der Frage, ob ich mich bei Chris wegen des Rings melden sollte, aber letztendlich war ich zu feige und schrieb Piper. Sie antwortete mir Stunden später.

Piper: Der Ring gehört dir. Chris hat ihn selbst für dich ausgesucht. Er meinte, er würde es verstehen, wenn du ihn verkaufen müsstest, aber dass er hofft, du würdest ihn behalten.

Ich: Ich dachte, du hast ihn ausgesucht.

Piper: Nein. Er hat eine ganze Woche damit verbracht, genau den Richtigen zu finden. Er meinte, es müsse ein Opal sein.

Ich: Das wusste ich nicht.

Ich schob den Ring wieder auf meinen Finger und erlaubte mir, noch eine letzte Nacht mit ihm zu schlafen. Am nächsten Morgen legte ich ihn vorsichtig in meine Schmuckkassette, um ihn dort in Sicherheit zu wissen.

KAPITEL EINUNDSECHZIG

Hey Baby, tun dir nicht die Füße weh?
Du gehst mir schon den ganzen Tag
durch den Kopf.

SAM

Im Mai kehrte ich zu meiner alten Schicht im *Chicky's* zurück. Shane schien sich sogar darüber zu freuen, mich wiederzusehen. Aber das hielt nicht lange an. Am Ende des Abends hatten sich zwei Gäste über mein Verhalten beschwert, und ein betrunkener Typ war sich sicher, dass ich ihm das Bier absichtlich über den Kopf gekippt hatte.

Aus Versehen war es jedenfalls nicht passiert, mein Lieber.

An meinem zweiten Abend kam Amanda zu mir und verkündete, dass nach mir gefragt wurde. »Keine Sorge. Keine gut aussehenden Footballspieler.«

Nein, es war noch viel schlimmer.

»Oh, heute Abend bin ich wohl ein Glückspilz«, freute sich Iris diebisch und hob ihr Handy. »Bitte lächeln, Mae!«

»Schätzchen, deine Uniform ist ja entzückend«, rief Mama. »Aber das Hemd ist ein bisschen gewagt, findest du nicht?«

»Ach, lass sie in Ruhe«, meldete sich Sue. »Sie kann das tragen.«

»Ich könnte mit deinem Chef sprechen und fragen, ob du etwas Anständigeres tragen kannst«, bot Mama an.

»Bitte nicht.«

Iris hob das Handy. »Verdammt, dieses Foto ist unglaublich. Ich werde es als Poster ausdrucken.«

»Iris, pass auf, was du sagst«, warnte Mama. »Und leg das Handy weg.«

Ich seufzte. »O Mann, ihr seid wirklich im *Chicky's*.«

»Natürlich, Schätzchen. Wir wollten sehen, wo du arbeitest.«

»Keine Sorge. Wir werden gutes Trinkgeld dalassen«, verkündete Sue.

Iris verdrehte die Augen. »Dieser Ort könnte bessere Kellnerinnen gebrauchen.«

»Danke für die Unterstützung.« Ich lächelte. »Jetzt überlegt euch, was ihr essen wollt, damit ihr hier schnell wieder rauskommt.«

In der nächsten Woche fand ich heraus, dass jede einzelne Arztrechnung meiner Mutter beglichen worden war. Jede. Einzelne.

Dieser Idiot. Dieser wunderschöne, süße Idiot.

In dieser Woche brachte ich endlich den Mut auf, ihm zu schreiben.

Ich: Ich will dein Geld nicht.

Ich: Ich habe den Scheck gerade zum VIERTEN Mal zurückgeschickt. Hör auf, ihn mir zu schicken.

Ich: Ernsthaft. Schicke ihn mir nicht noch mal.

Ich: Sonst.

Ich: Und ich werde einen Weg finden, dir das Geld für Mamas Arztrechnungen zurückzuzahlen.

Viel später, mitten in der Nacht, als ich nicht schlafen konnte, schrieb ich:

Ich: Du fehlst mir.

Er antwortete nicht.

Der Stadtrat traf sich am Dienstagabend um sechs Uhr in der Aula der Highschool, in die problemlos zweihundert Personen passten. Ich war eine halbe Stunde zu früh, nervös und zittrig. Es gefiel mir nicht, mich der Gnade des Rats aussetzen zu müssen, aber das war meine letzte Chance, seine Mitglieder zur Vernunft zu bringen.

Eine Handvoll Leute richtete die Bühne her, und ich war die einzige Person im Publikum. Ich setzte mich in die erste Reihe, steckte mir meine Kopfhörer in die Ohren und drehte die Musik auf, während ich meine Notizen noch mal durchsah. Die letzten Tage war ich stundenlang die Argumente, die ich vorbringen wollte, durchgegangen.

Vor zwei Stunden war es mir schlau vorgekommen, früh hier aufzutauchen. Aber jetzt wurde ich umso nervöser, je länger ich allein dasaß. Ich überprüfte die Reihenfolge meiner Notizkarten, fuhr mir mit den Fingern durchs Haar, drehte die Musik erst lauter, dann leiser, und trug eine neue Schicht Lipgloss auf.

Irgendwann tröpfelten die Mitglieder des Stadtrats ein. Mr. Jersey sah aus, als wäre er aus dem Bett gefallen. Stephen O'Donnell tippte auf seinem Handy herum. Sabrina Olsen saß neben Peter und warf ihm ihr gruselig breites Lächeln zu. Das Schicksal der Bibliothek lag in den Händen dieser Leute. Dieser Gedanke verstörte mich.

Vielleicht war es dumm gewesen, Chris' Spende auszuschlagen. Damit hätte ich das alles umgehen können, aber es war nicht sein Problem gewesen. Es war nicht einmal meines. Ich könnte woanders einen Job finden. Aber die Bibliothek war schon länger hier als die meisten Menschen und würde es auch noch länger sein als sie. Die Einwohner von Two Harts brauchten sie, und sie mussten um sie kämpfen.

Denn wenn etwas wichtig war, musste man darum kämpfen.

Bei diesem Gedanken machte mein Herz einen Satz. Ich schob ihn in eine dunkle Ecke, um mich später mit ihm zu beschäftigen.

Jemand tippte mir auf die Schulter. Ich sah auf und sah Mrs. Katz. Horace folgte ihr. Die beiden waren in letzter Zeit zu einer Einheit geworden, aßen bei Ollie zu Mittag oder tauchten gemeinsam in der Bibliothek auf. Wie zwei verliebte Katzen schienen sie genauso bereit, ihre Krallen gegeneinander auszufahren, wie sich für ein Nickerchen aneinander zu kuscheln. Es war faszinierend, sie zu beobachten.

»Rutsch rüber, damit wir neben dir sitzen können«, befahl Mrs. Katz.

Ich nahm den Stöpsel aus meinem Ohr. »Ich wusste nicht, dass ihr kommt.«

Sie runzelte die Stirn. »Natürlich kommen wir. Ich stehe auf der Tagesordnung, um gegen die Kürzung des Bibliotheksbudgets zu sprechen.«

»Ich auch.« Horace zog einen Papierstapel hervor, der in etwa den Umfang eines Romans hatte. »Habe meine gesamten Notizen abgetippt. Damit ich auch nichts vergesse.«

»Horace, kannst du dich bitte hinsetzen? Ich kann nichts sehen«, ertönte es hinter uns. Das war Sarah Ellis, das weiße Haar ordentlich gelockt, die Perlen an Ort und Stelle. Sie lächelte großmütterlich. »Ich werde auch sprechen. Ich will diesem Mistkerl Peter Stone sagen, was ich wirklich denke.«

»Ich auch«, stimmte jemand anderes zu.

»Und ich erst«, verkündete eine weitere Stimme.

Es dauerte einige Augenblicke, bis ich begriff, was ich vor mir hatte. Ich stand auf und drehte mich zur Aula um. Beinahe jeder Platz war besetzt. Ich erkannte viele der Gesichter. Leute, mit denen ich aufgewachsen war, die Bücher in der Bibliothek ausliehen oder die Computer benutzten, oder die mich fragten, wie sie die Facebook-App auf ihrem Handy installieren konnten. Einige winkten mir zu.

»Wo kommen die denn alle her?«, flüsterte ich.

»Was soll das heißen?«, fragte Mrs. Katz. »Meine Güte, sie kommen aus Two Harts. Sie wissen, wie wichtig die Bibliothek für den Ort ist, und sie wissen, wie wichtig du bist. Du brauchst Hilfe. Hier ist sie. Sie sind hier, um dir zu helfen.«

»Mir?«, quietschte ich. »Ich ... ich weiß nicht, was ich sagen soll.«

Mrs. Katz schüttelte den Kopf. »Ihr jungen Leute habt keine Manieren. Man sagt Dankeschön.«

Ich konnte nicht anders. Später an diesem Abend schrieb ich Chris.

Ich: Der Stadtrat hat gegen die Budgetkürzungen gestimmt.

Ich: Es war unglaublich. So viele Leute waren da, um die Bibliothek zu unterstützen.

Ich: Der Rat hat unter ihrem Druck nachgegeben.

Ich: Egal. Ich wollte nur, dass du das weißt.

KAPITEL ZWEIUNDSECHZIG

Ich glaub, mit meinen Augen stimmt was nicht.
Ich kann nicht aufhören, dich anzusehen.

ELENA S.

Irgendwie überlebte ich die nächsten paar Monate. Iris ging mit Aidan zum Abschlussball. Später berichtete er, dass sie mehrfach getanzt hatte, und auf den Fotos lächelte sie sogar. Sie machte ihren Abschluss, und obwohl Dad schlau genug war, sich nicht blicken zu lassen, schickte er ihr doch eine Gratulationskarte.

Mama wurde kräftiger, und nachdem ihre Arztrechnungen abbezahlt waren, wurde es leichter, für die anderen Behandlungen aufzukommen. Sogar so leicht, dass ich meine Stunden bei *Chicky's* auf zwei Abende in der Woche reduzierte und mir einen ganzen freien Tag zugestand. Den ich vor allem mit Wäschewaschen und Aufräumen verbrachte.

Was Chris betraf, hatte ich angefangen, ihm jeden Abend zu schreiben, obwohl er nie antwortete. Ich konnte ihn verstehen. Ich hatte ihn verletzt. Er war bereit gewesen, einen Weg für uns zu finden, und ich hatte … Angst gehabt, genau wie er gesagt hatte. Dieses Wort traf es am besten. Ich dachte, mit der Zeit würde es leichter werden. Verdammt nochmal, über Peter war ich in ungefähr dreiundzwanzig Sekunden hinweg gewesen – genauso lange hatte ich gebraucht, um ihn mit einer anderen zu erwischen, einen Kristallaschenbecher nach ihm zu werfen und die Tür hinter mir zuzuknallen.

Chris jedoch? Über ihn kam man nicht so leicht hinweg. Ich versuchte, es zu verbergen, aber die anderen merkten es mir an. Sie sprachen mit sanften Stimmen mit mir, tätschelten mir den Rücken oder umarmten mich ungefragt. Drei ganze Wochen lang brachten mir mehrere ältere Frauen jeden Tag zuckrige Leckereien in die Bibliothek: selbstgebackene Kekse, Kuchen, einen Muffin.

Mrs. Katz ließ mich wissen, dass es sich um eine Trennungssüßigkeitenkette handelte. »Weil etwas Süßes so was immer ein wenig erleichtert.«

Ich widersprach nicht.

An einem Sommertag ging ich zum *Sit-n-Eat*, wo ich Ali treffen wollte. Ollie kam zu mir herüber. »Kommt die andere auch?«

Ich lachte. »Jedes Mal, Ollie. Ja, sie kommt auch.«

Die Andeutung eines Lächelns huschte über sein Gesicht. »Alles klar. Dann also zweimal.«

»Danke.«

Nach diesem Teil der Unterhaltung schlurfte Ollie normalerweise in die Küche, um dann wie von Zauberhand mit dem Mittagessen wieder aufzutauchen. Aber heute bewegte er sich nicht. Stattdessen starrte er mich unter seinen buschigen Augenbrauen hervor an.

»Wie geht's?«, fragte er.

Ich wusste nicht, wer von uns beiden überraschter darüber war, dass er mich so etwas fragte.

Verblüfft gab ich ihm eine ehrliche Antwort. »Einsam, traurig, und ich frage mich, ob ich einen schrecklichen Fehler gemacht habe.«

Ollie nickte verständnisvoll. »Ich war einmal verliebt. Ist schon lange her.«

Wieder starrten wir einander ungläubig an.

Er zuckte mit den Schultern und fuhr fort: »Es war nicht einfach. Manchen Menschen denken, Liebe müsste sich immer gut anfühlen. Wenn du nicht glücklich bist, kann es also nicht echt sein. Das dachte ich damals auch. Aber so funktioniert es im Leben nicht, oder? Wir können nicht andauernd glücklich sein. Wenn es so wäre, würden wir nicht zu schätzen wissen, wenn wir es tatsächlich sind.«

Das waren die meisten Worte, die ich Ollie in einer Woche, in einem Monat, vielleicht in meinem ganzen Leben hatte sagen hören.

»Was ist passiert?«

Er schien auf einen Punkt in der Ferne zu blicken. »Wir haben uns getrennt, und sie ist gegangen. Das ist fast sechzig Jahre her. Es ist nicht ein einziger Tag vergangen, an dem ich nicht an sie gedacht und mich gefragt habe, was passiert wäre, wenn ich ihr gefolgt wäre. Stattdessen bin ich hiergeblieben und habe das Restaurant übernommen.«

»Das tut mir so leid. Das muss schrecklich gewesen sein.«

Er kniff die dunklen Augen zusammen. »Verstehst du, was ich dir sagen will?«

»Ich … Nein.« Aber vielleicht verstand ich es doch.

»Lass nicht zu, dass es dir durch die Finger rutscht.« Dann schlurfte er, ohne mich eines weiteren Blickes zu würdigen, in seine Küchenhöhle zurück.

Einige Minuten später glitt Ali auf den Barhocker neben mir. »Was machst du denn für eine Miene?«

Ich blinzelte. »Ich hatte gerade ein sehr seltsames Gespräch mit Ollie.«

Ali lachte. »Ein Gespräch? Du meinst, einen richtigen Wortwechsel?«

»Wie gesagt, es war seltsam.«

»Worüber?«

»Nichts.« Das war Ollies Geschichte, nicht meine.

Ali jubelte, als Ollie uns das Essen brachte, und zögerte keine Sekunde, sich den Mund vollzuschaufeln. Aber ich konnte meinen Teller nur anstarren und immer wieder an Ollies Geschichte denken.

»Was ist los?« Ali stupste mich mit der Schulter an. »Hast du keinen Hunger?«

»Ich glaube, ich habe einen Fehler gemacht«, flüsterte ich.

Langsam legte Ali ihre Gabel auf den Tisch und drehte sich mir zu. »Womit?«

»Chris. Er fehlt mir.«

Ali legte mir einen Arm um die Schultern. »Das weiß ich, mein Schatz.«

»Ich schreibe ihm. Jeden Abend. Nur Kleinigkeiten, was hier so los ist. Ein Bild von Iris bei ihrer Abschlussfeier. Neuigkeiten über Mrs. Katz und Horaces Liebesleben.« Ich richtete mich auf und versuchte zu lächeln. »Er antwortet nie. Nicht ein einziges Mal. Er hat gesagt, er würde auf mich warten. Meinst du, er hat begriffen, dass wir doch nicht füreinander bestimmt sind?«

Alis Augen und Lippen wurden ganz schmal. Als sie endlich sprach, war ihre Stimme nicht gerade leise. »Willst du mich eigentlich verarschen?!«

»Warum schreist du so?«

»Maebell Sampson, du hast ihm eine Nachricht geschrieben? Eine Nachricht, in der du ihm gesagt hast, dass du ihn vermisst? Komm schon. Dieser Typ hat dich nicht aufgegeben. Nie im Leben. Wie viele Romance-Bücher hast du noch mal gelesen?«

Meine Mundwinkel sanken Richtung Boden. »Woher weißt du das?«

Sie verdrehte die Augen. »Hallo, Dummy. Wir kennen uns, seit wir zehn sind. Du bist gut darin, Dinge für dich zu behalten, aber nicht *so* gut. Aus deiner Lektüre solltest du wissen, dass du sehr viel mehr Einsatz zeigen musst, wenn du das alles wieder geradebiegen willst. Viel mehr als nur eine Nachricht.«

»Glaubst du?«

»Äh, nein. Das weiß ich.« Sie nahm die Gabel zur Hand und widmete sich wieder ihrem Mittagessen. »Und du gibst dir besser Mühe. Das hat er verdient.«

»Entschuldige mal«, stammelte ich. »Auf wessen Seite stehst du eigentlich?«

»Auf Chris' Seite.« Sie deutete mit dem Messer auf mich. »Und auf deiner. Weil ihr beide auf derselben Seite steht. Das wissen doch alle. Wir warten nur darauf, dass auch du das endlich begreifst.«

Später in dieser Nacht, als ich nicht schlafen konnte, schrieb ich Chris:

Ich: Ich habe den Scheck gestern WIEDER zurückgeschickt. Bitte hör auf damit. Ich will ihn nicht.

Ich: Ollie hat mir heute eine Geschichte erzählt.

Ich: Ich habe ihn noch nie so viel sagen hören.

Ich: Glaubst du wirklich, dass wir alle ein Happy End verdienen?

KAPITEL DREIUNDSECHZIG

Unsere Liebe ist wie Durchfall.
Ich kann sie einfach nicht für mich behalten.

ELENA S.

Ich entdeckte eine schlafende Frau in der Bibliothek.

Sie saß in der Kinderabteilung, zusammen mit einem kleinen Jungen, der etwa drei Jahre alt war und ebenfalls schlief. Ich wusste nicht, wer sie war, aber so, wie sie sich an das Kind schmiegte, konnte ich ihr Gesicht auch nur halb erkennen. Es kam mir falsch vor, sie zu wecken.

Zwei Stunden später kam der kleine Junge zu mir herübergetapst, die großen blauen Augen schläfrig und verwirrt. Irgendetwas an ihm kam mir sehr vertraut vor, aber ich konnte nicht sagen, was es war.

»Muss Pipi.« Er wischte sich die dunklen Haare aus dem Gesicht.

»Komm, wir wecken deine Mama.«

Er nahm meine Hand, und wir gingen zu seiner Mutter.

»Entschuldigung«, sagte ich leise, um sie nicht zu erschrecken. »Entschuldigung.«

Sie erschrak trotzdem und reagierte panisch. »Oliver? Oliver.«

Der kleine Junge runzelte die Stirn. »Mami, ich bin doch hier.«

»O mein Gott.« Sie nahm ihn auf den Arm und hielt ihn fest, bis er sich zu winden begann und verlangte, wieder runtergelassen zu werden.

»Ist alles in Ordnung?«, fragte ich.

Sie setzte Oliver ab und stand auf, wobei sie sich die Hände an der ausgeblichenen Jeans abwischte. Endlich konnte ich ihr Gesicht erkennen. Ich sog scharf die Luft ein.

»Ellie?« Sie sah genauso aus wie auf dem Foto, das mir Chris gezeigt hatte. Langes, blondes Haar, riesige blaue Augen, sehr hübsch auf eine Mädchen-von-nebenan-Art.

»Überraschung!« Sie stemmte die Hände in die Hüften.

»W-wie?« Ohne darüber nachzudenken, umarmte ich sie. Seufzend erwiderte sie die Umarmung.

Sie löste sich von mir und lächelte. »Tut mir leid. Ich weiß, dass kommt ganz schön plötzlich, fast schon ein bisschen seltsam, oder? In den letzten Tagen sind wir den ganzen Weg von Los Angeles hierhergefahren. Ich bin so müde, dass ich keinen klaren Gedanken fassen kann. Und mit einem Dreijährigen Auto fahren! Puh. Wie oft wir anhalten mussten, um aufs Klo zu gehen … Und dann ganz Westtexas! Wer würde da schon leben wollen?«

Sie hielt inne und errötete leicht. »'tschuldigung. Jetzt ist es noch komischer.«

Ich lächelte. »Was um alles in der Welt macht ihr hier?«

»Ich weiß es nicht.« Sie biss sich auf die Lippe. »Wenn ich mit Chris rede, sagt er, dass es ihm gut geht, aber wenn ich Betsy frage, sagt sie, dass er unglücklich ist, und das gefällt mir gar nicht. Vermutlich will ich dir einfach sagen, dass es mir leidtut. Ich habe das Gefühl, dass mein dummes Handeln der Grund für das alles ist.«

»Er ist unglücklich?« Ich stützte mich an einem Bücherregal ab.

»Das hat sie so gesagt, aber mit mehr Worten. Du kennst Betsy, sie redet gern.«

»Oh.« Mein Herz machte einen kleinen Satz.

»Es ist einfach schrecklich, dass sein Wunsch, mich zu beschützen, zu so einem Durcheinander geführt hat. Und ich hatte einfach genug von L. A. Es war ein alberner Mädchentraum, dort hinzuziehen. Ich war noch so jung. Gerade mal achtzehn. Und außerdem habe ich jetzt Oliver.« Sie wuschelte ihm durchs Haar. »Also habe ich unsere Sachen gepackt, und wir sind … hierhin gekommen. Irgendwie eine seltsame Wahl, wenn ich jetzt darüber nachdenke. Sorry, manchmal rede ich mit mir selbst. Und manchmal kann niemand meinen Worten folgen. Manchmal verliere ich mich in meinen Gedanken.« Sie runzelte die Stirn. »Ich will dir einfach nur sagen, dass es mir leidtut.«

Ich grinste. »Irgendwie bist du überhaupt erst der Grund gewesen, dass ich Chris kennengelernt habe. Ein Grund also, mich bei dir zu bedanken.«

Sie legte den Kopf schief. »Ich freue mich jedenfalls, dich kennenzulernen, Mae Sampson.«

»Und ich freue mich, dich kennenzulernen, Ellie Sterns.«

Oliver zog an ihrem Hosenbein. »Muss Pipi. Jetzt sofort!«

Ellie sah ihren Sohn streng an. »Wie heißt das?«

Er seufzte. »Bitte. Ich muss jetzt Pipi.«

»Tut mir leid«, sagte Ellie. »Ich gehe besser mal mit ihm.«

»Natürlich.« Ich zeigte ihnen den Weg zur Toilette und schlenderte dann wieder hinter die Theke.

So langsam bekam ich das Gefühl, dass mein Leben nie wieder so sein würde, wie es vor Chris gewesen war. Einige Dinge waren vielleicht noch gleich, aber ich selbst hatte mich verändert.

In meinen Nachrichten an Chris an diesem Abend ging es nur um seine Schwester:

Ich: Heute habe ich Ellie getroffen. Sie ist toll.

Ich: Hab sie und Oliver gefunden, wie sie in der Bibliothek geschlafen haben. Ist das nicht lustig? So, wie ich auch dich kennengelernt habe. Ich habe sie allerdings nicht angeschrien.

Ich: Sie wohnt für ein paar Tage in einem Hotel im Ort und entscheidet dann, was sie tun will.

Ich: Ich dachte, das interessiert dich vielleicht.

KAPITEL VIERUNDSECHZIG

Baby, du bist wie ein Furzkissen.
Es macht Spaß, dich zu drücken,
aber in der Öffentlichkeit bist du peinlich.

PROFESSOR POPINJAY

An einem glühend heißen Freitag im August kamen zwei Briefe für mich in der Bibliothek an. Den ersten erkannte ich sofort als den Scheck, den ich nicht wollte. Egal, wie oft ich ihn zurückschickte, er kam immer wieder. Immer und immer wieder. Grummelnd warf ich ihn auf den Schreibtisch. Darum würde ich mich am Montag kümmern.

Der zweite war von einer Agentur aus Dallas. Langsam öffnete ich den Umschlag und zog den Inhalt heraus. Fotos.

Nicht irgendwelche Fotos. Es waren die Verlobungsbilder, die ich und Chris im Garten seiner Eltern gemacht hatten. Fotos, die ich nie gesehen hatte. Ein Zettel rutschte heraus und fiel zu Boden.

Mae–

Ich dachte, die hättest Du vielleicht gern.

Keine Unterschrift. Ich nahm mir Zeit, sie anzusehen, obwohl es nur fünf Fotos waren. Sie alle waren vor, während und nach unserem Kuss entstanden. Auf einem klebte ein Zettel mit der Aufschrift »dieses hier«.

Mir stockte der Atem, als ich es ansah. Auf dem Bild lagen Chris' Hände an meinen Wangen. Er hielt mich im Arm und sah zu mir hinab, während ich zu ihm aufsah. Ein leichtes Lächeln umspielte meine Lippen.

Das Foto war in der Sekunde entstanden, die vor einem magischen Ereignis lag. In der Sekunde, ehe sich alles veränderte. In der Sekunde vor dem Kuss.

Nichts daran wirkte gespielt. Nicht, wie sein Daumen an meiner Wange lag, und auch nicht, wie ich meine Hand in sein Hemd grub.

Das Foto zeigte zwei Menschen, die einander liebten.

Später fand Aidan mich in der Jugendbuchabteilung. Ich saß von einem Bücherstapel umgeben auf dem Boden und versuchte, ein Regalbrett zu reparieren.

»Ich bin schlauer als ein Brett. Bin ich wirklich.« Dieses Regal hätte allerdings auch ein Genie in den Wahnsinn getrieben.

»Ich hab den Namen«, sagte Aidan.

Ich runzelte die Stirn. »Welchen Namen?«

»Den Namen der anonymen Quelle. Hat ewig gedauert. Ich musste ganz schön viel …«

»Nein«, unterbrach ich. »Ich will gar nicht wissen, wie du es angestellt hast.«

Er grinste. »Ach ja, hatte ich ganz vergessen. Na ja, jetzt habe ich den Namen der anonymen Quelle jedenfalls. Sieht so aus, als lebte er in New York.«

»New York? Super, das begrenzt die Auswahl ja auf acht Millionen Menschen.«

Er räusperte sich. »Dieser Typ und dein Dad haben sich E-Mails geschrieben. Scheint, als hätte dein Vater von ihm eine Kopie des Vertrags erhalten.«

Ich stand auf und ignorierte die umstürzenden Bücherstapel. »Hat dieser Typ einen Namen?«

»Allerdings. Douglas McGill.«

Mein Herz blieb kurz stehen, bevor es doppelt so schnell weiterschlug. »Nein.«

»Kennst du ihn?«, fragte Aidan.

»Das ist Chris' Agent.«

»Was?«, brüllte Piper.

Ich zuckte zusammen und nahm das Handy vom Ohr.

»Diese Ratte«, fauchte sie, nur unwesentlich leiser. »Bist du bereit, mit mir eine Leiche verschwinden zu lassen?«

Beunruhigenderweise klang sie, als wolle sie das wirklich durchziehen. Immerhin handelte es sich dabei gegebenenfalls um Notwehr – fand ich zumindest. Bei ihrem Mordprozess würde ich auf jeden Fall als Zeugin ihres guten Charakters auftreten.

»Kümmerst du dich darum, dass Chris es erfährt?«

»Weißt du was? Aber so was von. Ich werde es ihm persönlich sagen. Er hat morgen ein Vorbereitungsspiel in Atlanta. Danach findet seine erste Pressekonferenz seit dem Fernsehinterview statt. Doug wird da sein. Mach dir keine Sorgen, ich werde ihn erwischen.« Der gewaltbereite Unterton in ihrer Stimme sagte mir, dass sie es ernst meinte.

»Gut.« Ich zögerte. »Wie geht es ihm? Chris?«

»Er ist … okay.«

»Super. Gut. Okay ist gut.«

Piper lachte laut. »Ihr beide seid schon etwas ganz Besonderes. Hast du die Fotos bekommen, die ich dir geschickt habe?«

»Die waren von dir? Danke? Ich liebe sie.«

Und ihn. Ich liebte ihn. Ich liebte ihn so sehr, dass es wehtat, ihn nicht zu sehen. Ich dachte an Ollie und seine verlorene Liebe. Ich dachte daran, für den Rest meines Lebens in Two Harts jemandem nachzutrauern, der niemals auch nur eine Ahnung davon haben würde, was ich für ihn empfand. Ich dachte an meine unzähligen Pläne und daran, dass es jetzt vielleicht einmal an der Zeit war, spontan zu sein. Auch wenn es mir furchtbar angsteinflößend vorkam.

Weil mir ein Leben ohne Chris noch viel angsteinflößender erschien.

»Piper, meinst du, du könntest mich in diese Pressekonferenz schmuggeln?«

KAPITEL FÜNFUNDSECHZIG

Jeder für sich ist nur ein Wort.
Zusammen sind wir ein Gedicht!

JULIA B.

Ich hatte keinen Plan.

Die Nachricht, dass Mae Sampson nach Atlanta fliegen und Chris Sterns ihre unsterbliche Liebe gestehen würde, verbreitete sich wie ein Lauffeuer in Two Harts. Und sobald sich *das* herumgesprochen hatte, fiel der gesamte Ort in die Bibliothek ein wie die Heuschrecken in Ägypten.

»Was ist hier los?«, fragte ich, an niemand bestimmten gewandt.

»Sie sind deinetwegen hier, du Trottel«, sagte Ali.

Mrs. Katz starrte mich über den Rand ihrer Brille hinweg an. »Glaubst du wirklich, dass wir dich das allein machen lassen würden?«

Na gut.

Schnell stellten wir fest, wie teuer spontane Flugreisen waren. Schlimmer noch: Der einzige Flug, bei dem noch ein Platz frei war, ging über Newark und dauerte sieben Stunden.

»Soll ich das wirklich machen?«, fragte ich, erneut an niemand Bestimmten gewandt. »Es ist so teuer.«

Mindestens fünf Menschen riefen »JA!«, darunter sogar meine eigene Mutter.

»Leute«, verkündete Horace, »wir sammeln Spenden. Wir brauchen eintausendeinhundert Dollar, um Mae nach Atalanta zu verschiffen.«

In weniger als einer Stunde war das Geld beisammen und das Ticket gekauft.

Nach einer schlaflosen Nacht brachten Sue, Mama und Iris mich am nächsten Morgen zum Flughafen.

Mama nahm mich in den Arm. »Vergiss nicht: Wer Angst hat, ist schon auf dem halben Weg zum Mut.«

Das waren gute Neuigkeiten, schließlich hatte ich Todesangst. Und dabei dachte ich noch gar nicht an das Treffen mit Chris. Ich musste erst mal den Flug ganz allein und lebend überstehen.

Auf der ersten Etappe der Reise saß ich neben einer Mutter, die allein mit ihrem zwei Jahre alten Kleinkind und einem sechs Monate alten Baby reiste. Sie hatte zwei Sitze für alle drei gebucht, und schnell stellte sich heraus, dass die arme Frau völlig überlastet war. Was irgendwann dazu führte, dass ich dem Baby das Fläschchen gab.

Dann lernte ich etwas äußerst Wichtiges: Die Menge an Erbrochenem, die ein kleiner, acht Kilo schwerer Mensch produzieren kann, ist wirklich erstaunlich.

Vor allem, wenn besagter kleiner Mensch diese über meine Schulter, den Rücken und in großen Teilen meines Haars verteilte.

Nachdem der Schaden angerichtet war, schlief das Kind auf der Stelle in meinen Armen selig ein. Was irgendwie süß war und fast für die Kotzerei entschädigte. Zumindest lenkte es mich von der Angst ab, in einer fliegenden Blechdose zu Boden zu stürzen und zu sterben.

Bei der Zwischenlandung hatte ich gerade genug Zeit, um mein Shirt gegen ein sauberes auszutauschen (zum Glück war ich nur mit Handgepäck unterwegs) und zu versuchen, mir die Haare zu waschen. Nur, dass ich in der Eile vergessen hatte, saubere Sachen einzupacken. Wem passierte so etwas? Mir. Das Einzige, was ich eingepackt hatte, war ein Nachthemd, das mir Sue zu Weihnachten geschenkt hatte. Darauf stand *Ich bin super im Bett. Ich kann stundenlang schlafen.*

Die Wahl zwischen dem vollgekotzten Shirt und meinem Nachthemd fiel mir nicht schwer.

Als Nächstes kümmerte ich mich um mein Haar. Was dazu führte, dass ich die Hälfte meines Make-ups abwusch und mich unter einen Händetrockner kauern musste, um mich zu föhnen. Was natürlich nicht funktionierte. Aber das war in Ordnung. In Atlanta blieb mir sicherlich noch ein wenig Zeit, um mich herzurichten.

Aber der nächste Flug startete mit über einer Stunde Verspätung wegen technischer Probleme.

Technische Probleme.

Und deswegen musste Bill, der Typ mittleren Alters auf dem Sitz neben mir, beim Start meine Hand halten. Er sagte, ich würde ihn an seine Tochter erinnern, die auch Angst vorm Fliegen hatte. Er begann, die besten Restaurants in der Stadt aufzuzählen. Essen war das Letzte, woran ich denken wollte, während mein Magen versuchte, sich aus meinem Körper zu katapultieren.

Nie wieder würde ich ohne Chris fliegen. Er musste also Ja sagen.

Als wir landeten, wollte ich den Boden küssen, aber dann ließ ich es doch bleiben. Weil ekelhaft. Ich schrieb Mama, dass ich sicher angekommen war. Piper wartete mit dem Mietwagen bereits im Abholbereich.

»Sind wir spät dran?«, fragte ich sie zur Begrüßung und glitt ins Auto.

Sie schüttelte grinsend den Kopf und reihte sich in den Verkehr ein. »Als ich losgefahren bin, waren sie gerade im letzten Viertel. Solange wir nicht in einen Stau geraten, sollte alles gutgehen.«

Natürlich gerieten wir in einen Stau. Die Art von Stau, die den Verkehr zum völligen Erliegen und geduldigere Menschen als mich zur Weißglut bringt. Ich holte tief Luft und erinnerte mich daran, dass ich das alles für Chris tat.

»Du siehst ein wenig mitgenommen aus«, sagte Piper, nachdem sie mich näher in Augenschein genommen hatte.

Da hatte sie völlig recht. Aber so war es nun mal. Ich versuchte, mir das Haar mit den Fingern zu kämmen und das Make-up, das ich versehentlich abgewaschen hatte, zu erneuern. Aber schließlich gab ich auf. Es war hoffnungslos.

Piper bog auf den Parkplatz des Stadions ein und rief eine Freundin an, um sich über den Stand der Pressekonferenz zu informieren. Ich schrieb Mama und stellte mir vor, wie sich ganz Two Harts um ihr Handy versammelte, um zu lesen, was ich berichtete. Dieser Gedanke brachte mich zum Lächeln.

»Sie haben vor zehn Minuten angefangen. Wir müssen uns beeilen!«

Piper schleuste uns durch sämtliche Sicherheitskontrollen

und zu dem Raum, in dem die Konferenz stattfand. Vor der Tür hielt sie an, atmete tief durch und rückte den Blazer ihres dunkelvioletten Anzugs zurecht. Dann sah sie mich an und zuckte zurück.

»Ist es sehr schlimm?«

Sie versuchte, etwas Volumen in mein Haar zu kneten und wischte ihre Hände dann an meinem Nachthemd ab. »Vermutlich fällt ihm das alles gar nicht auf. Er wird sich einfach nur freuen, dich zu sehen.«

»Meinst du?«

»Das weiß ich.« Zu meiner Überraschung nahm sie mich in den Arm. »Bist du bereit? Weißt du, was du sagen willst?«

»Ja. Nein. Ich weiß nicht.« Mir drehte sich der Magen um. »Ich glaube, ich muss mich übergeben. Was soll ich nur tun?«

»Das ist einfach: Übergib dich nicht.« Mit diesen Worten packte sie mich am Handgelenk und öffnete die Tür.

Wir standen am Ende des Raums. Vor uns befand sich ein Meer aus Videokameras und Fotografen und davor saßen reihenweise Sportreporter. Gegenüber saßen sechs Männer an einem langen Tisch. Ich erhaschte einen Blick auf Sherrod, der neben einem älteren Mann saß, von dem ich wusste, dass das der Trainer der Stars war. Ich meinte, eine Schulter zu sehen, die Chris gehören musste.

Mein ganzer Körper stand unter Strom. Ich zwang mich, langsam und tief zu atmen. Schüttelte die Arme und überlegte mir den besten Weg um all diese Menschen herum.

Sollte ich seinen Namen rufen? Etwas werfen, um seine Aufmerksamkeit zu erregen? Mich ihm zu Füßen, zum Beispiel? Was, wenn er mich ignorierte? Was, wenn er nichts mit mir zu tun haben wollte?

Noch ehe ich irgendetwas tun konnte, brach am Rande des Raumes ein Tumult aus. Ich bemerkte sofort, dass es sich um Piper handelte, die Doug die Meinung sagte. Doug hatte die Arme verschränkt und das Kinn erhoben. Zuerst war es schwer, sie zu verstehen, aber als das Publikum bemerkte, was vor sich ging, wurde es still um sie.

»… kann nicht glauben, dass du das gemacht hast«, fauchte Piper. »Du bist Abschaum. Verkleidet vor die Kamera zu treten und diese Dinge über deinen eigenen Klienten zu behaupten.«

»Ich habe nichts falsch gemacht. Ich wollte ihm nur mehr Gelegenheiten für Sponsorenverträge verschaffen. Dafür musste ich seinen Ruf ein wenig ruinieren.«

»Du bist ein unglaublicher Idiot!«

Gerade noch rechtzeitig war ich bei ihnen, um zu sehen, wie Piper die Hand zur Faust ballte. Sie holte aus, schien es sich angesichts der Kameras dann aber doch anders zu überlegen. Knurrend ließ sie die Hand sinken.

»Was ist hier los?«, fragte Chris und drängte sich zwischen Doug und Piper. Ich starrte ihn an und saugte jedes noch so kleine Detail auf. Zum ersten Mal seit April hatte ich das Gefühl, wirklich Luft holen zu können.

»Er war es.« Piper zeigte auf Doug. »Er ist die anonyme Quelle. Er ist derjenige, der die ganzen Klatschgeschichten verbreitet hat.«

»Das weißt du gar nicht«, rief Doug, der sich hinter Chris' Rücken versteckte.

Chris wirbelte herum. Ich konnte sein Gesicht nicht länger sehen, aber seine Stimme jagte mir einen Schauer über den Rücken. »Ist das wahr?«

Piper funkelte Doug an. »Oh, ich habe Beweise, du Ratte. Wie konntest du auf die Idee kommen, die Frau aus dem Video in diese Sache hineinzuziehen? Ich kann nicht glauben, dass du das getan hast. Du bist das Letzte.«

Dougs Blick schlitterte wild durch den Raum. Vermutlich suchte er nach einem Ausweg. »Was? Nein, habe ich nicht. Damit habe ich nichts zu tun. Ich habe ihn davor gewarnt.«

»Chris, kannst du uns sagen, was hier los ist?«, rief ein Reporter. Niemand regierte.

»Aber du hast ihn nicht davon abgehalten. Du bist ein Monster.« Piper ballte erneut die Faust.

»Hört nicht auf das, was sie sagt«, rief Doug. »Das ist alles gelogen.«

»Du verdammter …«

»Okay, immer mit der Ruhe.« Chris legte Piper sanft die Hände auf die Schultern. »Lass uns woanders darüber sprechen.«

»Du hast recht.« Piper richtete sich auf und zupfte ihre Ärmel zurecht. Sie funkelte Doug an.

Chris wies auf eine Tür. Piper marschierte hindurch, wobei sie die Tür hinter sich offen stehen ließ. Doug, der ausgesprochen panisch wirkte, folgte ihr mit hängenden Schultern.

»Ich komme gleich«, sagte Chris.

Piper streckte den Kopf heraus. »Mae, tut mir leid, dass ich dir den Auftritt gestohlen habe.«

»Mae?« Chris wirbelte herum und entdeckte mich sofort. Er erstarrte.

»Oh«, quiekte ich. Ich trat hinter einer Kamera hervor ins Licht. »Schon in Ordnung.«

Piper zwinkerte mir zu, murmelte etwas in Chris' Richtung

und schloss die Tür. Einige Sekunden später meinte ich zu hören, wie Doug »Du hast mich geschlagen!« rief, aber vielleicht bildete ich es mir nur ein.

Langsam ging ich auf Chris zu. Er sah mich an, wobei er völlig still stand.

Als ich etwa zwei Meter von ihm entfernt war, winkte ich. »Hi.«

»Du bist hier.«

»Das ist meine große, romantische Geste«, sagte ich. Wobei ich wusste, dass mein Haar nach der Handseife vom Flughafen roch und nur die Hälfte meines Gesichts geschminkt war.

Er kam auf mich zu. Sein Haar war noch feucht von der schnellen Dusche nach dem Spiel, und sein Gesicht wirkte schmaler.

Ich runzelte die Stirn. »Hast du abgenommen?«

»Ein wenig.« Ich wollte nichts lieber tun, als ihn zu berühren. Er musterte mich von Kopf bis Fuß. »Schönes Shirt.«

»Es ist mein Nachthemd.«

Er grinste. »Ich weiß es zu schätzen, dass du dich für diesen Anlass in Schale geworfen hast.«

Ich schluckte. Alles, was ich wollte, war, mich ihm in die Arme zu werfen. Aber ich hatte das alles nicht ohne Grund auf mich genommen. »Wird das aufgezeichnet?«

»Jap«, antwortete ein Kameramann.

»Komm mit.« Chris ließ den Blick durch den Raum wandern, ehe er meine Hand nahm und mich nach vorn zog.

»Chris, Chris!«, riefen die Reporter. »Willst du etwas dazu sagen?«

Er blieb so abrupt stehen, dass ich gegen ihn stieß. Er lächelte immer noch, als er einen Arm um mich legte und nach einem Mikrophon griff. »Hier ist meine Stellungnahme: Das war ein super Spiel. Aber jetzt, sehr verehrte Damen und Herren, will ich diese große, romantische Geste unter vier Augen genießen.«

Alle im Raum lachten. Aber er hatte einen Plan. Er warf Sherrod das Mikro zu, ehe er mich dann in Richtung einer Tür in der vorderen Ecke des Raums zog. Dahinter lag ein langer Gang, in dem Leute herumwuselten. Er zog mich weiter und öffnete und schloss wahllos Türen, bis er ein leeres Zimmer fand. Die nächste Tür schloss sich hinter uns, und als er das Licht anknipste, stellte ich fest, dass wir in einem kleinen Besenschrank gelandet waren.

Ich brachte ein wenig Distanz zwischen uns – gerade so viel, wie es der enge Raum zuließ – und hob eine Hand. »Lenk mich nicht mit deinem Lächeln und den funkelnden Augen ab. Es gibt Dinge, die ich loswerden muss.«

Er versuchte vergeblich, sein Lächeln zu unterdrücken. »Ich höre.«

Ich zog den Scheck aus meinem BH, wo ich ihn sicher verwahrt hatte. »Ich will dein Geld nicht. Ich habe ihn jedes Mal zurückgeschickt, und er kommt immer wieder. Unser Vertrag ist hinfällig.«

Er runzelte die Stirn. »Wie das?«

»Weil es eine geschäftliche Beziehung war. Keine Gefühle erlaubt, weißt du noch?« Ich zerriss den Scheck in winzige Fitzelchen und warf sie in die Luft.

Chris nickte.

»Ich habe es vermasselt. Ich hatte Gefühle für dich. Habe ich immer noch. So viele Gefühle, und ich hatte Angst vor ihnen, wie du gesagt hast. Ich habe immer noch Angst. Ich weiß, dass ich gesagt habe, dass es so etwas wie ein Happy End nur im Märchen gibt. Aber ich habe immer nur über das *happy* nachgedacht, nicht über das ›für immer und ewig‹. Weil wir nicht immer glücklich und zufrieden sein werden. Manchmal werden wir wütend oder traurig oder verletzt sein. Manchmal ist das Leben ein Arschloch. Aber letztendlich zählt das, was nach dem Happy End kommt. Nämlich, dass wir das zusammen durchstehen. Für immer.«

Chris musterte mich. Sein Blick war warm.

Ich holte tief Luft. »Ich liebe dich. Du bist der einzige Mensch, mit dem ich mir ein ›für immer und ewig‹ vorstellen kann.«

Mit einem sanften Lächeln machte er einen Schritt auf mich zu und schob mir eine Haarsträhne hinters Ohr.

»Du musst etwas sagen«, flüsterte ich. »Ich sterbe hier gerade ein bisschen.«

»Glaubst du an Liebe auf den ersten Blick?«, fragte er. »Oder muss ich noch mal vorbeigehen?«

Ich schloss die Augen. »Musst du mich wirklich gerade jetzt quälen?«

Er kam näher, seine Augen funkelten. »Wenn du ein Keks wärst, wärst du mein Glückskeks.«

Ich lachte. »Das ist meine gerechte Strafe.«

»Bist du eine Zeitreisende?« Er nahm meine Hände und zog mich an sich, so dass ich fast auf ihn fiel. Er roch so gut – nach Seife und Zimtkaugummis und Chris. »Denn ich kann dich in meiner Zukunft sehen.«

Ich grinste und hielt mich an seinem Hemd fest. »Ich glaube, du musst mich jetzt küssen.«

Er hob eine Augenbraue. »Ach so?«

»Ja.« Ich nickte ernst. »Das passiert nach der großen, romantischen Geste und der Liebeserklärung. Du willst doch niemanden enttäuschen, wenn wir diese Geschichte erzählen, oder?«

Er legte mir eine Hand auf den Rücken, mit der anderen fuhr er mir durchs Haar. Sein Blick blieb an meinen Lippen hängen und mein Puls beschleunigte sich. »Streuselchen, du bist die Einzige, die ich niemals enttäuschen will.«

»Nenn mich nicht Streuselchen.«

»Du passt sehr gut zu mir«, flüsterte er an meinen Lippen.

Und dann küsste er mich endlich.

EPILOG

CHRIS

Im Januar 1968 war ich mit einer Freundin in einem Hotel in den Catskills. Wir saßen an der Bar, und dieser Typ, der Buddy Holly sehr ähnlich sah, kam an unseren Tisch und sagte: »Was machen zwei hübsche Mädchen wie ihr an einem Ort wie diesem?« Dabei sah er meine Freundin an, aber als wir dann ins Gespräch kamen, stellte sich heraus, dass wir beide im selben Wohnblock lebten! Fünf Monate später heirateten wir und verbrachten zweiundfünfzig Jahre miteinander, ehe er von uns ging.

ENID G.

»Hey, Streuselchen, erinnerst du dich an die Frage, die du dir für später aufgespart hast?«

Mae zog die Nase auf diese süße Art kraus, wie sie es immer tat, wenn sie verwirrt war. Oder genervt. Oder verärgert. Es gefiel mir, sie so oft wie möglich dazu zu bringen. Nur so zum Spaß.

»Ich habe keine Ahnung, wovon du sprichst.« Sie blätterte eine Seite in ihrem Buch um.

»Doch, hast du. Damals, als wir beim Taco-Truck waren und ich dich auf besonders männliche Weise beim Chili-Wettbewerb geschlagen habe.«

Jetzt hatte ich ihre Aufmerksamkeit. Sie legte das Buch beiseite. »Wie bitte? Wohl kaum.«

Das war der beste Teil: wenn sie wütend wurde. Dann lief ihr Gesicht zartrosa an, wodurch die Sommersprossen noch besser zur Geltung kamen.

»Nein, nein. Ich erinnere mich gut daran. Ich habe eindeutig gewonnen.«

Mae stand auf, die Hollywoodschaukel geriet ins Schwingen und stieß ihr in die Kniekehlen. Die Schaukel war eine Neuheit im Wilson-Haus. Es war jedoch nicht mehr das Wilson-Haus. Es gehörte inzwischen mir. Aber niemand in dieser Stadt war bereit, es das Sterns-Haus zu nennen. Vermutlich dauerte es noch ein paar hundert Jahre, bis sich das durchgesetzt hatte.

Ich hatte es vor einem halben Jahr erstanden, nachdem Mae mir ihre unsterbliche Liebe in einem Besenschrank gestanden hatte, wobei sie ein Nachthemd getragen hatte. Was will ein Mann mehr von einer großen, romantischen Geste, sage ich.

Es war mir erstaunlich leichtgefallen, nach Two Harts zu ziehen. Seltsamerweise war auch Ellie geblieben. Sie hatte einen Job und eine kleine Mietwohnung im Ort gefunden, und es schien ihr so gut zu gehen wie schon lange nicht mehr.

Dadurch, dass wir hierblieben, konnte Mae weiterhin ihrer Mutter helfen. Lucy hatte in der Physiotherapie große Fortschritte gemacht und einen Teilzeitjob in der Wäscherei angenommen. Sie sagte, durch die Arbeit fühlte sie sich wieder ein wenig »menschlicher«. Iris wohnte noch zu Hause und pendelte zum Community College, während sie darüber nachdachte, was sie werden wollte, wenn sie mal groß war.

Was das Haus anging, hatte ich fast sofort damit begonnen, das gruselige Getier zu entfernen. Obwohl wir uns, was den Elch anging, noch nicht ganz einig waren. Mae fühlte sich ihm irgendwie verbunden. Ich hatte keine Lust auf den Aufwand, den es bedeutete, das riesige Ding aus dem Haus zu schaffen.

Mein Vertrag bei den Stars lief noch ein weiteres Jahr. Danach würde ich meine Football-Karriere beenden. Ich hatte immer noch vor, Medizin zu studieren, wofür wir Two Harts würden verlassen müssen. Aber das kriegten wir schon irgendwie hin. Wie Mae gesagt hatte, bedeutete ein gemeinsames Leben, dass wir auch einen gemeinsamen Weg finden würden.

»So war das überhaupt nicht.« Sie kniff die Augen zusammen.

»Was hältst du davon, wenn wir uns darauf einigen, dass wir da verschiedene Meinungen haben?«

»Das sagst du immer nur, wenn du weißt, dass ich recht habe und es nicht zugeben willst.« Sie kam auf die andere Seite der Veranda, wo ich auf einem Holzstuhl saß. Es war ein wunderbarer Tag im März. Perfekt, um zu faulenzen und Fragen zu stellen. Wichtige Fragen.

»Warum?«

»Warum was?«

»Warum willst du meine letzte Frage hören?«

»So misstrauisch.« Und schlau.

Grummelnd machte sie noch einen Schritt in meine Richtung. Wenn ich gewollt hätte, hätte ich ihre Hand nehmen können. Aber das tat ich nicht. Es machte mehr Spaß, sie dazu zu bringen, zu mir zu kommen.

»Na ja, um ehrlich zu sein, hatte ich einen Hintergedanken.« Ich lächelte zu ihr auf. »Ich hatte irgendwie gehofft, du würdest mir deine Frage abgeben.«

Sie hob die Augenbrauen. »Ach, wirklich?«

Ich nickte feierlich. »Ja.«

Sie kam noch näher, mit ihrer spitzbübischen Miene und den langen, hellen Beinen. Mir gefielen diese Beine verdammt gut. »Du heckst doch etwas aus.«

»Das weißt du nicht.« Sie hatte natürlich recht.

Sie legte die Hände auf die Armlehnen meines Stuhls und beugte sich über mich. Sie war jetzt so nah, dass ich sie hätte küssen können. Das war ziemlich verlockend, aber schließlich verfolgte ich hier ein höheres Ziel. Das musste ich zuerst erreichen. Danach konnte es Küsse geben.

Prioritäten.

»Na gut, du kannst die Frage haben«, sagte sie.

»So einfach?« Jetzt war ich misstrauisch. Aber einem geschenkten Gaul schaut man nicht ins Maul, und so weiter. Ich legte ihr die Hände um die Taille und zog sie auf meinen Schoß, so dass ihre Füße auf der einen Seite herabhingen und sie sich an mich lehnen musste, um nicht das Gleichgewicht zu verlieren.

Sie grinste und legte mir die Arme um den Hals. »Hi.«

»Hi.« Ihr Mund war jetzt ganz nah, und es kam mir falsch vor, ihre Lippen ungeküsst zu lassen. Stirnrunzelnd brachte ich ein wenig Abstand zwischen uns.

»Ich will meine Frage jetzt gleich stellen«, sagte ich.

»Schieß los.«

»Aber denk dran, du musst ehrlich antworten.«

»Natürlich.«

»Weil es eine wirklich wichtige Frage ist, okay?«

Sie verdrehte die Augen. »Jetzt frag endlich.«

»Weißt du, welchen besonderen Jahrestag wir heute haben?«

»Das ist deine Frage?« Nachdenklich zog sie die Nase kraus. Ich wollte sie wirklich dringend küssen. Aber ich hielt mich zurück. Dafür sollte ich zum Heiligen des Jahres ernannt werden. »Nein, ich glaube nicht.«

»An diesem Tag, vor genau einem Jahr, habe ich mich in der Bibliothek von Two Harts um meinen eigenen Kram gekümmert …«

»Du hast *geschlafen*.«

»Darüber lässt sich streiten. Wie dem auch sei, dann hat eine rechthaberische Bibliothekarin angefangen, mich zu belästigen.«

»Belästigen?« Sie lachte.

»Ich erzähle gerade die Geschichte hier. Pssst. Es war ein wichtiger Tag. War mir klar, dass diese Bibliothekarin das Beste sein würde, was mir je passiert war? Kein bisschen. Mir gefiel einfach, wie sie mich im Flüsterton anschrie. Das war sexy.«

Sie boxte mir gegen die Schulter. »Du bist so seltsam.«

Ich nahm ihre linke Hand. Ihr Ringfinger war nackt. Kurz nachdem wir wieder zusammengekommen waren, hatte sie mir den Ring zurückgegeben und gesagt, ich solle ihn aufbewahren, bis ich ihr einen echten Antrag machen wollte.

Heute schien mir ein guter Tag dafür.

Ich zog die Schachtel aus ihrem Versteck neben meinem Bein. Mae setzte sich mit leuchtenden Augen auf.

»Als wir zum ersten Mal verlobt waren, war alles voller Lichterketten und schicker Pavillons und Hochglanzfotos. Solche Sachen sind schön und gut, aber nicht echt, nicht relevant.« Ich öffnete die Schatulle. »Echt sind du und ich gemeinsam auf dieser Veranda, wo wir hoffentlich auch in fünfzig Jahren noch sitzen werden.«

In ihren blauen Augen glänzten die Tränen.

»Chris«, flüsterte sie.

»Ich habe natürlich schon mit deiner Mutter gesprochen. Und mit Ali und Iris auch, um auf der sicheren Seite zu sein. Ich glaube, ich habe beiden versprochen, dass sie Trauzeugin sein können. Darum darfst du dich dann kümmern.«

Sie kicherte.

Ich räusperte mich. »Maebell Sampson, würdest du mir die große Ehre erweisen, meine Frau zu werden?«

»Ohne Vertrag diesmal?«

Ich schüttelte den Kopf.

»Keine Lügen mehr?«

»Dieses Mal ist alles echt.«

Sie nahm denselben Ring mit dem Opal, den ich vor einem Jahr ausgesucht hatte, auf dessen Suche ich Piper quer durchs Land geschickt hatte, und schob ihn ihr an den Finger. »Ich will dich sehr gerne heiraten.«

»Weißt du, du passt einfach zu gut zu mir«, flüsterte ich an ihren Lippen.

»Ich liebe dich auch.«

EIN BRIEF VON SHARON

Liebste Leser:innen,

Danke, dass ihr *The Fake Out* lest. Wenn ihr über meine Buchneuheiten auf dem Laufenden bleiben wollt, tragt euch einfach unter folgendem Link ein. Keine Sorge, eure E-Mailadressen werden nie weitergegeben, und ihr könnt euch jederzeit wieder abmelden.

www.bookouture.com/sharon-m-peterson

Ich werde oft gefragt, woher ich meine Ideen habe, und um ehrlich zu sein, kommen sie von überall und nirgends. Das kann ein Gesprächsfetzen sein, eine Geschichte in der Zeitung, eine Zeile aus einem Lied. Aber bitte denkt daran, dass diese Figuren monatelang in meinem Kopf leben und sich deswegen sehr echt anfühlen. Wenn sie auf den Seiten auftauchen, schreibe ich nur auf, was mir die Stimmen in meinem Kopf sagen. Sie tun nie, was ich von ihnen erwarte. Um ehrlich zu sein, haben sie mich voll im Griff.

Was ich damit sagen will: Es ist toll, Schriftstellerin zu sein!

Aber am tollsten ist es, sich mit Leser:innen zu vernetzen. Und das meine ich ernst. Ich versuche immer noch zu verstehen, dass ihr – ja, ihr, liebe Leser:innen – mein Buch unter so vielen anderen ausgewählt habt. Ich weiß, dass Zeit kostbar ist. Vielen Dank, dass ihr eure darauf verwendet habt, Mae und Chris kennenzulernen.

Ich würde gern hören, was ihr davon haltet. Rezensionen sind eine großartige Möglichkeit, um darüber zu sprechen, und sie tragen dazu dabei, dass neue Leser:innen meine Bücher entdecken. Wenn ihr je Fragen haben solltet, einfach reden wollt oder ein Tierbabybild braucht, das euch den Tag versüßt, dann zögert nicht, mich online zu finden.

Euch sind vielleicht die Anmachsprüche am Anfang jedes Kapitels von *The Fake Out* aufgefallen. Ratet mal, woher die kommen? Von Lesern und Leserinnen wie euch, die mir auf Social Media folgen.[1] Ich habe gefragt, und sie haben geantwortet. Was meiner Meinung nach eindeutig beweist, dass: a) ich die besten Lesenden habe, und b) sie zu unglaublichen Geschmacklosigkeiten fähig sind. Danke, dass ihr mir geholfen habt.

Ihr könnt mich auf Facebook finden, auf Twitter, wo ich Quatsch teile, auf Instagram, wo ich eine nicht sehr ästhetische Auswahl an Bildern poste, auf Goodreads, wo ich zu viele Bücher zu meinem SuB hinzufügen, in peinlichen TikTok-Videos und auf meiner Website.

Denkt daran: Wer Angst hat, ist schon auf dem halben Weg zum Mut. Tut heute etwas Großartiges.

Sharon

1 In der deutschen Übersetzung haben wir uns dafür entschieden, den Witz der Sprüche beizubehalten. Wenn die Bedeutung dabei nicht erhalten werden konnte (wie zum Beispiel bei unübersetzbaren Wortspielen), sind wir auf deutsche Alternativen ausgewichen (Anm. d. Verlags).

DANK

Ich weiß, dass die meisten von euch diesen Teil überspringen werden, obwohl er vermutlich der Wichtigste ist. Wisst ihr, ich habe dieses Buch nicht allein geschrieben. Es brauchte die Unterstützung, das Talent und die Liebe von so vielen Menschen, bis es in eure Hände gelangen kann.

Vielen, vielen Dank an meine Agentin Nalini Akolekar, die mich unermüdlich unterstützt und ununterbrochen daran gearbeitet hat, meine Bücher in die Welt zu tragen. Ich bin dir für immer dankbar, dass du an mich glaubst, auch wenn ich manchmal nicht an mich selbst geglaubt habe. Danke auch an den Rest der Gang bei Spencerhill Associates.

Meiner Lektorin Billi-Dee Jones danke ich dafür, dass sie sich für meine schrägen Geschichten und Figuren einsetzt und mir hilft, sie auf die Welt zu bringen. An das ganze Team von Bookouture: Ihr habt ein wunderbares Umfeld geschaffen, in dem sich Schreibende entfalten können. Vielen Dank für alles, was ihr tut.

Danke an Tonya Joza, dass du geduldig meine unzähligen Fragen über das Hypoplastische Linksherzsyndrom (HLHS) beantwortet und mir erzählst hast, wie es ist, ein Kind mit HLHS zu haben, und auch dafür, dass du die Hoffnung, die deine Familie auf Gottes Schutz und Heilung setzt, mit mir geteilt hast.

An Christie, dafür, dass du allen, die du kennst, von deiner Freundin, die Bücher schreibt, erzählst, und dafür, dass du immer eine Freundin bist, die zu meiner Familie gehört. An Noydena und Mat, die immer bereit waren, meine seltsamen Tech-Fragen zu beantworten. An den Rest der Gang: Andrea, Stephanie und Shawn. Danke, dass ich mich bei euch (oft) abreagieren durfte, ihr mich ermutigt und mir lustige Memes geschickt habt, wenn ich sie nötig hatte. Und Brian, ich habe dir FDR versprochen. Hier ist er.

An Google, dafür, dass du jede meiner noch so bizarren Fragen beantwortest. Du erleichterst mir meinen Job um ein Vielfaches. Außerdem bin ich mir ziemlich sicher, dass ich deinetwegen auf einer Überwachungsliste der Regierung stehe.

An Melissa Weisner. Danke, dass du immer zuhörst und zahllose Fragen beantwortest. So viele Fragen. Deine Geduld ist grenzenlos.

An die Damen vom Eleventh Chapter! Ich bin so dankbar, Teil einer Autorinnengruppe zu sein, die sich gegenseitig auf so viele Arten unterstützt. Ihr seid die Besten!

An Courtney Lott, die mich seit dem allerersten Wort meines ersten Buchs anfeuert, unzählige Entwürfe gelesen hat, und die Königin der Unterstützung ist. Niemals hätte ich mein allererstes Kapitel ohne dich zu Ende gebracht.

An Maria Gonzalez-Gorosito, die mich, gemeinsam mit einer Gruppe Mütter, die mich kaum kennen, mit einem neuen Laptop überrascht hat. Du hast mir nicht nur einen neuen Laptop gegeben, sondern den Mut zum Schreiben. Ich werde mich in jedem Buch bei dir bedanken, also gewöhn dich dran.

An die Damen vom Ink Tank. Eure beständige Ermutigung und die Sicherheit, die ihr mir zum Wüten / Schreien / Weinen /

Jammern / Lachen / Feiern bietet, ist ein wichtiger Teil meines Autorinnenlebens. Ihr seid alle unglaublich.

An Tracey Christensen. Danke, dass du mir immer die Wahrheit sagst, selbst wenn ich sie nicht hören will. Deine Klugheit und Freundschaft sind ein wahres Gottesgeschenk. Ich bin so froh, dich zu kennen, meine Liebe. HONEYMOON BABY, forever!

Danke an die Mitglieder der Women's Fiction Writers Association und der League of Romance Writers, dass sie schriftstellerischen Rat geben und die Möglichkeit zu wachsen bieten.

An meine Mom und Tante CC, danke, dass ihr meine Cheerleader seid und daran glaubt, dass ich einen Traum wie diesen wahr werden lassen kann. Ich hab euch sehr lieb.

An meine Schwester Gabbie, die niemals eins meiner Bücher in den Händen halten wird. Du fehlst mir zu jeder Zeit, ich liebe dich für immer. Und ich erwarte von dir, dass du jedem einzelnen Engel im Himmel eine Ausgabe dieses Buchs verkaufst.

An Daniel, Benjamin, Gideon und Katherine. Ich bin unglaublich dankbar, dass ich eure Mutter sein darf. Danke, dass ihr es mit einer Mom aushaltet, die euch dazu zwingt, alles, was ihr sagt, mindestens zweimal zu wiederholen, weil ich beim ersten Mal mit den Gedanken ganz woanders war. Ihr seid immer in meinem Herzen.

An Carl. Du hast meine Erschöpfung, meine Tränen, meine Wut, meine Enttäuschung, meine Aufregung, meine verrückten Ideen, mein Geschwafel über erfundene Menschen in erfundenen Welten und viel zu viel Pizza ertragen. Du hast mich immer unterstützt. Immer. Ich liebe dich.

An die vielen, vielen anderen, die ich hier nicht einmal ansatzweise aufzählen kann, aber ihr wisst, wer ihr seid. Eure endlose Unterstützung, eure Ermutigung und eure Gebete haben mich jeden Tag angetrieben und werden es auch weiterhin tun. Danke, dass ihr immer an mich glaubt.

Zu guter Letzt möchte ich mich bei all denjenigen bedanken, die meine Bücher lesen. Abgesehen davon, dass ihr wirklich guten Geschmack habt, seid ihr mir im letzten Jahr unglaublich freundlich und aufgeschlossen gegenübergetreten. Ich fühle mich jedes Mal geehrt, wenn sich jemand bei mir meldet, eine Rezension schreibt oder sich die Zeit nimmt, eines meiner Bücher zu lesen.

In *The Fake Out* gibt es zwei Figuren mit gesundheitlichen Beschwerden, und ich hoffe, dass ich beide mit Sorgfalt behandelt habe.

Für Maes Mutter, Lucy, habe ich über Schlaganfälle recherchiert und viel Zeit in Chatrooms verbracht, wo ich viel gelesen und Fragen gestellt habe. Es gibt viele verschiedene Arten von Schlaganfällen, und sie beeinträchtigen Patienten und Patientinnen auf ganz unterschiedliche Weisen. Die Geschichte und die Genesung eines jeden Menschen mit Schlaganfall sind verschieden. Wenn ihr mehr über Schlaganfälle lernen wollt, findet ihr Informationen auf der Website der *American Stroke Association*:

https://www.stroke.org/de/about-stroke/stroke-symptoms.

Millie, Chris' jüngste Schwester, kam mit einem angeborenen Herzfehler zur Welt, der sich Hypoplastisches Linksherzsyndrom (HLHS) nennt. Wenn ihr mehr über angeborene Herzfehler wissen wollt, findet ihr weitere Informationen auf der Website der *American Heart Association*:

https://www.heart.org/en/health-topics/congenital-heart-defects.